白鲸文化

为
纯
粹
的
乐
趣
而
读
。

设计师 2

常叁思—— 著

长江出版社
CHANGJIANGPRESS

图书在版编目（CIP）数据

设计师. 2 / 常叁思著. —武汉：长江出版社，2021.7
ISBN 978-7-5492-7618-9

Ⅰ. ①设… Ⅱ. ①常… Ⅲ. ①长篇小说—中国—当代
Ⅳ. ①I247.5

中国版本图书馆CIP数据核字（2021）第057418号

设计师. 2 / 常叁思 著

出　　版　长江出版社
　　　　　　（武汉市解放大道1863号 邮政编码：430010）
策　　划　力潮文创-白鲸
市场发行　长江出版社发行部
网　　址　http://www.cjpress.com.cn
责任编辑　陈　辉
特约编辑　唐　婷
封面设计　@RECNS
插图绘制　秋泊然
印　　刷　北京盛通印刷股份有限公司
版　　次　2021年7月第1版
印　　次　2021年8月第1次印刷
开　　本　880mm×1230mm　1/32
印　　张　10.25
字　　数　310千字
书　　号　ISBN 978-7-5492-7618-9
定　　价　45.00元

电话：027-82926557（总编室）027-82926806（市场营销部）

我不感谢命运，
我只感谢你。

韦锦昌

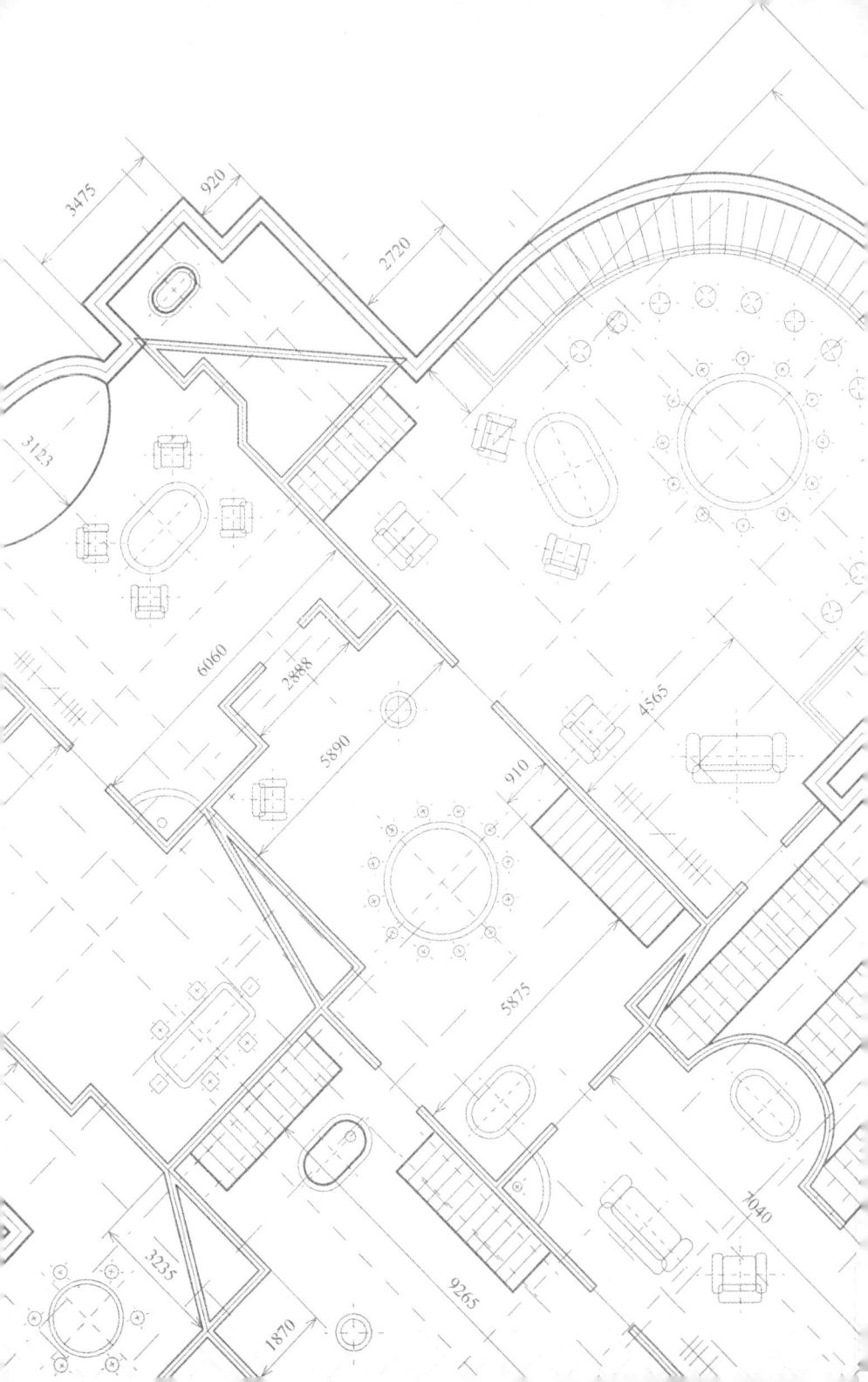

3475 920 2720 3123 6060 2888 5890 910 4565 5875 910 3235 1870 9265 1040

CONTENTS

目 录

第一章　　新征程

一不留意就六年多了，高远习惯到骨子里，以至于他从没想过钱心一会辞职。

他当年借钱给钱心一，是发自内心地想帮助他，并没奢求额外的回报，后来钱心一辞职到 GAD 帮他创业，高远也是真心地感激他给予的支持。最难最穷的时候，公司只有他们两个人，如今公司发展的势头正好，他居然提出了离职。

一句再见让高远的脑子骤然空了一瞬，他张了张嘴，竟然有些语无伦次："心一，你受了委屈，心里有气是应该的，你……啧，你这鼻子怎么回事，流这么凶？小陈，你带他去医院看看，我还有个饭局要赶，有事我们明天到办公室谈。"

他说完抬脚就走了，好像身后有什么追着他似的。

胖子接连挨了两道惊雷，所长先被开，后主动辞职，整个人都蒙了，提着电脑站在工地入口的安全教育栏那里，脑浆都沸成了糨糊。

他还没弄明白 1000 的梁怎么发个邮件就变成了 600，他潜意识里觉得赵东文是个傻白甜，因此根本没想过他会瞒天过海。

眼见老板急匆匆地走了，流鼻血那位昂着他高贵的头，像个正宫娘娘似的被搀出了门，他们步履匆匆，谁都没注意到胖子还站在原地。

那圈黑色的铁框像一道隔离网，胖子不知怎么就有一种他们不会回头的错觉。

要走的是钱心一，他也没想过为什么会是"们"，可能是因为他们总是同进同出的缘故。

胖子忍不住隔着门框叫了他一声："所儿。"

钱心一好多年没流过鼻血了，血飙得来势汹汹，头都快仰晕了还没止住，闻言他转过身来。护鼻使者陈西安以他的鼻子为中心，像个圆规似的画了大半个圆，不过钱心一仍然看不见胖子在哪儿，只能茫然地"啊"了一声，问了句"怎么"。

会议上那种高压险境的感觉还萦绕在心头，胖子舔了舔干裂的嘴唇，觉得口干舌燥："……高总那些话纯粹是说给外人听的，他知道我们只认你，你……你别往心里去。"

怎么能不往心里去？不生气也寒心，钱心一觉得自己可能是气蒙了，现在只觉得空，他暂怎么能不往心里去？不生气也寒心，钱心一觉得自己可能是气蒙了，现在只觉得空，他暂时不想纠缠，也不想听劝，就想回家待着。于是摆了下手，鼻血流得耳聋了似的："遭了半天的罪，你也早点回去休息吧。"

钱心一就不爱去医院，人多手续杂，等来等去的烦死人，好在他虽然体格弱，倒是不怎么生病，一点鼻血不够他折腾一趟的，独裁地要回去。

陈西安路过药店问了问，工作人员说是虚火旺情绪浮动大的原因，建议他买了些清肺去火的冲剂和类固醇软膏。

一路上钱心一都盯着手机划来划去，陈西安瞥了眼屏，发现他其实什么都没干，就是无聊地把菜单左右开弓。

陈西安半路去救场，心里有着诸多疑问，不过看他挺烦的样子，就什么都没说。

回家正是饭点，钱心一把大衣扔到沙发上，进屋换衣服换了半天也没出来，陈西安进房里一看，发现他摆了个大字在床上发呆。

钱心一脑子里空荡荡的，瞥见陈西安手里拿着围裙进来，立刻把眼睛闭上了，假装睡着了，想逃过厨房的"工作"日常。

陈西安就特别想笑，正常人受了这种委屈，家里人一定会百般迁就，他自然也会照顾所长的情绪，进来只是想问问钱心一愿意吃什么，结果这家伙以为他是来催债的。

陈西安把围裙挂在门把手上，走到床边上坐下来，在钱心一呈大字摊开的右手臂上拍了拍，力道很轻，带着股安慰的意味。

屋里静悄悄的，斜着进来的夕照有炫目的金芒，这本来该是一天中最放松的时刻，而钱心一似乎无福消受。

每一分每一秒他都忍不住要反复琢磨：高远的良心是被狗吃了，还是这些年他做得不够好？赵东文以往的乖巧是发自内心，还是他的淫威所迫？

高远想保护他的外甥他可以理解，但是把他推出去的时候一点情面都没顾念，钱心一琢磨着高远是不是从没想过，要是自己把赵东文撂在会议上，他要怎么收场？

再说组里，钱心一偷偷地分析了一下，提名的事情让老吴对他有了芥蒂，那么剩下梁琴和胖子，假设真到了对质的局面，他们会不会站在他这边？

赵东文不接他的电话，是因为愧疚不敢接，还是故意不跟他联系？

他曾经觉得他的组员每个人都很好，这一刻关在屋里猜测，竟然发现他没有一个人可以相信，谁会罔顾自己的立场来替他说话？

人一生中真正体悟到世态炎凉的时刻堪称瞬间，可它带来的隐痛却要长达一生。不甘心，不公平，可他又能怎么样呢？

钱心一陷入了一种孤立无援的局面，直到手臂上传来扎实而温暖的分量。他眼眶一热，忽然想起了那天夜里在屋顶边缘泣不成声的陈西安，这个人也经历过不好的事情，而现在那些都过去了。

钱心一翻了个身，心酸无比地想到：所以GAD也会成为我的过去的。

陈西安过了很久才打破了沉默，他语气和缓地说："哭好了没？起来刨土豆皮吧。"

钱心一凑过来和他大眼瞪小眼："本来好了，一听见土豆又有点想哭。"

陈西安朝他伸出手，示意要把他拉起来："不贫了，起来做饭去，你再躺下去，我就要饿死了。"

洗完澡钱心一霸占了电脑，开了个文档开始写辞职信，打了删，删了打，进度十分揪心。

年前他就决定要走，那时还觉得自己走起来应该不太容易，高远会留，组员会舍不得，自己也舍不得，会拖泥带水地延上一阵子，做梦也没料到这人生如戏。

他无辜背了黑锅，确实很可悲，不过自作多情地把自己的分量看得过重，也是他活该。

因为高远不肯放权，所以公司没有人事部，招解事宜都是老板亲自过问，这对钱心一来说反倒轻松了，他连"尊敬的"都没加，正文写得有如霸道总裁体附身，充满了"尔等屁民反驳无效"的味道。

陈西安从浴室出来坐到他旁边，一看页面只能哭笑不得。

辞职信

由于个人原因，现提出辞职，2 日内无书面回复，视同默认，请加盖公章。

工作交接 10 日内完成，交接人 GAD 陈毅为，交接文件见附件，本人离职后若有疑问，请致电××××××××××××，联系邮箱 qxy0518@163.com。

特别声明：交接期用以厘清未存档工程图纸问题，若公司未做回应，则默认为本人所负责的建筑图无重大错误，后期一切问题与本人无关。

辞职人：钱心一

辞职日期：××年×月××日

他这是活生生地把辞职信写出了解聘书的气势，不知道的还以为他想气死高远。

好几个回车后面，还有几行起草，表达的是别墅采光顶断梁事故主要责任不在他，是下级传送文件失误导致，具体人不点名，仅供他找工作时做证明用，不存档不公开，要求高远签字并且加盖公章。

以他的性子，向高远讨这种证明来为自己谋一点保障，就是做了一辈子不相往来的打算了。而高远愧对于他，不会拒绝这种无关痛痒的小条件。

离开对于钱心一来说，或许会比别人更艰难一点，但人生就是不断舍弃和拾取的过程。GAD 对于刚毕业的年轻人或许是一个机会，但对于熟悉它到生理性疲惫的钱心一来说，他在这里已经没什么进步的空间，它已经成了一个累赘。

钱心一放弃了辩解，这个事故不可避免会对他以后的工作造成影响，但因为别墅工程的特殊性，影响程度会大打折扣。

因为违规的改扩建程序太多，别墅本来就是一个该关起门来建造的项目，如果本市钱姓设计师的不负责任见报，那么赫剑云也该碍于舆论的压力被请去喝茶了。就算有记者想良心揭露建筑行业的黑幕，赫剑云也不会允许。

还是康纳博士对他说的那句话，塞翁失马，焉知非福。从好的角度来想这件事，这是一柄快刀，高效地斩断了他藕断丝连的人情过往。

陈西安撑着他的椅背，在他背后揶揄道："走得这么嚣张啊？"

钱心一在罗列项目清单，噼里啪啦地打着字："必须的，不嚣张一点我……你们高总心里会过意不去的。"

陈西安笑着说："什么你们，你才是我的领导，你让我走我就走，GAD 完全留不住。"

他在开玩笑，不过钱心一想象了一下这个设定，被雷了个外焦里嫩："你可别害我，要是你跟我一起走了，高远不疯了才怪，本来还对不起我，被你这么搞一下又要来卡我。"

陈西安凉凉地说："疯就疯了，以后跟你也没关系了。"

钱心一忙里偷闲地抽了他一下："别扯淡了，没了你，他再找一个搞计算的，大不了比你多花点钱，他疯什么啊。我懂你的意思，想替我出气，不过没必要，小蛮腰是个好项目，你好好跟完它，做完了把图纸偷出来，给我看看。高远是个傻的，我以前也是，现在被打醒了，准备重新做人了，至于别墅这小破楼的事，出来混都要还的，老子以后厉害死他。"

说完他立刻叹了口气，灭掉了自己的威风："这就是计算能力跟不上的下场，我算是吃了个大亏，以后不敢只靠依赖别人了。"

"听起来很励志的样子，"陈西安不知道从哪儿摸出来一颗糖，"搭档奖你颗糖吃。今天过得乱七八糟的，吃了饭带你去社区的广场看电影，换个心情，去不去？"

钱心一将糖叼进嘴里，嚼几下吃掉了，一边用意志把"厉害死人"的痴心妄想给压了下去，一边笑了一声，把陈西安扒到了一边。

他这边才上演完人生如戏，有个鬼的心情看电影，不约！

9点刚过几分钟，办公室就炸开了锅。

邮件发送时间是9点整，发件人是钱心一的私人邮箱。第一个查阅的人是谁不清楚，不过钱心一辞职的消息如台风过境，瞬间就席卷了整个大开间。

大家目瞪口呆地包围了一所的小格子间，目光向着一所的办公室，你一言我一语地打听着消息，混乱得谁的问题也听不清。

除了胖子知道部分内幕，其他三人一个比一个震惊，老吴是始料未及，梁琴是无法置信，而对于赵东文，这消息简直是一道利箭，直击他良心深处。

他脸上的血色一瞬间就没了。钱心一的辞职信简单粗暴，一眼就能看到头，可赵东文却像骤然间失去了识字的能力，那几行字映在他眼里，却理不顺是什么意思了。

周遭叽叽喳喳的言语也被屏蔽在耳外，他满脑子都是惊恐的问号，不知道怎么一夜之间，事情就演变到了这个地步。

一定，一定是昨天的会议……赵东文跳起来，也不知道自己粗鲁地推开了谁，他奔向钱心一的办公室，敲了门拧了锁，一拉开却只看见了陈毅为。

陈毅为也看见了邮件，知道他找的是钱心一，不过钱、陈两人都没来，赵东文失魂落魄地回了工位，而他站在空旷的办公室里想了想，去了高远的办公室。

高远在座位上发呆，电脑页面就是钱心一的辞职信，他愧疚是不假，但看久了又生出了一些没有道理的闷气，他是让钱心一受了委屈，但他的反击也太过分了。

钱心一闹得人尽皆知,而且言辞毫不客气,字里行间全是硬邦邦的敌意,一副恨不得扎碎他眼镜的架势。

先不说自己根本没想让钱心一走,高远心想哪怕自己确有此意,大家都是成年人,出来混讲的就是那点面子,不能好聚那就好散,他都三十好几的人了,做事怎么就不能给人留点颜面?

再说,就钱心一这种直撅撅的臭脾气,也就他高远能忍这么多年,但凡他出去工作,还像在自己这里这么随心所欲,不碰得鼻梁都碎成渣,他高远跟他姓钱!

不客气也就算了,他还在邮件里对自己施加压力,把辞职信给陈瑞河抄送了一份!

陈瑞河就代表着赫剑云,赫剑云看到邮件后一定会觉得他是个办事果断而信守承诺的合作对象,所以别说两天,这辈子他都不可能给钱心一拒绝批准辞职的书面回复。

钱心一这是铁了心要走,只要高远敢回,他就会转发给陈瑞河,让赫剑云看到他的"诚意"。

"他来了吗?"高远取下老花镜,心想:原来钱心一也是有心机的。

陈毅为见他心情很差,犹豫了一下还是和盘托出了:"还没有,高总……陈西安也还没来。"

丁字路口出了件交通事故,堵得竖向的道路水泄不通。王淳负责记录出勤,所以陈西安只给她打了电话,说他们会晚一点到。

在两天的回复期内,钱心一还没离职,他需要正常上下班。

王淳不是技术人员,所以她从不会登录公邮,一大早就闹哄哄的,她忙着整理报销单,对于这条爆炸性的新闻一无所知。

堵在路上的两人急也没用,陈西安按着方向盘乌龟爬的时候,爬过一个煎饼果子摊位,钱心一还跑下去买了两个。他喜欢吃薄脆,带回来两个巨厚的饼,也不知道让老板加了几层,吃完一车厢的煎饼味。

钱心一往邮箱里发了个深水炸弹,自己却堵在路上幸灾乐祸。

陈西安摇下车窗透气,剽窃着电台频道里男播音的台词:"现在是北京时间9点半……我是你的好朋友陈西安，现在我有一个问题想问钱老师，作为一个备受关注的设计师，你待会儿到了公司，会不会觉得不自在？"

钱心一也是无聊，他清了清嗓子，忽然官方起来："我觉得应该不会吧。"

陈西安合格地追问道："为什么呢？"

钱心一已经憋不住要笑场了："性格比较内向的人才容易不自在吧，被人一看浑身发毛，我这个人呢虽然不太外向，但公司的人要是盯着我一直看，我就要问他了。"

说着他把眉心一皱，骂道："看什么看！是不是没事干？大家这么忙，谁还看我啊。"

陈西安笑着说："我的错，我不该问这种蠢的问题。"

"原谅你。"钱心一往嘴里塞了颗口香糖，转头去看窗外。

他其实不太自在，过去他一枝独……霸，风评不太好，尽管是无心之失，出发点也是自以为是的好意，但每个人接受东西的程度不同，或许被认可的只是他的坏脾气罢了。

不过自不自在也就两天的事情，这些都是无关紧要的小事，等他离开GAD，就不会再记得了。

办公室里安静得不正常，开关门的动静被竖起的耳朵们即刻捕捉，不消片刻就交换了许多个眼神，众人纷纷翘首以盼，穿过走道而来的人，却只有陈西安一个。

赵东文的心在天堂和地狱之间来回跳跃，大失所望，不过还是起身跟着陈西安进了办公室，他和师父向来穿一条裤子，他肯定知道师父去了哪里。

钱心一其实就在高远的办公室，他和陈西安在那门口分的道，他进老总的办公室，陈西安回工位。钱心一敲门进去，反手上了锁，走到高远对面坐下了。

高远在揉太阳穴，看起来十分疲倦。

从陈毅为说，钱心一现在和陈西安住在一起之后，高远就糊涂了，他会随口问包宇鹏、梁琴最近在干什么，但已经很久没关心过钱心一了。

钱心一是什么时候，又是为什么跟陈西安合住的，高远都不知道，他只是突然感觉有点不妙，这两人走得这么近，钱心一要走，那陈西安呢？他是怎么想的？

他正出神，有人敲响了门，高远抬眼就见钱心一站在门口，这人其实每天在眼皮底下晃荡，但高远很久都没仔细打量过他了。

来公司的男人们基本都发福了，只有钱心一瘦得一如既往，他的头发比以前短了许多，穿的衣服也比以前熨帖，五官凸显出来，让高远有种十分陌生的感觉。

钱心一从来没有用这么生疏的眼神看向过他，他翘了翘嘴角，叫了声"高总"："我来跟您谈辞职的事情，您现在有空吗？"

来自钱心一的恭敬，是一种微妙而新奇的体验，这一直是高远的虚荣心和地位所希望的，然而当它实现的这一刻，他却没有如愿以偿的感觉，只觉得五味杂陈，奇怪、心酸、生气、失望……

然而作为一个商人，怔忪过后，高远却像过去很多次一样服了软，他用一种无可奈何的长辈语气说："辞什么职啊，我不准，你是 GAD 的功臣元老，公司哪怕走得只剩两个人，那也肯定是我和你，你师父知道了得打死我。"

他昨天还在赫剑云的面前说让自己走，如今换了个场地就易了副面貌，把自己夸得不可或缺的样子，钱心一似笑非笑地想到，如果赫剑云在这里，高远眼下会说什么呢？

碎掉的玻璃碴就该进垃圾桶，随便放任不管，容易伤到人。

"老杨要是知道出了这种事，我还在 GAD，被打死的就该是我了。"钱心一接了话，毫不动摇地直视着高远，表情难得严肃，"高总，不要再留了，你不该留我，也留不住我了。"

高远蓦然激动起来："你怎么回事？一个劲儿要走！我昨天只是被逼无奈，说的场面话，你有意见你提，想骂我你就骂啊，反正你也不是没骂过我！"

"你埋怨我是吧？怪我保了小赵没管你，但我们都清楚，负责人是你，你是脱不了干系的，而且你自己犟得像头牛，得罪了赫剑云一回又一回，他要整你，我有什么办法？哦，我告诉他是你底下一个刚毕业的整理错了，你觉得他会信吗？他不会的，所以小赵的问题提不提，根本就没人在意，是你有问题，你得罪了人！"

钱心一还是忍不住觉得难受，他笑起来，神情里温和到有了陈西安的影子，他说："以前呢，是我没分清上下级关系，我不该骂你，也不该没大没小，我向你道歉，你给我盖几个章，我对你什么意见都没有。"

"盖个屁！"高远一拍桌子，"你走了公司人怎么看我，啊？刚来的人心没稳，给你吓走了怎么办？"

钱心一知道他在指谁，垂下眼睫说："不会的，我没那么大的影响力。"

高远莫名看不惯他这种不温不火的样子，这根本不像是钱心一。高远郁闷地一伸手，把眼镜扫得横飞了出去："什么不会？有本事你就这么走，章我不给你盖！"

"盖吧，对你没什么损失，"钱心一站起来，看着他说，"现在是金融危机，除了我，没有人会走的，老吴、梁琴都不想走……"

说到这里他稍微做了个停顿："包括陈西安。"

高远眼神一动，忽然觉得他这个角度的目光有种莫名其妙的压迫感。

钱心一看见了他眼神的细微变化，心里不禁一阵悲凉，叹了口气说："高远，我们这么多年工作的情分，你好歹给我留一丁点儿。以前有很多比 GAD 环境优越的公司，我赖在这里不走，是因为我愿意；现在我要走，不是因为赫剑云的压力，是我不愿意留在这里了。"

"我愿意的时候可以像个老黄牛一样拼死拼活地帮你干活，不愿意的时候，也能把你公司的名声弄得像臭水沟，你信不信？"

要做好很难，但是要坏事分钟都可以，这是个高空上走钢丝的行业，丝毫马虎不得，高远被他逼得想骂人，又听他说道："赫剑云等着我两天后离职，他喜欢诚实的合作伙伴，你别挑战他的胸襟了。我先回办公室交接，你考虑好了，就打我的内线。"

结构图是陈西安亲自检查的，他比钱心一还清楚，那一对被拉断的梁高确定是 1000。

碍于陈毅为也在办公室，他把赵东文带到了楼梯间。

这是赵东文第一次看见陈工抽烟，或许是心情的原因，他觉得这前辈看起来和往常有些不一样。这人和师父关系好，导致赵东文面对陈西安也非常难为情，他犹犹豫豫地说："前辈，我师父人呢？他还来公司吗？"

钱心一的御用烟灰缸还在第二坎台阶的角落里，他犯愁的时候不愿意回办公室，总喜欢蹲在这里叹气。

陈西安也想叹气，如果没有这件事，他对赵东文还是喜欢的。

这小孩还年轻，朝气蓬勃，一副还没被生活打磨过的面貌，毛毛躁躁的也不会让人觉得讨厌，谁都把他当孩子看。

可是没有人能永远拥有被包容的特权。

赵东文不太敢看他，一对上视线他就会移开目光，这是典型的心虚表现，陈西安把剩了大半截的烟扔进缸里，自缸底冒起几缕浅白色的烟，他说："小赵，结构图打包错了的事，你一直都知道，是不是？"

他要是不知道，大家在讨论组里下载的就全是错版了，这件事情无从抵赖，赵东文看着地面，过了很久才"嗯"了一声，嗓音闷得低沉嘶哑。

"既然知道是错的，对的版本又是现成的，为什么不重发一次？大错小错你分不清吗？"

陈西安的表情和语气都还很正常，但赵东文神经质地意会到了谴责，他咽了口唾沫，有种百口莫辩的错觉。

他要怎么说他发过，只是怕挨骂偷偷地删掉了——

要是没有今天早上的辞职信，赵东文本来是积蓄好了坦白的勇气，等钱心一来质问他，就告诉对方事实，挨打挨骂他都做好了准备，只可惜他的断腕之心下得太迟了！

要是昨天，赵东文把打给高远的电话改成钱心一，让后者知道正确的图纸成功发送过，钱心一在当场的处境绝不会是昨天的局面，哪怕是总包的邮件被张航删掉了，还有陈瑞河的邮箱可以查证。

然而出于各种目的，没有任何人肯告诉钱心一，他们发过梁高1000的图纸。

事情的发展远远超乎赵东文的预想，他用了半天的时间来逃避，一整夜的失眠来下定决心，然而天一亮，钱心一的辞职信就躺进了邮箱里，他迟到的坦白成了讽刺的马后炮，除了伤人别无他效，还不如不说。

赵东文现在满脑子引咎辞职，引他的咎，辞师父职。

他悔得肠子长霉，可要是时间能倒退，赵东文还是缩头乌龟，他经历得太少，自乱了阵脚，总以为这个失误的下场就是坐牢，但其实没有这么严重。

事故已经造成，受害人想要的只能是赔偿，如果让他去坐牢能治好受害人的伤势，家属会拼命让他罪有应得，事实是毫无益处。治疗需要钱，恢复需要钱，出院以后再也回不到事故前的身体状态更需要钱，公道不能当饭吃，别人需要的，只能是钱。

没有人会期望从一个刚毕业的大学生身上拿到巨额赔偿，所以咬住不放的对象一定是公司。利益共同体的责任无法孤立，一损俱损，至于公司会怎么处罚发错人，那是他们内部的事情。

赵东文不懂，高远也没有跟他说，那通电话只是加剧了赵东文的六神无主。

结局摆在面前，昨天的会议里一定发生过巨大的争执，胖哥是知情人之一，但是赵东文还没有时间来向他打听，他脑子里一团乱麻，只想先见到钱心一，然后……他还没有想好。

事已至此，赵东文只能说："对不起。"

话里带着哭腔，他眼眶通红发烫,绷紧的面部表情已经快要控制不住了。

陈西安的理智告诉自己不要对他有情绪，但作为搭档，他的心毕竟偏向钱心一。

钱心一离开这里，原本是他们俩都乐于见到的局面，谁知道方式却从主动请辞变成了驱逐，陈西安没有办法不心疼。

钱心一看着像个没事人，不过心里肯定被砸了个大坑，回填起来或许需要个一年半载，GAD是他工作上的家，他兢兢业业完，却被扫地出了门。

"这话不要对我说，"陈西安皱了下眉，怒气一放即收，不过赵东文低着头，什么都没发现，"心一在高总的办公室，一会儿就出来了，不管是他找你还是你找他，你好好想想你准备跟他说什么，不要语无伦次，他会生气的。”

赵东文运气好，毕业了有人肯带他，以往他总是遇到个问题就跑去问，依赖性太强，自己不动脑子，结果问题也是一知半解，心里大概清楚，却表达不出来，说话“嗯呃嗯呃”的，钱心一为此没少骂他。

他一堆事情要忙，时间还要浪费在赵东文的糊涂上，钱心一没少烦得火气直蹿，不过自己收的徒弟，骂完了还是要管，只能耐着性子先教他理问题，然后找答案。

清晰的表达是很可贵的技能，所以钱心一在GAD第一次见到陈西安就认可了他，一个人办事有没有逻辑，介入到工作里一经沟通就能看出来。

听到钱心一还在公司，赵东文莫名松了口气，前辈的建议是对的，不过他现在根本无法思考，一想到他马上又要让钱心一生气，赵东文登时更慌了。

陈西安回到办公室，照例泡了杯茶。

考虑到他和钱心一的关系，陈毅为从余光里瞥他，没在他脸上看见愤怒或是不平，倒是有点意外。陈毅为犹豫了片刻，蹬了一脚地毯，把椅子推向了斜后方。

他滑到走道上，对上听见动静看过来的陈西安的眼睛，立刻微笑了一下：“陈工，钱所今天会来公司吗？”

陈西安回了个笑，用一种理所当然的语气问道：“来啊，还在职为什么不来？”

陈毅为愣了一下，陈西安的城府比钱心一深得多，陈毅为怕他误会自己是巴不得钱心一早点走，额外解释了一下：“哦，我早上没看见他，还以为他今天出去开会了。”

陈西安喝了口茶，很随意地说：“陈总真是幽默，辞职信都交了，还出去开什么会啊。”

陈毅为总觉得他话里有话，不过又捋不出来，只好放弃了纠结，继续笑道：“真是钱所要辞职？我还以为他邮箱被盗了呢，怎么回事啊？”

就算陈毅为不是项目交接人，别墅的事故也瞒不住，一传十十传百，本市建筑行业的小圈子大概都会听到风声。

陈西安觉得没有解释的必要，敌人和朋友心里的标杆不同，就像王一峰打死都不会信钱心一会犯这种错误，而陈毅为一直以压过钱心一为己任。

"别墅一个采光顶的梁被拉断了，昨天开会纠责，施工队说我们设计值给小了，确实有点小。我们呢，说他们把钢结构形式搭错了，直梁做成了折线梁，半天争下来两败俱伤，施工队被开了，心一也辞职了。"

陈毅为虽然名利心重了些，但道德底线还是有的，闻言愣了一下："有人员伤亡吗？"

目前的消息是一个急需脑颅修复手术，一个脊椎断了，神经能不能修复还要看手术，大面积挫伤都不用提了，命都还在，可人身伤害无法挽回了。

陈毅为惋惜了一会儿，脑子不受控制地运转起来。

施工队是被开，而钱心一是辞职，这个落差就充满了矛盾。陈毅为了解钱心一的性格，典型的过刚易折，真是他自己的问题，他辞职的口气绝对不会这么强硬。

至于高远的心思，陈毅为就摸得更准了。

小蛮腰还在设计阶段，新的战略性合同又启动在即，辞退的事情高远都绝口不提了，这几天还总是念叨着要去哪里借一队人马来帮手，眼下正值人手不济的时候，没什么内情他怎么可能赶走钱心一？

这个处罚看起来很有点问题，不过对他陈毅为却是有利的，钱心一一走，陈西安一副与世无争的低调态度，一所负责人最有可能就是他自己。

这是陈毅为从来到 GAD 就想达成的目标，压过钱心一的风头，成为这里最有实力的设计师，实现得猝不及防，以至于他都有点不太相信。

陈毅为带着一点茫然的关心，说："钱所还好吗？高总不会让他走的。"

"挺好的，吃得下睡得着，"陈西安的笑容里有点隐秘的怒气，"他铁了心要走，那点工资福利大不了不要了，反正今年才开头，也没多少，当然，该得的还是要拿走的。"

陈毅为心想：什么叫"那点"，陈西安这是，瞧不起一所所长职位的意思吗？

赵东文左手按在键盘上，假装在画图，眼睛却偷偷地盯着走道，隔断上一有阴影出现，他就紧张得心都跳到嗓子眼。

事多的王淳走来走去，把他吓得死去活来，终于在他忍不住要抱怨的时候，影子带出来的人成了钱心一。

赵东文脑子里绷的弦一下就断了，他对上师父的视线，被他眼底的无动于衷看得浑身都颤了一下，他紧张地害怕道：完了，他竟然没发火！

赵东文腿软地站起来，脚不小心勾到了插线板，被绊了一小下，机箱却倒了，发出"嘭"的一声。大家被声响吸引，登时小范围内的人全部看见了站在会议室隔断旁边的辞职人。

梁琴红着眼睛站起来，骂了句浑蛋，像个奓毛的母鸡一样朝他跑了过去。

跑到跟前她就哭了，像个无理取闹的女朋友一样捶了下钱心一的胸口："钱心一，你大爷！你不解释清楚我跟你没完！"

她这是真打，钱心一被捶得有点疼，只能抓住了她的手臂，然而见她愤怒又伤心，从高远办公室出来的心气忍不住下去了一些。

还是有人想留他的，钱心一笑起来说："打桩呢你？想捶死我啊？"

"你犊子活该！"梁琴倒是不捶他了，只是见他没个正形，一伸手把他推了个后仰，正准备逼问他，被胖子在身后不轻不重地碰了下肩，一回头看见满办公室好奇心旺盛的脸，气得扭头拉着钱心一进了会议室。

没有陈西安，没有陈毅为，这是他们的原班人马，可是相处的氛围却和从前大相径庭了。

在钱心一出现之前，梁琴和老吴已经从胖子那里大概了解到昨天下午发生的事情了，她恨不得抽死赵东文，不过却更气钱心一，他平时嚣张得像个螃蟹，结果高远让他滚蛋他就滚了，还滚得这么麻利。他凭什么！

梁琴其实对他的解释没什么兴趣，她抹了把眼泪吸了吸鼻子，说："你走我也走，反正高总一直想让我走，你一走没人护着我，我也留不了几天了。"

"别发神经，给。"钱心一抽了张纸给她，"他现在缺人手，不会让你走的。"

"你别转移话题，我在说你！昨天的事情胖子已经跟我们说了，你是有责任，但小……"等梁琴意识到这话不合适的时候，大家都已经明白了，她有点尴尬，突兀地住了嘴，看了一眼赵东文，发现他低着头，肩膀在轻轻地抖动，看起来是哭了。

谁都是从新人过来的，知道自己负责的图纸出了事的心理负担大，犯点错误也不少见，梁琴明明是怪他的，但熟悉亲近的关系又让她不忍心苛责，在她心里赵东文还是个没长大的男孩。

剩下两个心思不如她细腻的男人，更加不知道该说什么了。

钱心一心里五味杂陈，他一时没法用以往的态度面对赵东文，可这小子在面前哭，钱心一又觉得看不下去，他将手肘撑到桌子上，说："都别问了，我心里也不好受，我这两天就走了，不要再给我添堵了。我脾气不好，过去让谁面子上过不去，我向你们道歉。"

赵东文猛地抬起头来，双眼赤红还带着泪水，他想辩驳一句"你很好"，不过钱心一挥了下手，一道把梁琴和胖子的愤愤也压了回去，让他们暂时都闭嘴。

大伙只能听他继续说："其实我不想骂你们，可是大家都不长记性，这是我最后一次跟你们开会，为了留个好印象，就不说教了，谢谢这些年大家对我工作上的支持，天下没有不散的筵席。各位，我走了。"

钱心一说完，站起来鞠了一躬，这下连老吴都红了眼眶，梁琴哭得很厉害，想骂赵东文太尿，到现在连屁都不敢放一个，结果情绪起伏太剧烈，一张嘴全是抽噎。

钱心一招架不住，决定要遁走了，他本来就坐在门口，一起身就往门口迈了两步，手搭在把手上说："我心情不太好，不要给我整什么送别宴，我不会去的。"

说完他风风火火地拉开门，准备回陈西安身边避难，结果赵东文泪流满面地追出来："师父！"

钱心一脚步顿了顿，还是停了下来，赵东文不停地说对不起，他转过身，看着这个人高马大的男生，尽量让语气听起来没有怨气。

"小赵，"钱心一看着他说，"我已经辞职了，不要再这样叫我了，你要是当耳旁风，那我也听不见。"

赵东文又叫了一声，凄惨得刚像个被老师训斥完又立刻见到父母的小学生，他的情绪被钱心一的决绝击垮了。

社会对成年人有条条框框的约束，喜怒有顾忌，哭笑不能全随心所欲，无论他曾经笑得多么热情，大家印象最深刻的肯定是他这狼狈的哭相。

钱心一觉得自己的怒气值在直线上升，倒不是因为赵东文耳聋，只是哭有什么用呢？没用还一直哭，看着就生气！

他已经三十一了，在繁杂的工作里已经记不得，自己在赵东文这个年纪的时候，也被施工单位逼到夜里回家蹲在厕所上抱头痛哭。

他照样犯过错，让杨新民擦过屁股，抹黑过公司的脸面，每个人都是从失误里成长起来的，这些不可避免，应了那声"师父"也有包容引导的义务。要是高远没有当着赫剑云的面承诺让他走人，他应该一样会原谅赵东文，就像上次城科的角钢坠落一样。

如今他站在赵东文对面，忽然意识到了自己或许一直都错了。

杨新民当年虽然护着他，却没把他夹在胳肢窝下面，而他把赵东文关在办公室里，让他习惯了遇到事情就找师父。

当时他看见城科那张吊顶墙上锈烂钢架的照片，什么都没想，先给了陈西安一拳，事后知道最后上墙看的人是赵东文，却只是训斥了他一顿。要是一开始就知道是赵东文的问题，他会也给他一拳吗？

他应该不会……钱心一舔了下嘴唇，觉得自己错得还挺投入。

"你过来。"钱心一率先朝外面走去，地点可想而知，偷闲密聊畅谈丢垃圾的绝佳之处，大家都爱的楼梯间。

他教得不好，他跟赵东文说清楚，赵东文对不起他，他给这人道歉的机会，但这并不意味着原谅他，钱心一就是斤斤计较，就是大度不起来，这些人寒了他心，好不好过就关他屁事了。

他们有良心就自己去默默地愧疚，没良心只把他当冤大头，那就怪钱心一眼神不好，非要把后背露给会捅刀的人。

很快两人面对面地站在了楼梯间里，赵东文感觉这大概是钱心一对他的教导中，最温柔平和的一次，不过他却更加惶恐了。

"小赵，我以前没带过人，不会教徒弟，没事喜欢骂你，有事又纵容你，所以事情变成现在这样，我也没什么可说的。如果还愿意干这行，让高远给你找个严厉一点的领路人吧。"钱心一看着他，一副喜怒不惊的样子，"你叫我是想说什么？说吧。"

赵东文陡然崩溃了，他去拉钱心一的右手，带着往自己脸上扇："师父对不起对不起！你不要这么说，你很好很好很好，对我没话说，我没想到事情会变成这样，是我的问题，我害怕，琴姐说得对，我没种，我孬！你打我骂我都行，你别走也别不要我啊——"

激动的人力气大，钱心一自己左手拉着右手想不被动地去打他，被扯得几乎站不稳。他纸糊的大度很快被摇散了，一边心想"谁要理你"，一边火气噌噌地上去了，他喝道："滚！！！"

赵东文感受了熟悉的味道，听话地停了下来，改成规矩地拉着他的袖口，陈西安的建议言犹在耳，赵东文心一横，给自己上了道斩立决，他突然开口说："师父，我们去工地吧。"

钱心一猛地一扬手，扣子崩出去弹在不锈钢栏杆上，砸出"叮"的一声脆响，这句话不知戳中了他哪个笑点，他低低地笑了一阵，觉得赵东文还是太年轻了："去工地干什么？狡辩，说昨天我失忆了，忘记那个图纸是我徒弟整理发送的，今天我把他带过来，推翻你们昨天扣在我身上的罪过？该承担责任的是他，该被辞掉的也是他，跟我一毛钱的关系都没有？是吗？！"

放在从前，赵东文早被骂孬了，这次顶着压力苦思冥想过，哽了几秒竟然还有了下言："可以解释的，说你维护我，说高总是我舅舅，什么都可以说！我其实……"

"赵东文！"高远的吼声突然冒出来，打断了赵东文到了嘴边的坦白。

钱心一闻声回头，在楼梯间防火门上那一条窄窄的玻璃后面看见了高远的脸，玻璃碎了很久，裂痕叠加在高远脸上，让他看起来有点扭曲，像个凶神恶煞的反派。

高远是听见了钱心一在办公室里的那一声"滚"，才跟着出来看情况的。他来得也巧，正好赶上赵东文要坦白从宽，这诚实只能雪上加霜。高远心惊肉跳地喝止了他，庆幸自己来得及时。他拉开那个从来锁不上的防火门，一进去怒道："没事瞎嚷嚷什么啊，我是你舅舅很光荣是吗？非要吼得人尽皆知，让大家都知道你是个走后门的。"

钱心一看了他一眼，觉得他这嗓门也不比赵东文低多少。

赵东文被高远吼得整个人瑟缩了一下，他松开钱心一，回过头对高远说："我没有，我只是……"

"你还说！"高远扬起手，作势要打他，赵东文下意识往后一躲，猫到了钱心一后面。

这种家里人的场合钱心一最不喜欢，无视高远直接走了。他回到办公室，对上陈西安立刻投过来的视线，对他点了下头，然后跟陈毅为打了声招呼。

陈毅为走到他桌子旁边，例行公事似的关怀了一遍辞职信的事情，钱心一浏览着他自己的工程文件夹，很没诚意地说要去看看大大的世界。

陈毅为信了他的邪，但还是虚伪地赞同说趁着年轻多看看，也潇洒得叫人羡慕。

钱心一懒得跟他说场面话，让他拉了椅子过来，开始简单地给他介绍前年到去年，设计工作完成而还在建的工程。

在他走之前，陈毅为需要看完他给的所有图纸，一丝不苟那种程度，看完一个跟钱心一核对一个，有问题记录，让钱心一解决完了交给他，没问题自己盖私章，表明后期交接给他，和钱心一从此没有关系。

当天到了下班的点，高远也没有表明态度，他走得非常早，钱心一去办公室找人，门已经锁死了。

钱心一觉得拖着不是耽误自己嘛，回家琢磨了一阵，给陈瑞河去了电话，他请陈瑞河帮了个忙，让对方用自己的邮箱，以西塘集团的名义往高远的私邮里发了封联系函，大意是赫总在过问钱心一离职的问题，请他回复处理结果。

晚上吃饭，陈西安自然地提起了离职赔偿的事情："赔偿金你准备跟他怎么结算？"

钱心一心大，离职入职的次数也少，根本没想过这种问题，茫然地"啊"

了一声，显然对《劳动合同法》十分生疏，他说："什么怎么算？还有什么不同的算法吗？"

陈西安用筷子给他夹胡萝卜丝："有啊，有合理解除的赔偿金等于月薪乘以年限，违法解除是它的两倍。就咱们这情况，怎么看都是超级违法解除吧，要不让他赔三倍吧。"

"还三倍，疯了吧你，高远这么会开源节流的人，你这是在割他的肉！"钱心一挑食的毛病，最近有了点好转的趋势，他把胡萝卜丝就着饭扒进嘴里，嘲笑陈西安太天真。

陈西安就是夸张化了在逗他开心，闻言笑道："那就折个中，一口价，两倍吧。"

钱心一还挺有自知之明："我这辈子都没讨价的本事了，一倍都得谈没，你长得这么'金融'，你去要吧，反正你说他都知道我们一伙的了。"

说到这个，钱心一突然惊奇起来："啧，不过高远这回居然没有训我，有点神奇。"

陈西安自卖自夸地说："他应该是给我面子吧，怕训了你，回头你一吹屋檐风，我拍拍屁股也走了。"

钱心一简直笑死："你可赶紧拉倒吧，别把自己想得那么重要，那是错觉！还有屋檐风是个什么鬼？我只听说过枕边风。"

"就是你这种，跟我住在同一个屋檐下的人吹的风，"陈西安胡扯一通，乐呵完正经起来，说，"现在也4月下旬了，你准备准备，我约康纳博士出来吃个饭。"

钱心一有些底气不足地抬头看他："人博士愿意跟我一起吃饭吗？我，计算一把渣。"

陈西安笑了起来："不要尿，给我学！前天你说的教材，我选了几个比较适合你的版本，洗了澡你看看，自己看封面顺眼的，去购物车里把单下了。"

出了校园就难以静下心了，钱心一单词背得痛不欲生，现在又加上一门力学，而且没想到噩耗来得这么快，端着碗泪流满面："那什么，你真是太贴心了。"

当钱心一走出高远自己人的圈子之后，高远有个很好的优点，就体现了出来。

高远是个体面人，寻常不会让人太难堪。

对于公司非高层的同事来说，这老板算得上人性化了，传统节日有过节费，夏季高温补助不会缺斤少两，妇女节女士有补助，生日当天还有个小红包，不多，一百块钱，但也是份关怀。

这也是这么多年公司鲜少有人主动离职的原因，职场残酷，一点温暖也值得眷恋。

高远下定决心同意钱心一离开之前，去了趟杨新民那里。老头满脸褶子斑痕，老得他都快不敢认了，对于已经过去的日子，似乎多少年都能用一眨眼来形容。

他是个大稀客，然而杨新民对他没什么好脸色，不过还是留他吃了顿家常便饭。

高远挨了半天老眼飞刀，恍惚间有了种重返十年前的感觉。那会儿他还是个技术员，钱心一也还是个毛头小子，他们睡在一间活动板房里，上下铺的铁架床一翻身就咯吱作响，在漆黑的夜里茫然于目前日复一日的生活。

他们曾经比兄弟还亲近，如今走到这步田地，也许是杨新民的二锅头度数太高，险些把高远的老泪都呛下来。

当天下午3点差10分，王淳送了两个档案袋进来，钱心一绕开匝线，抽出来的东西让他意外。

一式两份，盖了公章的辞职信、盖了技术章和高远私章的无责声明、解约合同、他的毕业证、工资条、年终奖结算、这些年的保险单，全都是高远签完了字的，剩下一个空格给他。

十二张窄窄的数据条，意思是高远承认了，是公司违法解约。

钱心一盯着这些东西发了会儿呆，心情五味杂陈，背锅的时候谈不上愤恨，解脱的时候也没觉得豁然开朗。

他俯下身子，郑重地签上姓名，留下一份，然后也不收拾东西，谁也没通知，悄无声息地走了。他离开得并不光荣，所以拒绝大张旗鼓。

东西陈西安会替他收拾，其实也没什么，钱心一桌上最多的是草稿纸，水杯、书本都可以再买，而图纸是他不能带走的东西，不过他家里的电脑上基本都有备份。

钱心一走出大楼，一回头看见GAD的标志在太阳下发光，铝标角部聚集的银色锋利，刺得他不自觉眯眼，谁知眼皮才一动，热的先是眼眶，那种心情，和他妈让他以后别去B市的时候差不多。

两三天的时间，别墅的事故就在公司传开了，钱心一不来公司，就好像真的是畏罪潜逃一样，大家都觉得不可思议。

陈西安原版传译给他听，钱心一假装画弯矩图画得全神贯注，只是几道基础题全错得飞起。

他走得相当无情，不管背后议论纷纷，说不要送别宴，人就果然不见了踪影。

电话钱心一还是照接，陈毅为随时都可能找他对图纸。梁琴诱惑威逼他出来吃饭，赵东文想给他赔罪。胖子的借口更加丧心病狂，竟然撒谎说要请他去参加婚礼，但就是约不出来也堵不到人了，钱心一说他不在家，正在度假。

陈西安装作什么都不知道的样子，开始重复去年的故事，加班。

钱心一的度假地点就是陈西安的家，每天逛得最多的景点就是冰箱和床，突如其来的清闲让他无所适从，头几天他缩在飘窗上，总是一坐就是一天。

他意难平，需要时间来平复。

据陈西安这个"线人"转达，康纳博士去法国参加研讨会，说回来后再联系他们。

钱心一有些消沉，陈西安也没时间陪他聊天解闷，他加班加得有点狠，常常连晚饭都赶不及回来吃。正好这节骨眼上，从前八局的一个同事有只小狗没地方寄养，陈西安有点喜欢宠物，也没知会钱心一，直接把狗提了回去，想着这么帅气的萌宠，大概能让"钱低落"高兴一点。

谁知道高兴没见着，却弄得家里鸡飞狗跳。

陈西安将用一个水果篮提回家的时候，钱心一正在厨房里折腾晚饭，没能第一眼看见这新来客。狗崽怕生，一落地就跑到茶几下面躲了起来，陈西安跟过去掏，才摸到狗毛它就跑了，傻得连叫都不会叫。

钱心一听见门响出来，端着个饺子碗边走边往嘴里塞，根本就没看地，只见陈西安跪在沙发前，十分莫名其妙："你掏私房钱……啊——"

钱心一先是感觉踩到了一点凸起，接着屋里猛然炸起一连串惨叫，猝不及防的他吓得手一抖，半碗汤水登时全"灌溉"给了小狗。

那狗还被踩着肉垫，痛不欲生地挠着他的裤腿。钱心一低头，看见一团黄叽叽的玩意儿在脚边扭动，湿答答的样子，看着挺丑的。

他倒是不怕小狗，撤了脚把它拨到墙边去，避开残汤走向了陈西安所在的沙发，说："哪来的狗？"

陈西安撑着茶几坐起来，正在可笑地跟狗说话："小钱，叫爸爸。"

"还是叫小陈吧，"钱心一听着都觉得傻，他干挑饺子不喝汤，"怎么忽然想起养狗了？"

陈西安提了下情况后说："我看你一个人在家窝着无聊，给你找点任务。"

"谁无聊了！"钱心一不想养，开始狡辩，"我忙得晕头转向，单词要背吧，三餐要凑合吧，还有这个该死的力学，磕得我简直不想活，你再给它找个好点的爸爸吧，我不行。"

陈西安翻过他的书，有横线和重点的标记页很少，整洁如新的却是一大片，进度慢得陈西安都不好意思催。等过些日子钱心一的心情恢复了，陈西安会看情况上岗督促他的进度。

眼下他决定厚道一点，不去戳破钱某人的谎言，只是叼走一个速冻饺子，边吃边笑着说："好爸爸在这里，养着吧，我都答应别人了。"

金毛的奶狗体味重，钱心一把这便宜儿子在客厅放了一宿，第二天一开门险些被臭晕，再放眼一看星罗棋布的小摊尿液，一瞬间煮了它的心都有。大概是他的表情太忍辱负重，陈西安倚在浴室门口笑了半天。

接下来，好爸爸就打着赚钱养家的名义撒手不管，钱心一再不讲究也不能和屎尿为伍，每天光是火冒三丈地扫排泄物，就精神了好几倍。

于是虽然代养的初衷被扭曲，但是目的达到了，陈西安对此还算满意。

金毛不叫小钱也不叫小陈，有点奇葩，它叫托福，陈西安给起的，动不动就喊给钱心一听，说是提醒他向托福英语的水准努力，钱心一却只感受到了一丝被鄙视的恶意。

他的英语就是差，怎么了嘛。

十天之后陈毅为检过了图纸，让钱心一去签字，他回到GAD的办公室，霎时有种恍如隔世的感觉，心境、视角全变了。很快他适应了这阵不适应，大家都挺好，梁琴冲过来非礼他，胖子和老吴在工位上冲他笑，唯独没见到赵东文，听梁琴说，他一个人去工地上拍照去了。

不遇阻碍不成长，从前赵东文一个人没有去工地的勇气，钱心一不知道是该替他高兴，还是该给自己点蜡烛。

高远也在，见了他十分客气，钱心一很不习惯这种态度，签完字离开之后才想起来，这是他以前所希望的平等。大概这就是传说中的得不偿失吧，他想。

离职手续办完之后，钱心一继续回家养狗，慢慢居然养出了一点乐趣，觉得这狗子蠢蠢的，有时也蛮可爱。

然而托福是条忘恩负义的金毛，钱心一伺候了它半个月，它原来的主人一声心肝儿，它头也不回地跑了。不过他恋恋不舍的样子，让陈西安觉得这狗养得值回购价了。

在家里的狗毛被清干净之前，康纳博士回到了C市，陈西安跟他在市中心的烤鸭店约了顿晚饭。

出发之前，钱心一很有些忐忑，临时抱佛脚地把他的结构力学教材翻了一遍，又背了几个单词，看得陈西安哭笑不得，谁吃饭的时候会用英语要求他画弯矩图啊。不过紧张说明他重视，越重视就代表越想去，是个挺好的现象。

康纳博士还是老样子，干瘦却有种不容忽视的气场，库伯斯没有跟着他，博士戴着顶黑色的小礼帽，站在烤鸭店门口的铜模鸭子旁边，和过路看他的人点头微笑。

国人越老越讲究内涵，外国朋友却似乎正好相反，他们热情充沛，让人觉得非常开朗。

三人见面以拥抱开场，陈西安扬着手将老人请进店，进了预约的小隔间，正好在窗边，透过中国风的朱红窗棂格，还能看见路上的人来人往。

康纳博士说很高兴见到他们，中文蹩脚也喋喋不休，翻着手机相册和他们探讨法国不为人知的建筑角落，有着叫他心动的细节惊喜。

他拍的都是一些带日光阴影的角落，可能当初建造时没有这种初衷，太阳折射的角度也属偶然。但被他一形容，就煞有介事的有了点故事性的味道，像鲸鱼、大鹏鸟和刺猬，等等。

这就是大师的境界，善于捕捉美，进而创造传奇。

饭局到一半，陈西安坦荡荡地道明了来意："博士，迪拜二期的项目马上就要启动了，我知道你在找新鲜血液，我这边脱不开身，只能遗憾地错过了。心一是我最信任的人，我想把他推荐给你。"

康纳博士娴熟地卷了个筋饼，翻来覆去地沾甜面酱，沉醉地吃完摸了嘴，才像刚恢复听力一样，看着他笑道："不用你推荐，我认识 Mr.Qian，我们上次见过，嗨 Qian，我还要再说一遍，我喜欢你的名字。"

钱心一笑了笑："那我再谢您一次。"

康纳博士："你是西安的上司，你当然非常优秀，不过你从前做了哪些有名的项目，我没有那么想知道，我比较想谈谈，你喜欢你的工作吗？"

钱心一顿了一会儿，明知道这是一个坑，还是跳了下去，他说："不喜欢。"

这是一个语言陷阱，喜欢就不会离开，憎恶也没留下的必要，所以喜不喜欢其实不重要，康纳博士想听的只是一个为什么。

钱心一的为什么很长，要从他的高中开始说起。

"博士，我的不喜欢可能有点长，希望您不会觉得枯燥。"

"哦，我洗耳恭听。"外国人对聊天有种莫名的狂热。

钱心一说："我不是您一直接触的那种优秀名校生，经过系统的学习毕业后就坐在办公室，从标注平立面开始，慢慢从助理熬成设计师。"

康纳博士露出感兴趣的神色，钱心一笑了笑，表情十分坦然。

"我是从施工里出来的，做过工人、技术员，后来遇到我的师父，才在他的督促和指导下回到校园，拿到了本科的学位，勉强踩住了那时候进设计院的最低标准。"

康纳博士露出了一丝善意的愕然，在他心里钱心一的定位就是陈西安的领导，看他俩年纪相仿，他还以为他们起码是学历相当。不过一面不足八方来补，侧面也能表明钱心一有过人之处。

钱心一继续说："可能是因为这些经历，我的眼界被自己熟悉的施工实况给封死了，我清楚它的每一个环节，粗制滥造的骨架、披光鲜亮丽的外皮……我们中国有句古话不知道您听说过没有，叫'金玉其外，败絮其中'，这就是我认识到的建筑。"

"脱离实际的设计是无用功，可太深入施工的设计，也会被扼杀掉想象力。这种现状让我觉得挺可怕的，所以我设计出来的楼体全部都是中规中矩的样式。这么说其实也可以，这些年我设计来设计去，画的都是同一栋楼。"

"设计的时候施工就在脑子里。"钱心一自嘲地说，"我剥离不开这两者的联系，与其说我不喜欢我的工作，不如说我不喜欢的是我的思路。我想画出新颖而抓人眼球的建筑图，也想它有坚实可靠的结构，这就是我今天坐在您对面的理由。"

不知道是被他这长篇大论里的哪句话打动了，康纳博士盯着钱心一看了好几秒，终于忍不住笑了起来："有件事我必须先向你道歉，因为西安的极力推荐，我对你很感兴趣，所以我让库伯斯查了下你的业绩，本来，嗯……"

他老来俏地耸了耸肩，一副"你懂的"的神态："不过刚刚听了你的不喜欢，又觉得你的心态非常这个。"

他竖起大拇指，说："你的经历十分难得，像我，画了一辈子图啦，现在还分不太清楚他们施工里的那些个器械，思维受限制是你自己的问题，必须靠自己的力量去打破枷锁。我听西安说你想参加迪拜二期的设计，我吃了你们的嘴短，可以为你提供一个平台，5月20号在九州酒店有个公开的面试，有信心的话欢迎来参加。"

这么多天的郁闷一扫而光，钱心一笑得有点不好意思："谢谢，我会准时到场的。"

康纳博士点点头，期望地去看陈西安："你会来吗？"

陈西安给他续了些红酒："想去，可惜脱不开身，博士你别用这种眼神看我，JMP 我是一定要去的，为了……"

他看向钱心一，眼底有些默契："抓人眼球的建筑图和坚实可靠的结构。"

很正常的语气和表情，康纳博士也没察觉到他的眼神，自顾自地夹了块红烧里脊，品位起中国菜层次丰富的口感。

钱心一对他笑了一下，心里却说"噫，居然抄我台词"。

辞别康纳博士后还不到 8 点，难得夜里来一趟闹市，不久之后还要参加面试，陈西安建议说去看看男装，钱心一没有意见。

不是节假日折扣日期，商务男装区几乎无人问津，导购员都是些打扮职业的青中年女性，丁字步站得笔直，盯着来往的顾客横竖扫描，窥探出着装品味和选购意向后立刻下手，迎面就是一通训练有素的安利。

钱心一不善于应付这种推荐，所以他每次买服装最后都能买到落荒而逃，随便买也随便穿，不过中等偏上的价位在这里，穿出去不至于太寒碜。

陈西安却是另一种画风，他有固定的品牌和明确的购物意向，买东西快准狠，不给敌人一点渗透的机会。

正装区顾客不多，导购围着他们打转，钱心一本觉得不太自在，可看见导购的姑娘对陈西安特别热情，光是推荐给他的新款西装就有七八套，甚至还要去帮他打理领结。钱心一就在心里犯嘀咕，他是看起来没陈西安有钱还是咋的，怎么没人来给他打？

不过真要是有人上来，钱心一估计又不习惯。

陈西安也不习惯，婉拒了导购的好意，勾了勾手，把置身事外的钱心一叫过来使唤上了。

钱心一站在他面前瞅来瞅去，这条也行那条也行，看来看去最后总结出了规律，原来是因为人长得行。

为了 5 月的面试，钱心一拼得厉害，每天的习题写到夜里翻篇儿，他觉得像他这种学渣能做到这分上，不成功天理难容。

自学的氛围毕竟差了点，因为自制力这玩意儿不好使，得跟着风才能稳定下来。钱心一报班的时候还拧巴了一两天，总觉得自己都这把年纪了，还缩在一堆年轻人里抄卷子，实在是有点难以启齿。

他劈着腿一条跨在飘窗台上，把笔转得风生水起："老陈啊，你看我都三十多了，还去报学习班，是不是有点那么？"

陈西安将做不完的工作带回了家，一边狂输快捷键一边怂恿他："报吧，不报你今年过完照样奔三十二，能捞一点是一点，再说你的口头禅不就是'钱心一可以不要脸，但是要什么什么'吗。"

钱心一把笔芯摁进去，瞄准他就丢了过去："你才三十二呢，你才捞一点呢，你才不要脸呢！"

陈西安回过头，大言不惭地说："我要这脸有何用？快，单词再背一页。"

钱心一用指头揉着太阳穴，觉得学习真累。

钱心一的待业衬得陈西安越发地忙碌，他明知道这种心态有点犯贱，还是觉得羡慕，忙起来充实，比闲下来的空虚要好过许多。

他怀念以前整天十指如飞的日子，他最近用的都是计算软件，有阵子没用过 CAD 了，有天忽然打开，黑色的页面熟悉到骨子里，左手摁住了画直线的 L 键，下一步却不知道该接什么了，脑子里空了，没人再催他交图了，他有些茫然，乱七八糟地瞎输入，画了一堆不知道是什么玩意的线条。

关闭的瞬间，那图案在钱心一眼前闪了一下，有些像一只振翅欲飞的蝴蝶。

在单位画了七八年的金角银边，被辞退在家之后却画出了一只蝴蝶，钱心一觉得挺逗的，自我嘲笑了小半天。

5 月 20 号来得很快，钱心一的英语马马虎虎，在陈西安的帮助下，力学没学好，先死记硬背了很多个常用的公式，带着笔记本电脑、简历、过往工程经验去了九州国际。

笔试的结果不怎么好，因为试卷上的题十分主观，好多道都是建筑微型立面，什么都一团模糊，却让考生选出一个最美的立面，钱心一无法下笔，什么都没选。

平面功能的划分他倒是比较满意，因为规范背得熟，要求也清楚，总之是不太如他的意。考完之后要等二面通知，他告诉陈西安他觉得没什么希望。陈西安老神在在，不知道对他哪来的大信心，让他等就是了。

接下来的两个多星期都没什么音讯，钱心一自己都在网上投了两个简历，准备出门去面试了，却忽然收到了面试通知。

二面的面试官是康纳博士，全是一对一单面，钱心一看见了他空了一大堆选择题的卷子，被康纳博士问得脸都红了："四选一，哪怕是抓阄也有百分十二十五的机会，你为什么不选呢？"

钱心一硬着头皮说："因为我看不清楚，全部都黑乎乎的，哪个都不美。"

康纳博士哈哈大笑道："是不美，你真老实。陈西安就比你油滑得多，他当时自己画了个 E 选项，每道题都选的 E。不过还是要恭喜你过了二面，三面是体能和体检，祝你好运。"

钱心一如遭五雷轰顶，体……什么玩意？

为了进 JMP，钱心一算是拼了，他平时回家就瘫下，打从面试回来，居然破天荒地用起了跑步机。

然后训练复训练，每天都得练，钱心一上机器之前还是个人，下来的时候就喘成狗。

这时他捂住心口，苦不堪言地往旁边的地上一倒，跟着就不动了。

陈西安听见房里的动静停了，头探进来一看，发现勇士又倒下了，然而墙上的时钟显示他才跑了二十分钟，陈西安恨铁不成钢，无情地退了出去。

钱心一心里苦，瘫在地上吐槽："外国人花样怎么这么多？我又不干体力活，搞什么体能测试啊。"

陈西安摸了两块巧克力回到电脑前，一看图纸就眼睛发晕，他在帮雷所调平面图，改得比重画一遍还累："我觉得是好事，像你这种懒鸭子，早八百年前就该进这种公司。"

钱心一说他放屁，想起他当年好像还有上女儿墙的项目，就十分感兴趣："你当年面试的时候测体能了吗？都考些啥？给我透露透露。"

陈西安："没测，你今年不也没上女儿墙吗？"

钱心一："那能一样吗？我都干了这么些年了，你那会儿才毕业，还是个菜鸟。"

陈西安觉得可能就是这个理，幸灾乐祸地说："菜鸟好啊，一口气能跑上千米，不像干久了的，身体都熬得差不多了，体测倒数的大概是不能要了。"

钱心一翻了个身面朝门口，直觉他后面那句话是在针对他。

陈西安一分心就不想画图了，索性站起来调戏钱心一，他往门框上一靠，张嘴就开始胡说八道："不过你比我运气好多了，我当年还要考才艺，你怕不怕？"

这玩意比体能还没用呢，钱心一在心里吐槽，想了想，有点越想越恐怖——幸好今年不考那些，不然他就黄了。

陈西安盯着他忐忑的表情，发现他居然真的信了，心里登时笑炸了，脸上勉强还维持着一本正经。

钱心一坐起来，打听道："格调这么高啊，你展示的才艺是什么？"

他想了半天脑子里都只有炒菜，心里就有点愧疚，处了这么久，他还没发现陈西安的特长。

陈西安本来想说你猜，结果没忍住笑了起来，钱心一见状反应过来他是在逗自己玩，爬起来去揍他："反了你还！"

钱心一开始了他的魔鬼训练，陈西安却觉得这是小菜一碟。

晨跑晚锻炼，合计撑死了不到一个小时，懒人的借口总是比喘的气还多。

陈西安加班的话没法回来盯住，钱心一就打酱油地换一身运动服，在跑步机上象征性地跑几步，然后穿着那身衣服楼上楼下地晃悠。他这样三天打鱼两天晒网，体能收效甚微。

学习班钱心一到底没报，因为琴棋书画舞蹈班遍地开花，建造师的辅导却只有考证的时间才会出现，他想学只能去大学旁听，挤在一群不谙世事的小鲜肉里奋笔疾书不是他的风格，这事也就作罢了。

英语报了个网络速成班，听听写写倒是不敢敷衍，怕万一有机会出了国门，结果找不着北那就丢了大脸。

陈西安的日常就是忙，那是自己以前的日常，钱心一闲着看他可怜，想弄点好菜慰藉他狗一样的心情，偏偏自己没掌握到厨神的技能，只能保证陈西安如果加两个小时以内的班，回家能有顿冒着热气的寒碜饭。

钱心一以前自己住，都没有这么善待过自己，一时被自己无私的友情给感动得够呛，不停地往陈西安碗里夹超市里现灌的香肠，自卖自夸地说："我对你真是，啧，仁至义尽。"

陈西安挑了一筷子拌饭酱，笑着点头："没错，感天动地。"

饭后是钱心一的学习时间，陈西安近来也莫名其妙地忙，下班本来就晚，回来了还在干，钱心一本来不想过问他在GAD的事情，但怕他太忙了身体吃不消，终于还是凑到了他电脑前，打算帮他分分忧。

陈西安看的是一套不知道多少年前的手绘图拍成的图片，平面的外轮廓像个横着的"8"，小立面上的材料乱成麻，板块碎得厉害，看得人眼花缭乱。

钱心一不认识这个楼，他猜是他离开之后接的活。

陈西安戴着眼镜在纸上抄板块的尺寸，专注到没察觉钱心一来到了身后。

钱心一顺着他的速度看了十几张图，忽然忍不住发了职业病，反手拖来一张凳子，占了一角电脑桌，问道："这是哪个项目的旧楼改造啊？看着像个展览馆，这老图有点意思。"

陈西安回过神，用笔杆推了推眼镜，滑动椅子给了他一点空间，笑道："这是锦城的老美术馆，前设计是郭碧城老先生，使用没什么问题，不过结构使用年限快到了，院方想重建，推平了复制。"

郭碧城是老一辈的建筑专家，已经过世了，他作品中古建的元素很浓，特点很突出，钱心一是听说过的。

他挑起左边眉毛，心里觉得奇怪，锦城是个古镇，当地政府为了保护本地特色，这些年都不允许平地起高楼，基本没什么招标的项目。再说高远，陈西安论能力已经是个项目负责人了，他会让他花时间干这种不太需要技术含量的复制性工作？

"你不是在干小蛮腰吗？"钱心一觉得奇怪，"怎么又干上这个了？"

陈西安本来是打算有点准信儿之后再告诉他的，现在被逮个正着，索性坦白地招了。说实话他很喜欢现在的感觉，姑且叫奋斗吧，钱心一在为进入新平台努力，他也在为自己的未来添砖加瓦。

"都在干，"陈西安取下眼镜靠到椅背上，"小蛮腰是公司的，这个是我自己的。"

"私活啊？"钱心一盯着电脑用滚轮翻图纸，对从前手绘图纸的人充满了敬畏之心，那时改起来千难万险，都能把图纸做到这种程度，这才是真正的匠心。

"嗯，不要钱的私活。"钱心一头也没回，陈西安知道他在等后文，于是看着他笑，"我工作年限不够，必须想办法从别的地方填补，我准备多找一些这种小楼做做方案，攒些资历充胖子。不然以后进了JMP，平台大了被你越甩越远，自尊心受不了。"

这种带展示性质的公建小楼造型都比较独特，艺术感强烈，相对引人注目，做好了也可以作为区域地标，对设计师本人资历的积累有些作用。不过这种设计资格比较难拿到手，旧楼改造的时候确实是个介入的好时机。

"你个败家玩意，"钱心一说，"不要钱便宜我啊，给我画个别墅啥的，我以后有钱了就建来养老。"

陈西安挑了下眉毛，觉得这主意还不赖，笑起来说："没问题，以后要是没生日礼物送了，就送一套图纸拉倒。"

"去！我跟你说着玩的，"钱心一扯淡归扯淡，心里却十分替他高兴。

陈西安不仅聪明，而且还很努力，目标明确得好像一转眼就能赶超自己，钱心一眯了下眼睛，油然而生一种危机感。有了危机感就要奋斗，钱心一瞥到时间，站起来："又10点了，你好好干，干得好给你发奖金，我配筋去了。"

三面的时间匆匆来到，钱心一体测的结果……有点惨不忍睹。

他没有捷报可打，陈西安打电话来问，他含糊其词地说了句还凑合，其实他当时一千五跑下来，觉得这个公司简直是神经病，不去也罢！

体检倒是没什么大问题，医生听诊后说他心内有杂音，心电图倒是正常，建议他去心内科做个彩超检查，钱心一觉得自己活蹦乱跳的，检查的时候说好，一出门就忘了。

因为在意所以天真，钱心一纠结了半天，总觉得他的新公司因为一千五跑了个倒数第三，要黄掉了。

晚上陈西安一回来，先进了浴室洗澡。钱心一跟过去，环着胳膊在外面求安慰，他说："跑了个倒数第三，我觉得我没戏了。"

磨砂玻璃加水汽朦胧，里外各自雾里看花，陈西安正在冲水，水声哗啦啦的，不太能听见他在外头叽歪什么。陈西安开了条门缝伸出手来，将他提进去问话了。

"你在外面说什么？我有点听不清。"

浴室里弥漫着不少蒸汽，钱心一靠在洗手池边上，忧心忡忡地说："我说今天跑一千五魂都跑掉了，我觉得我进不……喂帅哥！你喷头注意一点，别对着我这边冲。"

陈西安转了下花洒的角度，看上打量了他几眼后开始笑："我看你的魂还在啊，跑掉的可能是你的信心。"

"信心个锤子。"钱心一死鸭子嘴硬，但心里确实是缺点信心，因为他的学历确实是个硬伤。

陈西安了解他，安慰道："行了，跑都跑完了，结果是怎么样就怎么样，咱想破天它也不会变了，不想它了，听天由命。但我直觉这回面试你应该过了。"

钱心一有点稀奇："你哪来的直觉？"

陈西安笑着指了下天花板，钱心一给了他一个带笑的白眼。

这天夜里，钱心一因为面试和运动筋疲力尽，老早就睡得四仰八叉了，屋里的另一个倒是精神抖擞。

陈西安因为了解康纳博士，明白他和钱心一的离别已经到了眼前。

体测果然是个幌子，钱心一这项成绩排倒数，仍然收到了通知函，他什么都没选的卷子给他加的分更多。通知函不是合同书，而是一张五日后直飞迪拜的机票。

会议地点是一家挺高档的咖啡厅，钱心一到得不早不晚，随大溜点了杯咖啡，没等多久康纳博士踩着点来了，加上他一共是五个人。

"首先我要欢迎四位加入二期项目的设计岗，这里没有酒，我们就用咖啡吧……欧洲那边也有人一起进驻，你们会在 Bur Dubai 见面，进行为期三到四个月的设计工作，当设计阶段结束后仍然留在岗位上的人，我会再次欢迎你们，作为 JMP 的正式员工。"

康纳博士放下骨瓷杯，自顾自地笑了起来："我觉得今年体能测试的面试题目很有意思，决定以后都推广了，说实话，大家的体能素质让我……很意外，身体是革命的本钱，年轻人们，我们的工作很忙碌，但是也要多多锻炼身体。"

钱心一低下头，心里的呵呵满天飞。

离开咖啡厅以后，他从人来人往的大街上穿行而过，这才后知后觉地意识到，他即将离开这里，和他生活了这么久的环境和熟人，有四个小时的时差，和将近七千公里的直线距离。

王一峰那个带大裙摆的商业办公楼竣工了，需要请设计师参加验收环节。

虽然雨篷的挑出直接被钱心一砍了四米，但距离依然够大，做出来也挺气派。

按理说他一个甲方，不用像施工单位那么客气，劳驾设计院只需要一个电话，不过王一峰正好有些事情要去消防局疏通，顺路就直接去了GAD，到的时候已经是快下班的点了。

他去的路上还想着心上一块大石头终于落了地，也明白新的石头不多久将重新压上来，此次去GAD也是想给钱心一通个气，接下来又要合作愉快了。

可惜王一峰做梦也没想到，他王总大驾光临，该接驾的人却人走茶凉了。

王一峰觉得无法置信，他曾经一口价开过四十万年薪请钱心一来给他当项目经理，黑色收入不计，能比的岗位轻松一万倍，就是心累一些，别人不来，要死赖在GAD，现在竟然一声不吭地离职了，期间他们通过几次电话，钱心一都只字未提。

这是不拿他当朋友，王一峰郁闷非常，转身就拨了他的电话，让他滚出来吃饭。

钱心一出门买东西，商场里GAD不远，时间又正好赶上快下班的点，他就说顺道找陈西安。

接到王一峰电话的时候，他正巧在过来的路上，闻讯装模作样地赶来，被王总的臭脸熏得退避三舍，脸上却是真的高兴。

两人在底商的湘菜馆里坐了个靠窗位，王一峰这种嗜辣狂人食欲全无，满脑子只有想不通，像个间谍一样趴到桌上，眉毛拧成麻花地问他："前年加班加得崩溃了都没辞职，这是怎么了？是不是……跟老高闹矛盾了？"

高远私下说他死犟，钱心一也说过他商人逐利，两边的坏话王一峰都听过一些，负负得正被他自己给抵消了。

钱心一心里仍然有气，陈西安懂他是应该的，可是外人怎么看他，只能靠那些流言蜚语，他再无愧于心有什么用呢？面对有些人他没必要解释，交集太少，过不久就忘了，可王一峰对他知根知底，钱心一不能让他误会自己。

他说起别墅的采光顶，说起那场被逼得无台可下的会议，以及高远那句诛心的话，终究是没忍住带上了负气的情绪。

王一峰惊得瞠目结舌，拍着桌子要去骂高远，钱心一拉住他说算了，他在人情世故上虽然棒槌，却也并不是傻白甜。

高远既然能拿他来堵赫剑云的口，足以说明他在公司的位置远远不到举足轻重的地步。王一峰再正义，也不可能因为他从此就改签设计院，没了他钱心一，GAD 依然运作，继续和王一峰的公司合作。钱心一曾经看起来就像一个招牌，可拆掉了再换一块，其实也无伤大雅。

王一峰认识的他可没这么善良，一度怀疑他是打击受大了，人还没反应过来："不像你风格啊钱心一，吃这么大的亏也不找回来？"

钱心一看了下时间，估摸着陈西安快下班了，于是笑笑说："不找了，我也不算吃亏，跳槽跳到了 JMP。"

他以前就是太把自己当回事了，跌一跤正好清醒，不过就算他自以为是，钱心一也敢说任谁在一所所长的位置上，都不会做得比他好。

"你要找高远吵架我不管，但是今天就算了，"钱心一笑着说，"别让人误会是我在撺掇你，高远不管找谁来接替我，你自己把好关，该你操心的地方以后别省事了，至于高远，我祝他找到一个比我更尽职的负责人。下次工作上再碰面，我估计和 GAD 就是竞争对手了，到时候你可得公平一点。"

王一峰心里清楚，高远这辈子也找不到下一个"钱心一"了，不知怎么他忽然有些感伤："老规矩，有标了通知你邮箱，出去了好好照顾自己，发喜糖的时候别忘了你王哥。"

钱心一心想：喜糖估计是没有了，他现在心里只有工作。

因为王一峰横插一脚，找人的计划也泡了汤，钱心一到家时陈西安已经煮上了，还反过来问他吃不吃。等去了迪拜，就没人再这么照顾他了，那边是什么样子钱心一也无从想象，他心里忽然涌起一阵强烈的不舍。

陈西安看他没什么精神，轻笑了一声，猜了个八九不离十："怎么，迪拜的土不好吃，不愿意去？"

钱心一被他一说，有些不好意思："唉，我就是……有点舍不得。"

这要是换了自己，陈西安估计也会不舍，他微笑着说："离别的愁绪这么浓啊，要不咱不去了？你就在家过之前那种小日子，每天逛逛超市，去楼下和大爷们吹吹牛，实在无聊了买条狗回……"

这种日子钱心一过了有一个多月，他还需要背单词，整个人就已经无聊得快疯了，陈西安的展望吓得他打了个寒战，立刻谢绝道："不了不了，我爱吃土，而且我说过了只是有点，并不浓谢谢。"

难熬的时候才会度日如年，离别的光景是岁月如梭。

陈西安尽量下班就失踪，五天还是悄然瞬过。迪拜天气热，衣服薄，加上笔记本都没装满行李箱，钱心一觉得除了钱什么都可以不带，陈西安比他周到得多，常用药、外币、一次性的洗漱用品都嘱咐他准备了一些。

因为准备了好几天，该交代的也交代过，分别的时候反倒无言了，陈西安送他送到检票口，钱心一一回头看见他形单影只地站在那里，心里渐渐腾起了一股离别的愁绪——自己这一走，也不晓得什么时候才回来。

机场人流如织，钱心一隔着不认识的人流对陈西安喊道："照顾好自己，等我回来，帮你画图。"

陈西安点了点头，挥手跟他再见。

还没落地，钱心一从高空往下看了一眼，沙漠里的城市像一块黄底的芯片，这个从不缺少建筑传奇的城市，在航拍的高度上有些惨不忍睹。

他拍了张照片，抵达机场后又给自己随便来了张自拍，本意是想跟陈西安吐槽，结果网络太慢没发出去。来机场接待他们的是个叫卡尔的黑人，直接从车库抵达酒店，一路每人被发了张当地的电话卡，被教了一些注意事项。

本地的电话卡可以连上酒店的无线网，他跟陈西安开了个视频，又因为顾忌室友而插上了耳机。

千里迢迢的感觉让彼此都感觉很新奇，钱心一给他发了照片，又碎碎叨叨地瞎聊了十多分钟就挂了，有四个小时时差的国内此刻已经是凌晨了。

他真的是来吃土的，所以第二天一见到二期项目的负责人休斯敦，几乎就开始了闭门练功一样的生活。

他们每天在会议室用英语讨论，每个人的意见都花样百出，擦写板不停地使用，节奏快得钱心一根本跟不上，他的英语还远不到能随心所欲交流专业的地步，开会全程连蒙带猜。

他跟不上思路和进度，也发不出言来，休斯敦尖锐地指责康纳博士选了几个累赘过来，脏话似连珠炮，可恨钱心一连复杂一点的人身攻击都听不懂。

没实力就要低调地"发育"，钱心一安静得像个鹌鹑，这些年来总是他骂人，还没受过这种待遇，他一边觉得受了鄙视，一边也陡然发觉了自己和国际水平的差异。

陈西安近期也忙，晚上总是不在线，钱心一连槽都吐不出来，自己郁闷得够呛，只能化悲愤为字典，背得死去活来。他第一次享受迪拜的周末，和同事一起去了哈利法塔那边。

倒Y字形的高楼直冲天际，作为目前世界第一的高楼，这栋楼是建筑里的一颗明珠，对于他们从业者，有着和常人不同的意义。

钱心一在离楼很远的地方请同事帮他拍了张照片，摆了个打招呼的姿势。

当天下午4点半，也就是国内的8点半，陈西安发来视频通话请求，接通了没见到人，倒是先听到了一阵旋律。

钱心一不知道这首歌叫什么，但是他曾经一定听过旋律，每天都被打击的英语在环境里突飞猛进，他甚至能听懂他唱的是什么。

I was found on the ground by the fountain,

About a fields of a summer stride;

……

耳机里除了吉他的声音就只有他的声音，钱心一从安静下来的旋律里回过神，忍不住吹了个口哨："帅哥，再来一首。"

C市的陈西安斜抱着吉他，划了串空弦音，笑着说："不来了，只会这一首。"

钱心一刚刚见证过了，这会儿才堪堪回过神，心想他竟然真的是有才艺的！

除了这首《Valder Fields》是大学时为了凑晚会节目强行练的，陈西安会弹的曲子就只有《小星星》了。

不过弹《小星星》也是钱心一望尘莫及的技能了，他栽倒在床上，真心实意地觉得他的室友是德才兼备。

他们虽然都到了该养生的年纪，但不该熬的夜却也没少熬。钱心一难得清闲的时候，也会生出一种遗憾，他们光顾着工作，有点亏待生活，听室友弹个吉他都稀罕得不行，不过真让他闲下来，他跟陈西安估计都适应不了。

忙碌命吧没办法。

C市的时间比这边晚四个小时，两人也不能每天都联系，各自都忙得像个陀螺，连上线就报喜不报忧，私下累成狗。

钱心一挨了一个月的骂，终于和中国同事一起上了道，可以对设计稿提出一些添砖加瓦的建议。初稿阶段的日常就是每天七嘴八舌地凑出一个方案，然后想想再把它推翻，如此循环往复，进度慢得如老牛拉车。

外国人的思维方式确实跳跃，钱心一发现这些人总是吵着吵着就吵到了西餐厅，然后画风突变，从立面上的小造型是梅花瓣还是小尖钻，猛然跃进到咖啡是拿铁好还是磨铁棒。

这里的饮食是阿拉伯风味，钱心一吃不惯，宁愿在酒店用电饭锅煮泡面。这一点和他的室友所见略同，两人交流了几次泡面心得，俨然有了些臭味相投的味道。

室友叫王巍，年纪长他两岁，看着有些冷漠，熟了之后是挺随和的一个人，除了护肤品用得比较……勤，基本没什么槽点。

异国他乡的有了朋友，日子就会好过许多，工作之余王巍喜欢拉他出去喝啤酒，钱心一不太想去，但是王巍总是郁郁寡欢的样子，他不好拒绝，因此好几次错过了跟陈西安的交流时间。

陈西安的怨言简单粗暴，他把屏幕立在茶几上，让钱心一能看见沙发上喝茶的他，开门见山地说："忙什么呢？好几天见不到人。"

钱心一缩在窗边的藤椅上，举着手机朝他笑："还行，不太忙。"

王巍在浴室里叫了他一声，让他帮他递个须后水，钱心一跑起来屏幕晃晃悠悠的，一转身让陈西安依稀从屏幕里看见了一个隔着毛玻璃的裸男身形，登时挑了挑眉："说起来，我还没见过你室友长什么样子呢。"

"人样子呗。"钱心一缩回椅子上，应要求给他从相册里翻了张出去玩的合照出来。

接着陈西安就像八婆附身一样，问了一堆王巍的事情，身高体重年纪长相工作能力什么的，钱心一答了半天觉得这话题不对劲，笑着问道："你想干吗？"

陈西安觉得这个人有点迟钝，提醒他说："你这室友很讲究啊，还敷面膜，一般男人都是不敷的。"

钱心一听懂了他的言下之意，乐呵呵的："那就是二般的呗，你以前不也是吗？"

"你可别冤枉我，"陈西安说，"我什么时候敷面膜了？"

钱心一："我没说你敷面膜，我说的是你也挺讲究的。"

陈西安好笑地说："我很讲究吗？我怎么没觉得。"

钱心一："当局者迷嘛，你没觉得很正常。"

陈西安笑了一声："你说啥就是啥吧。"

他这么好说话，礼尚往来，钱心一也说："我不在C市，你那一切都还好吗？工作上啊生活上啊其他这个那个上的，有什么问题，都要及时跟我说，嗯？"

有人关心这是福气，陈西安笑着说："喳。"

不怪钱心一会打那种预防针，最近陈西安确实遇到了一点麻烦。

在钱心一在迪拜吸灰的日子里，小蛮腰的标书封了，高远带着陈毅为亲自去外地投标，陈西安偷得浮生半日闲，请了一天假去了锦城，带着他翻新了局部的CAD图纸。

在原设计的基础上，他做了些自己觉得比较顺应时代感觉的修改，想去和院长详细谈一谈，如果他认可的话，那么接下来的翻图，他会按照自己的感觉来走。

谁知院长临时有贵客要接待，派了个留着披肩发的男青年和他沟通。这个据说是新锐画家的青年是院长的孙子，对他的创意和人都很感兴趣，在他回了C市之后还一直不停地联系他，理由只有很少一部分是和工作相关的。

陈西安可以装作没看见这些鸡毛蒜皮的日常汇报，但他避不开和这个人工作上的沟通。

说实话,他不喜欢这种过于自来熟的新人朋友,他觉得有点困扰,陈西安不会到处找人诉苦,但跟钱心一讲一讲,让搭档关心一下他,也不失为一件愉快的事。

钱心一知道他博士魅力大,却不料居然有这么大,不过钱心一震惊了没几天,又三分钟热度地熄了火。他一询问陈西安就苦笑,明显是对那个画家敬谢不敏,钱心一也是真忙,时间不许他对八卦太感兴趣,他也出不了什么好主意,就让陈西安自己去搞定。

陈西安说好,转头和他说起了小蛮腰。

来到迪拜满两个月那天,休斯敦出差去汇报,整个组暂时停下了进度,钱心一和王巍都搭上周末请了一天假,买了一张回国内的机票。

光航班就九个小时,钱心一想给陈西安一个惊喜,下了飞机自己打的车,从电梯到家门口那点短短的距离,行李箱滚轮的声音其实很小,他却总有种会吵醒人的错觉。

很快钱心一拧开门,发现陈西安居然还没睡,门缝里有落地灯浅黄色的光。

屋里的人听见动静,穿着套格子睡衣从卧室里出来,鼻梁上还挂着他的无框镜,一见门口蹲着换鞋的他,愣是石化了好几秒,好像刚从梦里醒来。

陈西安第一反应确实是自己眼花了,不过他很快察觉过来,蹲在门口的是个大活人。

他踩着拖鞋嗒嗒地跑过来,高兴得一直在笑。

钱心一却是眼睛尖,立刻发现了他侧脸上的擦伤。

"怎么搞的?"钱心一仔细瞅了瞅,发现问题不大,才说,"你个坐办公室的还伤到脸上去了?"

陈西安笑着说:"这周一去工地上检查,跟一个扛着板材的工人撞了一下,没事。"

上了工地就是要眼观八方,钱心一跟他感情深,自认为应该不是他没看路导致的,心里放下这事,开始喊饿。

大半夜的,陈西安只好套上围裙,跑去给已经进了浴室的某人煮面。

第二天一早，钱心一不到 6 点就醒了，他在国外适应了时差，平时这个点都吵了几个小时了。

陈西安还睡着，钱心一看他黑眼圈有点重，不由得想起昨天夜里门缝里的光，知道他熬夜不是一两宿了，就没吵他。

其实他们都熬不起夜了，不过不熬又出不了头。对于努力的人来说，时间永远不够用，那他们到底需要付出多少，才能看见前方的路呢……钱心一猫回去，闭上眼睛又睡了。

两个工作狂这天赖了个史无前例的懒床，一起饿得前胸贴后背，却谁也不肯起来。

陈西安坐在沙发上，一边用手机订起了外卖，一边问道："怎么忽然回来了，都给我惊呆了。"

钱心一躺得形象全无，一只腿在沙发上，另一只架在沙发靠背上，肢体虽然不优美但是很舒展地说："放假嘛，怕你搞不定锦城那个项目，回来支援支援你。"

锦城都是八百年前的事了，陈西安有点感动，嘴上却口是心非："你也不嫌累，总共三天假期，用两天在路上跑。"

"别得了便宜还卖乖了。"钱心一松懈下来，简直累得魂飞魄散，他哀怨地抱怨道，"唉……我放着四十万的闲差不干，为什么要过这种非人的日子，我是不是受虐狂啊我？而且迪拜那个饮食吧，我是真的吃不惯，我想念咱祖国的大米饭。"

陈西安觉得是追求不一样，随口劝道："萝卜青菜，各有所爱吧。大米饭还不简单，起来洗个脸准备吃饭了。"

"残了，"钱心一觉得这么瘫着太美满了，满口跑火车说，"起不来了。"

陈西安二话不说直接把他的小毯子掀掉了，钱心一拉着毯子的一角做斗争，心想他回来干吗的，连个"葛优瘫"的基本待遇都没有！

一天下来，两人厮混到晚上就吃了两顿饭，陈西安觉得怎么都得活动一下，揪着钱某去了趟菜市场。

钱心一抱怨了两个月的伙食，陈西安一口气买了两大袋蔬果鲜肉，财大气粗地配了一桌宴席菜，钱心一吃得直不起腰，恨不得把厨师打包带走。

他一点脸都没有，教训陈西安要注意休息，学他，早睡早起，晚上10点睡，早上4点起，陈西安笑笑没说话，显然是不信他吹的这个牛。

钱心一待到周日晚上，期间去了趟杨新民家，接着被陈西安送去了机场，依依不舍地走了，预计再过一个月他就回来了。

陈西安说等他回来的时候，自己估计也进JMP了。

这好像是个盼头一样，钱心一刚回迪拜那几天，连休斯敦都夸了他两句，觉得他打了鸡血一样积极。钱心一也觉得不可思议，对于他和陈西安新的同事关系，他竟然有种期待的感觉。

他不再是所长，陈西安也不是下级，他们从同一起跑线开始，都会跑出什么样的成绩呢？

小蛮腰的技术标还没开，不过当场评出的商务标是GAD最高。最具竞争力的对手临时弃了标，怎么看小蛮腰都是GAD的囊中之物了。

高远喜形于色地回到公司，还没来得及宣布好消息，就先看到了一个坏消息，陈西安的辞职信在他的私邮里躺了好几天。

谁都看得出来，不管小蛮腰中不中标，陈西安在其中的重要性都不言而喻，他的薪酬地位都不会是原来的水平。

高远也正有此意，尽管目前市场行情不太好，但在有限的岗位里仍然有优劣之分，钱心一走了，他要留住陈西安，就必须摆出足够的诚意。

他一到公司就跟王淳交代过了，让她重新准备一份合同，薪酬直接在原基础上加了35%，比钱心一走之前还高个几百块，然而高远却做梦也没料到，陈西安竟然跟钱心一是前后脚。

陈西安是个温和的人，他的辞职信口吻诚恳，跟钱心一的嚣张截然不同，但他再真挚，这"主设双双把职辞"的二重奏也叫高远招架不住。

那些书面得体的致谢言语从他眼前飘过，他控制不住地联想到了钱心一，高远忍不住阴谋论道：是不是因为钱心一走得不好看，所以陈西安才……

眼下一所还没有所长，虽然暂时由陈毅为带队，但是底下几位都不太买他的账，包括之前觊觎他美色的梁琴。

赵东文更不听话，高远让这破孩子跟着陈毅为学为人处世，他竟然不学。赵东文说他师父只让他好好学技术，没教过他拍马屁。高远反应了好几秒，才想起他指的是钱心一，震怒之中高远又有点愧疚，这使得他越发严词厉色地骂了赵东文一句"你还有脸叫他师父"，吼完两舅甥都愣了好一会儿。

高远也是猛然才发现，钱心一人像个炮仗，却是得尽了民心。也是等他走了之后，高远才在陈毅为时不时的反馈里，知道钱心一闷不吭声地做了多少事。

不过不曾经历就谈不上后悔，钱心一已经走了，陈西安却还是高远可以争取的。

陈西安接到内线电话，起身去了老板的办公室，经过赵东文的工位时，被叫住了还替他解答了一个计算问题。

他是真的淡定，他不是钱心一，不欠高远人情，分内的事他做好了，小得小失他不计较，所以他来去自由。

高远就操心了，陈西安低调得厉害，他拿不准自己必须开出什么样的条件，才能叫这个年轻人心动。

很快陈西安进来坐在了对面，高远试探了一下，结果发现他走的决心坚决，根本不是钱的问题。

陈西安说得很给面子也很好听，他说自己发现能力不足，想出去学习。

高远叹了口气，终于把自己心里的疙瘩给亮了出来，他沉吟了片刻才说："心一离职的事情，是不是让你觉得我很不厚道，无法信赖？"

可以说钱心一离开的唯一好处，就是高远在面对陈西安的时候提起他，不会尴尬得还要顾忌一个。

陈西安面色如常，笑了笑："高总，我辞职不是因为他，也不是对您有意见。"

高远点了点头，但脸上一点相信的神色都没有。

办公室里弥漫起了一阵沉默，陈西安等了半晌，见对方没有开口的趋势，这才又说："他是他，工作是工作，我不可能因为私人的事情，拿自己的饭碗当儿戏，不然那天开会之后，我就该撅了小蛮腰的挑子，跟他一起交辞职信。"

钱心一也不会用这种方式报复，不过陈西安没有替他解释，高远清楚他的为人，会怎么想是他自己的事了。

他说的是事实，高远怎么想都是这个道理，他明白这个人是留不下来了，半晌无言，忍不住提起了钱心一："他……钱心一现在怎么样？在哪高就啊？"

"他还行，"陈西安言语温和，没什么炫耀的意思，"刚进的 JMP。"

高远心中却陡然浮起了一股情绪，但他一时却没能分清楚是什么，只是有些疲倦地按了按太阳穴，说："挺好，比我这里气象大，替我跟他说声恭喜。"

陈西安瞧见了他的失落，却不确定这是不是因为钱心一，应道："好，我代他谢谢高总。"

除开第一眼的惊艳，看得多了，迪拜新城区高耸入云的建筑在钱心一看来风格有些浮夸，和这个传说中老无所依就来捡垃圾的城市一样，表象奢华，内里贫瘠。

二期这个酒店楼也难以免俗，外立面由九百九十九个尺寸渐变的钻石造型组成，作图根本无法复制，纯靠时间来拼。

休斯敦在 8 月底之前需要去给投资商做一次汇报，全组人只能马不停蹄，除了加班就只能加班。

钱心一还不知道陈西安离职的事，他这边最轻松的方案探讨阶段落了幕，加班的强度比 GAD 只高不低。

以前在 GAD，因为水平参差不齐，基本都是他一个人催着底下人推进项目。现在情况不同，大家水准相当，忙起来让他感觉临时的办公室里有十几个自己，他不仅没有人可以骂，上头还有人管，心理上的压力直线上升。

那种大家都比你优秀的感觉，在身体极度疲劳的时候，可谓是柄双刃剑，既让钱心一沮丧，又让他觉得必须进步。他相信就算是比他聪明的陈西安，在这里也会觉得逼仄。

设计岗某种意义上吃的是青春饭，过了二十五六那一小截黄金时段，精力好像无形中溃散，人基本就只能爬着往前走了。

钱心一熬得眼皮都撑不开，视频里看向陈西安的眼神让那边以为他刚睡醒，钱心一却是又酸又嫉妒，说这些洋鬼子拼起来他简直害怕，黑咖啡当水灌，凌晨 2 点的大喊大叫，说他忽然又有个 inspiration。

陈西安听他东拉西扯，完了只能叫他多休息，然而作为行里人，陈西安比谁都清楚，不到图纸成套交出，他们根本没有机会休息。

王巍比钱心一更惨，他甚至没有可以抱怨的对象，只能铆足了劲贴面膜眼膜，贴完了给电脑看，存货日渐稀薄，眼袋却一天比一天大，他百无禁忌地跟钱心一开玩笑："总有一天我得猝死在电脑跟前。"

钱心一睡到一半又介意得不行，死活从睡神手里抢回两句话的主动权，一句是"呸"，一句是"滚"。

有天他半夜起来上厕所，踩上拖鞋站起来的时候忽然找不到平衡，一头栽到了王巍的床沿上，幸好酒店垫的是席梦思，他头没事。

王巍眼皮黏在一起地爬起来问他怎么了，钱心一觉得自己可能是睡蒙了，摆摆手让他睡自己的。

这种情况后来又发生了几次，不过他精神和身体都疲倦得厉害，理所当然地以为是严重的睡眠不足导致的。

交完图那天夜里，只有休斯敦这个外星人说要出去庆祝，所有人都直接回去睡了个昏天暗地。他们在开挖的基坑前留了合影，聚了个大餐，就解组遣返了。

在钱心一加班加得神志不清的日子里，陈西安接连办了离职和入职手续，被 JMP 的 K 组组长给抢走了。

K 是 king 的意思，K 组长自封是公司最好的一个团队，事实上每个组都有它自己的优点。

陈西安待了还不到几个星期，大概摸清了公司的情况。他们内部每个设计组都完全独立，项目靠自己，人员不外借，除了个别成本有沟通之外，不许私相授受，公司只负责管理。

这种理念孕育出一个铁血政策，就是组与组之间，不许谈恋爱。

不过这些陈西安一点风声都没向钱心一透露，他想看当钱心一领到考勤卡之后，在那边看到自己时惊呆的表情。

他一切如常地去机场接到人，钱心一本来就瘦，看不出体型有多大变化，就是脸色菜得厉害，整个人看着虚得很。

钱心一看到接机的人，笑眯眯地推着行李箱过来，身后跟着王巍，走到跟前捶着陈西安一下，说给他带了礼物。接着又给两人介绍，说陈西安是他的前同事现室友兼最佳搭档。

王巍的住址和他们顺路，机场的车也不好打，陈西安就捎上了他，三个人都是同行，随便聊聊也不至于冷场。

等到车程过半，王巍请陈西安靠边停，推着行李箱离开了队伍，剩下两人获得了熟悉的独处空间，开始在车里荤素不忌地瞎扯，从桃花一直聊到未婚男青年的某些需求。

到家已经天黑了，钱心一站在门口，自作多情地觉得没了自己，这屋里真是冷清得不得了。

他根本不是个挑礼物的料，能记着捎带几样东西，陈西安就该叩谢皇恩了。行李箱里的礼物果然随大溜，椰枣、骆驼小挂件，连阿拉伯头巾都有，看着稍微诚意一些的那个水烟斗，结果是孝敬师父的。

休斯敦的邮件是次天凌晨发过来的，给钱心一的内容是让他第二天8点半去公司F组报道。

钱心一也是去了才知道，这个财大气粗的公司霸占了闹市区一幢CBD的整三层，有七个大组。

至于它天杀的勒令组间恋情的事情，是在他拿到入职资料之后，在前台填表格的时候，看见陈西安这个浑蛋端着个杯子从楼上下来，才后知后觉地知道的。

第二章　　"高级秘密"

钱心一没有辜负陈西安的厚望，他惊呆了。

陈西安见他的目光先是从自己的胸牌转到了杯子上，接着才返上来和他对视，眼神如果能写字，估计两只里面全是震惊，他笑起来，觉得自己挺恶趣味。

陈西安演技一流，他控制好表情，言行一致地快步下楼梯，惊喜地说："心一，你也来了！"

在给钱心一准备办公用品的前台姑娘 Finn 闻言从文件柜后面探出头来，有点惊讶："你们认识？"

陈西安"嗯"了一声，旋即来到了前台，钱心一也回过了神，他低下头接着填表，说："呵呵呵呵。"

他心想：难怪总觉得这家伙早上那句"再见"语气怪怪的。

JMP 作为国际公司，在华市场还是国外那套，称呼基本都是英文。

钱心一刚看完半厘米厚的员工守则，纠结了老半天，他没有英文名，临时也想不起来该叫什么，陈西安来得恰是时候，他往他的入职表上瞥了一眼，拿过笔在栏目里填了个 Qian。

钱心一看着那四个很有力道的字母，目光一转，突然看见了手边翻开的员工守则上那一条禁止非同组组员发展恋情的规定，就觉得这个强条（强制性条文）有点搞笑。

传说在金融行业，为了保密有些大公司是不允许办公室恋情，但是这个非同组组员是个什么意思？又控得住什么？钱心一觉得这劳什子规定就是瞎搞。

这里的茶水间全是咖啡，陈西安下来，自然借不到茶叶，只给钱心一填了个表格就上去了。

二十分钟以后，钱心一见到了他所属的F组的总设，一个四十多岁的华裔女人，只许钱心一叫她迈尔斯，烈焰红唇细高跟，气场强得走路带风。

一个女人能在建筑行业爬到这种地位，说是技术岗的巅峰也不为过了。

F代表first，也是挺狂妄的一个代号，迈尔斯走的是女帝路线，一举一动里尽是高冷霸气，她伸了伸涂着鲜红指甲油的手，示意钱心一落座。

钱心一屁股刚落实，就听她出其不意地问道："钱，我听说你和K组的陈关系不错，以前是很要好的同事，是吗？"

她原本的嗓音其实不如言辞这样锋利，沙哑细缓，适合用法语念诗。

这个"听说"有些神奇，钱心一刚见过陈西安不到半个小时，她就听说了……钱心一愣了一下，不管她是听谁说的，他都觉得非常别扭，当一个人最快的心思都拿来窃听风声，上行下效，大家都来钩心斗角，这不是本末倒置吗？

可就算如此，JMP还是实力榜上的前排公司，钱心一心想，或许是他在GAD的小世界里待得太久了，又或者，是大家都聪明到能两头兼顾。

钱心一想象了一下他和陈西安在这种被无数双眼睛盯着的环境里上班，蓦然就觉得——公司的规定有点没放对重点。

和别组成员的关系好，在JMP似乎不是什么好事，识相的话钱心一就该说否，可他沉默了半分钟也没能找到看她脸色的理由，他棒槌起来也是很要命，连赫剑云这种超级大爷的脸色都不会看，更何况只是个顶头上司。

于是钱心一嗓音沉沉地"嗯"了一声，没做多的解释。

迈尔斯既不生气也不惊讶，甚至还耸了耸肩："要不是K组那个浑蛋不要脸，本来陈也该是我的组员，你们还可以像从前一样亲密地合作。不过很遗憾，现在不行了，这里竞争压力非常大，你以后自然会明白，从现在起，我只希望你们是竞争对手，超过他，好吗？"

钱心一的计算跟陈西安差一大截，但是陈西安的经验同样离他还有些距离，他们本来就各自铆着劲儿想赶上对方，算是竞争对手，但显然不是迈尔斯所希望的形同陌路，陈西安会给他讲习题，而他会给陈西安提意见。

钱心一没说好不好，只说："要是计算能超过他，我做梦都得笑醒。"

迈尔斯瞬间就会错意了，以为钱心一专攻的是计算，这让她在很长一段时间里，都把搭模型的事情也交给他干，阴差阳错地逼着他进步了许多。

钱心一在 GAD 管事管多了，没有推脱的习惯，他坦白说他计算水平很烂，迈尔斯看得见 K 组的陈西安水准很高，想他作为要超过陈西安的男人，再烂能有多烂，就让他先建一个看看。

钱心一说了实话没人信，只能让她自己后悔，不过他犯了强迫症，太差的东西自己都看不过去，就只能熬夜看案例看教程。

陈老师登时被他的上进打动了，往跟前一凑发现结构不合理，就会把钱心一从椅子上赶下来，一边改模型一边教他，把"不能便宜别组人"的不成文规定无视得彻底。

迈尔斯接着才算是进入正题，询问了他的工作经历和合作伙伴，因为 JMP 是大组的项目自己负责，所以钱心一的简历从休斯敦那里抄送到各组长邮箱的时候，哪怕有别墅的黑历史，仍然被争得是头破血流。

这年头关系就是一切，哪怕只是一丁点的关系。而且对于一个甲方来说，与他们项目经理接洽的设计师往往比他的老板更受欢迎，毕竟一个是替他办事的人，一个是收他钱的人。

钱心一给了她一份宣传册，内容是他这些年的工程概况和实拍图片等，这是当时他参加康纳博士的面试时，为自己推销用的。

排版是陈西安这个二把刀干的，他的 PS 也就是在图片上添些字的水平，因为不够专业所以美观不足，但是胜在内容扎实。

迈尔斯粗粗翻完了册子，眼里全是笑意："钱，我们组这个月底出图，下一个项目入冬了才会启动，接下来迫切需要抓新项目，你之前合作过的这些业主如果有新的投资意向，约出来吃顿便饭吧。"

钱心一不明显地皱了下眉，不知道自己还要干商务的活，推诿道："不好意思，联系方式都留在了前公司的电脑里了。"

"我不信，"迈尔斯托着下巴似笑非笑，"不过我不想戳穿你，你要是拉不下脸去约人，那就把联系方式给我吧。"

钱心一想了想，告诉自己这里是自力更生，这样无可厚非，他说："我只能给你邮箱，我回家找找，明天给你答复。"

迈尔斯伸手来握："希望我们共事愉快。"

钱心一和她握了手，接着被她带进组办公室，介绍给了F组的同事。这里的大组配置齐全，从设计到造价，加上他们俩一共十五个人，基本没什么太年轻的面孔。

新公司的工作节奏很快，效率也高得多。

以前上班半小时以内，基本都默认给大家摸鱼用，看新闻、刷微博、看淘宝有没有发货，午休时间也是参差不齐，睡过的不在少数。

JMP却很少有这种情况，钱心一上了大半天班，最深刻的感觉就是准时，每个人都绷着的感觉。

他一下午什么都没干，尽折腾电脑了，这里的人一个比一个忙，没有人会像陈西安进GAD时的他一样，交代赵东文给他装好大部分的软件。

也不能用聊天软件，组与组有自己的局域网，用飞秋来传递图纸和内部消息。

下班之后大家都没走，钱心一也留着，快7点的时候陈西安从门口露出半边，问钱心一走不走，一时所有的人都来看他，好像他是个奇葩。

迈尔斯惦记着钱心一的邮箱，听见动静从隔间里的办公室里走出来，让活不急的人都先走。她话音才落，好几个人就站了起来，无缝衔接得好像就是在等她赦免。

钱心一把充电线和手机扔进包里，朝他走过去，不知道陈西安又心怀了什么鬼胎，以他的奸诈，按理来说一般会装得十分随波逐流，而不是一下班就开溜。

两人下了楼，陈西安跟到了他的车位前，钱心一遥控开了车锁，想起早上的"真巧"，笑了一声斜着眼睛看他："你个K组的想干什么？"

"回家啊。"陈西安理所当然地去拉车门。

钱心一觉得陈西安今天似乎格外张扬，但他的举动又让钱心一挺高兴的，他也不喜欢新公司这种疑似强制加班的氛围，钱心一好奇地说："咱们不同组，你公然跟我走这么近，不怕维克给你穿小鞋吗？"

陈西安系好安全带，一副破罐子破摔的样子："怕有什么用？事实上我俩就是近啊，一个屋里头的，总不能为了上个班就抛弃朋友吧？"

"哪有你说的那么夸张？"钱心一笑得不行，"你不用抛弃我，日子也一样过，就是不应该头一天就带头下班，你今天好像有点嚣张啊陈西安同志？"

同志把车倒出车位，笑着说："有吗？那可能是因为第一次给你当前辈，有点紧张。"

钱心一哂笑了一声，斜着看过来的眼底写满了"你紧张个屁"，不过他没反驳，只是感叹道："欸，我终于也进来了，JMP。"

陈西安一副得救的语气："我也终于不用一个人吃饭了。"

钱心一一巴掌呼在他肩上，不太勤劳勇敢地说："一个人吃饭没意思，做都不想做吧？不要紧，负责吃的人来了。"

钱心一憋了半路还是没想明白，他看向陈西安，眉毛挑了起来："你今天这么高调地叫我下班，会不会有什么问题？"

陈西安来了半个月，对公司的了解比他深刻。

公司既然有隔组不允许谈恋爱的规定，发散一下，隔组关系太好的也不建议。但规矩是死的，人是活的，外加日久生情是设计狗男女青年为数不多的福音，偶尔有那么两只一不小心内部脱单，大家即便是心知肚明，也都视而不见了，所以他们隔组走得近，也不算多稀奇。

当然更重要的原因是，在这里你只有到了一定的阶层，才会有人来关注你，或踩或捧，都得先崭露头角，他们现在作为小喽啰，自然是没人管了。

陈西安从八局出来，深谙个中规则，不过这里更加复杂，八局的敲门砖多是关系户，圆滑有余技术不足，JMP则是全凭实力，软硬一把抓，没有好糊弄的人。

至少陈西安就不敢把谁当傻子，他跟钱心一就是关系好，工作也只是为了更好的生活，没道理说为了上个班就疏远朋友，看见了当没看见，明明在一起合租，下班了还分开走，这就本末倒置了。

陈西安都三十岁了，接触社会已有多年，经历和积累给了他足够的耐心和理性去处理问题。事业是他人生的一半，生活是另一半，两半他都必须好好经营，不能顾此失彼。

再回到强条及其相关的缘由，归根结底是怕设计成果外泄，那禁止不同组员交流就不会泄露了吗？答案肯定是"否"。泄露的结果虽然只有一个，但造成它的起因却绝不唯一，上下级不和、利益的诱惑甚至是电脑中毒通通可以，只要有心，根本防不胜防。

所以陈西安觉得还是分人，有职业道德的人不会泄露集体的成果，也不稀罕别人脑子里的灵感。

至于不同组看得跟秘密一样的设计方案，在陈西安看来只是千万种体现美感的形式中的一种，他希望有一天自己能创造出另一种，而不是整天想着别人有没有。

说穿了他根本就不怕，反而，要是这个公司因为纯粹的感情问题让他们二选一离职，陈西安觉得，他大概应该重新考虑这个平台的高度了。因为透彻所以淡定，这时他打着方向盘右转，笑着说："能有什么问题？我又没干什么。明天更高调，中午叫你一起去楼上食堂吃饭，你去不去？"

钱心一的眼睛眯了起来："我又不干什么，为什么不去！"

陈西安官方地说："我们的宗旨是，爱咋咋地，想干啥干啥。"

钱心一本来想加一句"前提是不违法"，结果一张嘴成了哈哈哈。

锦城美术馆的翻图工作已经过半，就剩下一些独立成块的小立面效果，陈西安总觉得差点什么，又一直抓不住感觉，进度条卡死了好几天。

他在白纸上瞎描瞎画，撑着下巴盯着图死看，希望能盯出些灵感来。

钱心一洗完碗出来，手上的水还没甩干，就撕了一包肉松饼。

这是陈西安买来当办公室零食用的，以防有时候加班餐晚点，先对胃有个交代，结果还没来得及带去公司，先被回国的钱心一给截下了，一天能啃七八个，饭也不正经吃。

他叼着饼过来，一屁股坐在电脑桌边上，陈西安立刻发现他裤兜里还揣着一个，明显是对这饼爱得深沉。

钱心一看陈西安灵魂出窍的思考模式，把裤兜里那个给他吃，俯下腰取了鼠标把滚轮来回滚，屏幕上小立面忽大忽小地切换。

他说："陈大师，你想了快半小时了，到底想对这可怜的小立面干吗？"

陈西安咽下饼渣，用笔端点着图上的方格长窗："我想让这可怜的小立面生动一点，情况是这样。"

"四五十年前美术馆周围的建筑还很稀疏，横平竖直的木窗和周围的环境很相衬，现在周围建筑密度大了许多，纯现代的玻璃橱窗商铺和这个感觉就不太搭了，它太简单了，失去了突出性。我想做些细微的改动，又怕太细微了没变化，绊住了。"

钱心一听到"大了许多"就明白他的意思了，他多看了几眼图纸怎么看怎么眼熟，登时沉浸到自己的回想里去了，陈西安后来的话成了股耳旁风。

陈西安说完没听到动静，一抬头见他垂着眼睛，支着的脚在地上一下一下地踩，聚精会神地在想东西，就也一动不动，等他慢慢想。

过了两分多钟，钱心一猛然站起来，说了声"等我一下"，噔噔地跑进卧室，很快抱着他正在启动的笔记本走了回来。

他用脚勾了把凳子坐过来，从他的F盘里挑出一个不知道编号是什么意思的CAD文件，打开了推给陈西安看："这是'绿帽子'那个裙楼的窗样式，和你这个有点类似，当时他们是嫌弃窗太大，看起来没有安全感，加分格又嫌边框断面不够秀气，我询过厂家，在夹层的玻璃中间加的装饰性的窗棂格，你看看。"

陈西安眼前一亮，他纠结分格多了型材框比例太大的问题有两天多了，钱心一的案例给了他一个突破口。

这是钱心一的优势，他见过很多很多的做法，像这个中空玻璃的缝隙里夹装饰条的设计，要不是他提，陈西安估计想不到这里来，因为在他的概念里，并不知道这东西能实现。

陈西安夸钱心一机智，然后登了他的QQ，把图纸发到了自己的电脑上，等打开看了一遍详细做法后，又问他要了材料商的电话，方便有问题随时解决。

做法的问题解决了，陈西安要考虑的东西就成了装饰条的造型，怎样和周围最协调，又能和其他的位置呼应起来，于是他恭送钱心一去看电视，自己蹲在屏幕前面想。

钱心一看了一会儿又跑过来发光发热："你试试把这个窗做成微斜，让窗台线有个变化，感觉可能会活一点。"

陈西安脑子里搭了个三维视图，觉得有点道理，便十指如飞地画了个轴侧角度三维窗口，拉进 Sketch up 里做了个小模型，感觉真是不错，就让出一半的位子，让钱心一给他提意见。

两人挤在一起讨论到11点多，洗洗睡了第二天接着战，用了将近一个星期的晚上，乱七八糟地改了些细节，陈西安建了个整楼模型，发给了锦城那个小辫子画家。

艺术家对于细节的变化比常人确实敏锐得多，小辫子看完之后赞不绝口，一方面是恭维他，一方面确实是比之前好。

陈西安本来不该领全功，但他一想这厮是个热心的话痨，万一又接触上钱心一，三天两头地给他写打油诗或者找他扯淡，陈西安觉得钱心一估计会烦死，因此没让那位在这部改建美术馆的戏里"出镜"。

钱心一不知道这些小事，他跟上了 JMP 的日常，成了个基本坐在办公室不动弹的技术员，迈尔斯作为引领全组年终奖走向的领导，带着一个跟班，一周有三天在外面拉项目。

成果其实还可以，但是都没落到实处，她找到的都是投标活，就像之前 GAD 的小蛮腰，中了标一切付出都值得，没中所有付出都是竹篮打水。不过不管结果是什么，都得试一试，企业不养闲人，哪怕是瞎忙活也比没事干好。

关系是迈尔斯在外面经营，组里人就只管扎进图纸的海洋里。

钱心一的领导能力立刻就有了显露的机会，他们组里除开三个成本专业的人，剩下九个设计师。二级负责人是一个姓熊的老员工，他带五个人负责城东的小百货，剩下一个跟钱心一差不多年纪的，姓李，加上其他两个一共四个人，负责城西的办公楼。

这个李工脾气软，做事慢条斯理的，根本指挥不动钱心一，钱心一每次听他交代个内容能急死，再看剩下两不到三十的，也是一副有力使不出来的架势。

钱心一倒是没想抢李工的位子，但他工作起来侵略性重，带得另外两个总来问他要下一步，多少让人李工有些尴尬。他自己也觉得不好，又摁不住性格就那样，只能回家跟陈西安取经。

陈西安就做得很好，以前在他所里，什么事都做得无可挑剔，但也从来没让他产生过喧宾夺主的感觉。

钱心一愁得还挺厉害，主意馊得发臭，他真诚地说："唉，要不我别说话了，我一张嘴就什么都忘了。"

"不用，"陈西安哭笑不得，"别搞得别人李工还没怎么想你，自己先憋傻了。心一，你想得太多了，如果有本事也叫得罪人，那得罪就得罪了。不过别说，你这性子还真的只能当领导。"

钱心一斜着眼看他："你是不是在讽刺我脾气差？"

陈西安笑着摇头："不是，真的适合，但是不适合当老板。"

别墅的工地上人多手杂，蓝图看着看着烂了一半，一不注意连烂本都不见了，陈瑞河急着要看图，只能自己去邮箱里下了打印。

这个项目上起总包，下到材料商都必须经过他，他的邮箱门庭若市，平常一天就是十几封，他也并不全看，转发到单位就行。

找起邮件来逐页来翻也不现实，他凭记忆输了关键字"建筑图"，结果一搜搜出个问题。

在6号楼采光顶的边梁拉断的问责会议上，他们所核对蓝图的那版建筑图，同样的邮件名、同样的附件名，他的邮箱里有两封，唯一不同的，是发送时间隔了六个小时。

就算是不小心发重了，网络延误也不至于晚六个小时……

陈瑞河觉得奇怪，脑子里却不知怎么地想起了那天会议上，在双方核对邮件之前，钱心一一开始就坚持，说他们设计的梁高是1000的样子。

当时陈瑞河焦头烂额，根本没法静下心来看待问题，事隔四个月，一切归于平静之后，他陡然对着这两封同名不同时的邮件，越想越觉得不对劲。

他既然收到了两封邮件，那GAD的邮箱里怎么会只有一封？另外，作为和他并列的抄送人，总包的邮箱里，怎么会也只有一封？

会议开始时，钱心一的坚决不像是梗着脖子就能装出来的，对完邮件之后表情的变化，也不像是单纯的恼羞成怒。

鬼使神差地，陈瑞河下载了这两个附件，直奔主题地点开了6号楼的结构图。

他心里其实有些猜测，所以看完也没有多惊讶，只是心里一瞬间涌起更多的疑问，还有愤怒，或许还有一些，是对钱心一的同情。

总包这边有人在他的眼皮子底下玩把戏，把别人的生命当儿戏，是谁目前还定不下来，但无外乎是两种可能，一种是和采光顶的施工队有恩怨，一种纯粹是针对设计院。不过不管是哪一种，他不揪出这个人，这项目都没法安心地往下干。

至于设计院为什么会删掉邮件，陈瑞河就百思不得其解了。

说曹操曹操到，不久前才把"绿帽子"的窗棂格介绍给陈西安，金荣之前跟他接洽的负责人邓明光就找上了钱心一，来电请他去评标。

钱心一在技术层有些分量，合作过的甲方都挺信赖他，就连以前赵东文向材料商询价，报他是钱心一的徒弟，别人对他一个后生都会更客气些。

这并不是钱心一第一次接到评标邀请，但他如今身不由己，只是F组的一个小兵。请假迈尔斯不一定就不准，但她要是逮着这点小事去问邓明光讨人情，他夹在中间就难受了。

钱心一说脱不开身，去不了，邓明光在那边嘘他："大哥，你什么时候脱开过身了！来吧兄弟需要你。"

他是个挺好玩的年轻人，比钱心一小两岁，张口闭口就是兄弟，本身能力不错，吹得了牛皮拍得了马屁，加上家里也有点小背景，年纪轻轻的就爬到了负责人的位置。

钱心一还是不想去，说："你们的标早内定好了，不够我来回折腾一趟，再说我是真不好请假，找个当地的专家吧，乖。"

邓明光"啧"了一声："不内定我还不找你呢，上次那个'绿帽子'已经是我能容忍的极限了……别笑了！就这水平分分钟能给我再弄一条红裤衩，我不想要这个施工单位，你来，给兄弟投上反对的一票。"

钱心一想起那个绿色的楼冠就绝了，笑得不行："一票顶什么用，别挣扎了，红裤衩就红裤衩吧，好歹是个裤衩，造型上还是很贴近生活的。"

"你别逗了行不行！真弄成'绿帽子'那傻样，我再给整个铝遮阳的秋裤套外边儿？我是多想不开啊！"

邓明光苦哈哈地说："钱哥，钱所，钱总，你来吧，就缺你这一票，剩下的偶数评委里我自己能搞定一半。请假是吧，我给您请行不行？上星期我收到个带英语的邮件，说是你上级，问我要联系方式，我不知道你换公司了，还以为是骗子呢！"

像金荣这种集团，规模越大，在职就越如履薄冰，邓明光虽然有点背景，却也远不到坐享其成的地步，有的是人等着看他摔下来。

对于他的信任，钱心一不是不感动，闻言只能松口："你去请吧，迈尔斯肯定是想跟你合作，你们集团也肯定有地，你自己看着办吧，许诺的东西别超了权限，实在不行我再给你找个人。"

"行行行！谢谢钱哥，没事我去给你请假了啊，等我电话。"邓明光风风火火地挂了。

钱心一接着打了个电话，他要找的人不是陈西安，而是王巍。

陈西安的能力去评标没什么问题，只是他实际的工作年头稍微有些短，高层的项目也少，除了小三居没有其他响亮的代表作，资历上差点名气。

王巍就不同了，他的上家是国内排名前十的建筑事务所，要不是东家倒台，他根本不会到 JMP 来。王巍其实是往下跳了，他的水平从目前和陈西安是一个组的就能看出来。

王巍的头儿是个很有性格的美国佬，在能完工的情况下对底下人基本放养，不来公司他都不管，钱心一正是知道这点，才想到来拜托他。

评标起码要三天，不过王巍答应得很痛快，钱心一说不管去不去都请他吃饭。

可能是迈尔斯的条件太高，也可能是信任钱心一能找的人，邓明光最后是没请到钱心一的假，钱心一把王巍推荐给了他。

王巍带着手头的工作搭上了去 A 市的航班，这个时候他和钱心一都没想到，他认为这个是举手之劳的帮忙，未来将给他和陈西安带来一个怎样的机会。

事后根据王巍的口述，那场评的不是标，而是关系网。

按照行规，投标迟到一刻钟等同弃标，而那天邓明光想干掉的那家活生生迟到了半个小时，要不是他这个奇数评委横插一杠，当场评出的商务标别人就第一了。

钱心一守信地请他吃饭，陈西安跟着来蹭，王巍开玩笑，问他来干吗，陈西安说王巍是胳膊肘往外拐，请 F 组的都不请自己组的。

钱心一笑着在旁边看他们"窝里斗"。

接着，美术馆翻新的图纸在 9 月中旬交了出去，小辫子也没提新问题，告诉陈西安他接到导师的委派，外出为一个别墅寻找室内装饰物件去了。

只要陈瑞河想查，他东拉西扯地从不同的人身上套几句话，总包负责收发邮件的人是谁就能一目了然。

其实不止一个人，但陈瑞河直觉就是张航，因为从项目最开始，他跟钱心一就一直是针尖对麦芒。

张航戴着安全帽在灰扑扑的水泥楼板上指挥工人剔凿多余的混凝土，被工人告知陈瑞河找他的时候，还是满头的雾水。等他真的是风尘仆仆地敲开陈瑞河的办公室，一眼看见他电脑的页面，脑子里登时"轰"的一声，有种东窗事发的下坠感。

不过他慌了没两秒又稳住了，陈瑞河毕竟是赫剑云的人，而且邮件已永久性地删除，无法恢复，只要不是设计院的邮箱里有两封，他都可以咬紧牙关说没收到。

陈瑞河向来和气生财，当下眼神冰冷，用下巴指了指电脑，言简意赅地说："解释一下。"

事发后张航也做过不少噩梦，他并不是丧心病狂，也很内疚和后悔，不敢让人看出端倪来，绷得筋疲力尽。好不容易等这件事慢慢开始被淡忘，陈瑞河忽然又发现了邮件，张航登时觉得，这是报应。

只是事已至此，他沉默了半晌，因为无法解释，只能盯着地面含糊其词："陈总您去问赫总吧，我……不太清楚。"

陈瑞河狠狠地怔了下，猛然想起了钱心一下面的陈西安，他想起出事的偏偏是结构，当天赫剑云在会上的态度也很反常，只是被事故的慌乱给掩盖了，陈瑞河当时竟然完全忽略了。

这时种种细节重新自脑海中浮现，陈瑞河尖锐地冷笑了一声，大声地说："好一个不清楚！我弄清楚了来告诉你，行不行？"

张航就是吃了熊胆也不敢说行，陈瑞河看着他就来气，想发火又觉得憋闷，闷了半晌才把声音压得低了，盯着张航严厉地问道："钱心一，钱心一是无辜的，对不对？"

张航面无表情地抬起头，说："陈总，他已经被辞退了。"

所以无不无辜，已经不重要了。

陈瑞河想起自己当时也是逼得他无路可走的一员，再一想赫剑云在其中扮演的神秘角色，就万分宁可自己没看见这套正确的图纸，他们不是干项目的吗？这到底是在干什么啊……

愧疚突然沉甸甸地压在了心上，陈瑞河也不知道解释有什么用，但还是说："他是辞职，不是被辞。"

张航原本是想反驳的，但看见对方的脸色，他又讪讪地闭上了嘴。

离开工地之后，陈瑞河去了西塘，运气不好扑了个空，赫剑云刚走不久。他心里有股郁气，硬是一路追到了老板的家。

他这么做并不是为了钱心一，而是为他自己，他想问问赫剑云，当时这大老板到底是出于什么样的心理，让自己当的这个负责人。

发迹近二十年，能让赫剑云觉得内疚的事情已经不多了，陈瑞河开门见山的质问算一件。

门一开他人还没进门，杵在门口就来了句："删掉钱心一那版正确施工图的事情，张航说他不清楚，让我来问你。"

赫剑云还在门把手上的手指一动，心想：他终于还是知道了。

伤残的两个工人与钱心一，都是基本和他无关的人，忙碌的时间能让赫剑云将这些人忘得很彻底，但是陈瑞河不一样，这人每天在他眼皮子底下为他的别墅东奔西跑，却不知道这套房子早在事故出现之后，就被他抛弃了。

这六套别墅本来是赫剑云和他的有钱人朋友一人三套，改建成美术馆之后申报文化产权用的。

赫斌是6月份生的，所以6号楼赫剑云留给了自己，建成后会变成赫斌的私人展馆，摆放他从小到大的照片，不开放，只许他自己和亲人参观。

不过连守在现场的张航都没料到会出安全事故，赫剑云更是做梦都想不到，建到一半房梁断了，就像他人生还没开始的儿子一样。他觉得这个楼不吉利，想了几天，转让给他那个朋友一个需要场址的老伙计了。

赫剑云在商场逐利多年，心肠其实练得很硬了，如果说这个事故中有人能让他觉得过意不去，那么一定是陈瑞河。他是真正上心地在为自己工作，这样的员工难求难得，赫剑云轻易不想让他心寒。

然而这辈子事业顺风顺水，赫剑云什么都不缺，唯独缺一个活着的儿子，赫斌是他这辈子最大的遗憾，年纪越大越容易勾起往事，想得越多越无法承受。

相遇后他每多看陈西安一眼，见他西装革履，听他侃侃而谈，心底的敌视就会多一分……要是这人当年不搞什么专题，赫斌如今，也该是这样一表人才的样子了。

其实很多大错，都是一闪念间的冲动铸成的，张航提议的瞬间他心动得神智尽失，陈瑞河的前途也就不在考虑中了。

赫剑云着实有些心虚，所以设计较陈瑞河审犯人一样的语气，只是眉心皱出很明显的川字纹，不苟言笑地说："没头没脑的你在说什么！"

陈瑞河见他脸色阴沉，在他的积威之下回过神，胡乱抹了把脸，心里一阵悲凉："不好意思赫总，我估计是在工地上冷风吹多了有点发烧，犯浑了，你别跟我计较。"

赫剑云还是一副收不到债的表情："发烧就回家休息去。"

"心里有事，休息不好。"陈瑞河整理好情绪，咧嘴笑了笑，"赫总，是这样，关于6号楼采光顶拉断的事故处理，我下午发现了疑义，对于当时撤销钱心一的负责人资格并且勒令辞退他的决议，我觉得是错的。我觉得该重新召集与会人员开个会，替他纠……"

赫剑云猛然严厉地打断了他："事情好不容易压下去，没人提就该谢天谢地了！开会？再让别人家属心里不平衡，来再闹一次？处理有错钱心一那脾气会闷不吭声地让你往他头上扣屎盆子？"

他换了个语重心长又带些无奈的语气："瑞河，你的心是不是操得有点多了？"

陈瑞河蓦然有点喘不上气来，他承认他心里有些偏向钱心一，也觉得这人乖乖背锅的行为非常诡异，但设计院不该为此负责本来就是事实，还人清白也是理所应当的事，结果一到他老板嘴里，就成了他胳膊肘朝外拐了。

看这样子，自己怕是得不到想要的答案了，陈瑞河非常失望，但还是给了赫剑云一个台阶，他说："可能吧，项目上事太多了，有点累，赫总你早点休息，我先走了。"

赫剑云住的别墅一梯两户，走道并不长，陈瑞河拐进电梯间之前，身后忽然响起赫剑云放得很低的声音："你邮箱里多余的那封邮件，删了吧。"

陈瑞河脚步一顿，并没有回头："什么多余的邮件？"

赫剑云沉默了两秒，说没什么让他走。陈瑞河抬头看见防火玻璃上的人影，胡子拉碴，面容颓废……是个四十多岁了，都没找到自己声音的老男人。

不过接着他又笑了起来，笑容里满是苦涩，钱心一倒是掷地有声，但是他丢了所长的职位。

没职位有没职位的好处，钱心一过了一段优哉日子。

迈尔斯的时运可能还没来，F组的项目青黄不接，都是些小的售楼处。

钱心一独自负责一个并不急着要的四合院，三进院的样式，厢房耳房又是古建里固定的形式，平面布置几乎都不用走心。

这种时间充足的感觉，在长时间的忙碌之后就像长假一样，钱心一挂着耳机趴在电脑前，从强电弱电到地漏的箅子花纹，每个细节都想得清清楚楚，三视、轴侧图不要钱地画，画完了有时间，还学国外的设计师把光线阴影给加在了二维图里。

这种细节对立面的美化作用显而易见，虽然很费时间，但钱心一越看越得意，觉得自己的CAD绘图技能简直达到了技术帝的巅峰。

不过由奢入俭难，他得意过好看的，以后就接受不了普通的了。

陈西安没他这么轻松，K组的工作紧张，正在为一个银行及其配套设施的项目出报审图，他上周连加了两个夜班，都是凌晨4点才回来，上午休息半天，下午回公司接着干那种强度。

钱心一回家看见他在家里横平竖直的画立面，凑近一看登时觉得单调得不忍直视，便一转身把外套扔到沙发上，毫不掩饰自己的鄙视："瞎了！"

陈西安左手输入右手滑鼠标，嗒嗒的动静不绝于耳，他目不转睛地看着电脑屏笑道："瞎得好，我也瞎了，我这会儿走不开，你帮我倒杯水吧。"

钱心一去茶几前倒了杯水，自己先仰头灌了，这才给他端来一杯，放到桌上说："还剩多少？要不要帮忙？"

"要，"陈西安说，"帮忙去弄个饭吧，我有点饿了。"

"12点之前干不完叫我，"钱心一放回杯子去开冰箱，发现居家能手这阵子忙得脚不沾地，家里连鸡蛋都没了，他于是穿着拖鞋又下了楼。

陈西安虽然说不要他帮忙，但是自己弄估计要到两三点，钱心一接了他还没开始做的PPT，两人忙活到后半夜，躺平的时候都有些头昏脑涨。

K组交图那天，他们的负责人维克请全组人去夜店放松。

在华的外国人泡吧都很有一手，组员全是男人，已婚有未婚也有，维克请客的地方自然有特殊服务，他一口一个不要跟我客气，一边不忘跟吧里身材惹火的小妹挤眉弄眼。

舞台上的爵士歌曲被吼得声嘶力竭，打鼓的小哥也亢奋过头，舞池里一堆放浪形骸的躯体在贴身热舞，陈西安被吵得险些精神分裂，想跑维克又逮着他欣赏美女。

陈西安欣赏不来，移到沙发边角上等他们嗨完，结果维克觉得他太端着，让酒吧的黄头发小妹专门过来给他送酒。

陈西安不喝，维克就起哄，说他不给人姑娘面子，陈西安觉得维克下了班不值得尊敬，一转头看见王巍都快被他另一位女士挤得恨不得蹿到沙发上去，登时比下有余，觉得自己还算好的。

他借口让那个服务员去帮他拿杯饮料，在嘈杂的背景里给钱心一发消息：有人在为难王巍，详见附件。

接着用QQ附了张王巍在沙发上狼狈抵抗的照片。

钱心一知道他们今天交图，晚上回家顺道给他买了块蛋糕，明白肯定有聚餐，也没等他吃饭。

最近天气转凉了，吃完饭钱心一去柜子里刨秋装，把柜子翻得像垃圾场，因为太乱了不想收拾，就掩耳盗铃地假装看不见满屋子狼藉，直接去客厅看电视，反正陈西安肯定受不了。

他看到10点多昏昏欲睡，被短信声"叮"回来，一看照片登时笑醒了，给那边拨了过去："你这个组长是真的会玩，聚餐竟然聚到夜店里去了。我的妈，王巍这表情屈辱得像要自杀了，你赶紧把他弄起来。"

"维克是挺……爱玩的，"陈西安说，"好，我去把他弄起来，你来把我弄走，这地方不适合我这种坐怀不乱的男青年。"

钱心一笑他不要脸："你又不是没长腿，想走自己就回来了。"

陈西安笑着说："我走不了，维克说谁走就扣谁的年终奖，你不是我们组的，你不用怕这个，你快来救我。"

"救屁啊，"钱心一盘着腿，不以为意地跟他开玩笑，"为了奖金你还不赶紧忍辱负重？你顶住，坚持就是胜利，我好困，我睡了啊。"

陈西安低沉的笑声从听筒里传过来："好。"

陈西安用两笔小费解救了王巍和自己，看维克在舞池里兴奋得找不着北，对视一眼各自回了小包厢，想着走不了就补个觉吧。

然而谁也睡不着，一方面是隔音不到位，另一方面是这里毕竟是消遣的地方，他们本质上都不是能玩的人，怎么躺都不踏实。

陈西安有心让钱心一吐个槽，可是那边一直占着线，大半夜的也不知道在干什么。他只好玩了会儿游戏，被大厅里的音响吵得头痛欲裂，正好有了尿意，就起身去了趟厕所，准备回来去找王巍聊天。

走道里都是人，陈西安从厕所回包厢的路上，途经距离吧台最近的那个点，猛然在人群里看见了一个他根本想不到的人——温晓茹。

他第一次见这个小姑娘，还是去年为钱心一贺生那次，那会儿她推着一个点着蜡烛的蛋糕，唱着生日歌从外面进来，直接把钱心一给惊呆了。

赵东文这个女朋友随性活泼，是那种会让人联想到下雨天和咖啡馆的女孩，对钱心一也非常尊敬，师父长师父短，从长辈的角度来说陈西安还挺喜欢她，不过自从离开GAD，他有很久没有见过她和赵东文了。

温晓茹看起来似乎不太好，整个人憔悴得厉害，面前摆了一横排小酒杯，陈西安也看不出是些什么酒，只是直觉这是个买醉的架势。

温晓茹生气地瞪走了一个前来搭讪的男人，心里闷堵得无以复加，一口气干了四杯，去取第五杯的时候斜里伸出一只手，让她只捏住了一把空气。

她愤怒地转过头，就看见了传说中因为替钱心一不值而跟着辞职的前辈。

温晓茹愣了一下回过神，连忙收敛掉不善的神色，抱歉而勉强地微笑起来："前辈，是你啊，不好意思。"

陈西安笑了笑，示意没关系，对于她的反常也没有过问，只说："很晚了，小赵呢？"

"小赵"这个字眼刺激到了她，温晓茹眼底迅速漫上一层水光，心里累积的委屈忽然就爆发了。

她是跟赵东文吵了架出来的，在气头上冲出家门，身上除了手机什么都没带，可那个从前对她呵护备至的男朋友这次却连追都没有追出来。她在闺密家哭得上气不接下气，不明白赵东文怎么会变得这么陌生。

谁的工作都不容易，赵东文毕业后嘻嘻哈哈了一整年才开始有了上进心，本来是件好事，可问题是他太"上进"了，整个都钻进了那个别墅里。

他今天为了屋顶上多了一堵墙而咬牙切齿，明天又为了什么坡屋面的二次折坡没了而大发雷霆，负面情绪带回家，对她也摆不出好脸色，往往一言不合就冷战，相处模式简直坏透了。

今天赵东文病得更重，从项目上回来整个人就魂不守舍，炒完菜竟然糊涂得连煤气都忘了关，温晓茹关心他多唠叨了几句，结果他闷不吭声忽然就把碗砸了。

两人越吵越烈，一气之下连"过不下去就分手"这种话都被撂了出来，温晓茹甩了他一巴掌，哭着跑了出来，闺密见她哭得停不下来，建议到人多的地方来发泄一下。

温晓茹难过得撕心裂肺，见到个熟人就觉得委屈，泪水在眼眶里打转。

赵东文是打心底崇拜他和钱心一，每天的日常就是夸师父和前辈，温晓茹听得耳朵都起了茧子。可自从钱心一离职后，他几乎就绝口不提了，人也逐渐沉默下来，像是变了一个人。

她记得有天晚上他回家，说想喝点酒，结果一瓶牛栏山不到十分钟就见了底，他喝醉了抱着头泪流满面，说陈工也走了。

那是8月末的事，那时他性格已经暴躁了许多，所以温晓茹想，前辈或许知道些什么。

陈西安见她一低头，手忙脚乱地从包里抽出一张纸巾盖了盖眼睛，随手揉成一团，声音不稳地说："前辈我有些事情想问你，你现在方便吗？"

陈西安"嗯"了一声，她就跳下高脚凳，跑出去跟一个女生说了两句话，回来带着他往外走，这里太吵了，她又动不动想哭。

两人出了酒吧，沿街是一排梧桐，落叶焦脆，一踩即碎，窸窣的破碎声让陈西安不由想起了GAD楼下的沿街，那时他们在忙别墅，加班餐之后，自己总是拖着胃不好的钱心一在树下散步。

好像刚刚才聊完高远挖的墙脚，回过神已经过完了一整个四季轮回，陈西安虽然天天脑子里塞满了平立面，但偶尔也不乏一两个这样的片刻，提醒他回想起过去的事。

　　赵东文的良心备受煎熬，陈西安其实都看在眼里，有良心是好事，但他一直沉浸在自责里无法自拔，并不是钱心一希望看到的局面。好比钱心一要是为此一蹶不振，陈西安也会觉得他是想不开，要对他进行思想教育的。

　　不过陈西安自认他的搭档是个有胸襟的人，钱心一在 JMP 也过得挺好，不过实话实说，钱心一还能像个香饽饽似的被 F 组抢回去，很大一部分原因是赫剑云和高远积极全面地揽下了赔偿，不管中间的黑幕如何，那些人到底没太中伤到他的信誉。

　　钱心一不想追究，他自认理亏，是自己不会带徒弟，陈西安也不会扒着他的痛处不放，JMP 是更高的平台，他们不会回头了。

　　至于赵东文，吃一堑长一智，陈西安希望他记住这个教训，能干就干，不能干趁早转行。

　　然而温晓茹的哭诉却告诉他，赵东文钻到愧疚的牛角尖里去了，这个小年轻把别墅的参建方当阶级敌人，把自己的生活弄得一团糟。

　　温晓茹说着说着又哭了，她往地上一蹲，将头埋进臂膀里号啕："前辈怎么办啊？我不想跟小赵分手，可我现在看见他就想发火，他也不管我，他到底怎么了呀？"

　　陈西安真是挺难劝的，钱心一不提 GAD，原没原谅赵东文他也不清楚，作为钱心一的统一战线，他也只能难得糊涂了。

　　"他大概是到了职业调整期，"陈西安和起了稀泥，"一直都是心一带着，他走了小赵不习惯吧？适应一段时间就好了。"

　　"不是！"温晓茹呜呜地哭，"师父辞职都快五个月了，黄花菜都凉了他还没适应？这么久了我也没见他给师父打过电话，我问他就不耐烦，他一定有事瞒着我……"

　　"哦对，我想起来了！"她涕泪交加地抬起头，"他摔碗的时候朝我吼，怪我不理解他，他说要不是他删了邮件害得师父辞了职，别墅根本就不会没人管，盯着那些施工队是他的责任，让我不要烦他。"

　　陈西安眼神一震，"什么邮件"险些脱口而出，但这个消息非同小可，别墅的事闹得 GAD 人尽皆知，可他却根本不清楚温晓茹在说什么。

赵东文删的是什么文件？

陈西安心念电转，到了嘴边的问题被他咽回去，他不由自主地清了下嗓子，换了个像是什么都知道的语气，试探地说："小温，他连删掉邮件这件事都肯告诉你，说明非常信任你，你想多了。"

温晓茹不接受这种听不懂的狗屁信任，只是无法置信，继续说："真的是他删了邮件……把师父害得辞职了吗？我，我还以为他只是在说气话。"

要真是这样，那她倒是有一点原谅他的理由了。

陈西安这次确定自己没有听错，是删，而不是发错……他心里浮起一个巨大的疑团，直觉告诉他自己好像触碰了那个对不上的邮件背后的真相。

陈西安还记得，他去工地给钱心一当外援那天，高远打来电话，说他也要去，高远平时对项目过问得不细，只对结果比较在意，可那天居然有那么快的反应速度，所以通知他的人……是赵东文吗？

赵东文发现问题的时间无疑比钱心一早，可他却没接钱心一询问情况的电话，直到现在，钱心一都还以为是他一直以来太凶了，导致赵东文在听到风声后回查图纸，发现了不对也害怕得不敢告诉他。

否则以赵东文的性格，要是在发送初期就发现打包的结构图不对，他是不可能心安理得这么长时间的……当时钱心一和他们一组所有的人，都是这么认为的。

可现在想想，陈西安突然觉得，"删了"或许才是最合理的解释。

赵东文发过 1000 高的版本，正是他传到讨论组里的那个，可接着他又删掉了它。这样一来，对方既收到了正确的版本，他也不会因为"已发送"里有两封同名不同时的邮件而被钱心一责骂，二十几岁的人了连个文件都发不好。

想到这里，陈西安心里已经有点倾向于相信事实就是赵东文"删"邮件了，然后另一个疑问又出现了：总包那版梁 600 高的蓝图，是谁下载了晒出来的？ 1000 的那版邮件，又是怎么不翼而飞的？

张航……陈西安的第一反应是这个人，当时张航和钱心一的梁子在别墅上越结越大，他有可能为了私人恩怨，而搭上两条无辜的人命吗？

陈西安不知道，他把手插进裤兜，眼神陡然间冷了下来，脑子里还在继续思索。

赫剑云向来巴不得自己死，出事的正好又是结构，那天赫剑云急匆匆地赶到了现场，是来给自己定罪的吗？

陈西安讽刺地扯了下嘴角，心想赫剑云大概千算万算，就是没料到自己会因为钱心一的劝说，而答应接手小蛮腰，中途被高远从别墅里一把抽走，赫剑云当时一定特别失望吧？

如果事实是他想的这样，当时除了个别有心人，其他人全不知道隐情，默认设计院就是发错了，所以没有人去核对陈瑞河的私人邮箱，因为查了也"一样"。

可实际上呢，到底有没有第二封梁高是1000的邮件？作为同级的抄送人，陈瑞河虽然看着跟钱心一关系不错，问责当天也给足了台阶他们下，但是他在为赫剑云工作，钱心一能对他抱有期望吗？

陈西安一瞬间简直不忍心往下想。

他自问还算个理性的人，这一刻却仅仅是在脑中做了阵揣测，一股怒火直冲心窝，烧得他只想打110介入。

旧恨再深，都不该涉及他人，城科坠落的角钢让钱心一赏了他一拳，陈西安这辈子也都不会忘记，医院里那个打着夹板和石膏、被绷带缠成一个木乃伊、浑身浮肿到面目走样的工人。

还有钱心一，他扛下了那些根本不属于他的指责和委屈，却至今都还不知道这个事故到底是天意使然，还是有人刻意谋划。

陈西安心不在焉地安慰着温晓茹，回到酒吧之后也无心再找王巍聊天，缩在黑暗的包厢里，将6号楼断梁那个事情从头到尾捋了一遍。

他回家的时候是深夜2点，钱心一已经睡了，给他在客厅里留了盏光芒黯淡的小夜灯。

陈西安就着那点光线，杵在房门口看床上的那团黑影，心里蓦然难过起来。他的心在别墅那个谜一样的浑水里蹚过一遭，现在有点愤世嫉俗。

钱心一听见门响其实醒了，但他不肯睁眼，在床上翻了个身，准备继续睡。

然而目光也许有重量，钱心一很快被看醒了，他掀开一条眼睛缝，看见陈西安在门洞下扮人形雕像，就含糊地说："哟嚯，这么早就回来了。"

陈西安"嗯"了一声，还是杵在那里不动。

他平时是个好人设定，一般不会打扰谁，这好像有些不对劲，钱心一又催他去洗漱，陈西安还是只"嗯"不动。钱心一有点在意，终于爬起来开了顶灯，被光线蜇得眯着眼睛，挂在床边上打呵欠："干啥啊大哥？没浪够，不想睡是吧？"

他的气量比我大多了，陈西安心想，随即笑了起来："你不在浪不起来，我就回来了。"

钱心一看他一副心事重重、强颜欢笑的样子，就知道他没老实交代，不过钱心一也没追问，陈西安这种人，你追着问也问不出什么，索性等他自己说了。

打定主意，钱心一啪的一下熄了灯，又躺下了。他睡觉的时候不喜欢有光，钱心一说："行啊，你继续想吧，我老年人先睡了。"

翌日一早，钱心一就在感谢生活。

事实证明，找个对生活质量要求高的室友的好处，就是早餐的时候能当皇上。

钱大王吃饱喝足了放下筷子，觉得陈西安可以得一个最贤惠建筑师奖。

这个奖听起来太没出息，陈西安连忙拒绝："不不不，我们的目标是梁思成和普利兹克。"

组长有支配一天假期的权利，作为昨天 high 过的补偿，陈西安今天上午休息半天，现在连衣服都还没换。

虽然他离这些奖还很远，不过钱心一被戳到笑点，抖着肩膀端着自己的碗去了厨房，片刻之后出来取了沙发上的公文包和外套，说了声拜拜出了门。

陈西安磕破一个鸡蛋，压在桌面上慢慢地碾，垂着眼睛若有所思。

严谨和慎重一点，在拿到确切的证据之前，他都不打算告诉钱心一另一版图纸存在的事情，空口无凭，只是徒增烦恼罢了。而且钱心一的脾气像个不定时炸弹，真气上了说不定连高远都会打。

但陈西安会尽力去查，钱心一性格太直不讨领导喜欢是一方面，赫剑云对他的意见竟然能大到不接受调解非要他辞职的地步，自己肯定功不可没，他必然在一定程度上拖累了钱心一。

陈西安在家思忖了半天，能想到的切入口都只有赵东文，退一万步讲赵东文愿意当个男人，也能说服高远，但这也没什么用，仍然是单方面的口说无凭。不过陈西安还是会去求证的，他必须亲耳听到事实。

总包是打死都不会承认的，而寄希望于甲方也很渺茫，所以这个沉冤昭雪，可能性低微得像个奇迹。不过陈西安心想，既然他能触摸到新的隐情，也是冥冥中的天意，以后谁能预料呢。

他忽然想去别墅的工地看看，看它现在建得怎么样了。

别墅建在公园深处，沿街的大路上架着高架桥，要不是黄色塔吊从长青木的顶端露出一点踪迹，要找到它都不容易。

陈西安将车开上被货车压垮的路肩，下了车遇到一排自动伸缩的栅栏，平时它只有在砂石水泥运输的时候才会打开。他绕开这道聊胜于无的屏障，从他们工人走的一道小门那里进去了。

原来主楼在建的时候，外层还用钢板围了一圈工作范围，开口封上大铁门，人员都得报上单位登记了才能进去，一来是便于管理，二来是预防建材被盗。

不过在陈西安离职前，景观需要的人工湖开始挖坑，很大一部分围护板都拆掉了，所以他只要进了公园，一日游都不是问题。

陈西安轻车熟路地靠近那一幢幢楼体，虽然施工质量不尽人意，但它们看起来依然十分气派，一如钱心一当时渲染出来的效果图。然而建成之后，设计师或许是高远，或许是陈毅为，就是不会是钱心一了。

陈西安沿着水泥路，逆时针将它看了一百八十度，他来这里靠一股冲动，来了之后也不知道看了有什么用。

不过所谓无心插柳，他这一趟没有白跑。

陈西安将车倒下路肩，打着方向盘上辅路的时候，后面的栅栏里突然开出了一辆白色的哈弗，车主见他堵在路口，立刻就拍了三下喇叭，节奏十分急促。

陈西安的车跟辅路正是个锐角，想让也得先摆正，他打了没两圈，哈弗的左车窗里忽然探出个人头，朝他吼道："前面的！会不会开车啊，快点！老子赶时间。"

陈西安自动无视了不和谐的内容，只觉得这大嗓门有点耳熟，便把头伸出去朝后看了看。

哈弗里的胖脸男人看见他，脸色瞬间平和了，热情地笑道："哎哟陈工啊，对不住对不住，我不知道是你，您来项目上开会哪。"

钱心一走了之后，别墅的接手人是陈毅为，因为陈西安和别墅没有交互，所以他辞职的事这边也没人知道，这个范经理以为他还在GAD，想着设计也是一个爹，对他也就挺客气。

陈西安将错就错，朝他点头微笑："范经理，你好，你稍等一下，我马上就好。"

他说着就要退进车厢，范经理恨不得抽自己一嘴巴，他正是投门无路，见了陈西安简直眼睛放光，哪里肯轻易让他走，连忙卸了安全带跑下车来："哎陈工你慢点，我不急不急。"

他说着一溜烟小跑到了陈西安的车窗边，弯下腰来讪笑了两下："那个……陈工，我有个问题，能不能……麻烦您帮我看看？实在是不好意思，钱所不在，号码好像也换了，您这边那个陈总也……挺忙的。"

陈西安忽然想起去年春节天寒地冻的，他和钱心一还跑了一趟这个人的工厂，替他看石材柱脚的样板来着。

范经理以前就挺多问题的，不过都是麻烦的钱心一，钱心一看着像世界上最不耐烦的人，但仍然会帮他看。

钱心一其实没换号，嫌麻烦，不过范经理可能是在他出国的期间联系的他，一直打不通，所以误会了。

其实都是些小问题，但一旦开了口就是没完没了的拜托，陈西安不爱攒这种人品，这是他不如钱心一的地方，事不关己他虽然不会高高挂起，但也不会过问，不过看在那声"钱所"的分上，他点了头。

范经理一肚子的槽大概是没处吐，一张嘴不是火烧眉毛的问题，而是项目上那些乱七八糟的矛盾，陈西安挑着感兴趣地听，东拼西凑地发现这个举手之劳的回报竟是意外丰厚。

范经理不喜欢总包，尤其是总包中备受光头聂总信赖的张航。陈瑞河这阵子心情不好，老好人变成了老坏人，把各个关卡都把得死紧，对总包似乎格外挑刺，因为保温的事情已经训过张航好几次了。

连范经理都看得出这是针对了，陈西安当然也听得出来。

陈瑞河是个圆滑周到的人，没道理会把脸撕破成这样，打狗还要看主人，总包也是赫剑云自己找的，他会护着老姚，也会顾忌聂总。

所以眼下陈瑞河反常的针对，让陈西安说不出所以然地在意，他一边想着找个时间去探探陈瑞河，一边拜托了范经理，让他在项目上帮忙盯着点张航。

范经理刚抬了下眉毛，陈西安装得自己好像还在GAD上班似的说："他以前和心一有点矛盾，合作的过程也一直在针对他，心一虽然辞职了，但我怕他迁怒公司。"

陈毅为不会管他屋面防水高度不够之类的问题，范经理找他十次，有八次能被他用"是土建施工的问题，你去找他们"给挡回来，虽然事实就是这样，但钱心一都会给他一个建议，让他去向土建提。

范经理无比希望钱心一还在项目上，听闻是因为他，愿意给钱心一面子，立刻就答应了。

陈西安上午去别墅观了个光，他搭档下午就去四合院开了个会。

这是个独院子，建筑面积小设计周期也短，钱心一带着他的巅峰立面去了工地，投在幕布上汇报的时候自己还挺扬扬得意。

他自己画的图纸漏少，讲起来也顺畅，从垂花门讲到玻璃宴会厅一个停顿都没有，他有时间好好做方案，对业主硬性要求又不太切实际的地方也圈出来提了一遍，旁边再附上根据以往经验的建议方案，一看就是个经验老到的从业者。

业主对汇报十分满意，坐在门口的那个鬓角花白的中老年还专门问了他的名字。

四合院没几个体量，纯粹是迈尔斯为了放长线卖的人情，这个业主方融控股是二环西城内的投资霸主，迈尔斯为了确保万无一失，签下合同之前都是亲自操刀，钱心一只当过提电脑的跟班，今天是带着自我介绍来的。

这个长辈坐在临时加的凳子上，钱心一虽然不太会察言观色，但也看得出他地位不低。

钱心一报了姓名，双手递了名片，对方也回赠给他一张，法令纹很深的脸上浮出一个浅笑："小伙子不错，挺用心的。"

钱心一对"小伙子"这个称呼受之有愧，笑了笑说谢谢，期间匆匆掠了一眼名片，登时惊了一下：翟岩，监事。

四合院也不是钱心一要负责的，是因为没人要，迈尔斯硬塞给他的。

大家都不愿意做，首先是因为它小，其次是其他人不像他刚来，手里多少有些之前的项目需要配合，最后也是最关键的，方融的高层股东不少都是高级工程师，干建筑出身的大老板投资的项目，要么不做，要么做到最好。

什么叫最好？每个人的最好都不一样，迈尔斯又施加了巨大的压力，说什么成败在此一举，图还没看自信就先吓没了，钱心一被她当个压轴似的推上来，虽然没信她的花言巧语，不过他接了。

他不吃迈尔斯危言耸听的这套，房子虽然是别人建的，但图是他自己画的，他不会敷衍自己的工作，至于业主选不选，其实大家都心知肚明，她的关系拉得到不到位才是关键。另外，他也愿意独自画一个小到没人要的小楼。

在经历了别墅的采光顶事件之后，没有人比钱心一更明白，那种别人都无法相信的感觉有多可怕，因此这个闭门造车的四合院，对他而言其实来得恰到好处，像一个平和的过渡期。

迈尔斯的大鱼近在眼前，钱心一却只在看完名片之后叫了一声"翟总"，答完疑问直接走了。

第二天迈尔斯问他汇报的情况，钱心一老实巴交地答了句还行，于是等到迈尔斯下一次去工地，遇到尊敬的翟总朝她身后看，问姓钱的小伙子怎么没来，她打死他的心都有。

她一直想得太多，这次也不例外，迈尔斯心想：方融的大股东肯定觉得她在打压下属，干活的时候让他单独上，领功的时候又让他见不着人。

11月1号是JMP的成立纪念日，惯例是上午领导讲话，下午优秀员工发言，晚上聚餐庆祝。

第一年入职的人都没有做代表的资格，钱心一和陈西安在鼓掌大队里充当路人，一边拍手一边承认，这些人的确实至名归。

投影仪前的代表在他精心准备的背景音乐中改编了一句名言做结束语，话音落尽时掌声轰鸣。

钱心一被现场的氛围带动，在那阵振奋人心的旋律里转头去看陈西安，对方心有灵犀地来撞他的视线，眼底各自带着一点像野心的东西。

这里和GAD不一样，这里的压力自心底而生，人性里的不甘示弱不敢沉睡不醒。

凡我所到之处，必留下一栋地标……真是一句振聋发聩的狂妄宣誓。

聚餐的时候康纳博士终于出现了，高层们聚在一号桌，大家敬来敬去，关照指教的话不要钱似的乱撒，其实平时各走独木桥和阳关道。

这么多年下来钱心一也没能适应这种场合，他混在组员里去迈尔斯所在的一号桌打了个酱油，回去就坐下不动了，东张西望找到陈西安，见他正被康纳博士拉着问话，言笑晏晏的模样比他身边那个代表还从容一些。

宴会厅其实不大，但不知道为什么，钱心一忽然就有种他离自己很远的错觉，或许是灯红酒绿，人影绰约。

好在这种感觉只是昙花一现，肩膀上适时传来一股轻柔的拍击，钱心一回过头，发现面前站了个骨架娇小的女人，如果他没记错的话，这应该是M组的商务，好像是叫……琳达？

她把盛着红酒的高脚杯伸过来，眉眼弯弯地说：“钱，我可以打扰你五分钟的时间吗？”

钱心一还是没能确定她的英文名，因此也没叫她，只能满头雾水地碰了一下她的酒杯："可以，你好。"

同桌的组员霎时乱抛垃圾眼神，一起发出一种起哄的嘘声，钱心一不是毛头小伙子，没理这种无聊的玩笑。琳达见状便明白他不知道自己的名字，这也很正常，JMP人多交流少，她大方地自我介绍了，然后请他借一步说话。

走廊上有自助水果和糕点，琳达取了一款小蛋糕，借这个打开了话题，她说："这个甜度很适宜，你要尝尝吗？"

陈西安才喜欢吃这些，钱心一宁愿吃辣条，他拒绝道："你自便吧，不用管我。你找我有什么事？"

"钱，我听说你是从GAD过来的，"琳达不好意思地笑了笑，挑了一勺蛋糕又没吃，"这里的一切你还习惯吗？"

钱心一"嗯"了一声，气氛登时就冷了，于是他只能又加了句："谢谢你的关心。"

琳达把碟子里的蛋糕戳得支离破碎，欲言又止地说"钱，你认识西恩吧，他……他还好吗？"

西恩他不认识，不过钱心一反应很快，而且自从和陈西安认识之后，他那根迟钝的感情弦好像绷紧了一些，此刻闻言脑子里立刻弹出一排弹幕：她和陈毅为……

这姑娘明白地想打听陈毅为，钱心一是个简单直接的人，这种信息来源他不愿意当，他说："陈毅为吗？我跟他不熟，GAD的老板很重视他，应该挺好的。"

琳达不了解GAD，听他说不熟就把自己公司的模式套上了，以为真的是几乎毫无交叉，钱心一也一副不愿意多聊的样子，她也问不出什么来，满脸都是黯然："那……很好。"

钱心一又不说话了，等了一会儿见她一点回神的迹象都没有，正准备找借口回会场，肩膀上陡然就多了只手，陈西安的声音紧跟着从后面飘出来："找你半天，原来躲到这里来了。琳达，晚上好。"

琳达慌乱地掩去情绪，朝他笑道："晚上好。"

钱心一取了一把叉子用目光去扫托盘，主观觉得哪个都甜得要死："什么半天，我才出来两分钟。"

"可我怎么感觉我找了你好半天。"陈西安夸张地说，钱心一受不了地把眼珠子从长桌左边斜到了右边。

陈西安和康纳博士聊了两句，一抬头就只见他跟一个女人并肩出去的背影了，别的不说，起码身高和背影还是有些郎才女貌的。他比钱心一先来，公司有些关于琳达的闲话，钱心一也许不清楚，但陈西安知道一些，他不希望钱心一被卷进去，所以一得空就找出来了。

不知道他们说了什么，琳达似乎有些失落，陈西安又去看钱心一，这人像是少根筋，还有心情在这儿挑蛋糕，陈西安也是服了，决定赶紧把他拎走算了。

这么想着，陈西安也拿了个盘子来接，指挥说："那个，还有那个，对了迈尔斯在找你。"

钱心一随便叉了两块扔进他盘子里，叉子一并不要了，回头琳达打了个招呼走了。陈西安不慌不忙地添了两块，没能成功地跟上去，因为琳达把探寻的目光转向了他，陈西安不好无视她，只好问了句"怎么了"。

很快陈西安并不意外地了解到，陈毅为下跳到GAD，一小半的原因是感情问题。

这边钱心一回到宴会厅，和迈尔斯进行了一组"组长你找我什么事""啊我找你了吗？或许有，可是我不记得了"的废话。

按照欧美人的习惯，大餐之后没有狂欢就不能称作完美的庆祝，会场转移到KTV，开始了声嘶力竭的麦霸争夺战和别有心机穿插的小游戏。

钱心一唱功一般般地用《大海》应付完了逼唱环节，声浪滚向K组，陈西安握着话筒站上小礼台，点了一首歌，钱心一看见屏幕上浮出两个单词，这时还没反应过来。

接着陈西安说："这歌送给大家，希望大家喜欢。"

钱心一在熟悉的旋律里回过神来，这首歌他有印象，他跟王巍还在迪拜的时候，陈西安弹着吉他唱过，是一首挺好听的小情歌。

前奏徐徐在包间里流泻，钱心一喝了口苏打水，靠在沙发背上，看陈西安对着这边举起了话筒。

他会点儿乐器，说明唱歌也不会差，钱心一被人塞了个沙漏，被迫给他打起了拍子，耳畔十分嘈杂，但他专心听完了整首歌。

除了唱歌，包间里还有游戏，专门挑能恶搞的项目玩，钱心一心有戚戚地看着同事用一种稍后自裁的表情去向女同事表了个白，被对方笑得差点说不下去，就觉得这些人真无聊。

每一轮他都有点发毛，想着千万不要轮到自己，但运气都有用尽的时候，钱心一栽在了维克的王牌里。这个喜欢玩的老男人没什么下限，紧跟在他坏笑之后的惩罚比表白更没节操，他让钱心一找个人……打个啵儿。

钱心一两眼一抹黑，觉得这也太过分了，他很尴尬，据不认罚。

陈西安也在人群里笑，但是离他特别近，是钱心一只需要走不到一米的距离，就能找他过来支援的距离。

钱心一最不会玩，陈西安了解他，觉得今天晚上他要么辞职，要么就只能忍辱负重。

钱心一当然不可能为游戏辞职，但他裤子都快被拉掉了，也没挣脱掉，看见陈西安也在幸灾乐祸，立刻在心里狂骂他吃里爬外。

迈尔斯觉得他贞洁烈男的架势比平时直来直去的样子可爱得多，大笑着对他噘了个红唇："宝贝儿，我可以帮你。"

钱心一吓得屁滚尿流："不用不用不用。"

维克唯恐天下不乱地插进来："钱，你再不做出选择，那我只能牺牲自己了，毕竟游戏还要进行下去。"

说完他也学迈尔斯噘起嘴，那一下巴胡子的重口味堪称致命一击，钱心一两眼一抹黑，竖起双手，一边阻挡维克，一边做投降状。

"我可是个正经人，"他没脸没皮地笑道，"这么刺激的我遭不住，你们换个小年轻来玩。"

"那不行，换人不是作弊吗？"维克觉得这个气氛简直不要太好，又开始噘嘴，"钱，你选不选？不选我可就要为公司献身了啊，大家等着往后玩呢。"

钱心一怕了他，没说话，开始往后面溜。

无奈他左右都是同事，轻而易举就把他拉住了。

陈西安看他实在是不愿意，出来救场道："维克，迈尔斯，他脸皮子薄，你们别逗他了，亲人就算了吧，小心一会儿给他惹毛了，发起火来得不偿失。"

维克觉得玩嘛，多开心，怎么会发火呢？

钱心一立刻配合地说："没错，维克我跟你讲，我发起来火自己都怕的。"

他虽然没在组里发过火，但性格之倔迈尔斯是领教过的，她拉了下维克，低声叫他适可而止。

维克看迈尔斯这个强硬的女人都来当说客了，只好放过了钱心一，但放过归放过，槽他还是要吐的，他调侃钱心一活得无趣，连玩游戏都一堆规矩。

钱心一跟他观念不同，没这么开放，除了钱心一喜欢的人，他谁也不会亲，无论任何时候在任何地点。

游戏很快进入了下一个环节，钱心一去了趟卫生间，回包厢的路上看见陈西安在他对面的走廊尽头一拐弯不见了，过了十几分钟才回来，跟在迈尔斯后面。

这不是迈尔斯第一次找他谈话，所以不管是什么问题，陈西安心想哪怕是私生活，他应该都能够应付。

可是他没想到迈尔斯一开口，却是在问他钱心一是个什么样的人。

陈西安诧异地抬了抬眼皮，觉得这个问题有些突兀。每个人都是复杂的，他可以拼凑出一百个答案，关键还是看她想听什么。

他可以打包票说钱心一绝对不是她择偶的菜，因此她想了解的不会是他的生活，陈西安心思兜兜转转，最后落在了工作上，他猜他们可能已经有过了摩擦。

以钱心一的性格来说，这是迟早的事，他不适合被人管，尤其是迈尔斯早就不再是一个纯粹的技术，任谁第一眼看见她，都会把她往高管上想，而钱心一会服的人只会是杨新民和康纳博士那种。

或许她曾经非常专业，但是现在她更多的心思都花在商务联络上，钱心一只会管技术，不是他专业的东西他做不好，他也不想做。

他和高远龇嘴的时候说过一些话，陈西安到现在都还记得。高远说他不会和甲方搞关系，钱心一说全去搞关系，图纸越画越烂，到最后没有图也施工，出了问题又说只会攀关系不会画图，其实谁不会画呢，只是你们不想而已。

陈西安觉得他说得对，其实每个行业都需要傻子，聪明人真的已经足够多了。

迈尔斯要是说教，钱心一百分之百会左耳进右耳出，面面俱到的人会觉得他特别轴，但这也正是他独特的地方。

钱心一或许会得罪很多领导，然后吃许多暗亏，不过陈西安觉得不要紧，他的性格早就成型，并非经不起摔打，每一分坚持都会有它的回报，这世上也只有一个高远能让他驴子拉磨似的付出，受不了他就走，既然有他这种人，自然也有赏识这种人的老板。

陈西安想了想，给了迈尔斯一个很稳妥的答案，他说："他是一个敬业的人。"

迈尔斯笑着偏过头，脸上有两分无奈："我看得出他是，但我想知道些别的东西，比如他在之前的公司人缘怎么样，和上司的关系融不融洽，工作风格如何，怎么和业主打交道之类的。"

陈西安就是有心把钱心一夸到天上去，过一阵子他也会自己在迈尔斯面前暴露本性，所以陈西安想想还是算了。

他说：GAD 的组员对钱心一又爱又怕，他和高远的关系不像上下级，工作作风独裁，和业主打交道没点孙子的自觉性——

反正从他嘴里听来，钱心一不是个画图的，他像个专门抬杠的。

迈尔斯瞠目结舌，连她都没有这么任性过，于是她大概明白过来，钱心一并不是故意隐瞒翟岩的事情，而是他本来就是那种人。

她心里忽然有种物是人非的茫然和挫败，她在比钱心一年轻一两岁的年纪，也闷声不响地吃过技术饭，做过一些……后来证明是不切实际的梦。

"你们的关系很好，这是好事，你知道我一直都非常希望你能加入我的队伍，"迈尔斯的眼神逐渐严肃起来，"不过容我多一句嘴，JMP有它的规则，不同组的人关系还是不要交往过密，万一有天出现了利益纠纷，你的好朋友可能会变成一副你不认识的样子。"

我们不只是好朋友，陈西安心道：他是和我一起扛事的人，推我一把的人，没有钱心一，陈西安今天或许还在GAD，要是没认清，那他愿意认栽。

不过迈尔斯是好意，陈西安没做辩解，只是说了声谢谢，回到一片混乱的包厢他也没有回到钱心一身边去，只是坐下刚摸出手机，就看见迈尔斯坐到了钱心一身边，像是要和他接着谈。

钱心一正在往嘴里塞腰果，迈尔斯坐下的时候碰到了他的胳膊，他的手被带动，腰果一晃掉到了地上。

钱心一弯腰去捡，瞥见陈西安老神在在地坐在斜对面，也不知道他们俩出去聊了什么，想着他直起身来，将腰果丢进了垃圾桶。

迈尔斯喷了香水，一股浅淡的香气飘过来，钱心一觉得坐得太近了，立刻把屁股抬起来，往旁边平移了二十厘米。

他躲得太明显了，迈尔斯跷起腿，不愉快地横了他一眼："我靠一下都不行？"

"那个，"钱心一耿直成钢筋，"男女授受不亲哈。"

迈尔斯向后一靠，想起他之前那个"窘窘"有神的样子就开始笑，她想自己大概是醉了，才会忍不住问这种蠢问题。

"钱心一，你是不是觉得我每天开着车出去给别人送茶叶、塞购物卡的样子很可笑？"

钱心一的思路还在"他们聊了啥"上面，冷不防她碰过来一句真心话，还连名带姓地叫他，直接愣住了。

他是真的吃了一惊，这里虽然吵闹，但他确定自己没听错，这个八面玲珑的女强人，在问自己是不是鄙视她。

钱心一飞快地回想了一下自己到新公司之后的表现，觉得虽然没做到如春风般温暖，但也没有像秋风扫落叶一样冷酷，总体来说还算任劳任怨，她怎么会忽然冒出这么一句来？

他没想通，却蓦然想起了陈西安那天的玩笑，钱心一觉得有种如鲠在喉的感觉，他顿了顿，说："没有。"

说完好像还怕她不信，又难得慎重地补了一句："真的。"

他确实不喜欢迈尔斯的工作方式，但他绝不敢瞧不起她，也没那个资格。

钱心一知道自己的短板，所以才不敢一心二用，他从来都不是那种随便学一学就能轻松拿高分的天才，所以他只能当个脚踏实地的人，他努力的极限也只能做好一个技术，让他去兼顾公关先生，他的本职就会做得马马虎虎了。

在这种跷跷板上迈尔斯的平衡已经把握得够好了，钱心一是敬重她的。

迈尔斯没什么表情，也不知道信了几分，她沉默了一会儿忽然很轻地叹了口气，她说："真的假的都无所谓了，反正是你要看我的脸色，不过，我是真累啊。"

钱心一："……"

所以她到底跟陈西安讲了什么小话？大家交流一下啊！

因为大家都喝了酒，所有人排成排站在路边打的，女士最先走，接着是有老婆孩子的，为了高效率利用资源，同方向的王巍和他们上了一辆车。

钱心一本来想想从陈西安这儿突破，碍于王巍在，他只是靠在后座上休息，毕竟唱K对天天坐办公室的人也是一种巨大的体力消耗活动，好室友王巍也比他好不到哪里去。

陈西安独自坐在副驾驶位上，低着头用手机和杨江聊天，杨江刚进了一家新公司，到外地出差去了，说这两天就回来，让陈西安和钱心一出来吃饭。

很长一段时间内，车里都只有司机开着的广播声音，就在钱心一快要睡着的时候，王巍忽然说："小钱，我们组的老钟在准备移民，最慢明年4月份之前就定下来了，你考虑一下，要不调到K组来吧。"

钱心一在F组坑还没蹲热，根本没想过调组的问题，他还在想老钟是哪个，嘴上茫然地说："啊？"

陈西安却诧异地转过身来看王巍："巍哥你哪来的消息，我一点音讯

082

都没听到。"

王巍两只手叠在肚子上，像个缩在藤椅里的老大爷似的："食堂的杨姐说的，她和钟哥是老乡。"

钱心一不明白食堂的大姐怎么会和这个看着不太热情的男人说这些，不过这不是重点，重点是王巍为什么赶在今天说起这个？

他看向王巍的眼睛，发现他的目光正好藏在反射着路灯光线的镜片后面，是个看不穿的角度，钱心一顿了一下，说："这是维克的意思吗？"

"不是，"王巍偏过头，"是我个人觉得这样比较好。"

他的眼神里有种很深的东西，但是没有恶意，钱心一跟他对视了一秒，又去看陈西安，想看他是什么态度。

陈西安接住他的视线，像是他肚里的蛔虫，小幅度地对他摇了摇头，表示自己并不知情，但作为钱心一的朋友，他对王巍抱有感激。

如果K组空出一个缺，想要调进来的人应该并不少，王巍的消息约等于一个先下手为强的机会，而他选择把机会给了钱心一。

"谢谢巍哥，"钱心一消化了几秒，心里也明白个中关节，不过他的话到这里就停了。

王巍没等到他的下文，眼底浮起了一点惊讶，笑着说："这就完了？没别的想说的了？"

钱心一笑着摇了下头："没有。"

王巍不知道他怎么想的，正色起来："我有，我问你，想不想来我们K组？"

钱心一还没说话，陈西安忽然接了过去，他笑起来说："他不会来的。"

这并不是维克的意思，王巍希望钱心一去争取，可等迈尔斯问起理由，钱心一该说什么？因为K组是最好的，所以他想去？

这答案迈尔斯听了估计会气炸，而钱心一也有自己的打算，迈尔斯对他不错，他也还有项目在做。

王巍看他的态度坚决，陈西安也不劝，自己也没过多的立场掺和，只当这事没提过，若无其事地走了。只是下车之后，他站在路上叹了口气，骨气和真诚这种东西，总有一天是要被现实碾得支离破碎的。

王巍之所以突然提起调组的事情，主要原因是他听到了风声。

上次他去 A 市帮邓明光评标，邓明光说过一个土地在预审阶段的项目，这是一个冠着"环球金融城"名号的特大工程，四个地块将同时启动，光是在规模上就会一鸣惊人。

不管谁会参加竞标角逐，事先听到风声并提前做下准备的维克都会夺下最有代表性的那栋楼，出于私心，王巍希望钱心一也能踩上这块踏板。

不过他既然拒绝了，王巍尊重他的选择，这个人有点淳朴，不会单纯地向利益靠拢，其实非常难得。

钱心一有他自己的理由，他不喜欢变动，而且维克选择了王巍，说明从维克的角度考虑，自己并不是他想要的成员。死倔也好矫情也罢，他不想干这种倒贴的事情。

陈西安的认知比他直观，他确定钱心一不适合 K 组。

维克是个艺术色彩很浓的主设，他喜欢尖锐而突出的棱角，这些东西在目前的施工坏境中恰恰都是危险的，钱心一已经习惯了设计阶段就开始考虑施工可行性的思路，跟他的冲突可能会像火星撞地球那么剧烈。

陈西安想象了一下两个"钱心一"对着较劲的画面，脑子里登时全是四溅的火花。

车走人留，王巍一闪就不见了，钱心一自己缓了一阵，往前一趴，将脸卡在两个座椅的头靠之间，很小声地问道："你觉得我选得对吗？"

陈西安转过来，冲他笑了笑："你不是很有坚定的吗？怎么，王巍一走你就后悔了？"

"也不是，"钱心一老实说，"我不想去 K 组，但我想跟你一起做项目啊。"

陈西安笑道："知道我好用了吧？现在给王巍打电话改口还来得及。"

钱心一吁了他一声，表示他意已决。

陈西安也知道他不会改主意，玩笑开过了正色道："不过王巍平时挺严肃的，他对你挺有心的，你在迪拜走了个挺大的狗屎运。"

钱心一觉得他怎么说话呢，嗔道："换个比喻。"

陈西安从善如流地说："Lucky man."

钱心一放过咬文嚼字，心里承了王巍的人情，安静了一会儿，心思一转把之前没问成的问题捡了起来："迈尔斯找你干什么？"

陈西安没个正形："打听你工作资历和祖宗十八代。"

钱心一心想果然是，自顾自地说："她问我是不是觉得她很可笑，没头没脑的，我挺尊敬她的啊。"

看他比自己还茫然，陈西安终于坐直了："你们最近有过矛盾吗？口角……大点声说话也算。"

钱心一立刻露出"怎么可能"的表情："她最近老在外面跑，我们基本没怎么说话谢谢。"

陈西安做沉思状："不是最近那就是之前了，看来这个嫌隙比我想的还要严……"

"又扯！"钱心一有点冤枉，"我来了才没两个月。"

陈西安笑着说："想不通就算了，反正，就算有你也想不起来。"

钱心一威胁道："小心我抽你。"

陈西安无所畏惧："抽我我告你。"

钱心一觉得他们太幼稚了，瞥了司机一眼，发现师傅面无表情地看着前方的路。

回到小区,从回家那条木槿条道旁走过的时候,钱心一忽然说："我……是不是很不识相？"

装饰灯光晕里他只是一团模糊的黑影，但他在陈西安心里是一个个性鲜明的人，陈西安慰道："我们通常不喜欢太识相的。"

钱心一姑且算是被治愈了，不过这实在不像一句好话，于是他笑着骂了句："滚蛋。"

土建一旦封顶开始与各专业交叉，鸡毛蒜皮的小事就会接踵而至。

钱心一开始三天两头地跑四合院，今天是屋面防水不好做，想改；明天是挡水墙不好看，想砸。运气好会碰到翟岩也在，这大股东总是闷声不响地坐在次要的位置上，听会议室的人七嘴八舌。

翟岩的地位很高，存在感却可以很低，低到钱心一只有在离开的时候才想得起来跟他说声再见的程度。这种举重若轻的感觉，让钱心一觉得他非常不简单。

迈尔斯盯上了一个要做绿建的公司，这阵子一直在努力地接洽，因此也厚此薄彼地忘了提点他，务必和翟总搞好关系。

陈西安和王巍也总往外跑，不知道是在开会还是在投标，神神道道的样子，而且他在家里还开始躲着自己接电话了。

钱心一盘着腿在沙发上啃苹果，见陈西安铃声一响又去了阳台，这种次数不多，但难免让他有些在意。

要是工作真的需要，也不是不能有彼此的小秘密，只是在钱心一看来，这做派有些小气了，防室友堪比防贼，让人体感不太舒适，当谁瞪着眼睛就惦记别人组里那点成果似的。

钱心一不屑地笑了一声，用脚踩着力学教材蹭到手边，一翻身趴了起来。

陈西安还不知道自己冤成了"窦娥"。

跟他"小秘密"的人，其实是别墅项目上的范经理，范经理最近不太好过，问题不断，不过终于也提供了一点实质性的情报。

赵东文和张航在项目上忽然打起来了，伤得倒是都不重，看起来是GAD略胜一筹。赵东文仗着人高马大捶掉了张航两颗门牙，被对方拼尽全力回赠了一记熊猫眼。

陈瑞河把不锈钢的茶杯砸在了管理区门口的半块篮球场上，暴跳如雷地问他们发什么神经。

赵东文学乖了不少，先道了个歉，接着也气不打一处来地指着张航大骂，说工程问题一次不改，两次三次依然不改，现在外墙都快竣工了他还不改，他实在是忍不下去，结果才说了两句就没法聊下去了，于是就……说他太年轻冲动了，张工真是对不起。

张航完全不想听他的道歉，他的门牙还在渗血，只想一板砖拍死赵东文。

最微妙的还是陈瑞河，因为打架的两人聊的根本不是什么工程问题，而是钱心一，结果张航才解释了半句，就被陈瑞河面沉如水地挡了回来。

陈瑞河说，别人一个刚毕业没多久的大学生都能看出来你的东西有问题，你还有脸说什么说，行了漱个口去改吧，然后这个事情就这么过去了。

从范经理扬眉吐气的笑声里，陈西安大概能想象到张航郁闷的表情，他一边觉得赵东文是真的变了，一边对范经理表示了感谢。

他们之间矛盾似乎越来越尖锐了，陈西安挂掉电话，手指在通信录上随意滑动，他想，可能他该去找小赵谈一谈了。

他打定主意，旋即回到了客厅，在题海遨游的钱心一立刻"浮"了上来，咬着笔杆似笑非笑地说："高级秘密谈完了？"

陈西安听出了挖苦，但是没反应过来是因为工作，登时会错意了，他说："谈完了，干什么阴阳怪气的，我出去打电话碍着你了？"

钱心一翻成侧躺，用屁股对着他："你要是实在无聊呢，就去超市买东西吧，啊？"

陈西安说："我今天不太无聊，下回去买。"

他把手机塞回兜里，琢磨起了该怎么把赵东文约出来，才会显得不那么突然。

双十一带着强势的折扣风席卷而来，钱心一终于在接二连三的快递里开了个窍。

去年的今天他和陈西安去看电影，结果城科的工地上出了事，这一晃就要满一年了，日子过得真快，说不定他下次想起来，很多年都过去了。

时间流逝的速度让钱心一有点敬畏，从四合院开完会以后，他没有立刻回公司，而是去了趟甲方的办事处，约了和那边的方案做个沟通。

沟通的地点选在办事处旁边商场里的星巴克，钱心一办完正事下来，在一层的金饰区被导购拦了下来。

杨新民最近弄了圈手串，天天握在手里盘得鬼带劲，然后不知道怎么搞的，线断了，老头叨叨晦气，心情差了一大截，钱心一正好顺路，就在想给他弄个转运的东西哄哄他。

他站在柜台前，三分钟就买好了珠子，准备走人。

然而导购有销售业务，自然不会这么痛快地放他走，赶上今天是双十一，结婚的纪念、单身的求婚、不婚的还可以宣誓自己的主权，反正全人类买都来买买买就对了，至于买什么，那就因人而异了。

钱心一原本没想买，但被她劝了几句，居然也动了心。

在他们熟悉起来之前，陈西安有一次开玩笑时说，他已经很久没收到过礼物了。

钱心一觉得哪至于这么惨，有钱想买啥不行？抱着这种念头，他还真垂眼看了看，然后始料未及地看上了一块平安扣。

他平时没关注过玉石，导购说是翡翠，他也看不出明白，钱心一只是莫名觉得它挺适合陈西安的，可能玉石本来就是一种带点缘分的物什，另外就是陈西安打小是戴着块这种扣子的。

钱心一很快就说要了，导购开了单不小的生意，喜笑颜开地打单子、拿盒子，最后还拿了条手绳给钱心一。

"帅哥，今天买真的特别优惠，买挂饰呢送这款手绳，这个小扣子的材质跟这块平安扣是一样的，单买的话可不便宜呢，而且赠送也是限量的，这真真切切是最后一条了，您运气好啊。来，给您一起装盒子里了啊。"

钱心一垂眼看去，发现是一条黑色的手绳，拧成麻花状的绳子中间绞着块指甲盖大的小平安扣，简简单单的一个款式。

就是他送了大的，还附带个赠品好像不大正式，于是钱心一说："那个绳子别放进去了，给我吧。"

导购闻言拿出来递给了他，钱心一揣进兜里，带着他买的"祝福"走了。

回去的路上他才后知后觉，自己给陈西安买的这么个玩意，人家看不看得上。不过他转念一想，又觉得陈西安一个收礼的，即使自己买个屁，陈西安都应该感动得落下泪来。

结果他好不容易憋到11号下班，陈西安却说自己还在外面开会，让他先回家，钱心一还想着晚上出去吃顿好的，看他在忙只好独自回了家。

然而等他一开开门却觉得有点不对，主卧的门缝里透着光。

早上忘了关这个可能性为零，因为钱心一后出门，家里进了贼也不像，哪个贼会开着灯偷东西。所以想来想去，陈西安在故弄玄虚这个可能性才是最大的。

钱心一不知道他在搞什么，换了拖鞋慢慢往光源那边靠，走到门口，他先是往门里塞了个头，发现光源是陈西安晚上看书用的那个护眼灯，接着才发现房里没人，只有这盏开着的灯。

油烟机没在抽，浴室的水也没流，家里非常安静。

钱心一叫了一声陈西安，没人应答，他觉得奇怪，晃了一圈没找着人，就又回了台灯那边。

台灯的亮度不够，屋里还是有点黑，钱心一进来的时候，顺手打开了卧室的灯，很快在叶片状的灯座下瞥见了一张被压住一角的纸。

钱心一"啧"了一声，心想"不会是生活费清单吧"，他笑了笑，过去将它抽了出来，灯光瞬间打在纸上，字迹的踪影初现端倪，层层叠叠的，看起来还不是简单的三言两语。

经过两次简单折叠的纸背上写着六个字：致搭档，钱心一。

"搭档"这个字眼似乎比朋友、室友都有安全感，钱心一心口一热，骤然有点温软，他退了两步坐到床上，准备看陈西安在里面放了什么大招。

一周年整，谢谢有你。

今天对我意义非凡，有些话想对你说，不用想都知道你会笑场，所以选择了这样一种老套的方式，一生一次，当个经历，别笑了。

钱心一笑着揉了下脸，真的把表情绷了起来。

容我老套地说一句光阴似箭，这一年我很开心。

对于我曾经遭遇的一切，虽然我从来没说，但心里也曾软弱地怨恨过命运这种虚无缥缈的东西。然而等我重新有勇气再次踏上女儿墙，我还是愿意相信"一切都是最好的安排"这种老掉牙的鸡汤。

我不感谢命运，我只感谢你。

去年的今天你朝我伸出手，所以我今天能站在JMP，我希望对于你来说，我也能在你需要的时候助你一臂之力。

这一年在你身上发生了一些事，可能不那么愉快，不过一切似乎已经尘埃落定，站在我的角度考虑它已经落幕了。不过我想对于你来说，它永远都不会过去，它是藏在你心里的一根刺，遇见相关的人就让你痛一次。

这并不是我所希望看到的，我希望你自信得像我刚遇到你的时候一样，每句话都说得掷地有声。

出于偶然，我发现了一些"6号楼采光顶事故"背后的东西，它能拔掉你心里的刺，但也会再让你寒心一次，很抱歉我瞒了你一阵子，就是你嘲笑了好几次的"高级秘密"。

节日本来该开开心心地过，不过鉴于它之所以能成立的特殊性，我选择在今天让你知道事实，火冒三丈也好，拨打110也罢，希望你从此问心无愧。

8点，食素东方，101号包厢，我约的人是赵东文。

陈西安

阿纳托尔说，如果我们了解一切，将会无法忍受片刻的生存。

钱心一目前大概就是这种感觉，他虽然还什么都没了解，但方才还满布于心的轻松已经荡然无存，视线紧锁在"背后"两个字上，被强行压在心底的记忆喷涌而出。

他脑子里乱成了一锅粥，对簿公堂的邮件、高远的妥协、赵东文的沉默、赫剑云的施压以及陈瑞河的失望……连病人家属都知道错在"他"的粗心大意，事隔半年之久，他最信任的人却忽然告诉他还有内幕。

钱心一心里掀起一股滔天大浪，背后？他心想背后还有什么事情？

这两个字揪住了他的心，钱心一的太阳穴一跳一跳的，脑子里浑浑噩噩的全是当时的细节，然而他连一丝一毫"背后"的感觉都没抓住，到底是哪里出了被他忽视的问题……

他绞尽脑汁地想了半天，依然头绪全无，倒是回过神才发觉，陈西安留下的材料纸被他无意识地掐烂了。

钱心一怔怔地将薄纸铺在腿上抹了两下，心里一瞬间有点委屈，陈西安明知道他在意这个，竟然还在吊他的胃口，为什么？

陈西安裤兜里的手机震动起来，他看了眼幕布前方，维克正背对着他用激光笔在平面图上画圈，于是他将身体一矮缩到了桌子下面，一接通就是钱心一硬邦邦的质问。

"背后的事情是什么？"钱心一在那边迫切地说。

他果然连两个小时都等不了，陈西安不由有些担心稍后的场面会控制不住，只能用悄悄话的音量安抚道："我在开会，你冷静一点，散会了我立刻给你回电话，好不好？"

"背后"就是一道钩子，搅得钱心一坐立难安，不过听见他在忙工作又软了语气，他耷拉起眼皮应了一声，"你先忙"还没说完，听筒里陡然暴起一声怒喝。

"不想听就滚出去！啪——"

线就断在了这里，余音里像是维克朝陈西安丢了个什么东西，钱心一满心的疑问都被吼散了一些，他心不在焉地将手机放下来，忽然觉得自己的脾气也没有那么差。

其实钱心一还有赵东文可以问，不过陈西安说会给他回电话，他就坐在客厅里等。跟打地鼠似的按捺内心的冲动。他是个心直口快的人，这种心理战争对他来说几乎算得上是一种酷刑，不过他相信陈西安，这个人不会拿他在意的事情炫技。

进了 JMP 之后，钱心一的脾气看着似乎好了许多，一个原因是他不是主设，把关的责任落不到他头上；另一个原因只有陈西安看出来了，那天赵东文拒绝接听，这对钱心一来说是一个不小的打击，陈西安觉得他可能常常在想，赵东文到底有多怕他，以至于连电话都不敢接。

冤屈已经受过了，被蒙在鼓里的时候钱心一还是平常心，知道了些真相却开始耿耿于怀，真是应了那句无知是福的谚语。

不过再揪心钱心一也要知道，只有一切责任与他无关，他的自信才会回到身上。

钱心一勾着腰将手肘撑在大腿上，心里像是加了一个大气压，闷得气都不想喘，他整个人绷得很紧，脑子里却全是川流不息的片段。

一旦带上猜疑的色彩，记忆里每个不和的人看着都像奸臣，可他完全不知道，他们都做过什么。

焦灼的时候时间的流速会变慢，钱心一觉得过了很久，而实际才不到二十分钟，好在铃声终于响了起来。

钱心一伸出胳膊才发觉关节已经麻了，他划开接听键又点了下扩音，老姿势地勾着腰，听陈西安的声音在客厅里蔓延开来："心一，你在家吗？我回来接你。"

听起来他好像挺怕自己忍不住跑了似的，钱心一气得笑了一声，声音发闷地说："我不在家。"

陈西安压低声音笑了笑，故意说："你不用来公司接我，餐馆离家里近一些。"

"别闹了，"钱心一闷闷不乐，"我今天没心情跟你开玩笑，你瞒了我什么事情，说吧，我冷静好了。"

"我信你，"陈西安违心地哄道，"不过也不差这一刻，你再忍一忍，小赵想亲口告诉你。"

钱心一知道他根本没信，将头往前凑了凑，他又不傻："既然都不差这一刻了，为什么要提前吊我的胃口？直接什么都不说，8点叫我去不就行了？"

陈西安装模作样地叹了口气："提前告诉你是自首，不说就成了从犯，我怕到时候你连我一起打。"

钱心一沉沉地跟着叹气："其实我现在就挺想打你的。"

陈西安笑了一声，接着正经起来："我答应了小赵，让他自己跟你讲，我是想让你多少有点心理准备。"

钱心一被他的铺垫弄得有点愕然："……为什么弄得这么复杂？我会被气死吗？"

陈西安想了想："气哭吧。"

这答案钱心一想都没想过，愣了两秒把电话挂了，心想他真是越来越上房揭瓦了。

赵东文在镜子前理衣服，一副即将引颈就义的表情。

他心里紧张得敲锣打鼓，也有股没底的害怕，眼神里却没了从前的学生气，他知道自己今天会死得很惨，但仍然忍不住有点小期待，他很久很久没见过钱心一了。

他最尊敬的人，赵东文非常想念他。

他每多跟一个从业者打交道，就更能体会到钱心一的不容易，这个人似乎永远都好不了的脾气，以及永远都透支的耐心，赵东文终于明白过来，钱心一的霸道不是故意的，有时候甚至可以说是刻意的。

笑着说出的话，很多人都只是假装在听，非要恶语相向，才能划开名为利益的耳塞让他们听进去只言片语。

温晓茹跟他和好了，听说他约了钱心一，不仅没生气睬到了自己，反而也想跟着去。碍于今天这个场合绝对不是叙旧，赵东文拒绝了她的加入，帮她约了好闺密，让她们去逛街。

他看着镜子里的小平头，面无表情，眼神漆黑一片，而镜子后方墙壁上的相框里，穿着学士服的搞怪男孩冲他笑得憨头憨脑，他一瞬间心生恍惚，有些不知道哪个才是真的自己。

小温说他变了，琴姐说他话少了，就连前辈也说他跟以前不一样了，赵东文其实不喜欢这种变化，不过对于工作来说，这种变化确实让他越来越得心应手了。

服务员将他领到 101 号门口，赵东文因为太紧张，都忘了试探一下客人到了没有，他只是深吸了一口很大的气，一推门扑了个空，才发现自己的腿都软了。

世上所有的惩罚，大概要以诛心为上。

主干道永远都是堵的，赵东文运气不错，先到的是老好人陈西安。

陈西安推开门，瞥见赵东文生理性地抖了一下，忍不住有些啼笑皆非，看来钱心一的余威尚在，都深入到人心里去了。

赵东文不好意思地笑了一下，叫了声前辈，站起来给他倒了杯热水。

陈西安谢他，把大衣挂起来，立刻给钱心一去电话，还没打通铃声就在门口响了起来，陈西安掐掉通话，接着门就开了。

赵东文和来人四目相对，见钱心一穿着那件眼熟的羽绒服，脱口而出就叫了声"师父"，同时站了起来。

这一出口，两人都愣住了，钱心一先反应过来，反手带上门，面色如常地笑了笑，语气还挺和气："别瞎叫啊。"

说着他脱了羽绒服，陈西安危言耸听地说降温，结果他一路开车过来恨不得开冷气。

钱心一大概是习惯了，包厢里还剩下六个位子，主位那个是专门留给他的，结果他一屁股就挤到了陈西安旁边，那个动作自然得赵东文都来不及阻止，他张了张嘴，又什么都没说，他师父一直都这样，坐不坐主位也是小事。

赵东文"哦"了一声，开始纠结不叫师父叫什么，钱哥？钱工？还是钱总？

我还是别叫他了吧，赵东文沮丧地想到。

或许是怕一开始说"背后"就会食不下咽，所以开饭之前谁也没提别墅。

赵东文胖了，性格也稳了不少，钱心一作为一个长辈，在他小鹿斑比一样的注视里，也不忍心让场面太冷，他保守地问了问赵东文最近的生活，小温怎么样、什么时候结婚，没提工作，不过这也能让赵东文开心到飞起了。

他要是有尾巴能摇到天上去，不过他不再像以前一样，师父给点颜色就灿烂了，只是一边偷着乐，一边乐极生悲——这杯醉人的断头酒，他干了。

陈西安打圆场的水平炉火纯青，偶尔插进几句来，不是说前阵子也看见小温了，就是他朋友的侄子也要结婚了，他是个有点气质的人，情商又不太低，把气氛拿捏得很稳定。

钱心一可能是偏心了，觉得他就算是去拍马屁，都会比别人顺眼一些。

菜陆续上来，寒暄也说得差不多了，三个人开始闷头吃饭。

赵东文坐在对面，又不能把脸埋在饭碗里，因此他一抬头，就能看见他那个师父在对面忍辱负重地吃洋葱。

赵东文登时惊呆了，没太能抓住重点，只想着要知道他师父作为洋葱去死去死团三十年的荣耀会员，从前连加洋葱当垫菜的干锅都不情愿下筷。赵东文志忑得够呛，心想他和蔼的表象下一定藏了一颗炸弹，所以连味蕾都暂时失灵了。

水果拼盘上来了，菜碗在陈西安的指使下随吃随撤，眼下也没剩几个，尽管赵东文恨不得时间就停在这一刻，但他心里清楚和平相处的假象到此为止了。

他夹了一个小番茄，捏在手心里碾来碾去，很快手心里潮成一片，不知道是蔬果皮上的，还是他出的冷汗。

煎熬了一阵之后，赵东文放下筷子，走到钱心一面前，拉开那个碍事的椅子，一折腰给他鞠了个九十度的躬，他没有起来，看不见钱心一的表情能让他好受一点。

钱心一被他弄得一怔，还没开口，赵东文就陡然激动起来，声音险些走成一个哭腔，他说："师父，对不起，有件事我瞒着你没说，我舅舅也知道。"

他哽咽起来，说好不轻弹的泪立刻砸进了地毯里，像是一早就装在了眼眶里："这么久以来我一直都很内疚，我舅舅也是，可是我不敢告诉你，不是怕你打我，而是怕……怕……"

他情绪起伏得异常厉害，怕着怕着就泣不成声，看样子连话都说不出来了，只是弓着腰哭得浑身颤抖，一米八的大个子折成一半，看着有点可怜。

钱心一被他说来就来的情绪吓了一跳，刚吃得好好的，一下就号上了，他一点心理准备都没有。他惊得差点站起来，结果椅子后面挡着陈西安，他没能挤开椅子获得空间，不得不蹭了二十厘米又跌回去。

他伸手抬了一下赵东文的肩膀，眉心皱出后者熟悉的纹路："有话就好好说，干什么你！"

赵东文别着劲不肯起，错过了这个表情，他忍了一口气，脸上涕泪交加地说："一开始是怕，怕责任我承担不起，每天做梦自己都在牢里。后来，跟施工队打了几个月的交道，知道是我把问题想得太严重了……想跟你说，打了很多个电话，还没连通又挂了，怕……"

他又卡住了，哭得像一台正在卡带的录像机。

钱心一觉得自己在 JMP 修身养性的两个月全白瞎了，简直是邪火攻心，他一掌拍在桌面上，"嘭"的一声手心也疼麻了，气头上也没顾上："怕屁你怕！我还没怎么你呢，自己吓自己还吓上瘾了！这么久了你怎么还没学会抓重点，你去跟业主汇报，先说你的 PPT 为什么没做好吗？"

赵东文被他吼蒙了，哭得特别惨："师父我还没做过汇报。"

钱心一顿了有一秒："我没问你这个，谁是你师父！"

坐在最后面的陈西安忍不住眯了下眼睛，觉得这跑题的水平实在有点高超。

赵东文终于听进去那句"我还没怎么你"了，他把情绪控制住，一边按照钱心一的要求在脑子里言简意赅，另一边声音仍旧在跑调："师……是这样，别墅的施工图其实有两版，梁高600和1000的都发过，600是当天晚上发的，1000是我第二天发现不对又补发的，发完……"

他像自裁一样，轻轻地把这句话推了出来："……被我删了。"

说完之后，赵东文一边觉得完了，一边心里那股险些逼死他的自责渐渐没了，脑子里一片空白，没想到等待的时刻自己竟然能这么平静。他躬得腰酸背痛，不过没起来，不是不敢，是真的觉得很对不起。

钱心一却是震惊得石化了。

他这辈子最抬不起头的时刻，就是那天别墅工地的会议室里，从对完邮件的邮箱里下图纸然后打开看见梁高是600的一瞬间。赵东文那时还是他的徒弟，因为是他发错的，所以钱心一什么都没资格反驳，针对收了，羞辱忍了，然后灰溜溜地走了。

等自己把一切生扛了半年，赵东文才忽然来告诉钱心一，他们设计院没发错，只是没有告诉他，他这么久以来背负的负罪感，原来只是自作多情。

十年饮冰，难凉热血，世上真有这样的人吗？钱心一心里一片寒凉，他想也是傻子吧？

预料中的暴跳如雷没有来临，安静到让人不安，赵东文抬起头，正好看见他师父捂住眼睛，露出一个比哭还难看的嘲笑。

"重发了很好，删了怪我脾气不好，你舅舅二话不说愿意主动赔偿，也怪我，得罪了总包看邮箱的傻货，业主那边……还是怪我，我要跟他们的老板对着干，一说起来，我都不好意思反驳。"

上次就失望透顶了，这次竟然还能透出一个新高度，钱心一捂住眼睛却发现根本没必要，他根本就不想哭，可是心里那种憋屈像个不断充气的气球，压迫得他恨不得跳起来砸掉这里所有的东西。

"不是的！师父，不怪你。"赵东文坚定地反驳道，"错的是我，错的是张航，你不要这样。"

"错的是你们，真逗！那我是什么？跳梁小丑吗？"

钱心一忽然发作，一脚踹在他膝盖上，把赵东文踹得一屁股墩在地上，他还要起来立刻被陈西安从后面抱住锁在了椅子上，七窍生烟地回头瞪他，眼眶隐隐发红，瞧着气还没撒完。

不过陈西安没松手，人有时候在气头上做出一些冲动之举，事后往往又觉得没必要，揍赵东文就是一件没必要的事，他并不认为钱心一是真的想打他。而且不打有不打的好处，赵东文会一直心怀愧疚。

于是陈西安朝赵东文使了个眼色："你先走。"

钱心一气得低头去踩他的脚，赵东文不愧是他教过的徒弟也是一脸"师父求打死"的倔强。

"我不走。"赵东文说。

陈西安觉得他就会添乱，把钱心一的腿别起来，沉下脸对赵东文喝道："让你走就走！"

赵东文因为尊敬他，被他一个脸色甩得特别受伤，爬起来一瘸一拐地刚出门，陈西安就撒了手，钱心一一跃而起，骂着"你给老子站住"，追着赵东文跑了半条街。

赵东文被他追得魂飞魄散，想都没想就跑了起来，等甩得不见了人影，才想起了自己本来就是去讨打的。

钱心一没逮到人，自己也跑不动了，泄气地蹲在路肩上，喘得眼前发黑，脑子里嗡嗡作响，好半天才发现眼皮子底下多了双皮鞋。

他抬头看站着的人，说："陈西安，我心里难受。"

第三章　　金融城

夜里果然起了风。

陈西安将臂弯里的羽绒服搭在他背上，不以为耻地说："我去年也难受，还哭了呢。"

钱心一笑不出来，甚至有些悲从心来，他能理解陈西安去年那种失控的感觉了，没有经历的人不会懂得，攸关性命的事情有多让人难以释怀。

"不过这对你来说，是个很好的消息，"陈西安眼底藏着笑意，"对不对？"

钱心一心头一震，眼底很快湿润起来，确实，对他来说，没有比这更好的消息了。此时此刻他无法立刻平静下来，但是以后，钱心一想，他也会相信那个老掉牙的鸡汤的。

他闷不吭声地蹲了会儿，自己站了起来，降温了，该回家了。

赵东文的内幕让钱心一情绪不怎么高，他回到家里，情绪一直很低落。

现在他需要的就是时间了，自己习惯、自己想通、自己想办法，陈西安也没打搅他自我修复，自顾自地看书、刷论坛，等到 11 点有了困意，正准备去睡，却见钱心一突然过来了。

等他走近了，陈西安才发现他右手里捏着个小盒子。

对朝夕相处的人说感谢，确实有些难以启齿，因为会显得有些生分，不过幸好钱心一早有准备。他在陈西安跟前站定，抬手将盒子递到了对方面前。

陈西安看了看盒子，又去看他，一边伸手一边笑："这是什么？"

钱心一将盒子放到他手里，说："一点心意，很多事上都该谢谢你，尤其是今晚这一件。"

无论是离开GAD时的鼓励，还是无条件让自己过来住的帮助，以及别墅采光顶塌陷的真相，陈西安都为他做了很多。

钱心一终于发现，不幸与幸运原来是相对的，他在倒霉的时候，其实也拥有过很多的温暖，他说："但我这人吧嘴有点笨，好多话都说不出来，千言万语都在这里了，你看看，喜欢不？"

陈西安一面觉得不必如此，另一面又有些受宠若惊，来自加班狂魔钱心一的礼物，他实在想不到会是什么。

是块水润剔透的平安扣。

陈西安眼皮一跳，在一种似曾相识的印象里笑道："这……是不是有点，太贵重了？"

"不贵，"钱心一认真地说，"这个发现对我来说，真的很重要。"

他终于可以真正放下那些自我鞭挞：是不是因为他太目中无人，所以高远要牺牲他，是不是因为他的领导工作做得真不好，所以才会酿成悲剧……

陈西安当然明白真相对他的分量，也明白这份厚礼他不该拒绝。

当然，撇开贵重这点，这个扣子他真的挺喜欢的。他和钱心一对视了片刻，最后直接用行动表示，取出挂绳，将平安扣戴到了脖子上。

"谢谢，"陈西安在胸前拨弄了几下，突然有些怀念地说，"我很喜欢。说起来，我以前也有过一块这样的挂件，就是后来丢了。"

这事钱心一知道。

上次陈海楼夫妇过来的时候，在陈西安回家之前，这老两口无所事事，在客厅里翻陈西安高中时期的照片时说过。

当时习太太还给钱心一看过，照片里杨江扒在陈西安背上，陈西安歪着身体，玉扣从T恤领口里溜了出来。

习太太很是惋惜了几句，说那是陈西安出生的时候，他爷爷专门托人定做的，陪了他好多年，结果大学毕业前不见了。

钱心一对时间，立马发现那会儿正是赫斌出事前后。

如果那块遗失的平安扣，能够代表对过去那些背叛和欺骗的终结，那么钱心一愿意送他一个新的开始，平平安安、顺顺利利的那种。

陈西安还不知道他的室友同志，在心里默默给了他这么大一个祝福buff，他只是笑着说："你突然给我送这么大一个礼物，我这压力好大，我得想想我该给你回个什么。"

钱心一把手一挥："别，你以为我会只给你买吗？我对我自己好着呢。"

陈西安稀奇地笑道："你给自己买什么了？"

钱心一鬼扯："同款。"

陈西安瞟了他的脖子一眼，发现那里空空如也，便说："我看看。"

钱心一："不给你看。"

不给就是有问题，陈西安温文尔雅地威胁他："你给不给？"

钱心一没办法，只能嘻嘻哈哈把"同款"给他看了看。

陈西安但凡没有瞎，都知道这个"同款"差距太大，不过钱心一正乐呢，他就只好顺着说瞎话了。

钱心一乐到一半，突然想起了正事，他说："今天小赵说的事，你是怎么知道的？"

陈西安于是从碰到温晓茹开始说起。

钱心一做了个梦，梦里他回到了高中时代，看见了中二期嚣张叛逆的张航。

张航还是那个疯样，疯狗似的带着人碾了自己好几条街，可梦境最后颠来倒，竟然是他把张航打得鼻青脸肿。

钱心一看见自己一拳下去，冷厉的问句却是你为什么要删邮件。

那种违和的感觉逼得钱心一立刻就醒了过来，他诈尸一样弹起来，觉得这可能就是冥冥中的安排，是天意让他去把张航先打一顿再说。

陈西安跑完步回来，发现钱心一已经起来了，但是还没洗脸，他盘在床上做沉思状，眉头锁出苦大仇深的模样。

钱心一看见他回来，稍微犹豫了一下后说："我今天上午想请假，去别墅的工地上转一转。"

陈西安去衣柜里拿衣服换，一转身朝他丢了西裤衬衫，建议道："周末去吧，我跟你一起去。"

钱心一扒掉脸上的裤腿，叹了口气从床上爬了下来，他虽然迫不及待，但也确实没把握能抽张航一顿。不过他可以先约陈瑞河聊一聊，他一直以为他们就算不是朋友，起码当过合作对象，而且他从来没把陈瑞河当过商人。

说天真也行，傻也无所谓，钱心一不信陈瑞河能一边删掉设计院无辜的邮件，还一边在会议上给他留足台面。

至于高远，他今年之内都不想跟这个人说话。

这个点迈尔斯竟然在公司，钱心一诧异之际，也察觉到了组里今天异常躁动的气氛。

9点半他们关起门来开了个例会，迈尔斯笑得合不拢嘴，一上来将两只手撑在桌面上，野心勃勃地宣布了一个消息：A市的金荣集团将巨资打造一个环球金融城，目前征地环节和土地审批环节已经接近尾声，不久之后招标信息就会上官网，他们年终奖的压轴戏出现了。

金荣就是邓明光的那个集团，这么大面积的项目前期展开短不了，不过上次邓明光邀他评标的时候没提，好在钱心一并不是很在意这个，他对寻常朋友的要求并不苛刻，不需要时时刻刻把他放在前排考虑。

眼下钱心一听完只有一个感觉，就是难，非常难。

有时候为了地标和名声，很多设计院做的都是赔本买卖，竞争力本来就大，更别说JMP还兴内部斗争，迈尔斯得了消息，其他组长也不是吃素的。

因为连带关系，钱心一立刻就想起了陈西安那个喷火龙似的组长。要是他们开始角逐同一个标段，他和陈西安还每天窝在同一个屋檐下，那种感觉就有意思了，像是平凡生活里一段新的航程。

钱心一想了想，觉得自己还是期待的。

迈尔斯不管他丰富的内心戏，斗志昂扬且神速地编排出一个先锋组，考虑到第一印象的问题从颜值上选的人，钱心一不由分说被扒进了小分队。

迈尔斯安排人订了高铁票，他们一组四个人，将会带着组里的业绩去拜访一次金荣的副董事。她再三强调，这个事情要保密保密再保密，争取他们知道消息的时间，比其他人能早一秒是一秒。

金融城就像一记鸡血，打得F组的众人热血沸腾，钱心一没有跟陈西安说，但觉得他们肯定也知道，大家各有消息渠道。

K组其实知道得更早，副董事也拜会过不止一次了，台上台下的功夫也都花了，但这种人八面玲珑，包票东边打完西边打，维克并不信任他。

他做过了大家都会做的准备，剩下的就只能靠实力加运气。他们根据撬来的只言片语，进入了盲目的立面概念设计阶段，事实会证明没有白费的准备。

陈西安的任务是展示区，他过往并不算太丰富的经验表明，这种小型带工艺性质的概念是他的长项。

有人说灵感这东西就像拉屎，感觉来了怎么都挡不住，不过感觉来得少，便秘期倒是遥遥无期。

陈西安就"便秘"了，他白天对着公司的电脑转笔，晚上回家对着自己的电脑发呆，钱心一要准备用周末的时间出两天差，约陈瑞河谈谈的事情就只能延后。

在他出差之前，四合院的周进度会议让他去一次，项目没什么事，就是瞿岩找他，问他一个莫名其妙的项目防雷补救措施。这其实跟钱心一无关，但他小忙帮习惯了，在听了详细的参数和配置后，答应帮他出个简图。

接着他就收拾了两件衣服，跟着迈尔斯去了A市。他们拜访的那个副董事，家里弄得像搞收藏的，整个人一看就很会打太极。

找他看业绩的人估计不少，但这位副董事看不出不耐烦，兴致勃勃地跟迈尔斯夸了几栋做过的楼，又去迈尔斯定下的星级饭店吃午饭，接着又去洗脚，洗完终于盘着手里的两个核桃透露了一点消息，他们老板想建一个档次高、不差钱、藐视裙楼的中心酒店。

这差不多是一句废话，但他估计跟每个人都是这么说的，但是迈尔斯一副"哦原来是这样"的表情又让钱心一想吐血。

他洗脚洗得心神俱疲，这种事情就算是打酱油他都打得不够敬业，JMP的负责人要身兼两职，外联这一职，他不及格。

他跟完这个他不喜欢的拜访，回C市刚到家，发现陈西安临时出去了，家里的电脑还没关，屏幕被弹出的广告点亮，全屏的Sketch up里有一个不等边的三角楼，与地平线呈小锐角的坡面上布满了纵横交错的杂章线条。

它给人的感觉就像是被蛀虫和风霜蚀烂的枯叶，只剩镂空的孔洞和脉络，不过色彩又非常斑斓，有种死灰复燃的冲击感。

钱心一觉得眼前一亮，忍不住滑动鼠标看了下细节，还是个草图，不过非常抓人眼球。

这时门外传来了开门的动静，很快客厅里响起了陈西安的声音，钱心一听见他说："心一，你什么时候回来的？"

"不忙！先让我撒手，哎哟提死爹了。"

钱心一听出来了，那是杨江的声音。

晚上吃火锅，菜篮子堆得到处都是。

杨江很有客人的矜持，插上电热锅烧了锅热水，就跷着二郎腿在客厅里等着吃白食。

钱心一对他的行为嗤之以鼻，在厨房里当小勤奋，结果因为把瓜皮和叶子到处乱丢，弄得陈西安这个轻度洁癖无处下脚，也被赶了出来，只负责一点搬运工作。

杨江看着他在餐桌和厨房之间转来转去，因为偷食的毛病总也不改被陈西安叨来叨去，登时觉得这两人搭伙的日子挺不错，钱心一在家里的脾气比他工作的时候好。

等一切齐活，三人简单地碰了下听装啤酒，说了句敬火锅，开始风卷残云地抢沸腾的汤底里飘起来的肉卷。

开饭之前钱心一还觉得他们是以喂猪的分量买的菜，结果啤酒碰来碰去，等陈西安渴得受不了去切了盘橙子过来清口，菜竟然扫荡得也差不多了。

杨江揉着他像怀了四个月的肚子站起来，开始在屋里瞎晃。钱心一跟着捡盘收碗，陈西安受不了一团糟的东西，不管是什么。

杨江路过他们卧室门口，忽然想起公司收件箱里有个图纸要查收，就进去借用了一下电脑。

他跟陈西安是死党，借这点东西根本不用说，结果他一晃动鼠标就看见了陈西安的初设，立刻放大了一些，这构图很有张力，冲击力很强，花哨玩得好，格调水涨船高。

杨江一看那个命名习惯就知道是陈西安的图纸，他笑了笑，觉得好友的设计比从前似乎……放得开了一些，这是个好现象。

最小化页面之后，杨江登了自己公司的邮箱，查完邮件给山回复之后又折回了客厅，转了两圈，忍不住夸起了那个立面："陈西安，你电脑上那个小楼是个美术馆吗？怪风骚的，哪里的项目？"

杨江的新公司是个外墙咨询公司，有需要追踪启动的建筑设计项目。

"不是，"陈西安关掉水龙头，一点避讳旁边擦料理台的人的意思都没有，直接说，"A市的，金荣集团的金融城，你知道吗？"

钱心一愣了下，首先是没想到那就是金融城方案里的一小块，其次是没料到他们的进度已经到了这种地步。

杨江恍然大悟地"哦"了一声："这么地动山摇的大项目我当然知道了，我最喜欢的就是这种土豪，不差钱，一切都好说。你们投标阶段结束之后给我来个消息，我需要联系设计院。"

陈西安"嗯"了一声，杨江得到想要的答案，摸起个苹果啃到一半，看钱心一提着垃圾袋去倒，想起来似的问道："心一，你的图纸呢，我能不能欣赏一下？"

钱心一拉开门把垃圾放在门口，不知道怎么跟他解释JMP变态的敌视同仁政策，只能老实地说："我的还没开始画。"

杨江主观认为上这么大一个项目，肯定是整个公司倾尽全力，闻言佩服地说："当过所长的人就是淡定，我看陈西安的立面都收拾得差不多了。"

钱心一心说"这跟淡定有毛的关系"，可是他默默地背上了这顶大将之风的高帽子，因为越解释越乱。

陈西安一直觉得杨江很有当搅屎棍子的潜质，开始赶他："过了9点下行线就开始堵车，你早点回去吧，别搞得待会儿堵在路上了。"

杨江翻开手腕一看，不情不愿地打了个呵欠，开始穿衣服："这么快就 8 点半了，我要走了。"

送走他之后两人在客厅里面面相觑，钱心一莫名其妙地说："你看我干吗？"

陈西安笑了笑："看你介不介意，迈尔斯这次是带着你们去了 A 市吧。"

钱心一吃饱了犯困，打了个呵欠："我吃饱了撑的介意这个，你跟我说也不顶用，你知道的时候你组长准备都做完好几手了，我早猜到了，不过看到你的设计稿还是挺意外的，进度比我想的还快。"

"你没猜对。"陈西安走到沙发上坐下来，拍了拍自己旁边的坐垫，"这个消息是巍哥提供给维克的，他去帮邓经理评标，邓经理喝醉酒说漏了嘴，说到底还是托你的福。"

钱心一坐过去，本来都靠在沙发垫上了，过了半分钟又想起什么似的弹了起来，瞪着陈西安一脸吃惊："所以王巍才建议我调组？"

陈西安："应该是。"

钱心一觉得迈尔斯要是知道了怕是肠子都要悔青，当初为了敲邓明光的小"竹杠"，而错失了一个这么难得的机会，不过王巍的好心钱心一收下了，他笑着说："你替我谢……算了我自己去。"

迈尔斯立刻开了个会，针对她从副董事那里拷来的一些报审资料。

基本和维克拿到的那份没有区别，她将自己熟悉过的做了个简单的介绍说明，明确了建设需求之后，大刀阔斧地将组员的任务都分了下来。

钱心一负责做塔楼的方案，附属的展示区分给了李工，迈尔斯说两周内要看见概念成果，散会之后大家就开始苦思冥想。

钱心一遇到一个他无法控制的问题，就是在知道陈西安的展示区是这个塔楼的门脸区之后，他的思维就总想往上靠。这是个非常危险的思维误区，他的概念被陈西安的斜三角给领走了，所做的一切都像是在给别人作嫁衣，然而塔楼本应该是个独立而稳重的存在。

时间太短，要求太高，李工的概念又一直没什么进展，钱心一急于挣脱那个富有冲击力的概念，又找不到更震撼的灵感，整个人都显得很烦躁。

他的立面完全不成体系，只能日思夜想，有时候凌晨还睡不着，身体明明非常疲倦，精神状态出现了一种诡异的亢奋，脑子里还是横平竖直的线条在不停游走。

钱心一心里似乎有一股邪火，烧掉了暂时的疲惫，这么多年他一直在画同一栋楼，这次他想画出另外一栋截然不同的，他不想放弃这个机会。

陈西安觉得他不对劲，两人聊了聊，聊完也没有办法，每个人的瓶颈期都得靠自己扛过去，为了降低对他的影响，陈西安把他的台式机搬到了健身房，他每天在这里加班，钱心一不太进这里，不会不小心看到他的图纸。

钱心一每天头昏脑涨的，不知道自己在想什么，也不知道自己想要什么，但是他在等，等一个打破僵局的瞬间。

这个瞬间来得不慢，在这个冬天的第一场雪之前。

那天钱心一下班，正好遇见环卫工爬上树杈，手脚利落地割掉了光秃秃的枝干，那种褐黑的线条从树上落下来，"哗啦"一下砸在他脚边，他脑子里忽然灵光一闪，抓住了那种稍纵即逝的感觉。

多余的枝丫要剪掉，至于忽视不掉的概念，用一个更加强势的盖过它吧。

钱心一临时决定要先出一个展示区的图，给他自己看。

下定决心和犹豫不决的状态区别明显，陈西安一眼就能看出来，他看钱心一兴冲冲地回到家里来，就知道他大概是找到了自己的诀窍。

这是一段看起来有点艰苦的日子，他们俩每天回家之后还像在上班一样，钱心一在卧室，陈西安在健身房，两人互不打扰、互不干涉，人和思维都隔离开来，各自守在自己的电脑前面，为自己的设计稿添砖加瓦。

这种日子很沉默，但是不会觉得寂寞，他们都很专注，而在新奇感淡下去之前，持续的时间也不会很久。

钱心一的展示区模型是一只振翅欲飞的蝴蝶，那是他在去迪拜之前，闲来无事瞎画的时候捕获的概念，当他决定自己画一个展示区的时候，脑子里首先跳出来的就是这个。

他的设计里从没试过这么温柔的弧度，几乎和陈西安的斜三角完全背道而驰，椭半圆渐变的双曲面玻璃，纤细的白涂钢件，组合成蝴蝶的身体和翅膀，尾部形成一个入口，通向宽阔的下沉广场。

这次他暂时抛弃了施工，只专注于摄人心魄的视觉效果，因为迈尔斯反复强调，投标要的就是漂亮。他的蝴蝶花费了巨大的心血，因此也漂亮得惊人，惊人到达到了他的初衷，将陈西安的"死灰复燃"从脑子里赶了出去。

小蝴蝶的模型搭出来之后，钱心一才开始他的塔楼设计，外立面主材变来变去离不开那两样，天然石材和玻璃，比例和造型便成了关键。

钱心一几乎是在相同的时间内完成了两个功能区的设计，等塔楼立面的比例和感觉调配好，他的精力也被压榨到了极限，这导致他关机站起来的一瞬间，心口忽然有种贯穿性的疼痛，时间很短，但是感觉非常清晰。

不过钱心一睡了一整夜，整个人又像是活了过来，跟陈西安一起去上班，准备今天的交稿会议。

领导永远不可能一次就满意。

小组碰了方案，钱心一得了两个评语，一正还行，一反显普通，正好相互抵消，潜台词就是得到了首肯，迈尔斯让他把图纸传给效果图公司，出个效果先看看。

不过塔楼向来标准而重复，相对来说画图和思考都简单，负责展示区的李工就没他这么顺利了，概念被批得一无是处。

钱心一看过他的立面简图，打个比较容易联想的比方，就像一只透明的烧卖倒扣在地上，或许是因为作为同组背景的裙房和塔楼不直就方，而它又圆得厉害，所以看着更奇怪了。

李工的脸色红了又白，最终说他回去再改。

之后他身上的气压都很低，对于成年人受损的自尊心，最好的劝解大概要数不闻不问。

下午还差一刻钟下班的时候，钱心一给了李工一个U盘，里面装的是钱心一的塔楼图纸，既然他的方案初步定了，李工可以拿去做个参考，带动一下思维，如果有用的话。

陈西安那边也在开例会，气氛却和 F 组完全不同。

维克讲东西的时候严肃，分享创意却非常开明，这一点能抵消他作为领导所有的不靠谱，维克给自己的定位仿佛是个听老师讲课的学生，外国人腔调的"哇哦"式惊叹不断，一不小心就给人一种震撼到他的错觉，成就感因此暴增，表达也能更自信而深入。

陈西安的斜三角非常晃眼，维克乍一看被惊艳到，多看了两眼又把他深眼窝里的褐色眼睛给眯了起来，他觉得别扭，有一种说不上来的违和感。

他虽然没有理由，但是陈西安不敢忽视他的直觉，他自己就没有这种感觉，这说明他离维克的水平还有一段距离。陈西安接受了维克的指正，说下去再想想。

王巍负责的是商业裙楼，五层高相对独立的六个小楼，梅花瓣一样铺呈在塔楼下方，以空中连廊和花园全部贯通，全透明的连廊并不水平，从一栋楼坡到另一栋，和陈西安的斜三角还有点交相呼应的设计感。

他的经验已经足够丰富，设计理念也开始成型，作品现代感很强，比较容易被人接受。

散会之后，王巍给陈西安提了个建议："我随便说一句，不过只是个人的感觉，不一定有道理，你拣有用的听吧。"

陈西安打开图，把鼠标让给他，王巍滚动缩放到适合的位置，说："角度没什么可说的了，比例很好，材料和颜色都没问题，就是乱，不过你的主题是越乱越好，那么问题可能是乱得不够有型吧。"

乱还要有型，陈西安想不出来这是个什么概念。晚上他问了下钱心一，钱心一反过来问他这是什么哲学问题，话不投机只能停了。

他们接着修修改改，每天都像没干什么事，回过神就在电脑前坐了十三四个小时。

陈西安思来想去，微调了一下他的立面，原来像是一片蚀烂的叶片，调完之后成了一块积满落叶和小树枝的地面，有没有型另说，乱出新境界倒是无人能敌。

钱心一藏着自己的小蝴蝶，终于有了直视他作品的勇气，站在陈西安背后，把槽吐得风生水起。

他说："我要是还在做施工，看见你这图得打死你。"

陈西安随手按了下保存，被打死也不怕地说："用你准备厉害死高总的大师眼光再看一看，这个，和之前那个，你选哪一个？"

钱心一摸了摸下巴："这个吧，鸡窝见了都要甘拜下风。"

陈西安和他所见略同，笑起来道："那我就放心了。"

钱心一忍不住心想，要是自己也出展示区，那他跟陈西安，谁的方案会赢呢？

维克果然更中意这个让鸡窝都服气的乱图。

至于李工的展示区，他改来改去都没能让迈尔斯满意，改到后来开会就只剩他和迈尔斯，这样也好，关着门大家都看不见他被教训，相处起来也不用那么尴尬。

不知不觉，元旦如期而来，新的一年已经近在眼前。

钱心一不准备让别墅的事情跨一个年，拨了陈瑞河的电话。

陈瑞河看见来电人狠狠地愣了一下，他一直也惦记着见见这个人，自责地说，也可以说是因为他的失职，才导致了钱心一的离职，赫剑云在这件事背后的推手也让陈瑞河于心难安。

两人约在折中位置的一个鲁菜馆，钱心一还是老样子，陈瑞河却觉得自己老了不少。

这半年他可以说是操碎了心，好好一个不差钱的别墅，愣是被乌烟瘴气的施工队弄成了一个豆腐渣，总有一天会出事的……这种念头时不时就会从陈瑞河的脑子里冒出来。

钱心一主动找他，肯定不会只是想叙旧，陈瑞河暗自叹了口气，心里有种不太好的预感，他率先开口："我听陈毅为说你去了JMP，在那边怎么样？"

"还凑合，"钱心一喝了口白开水，"我不在项目了，直接叫你陈哥，行吗？"

陈瑞河笑了笑，一副求之不得的样子，钱心一抬起眼睛直视着他说："你是明白人，我也不喜欢兜圈子，有个问题对我很重要，对我怎么看你，以后还把不把你当朋友也很关键……"

钱心一顿了一下，拨了下杯子说："我以前，一直以为我们是朋友来着。"

陈瑞河的笑容险些被震碎，他满口苦涩地说："现在也是。"

"我希望是这样。"钱心一放下杯子搓了搓脸，将表情藏在手背后面，"我直接问了，6号楼采光顶塌落的事故，其实不是设计院的问题这件事情，你是什么时候知道的？"

陈瑞河无法回答这个问题。

他明明是事发好几个月之后才偶然撞破的，但为了将赫剑云摘出去，陈瑞河其实不该暴露正确的邮件还藏在他的邮箱里。但是当着钱心一的面，他也说不出自己早就知道，只是冷眼旁观了一切这种假话。

陈瑞河只能沉默以对。

钱心一本来就误会成了后者，见他默认还是忍不住觉得生气，心想什么狗屁朋友！

他闷了一会儿压住火气，还算平静地问道："张航就算了，他本来跟我就有矛盾，要整我拿人命来开玩笑，我就当他是个没道德的浑蛋。姑且也当赫剑云看见我烦得要死，想让我滚出他的项目。可是你呢，陈瑞河，你怎么会干这种助纣为虐的事情，你叫我怎么信！"

陈瑞河："对不起。"

钱心一摆了下手："对不起没屁用！你自己留着吧，我不要。我今天来找你，就是打探一下你的态度，会不会替我说实话，反正张航肯定不会。"

陈瑞河心里发沉："有一点我到现在还没想通，你们设计院自己发的图，自己怎么会没有记录呢？"

钱心一坦白地把赵东文删掉邮件的前因后果都告诉了他，陈瑞河听完觉得非常荒谬，就那么一个不值一提的小失误，酿成了这样一个遮遮掩掩、藏污纳垢的大事故，果真是世事无常。

可嘴上陈瑞河还是说："实话有什么用？事情都已经平定下去了，没有人关心为什么了。"

钱心一："我关心，说实话你项目上那些施工队，以后跟我打交道的可能性几乎是零，他们怎么看我不要紧，问题是我不能白忍这口鸟气，我总要反击一下，告诉某些人我钱心一不是个软柿子，任他捏个稀巴烂，还连个屁也不敢放。"

陈瑞河觉得这就是闲折腾，另一面他又忍不住羡慕这小子，涉世多年，不改意气难平。

"你们自己删了证据，你倒是告诉我，你准备怎么不忍这口鸟气？想怎么反击？"

钱心一说："你要是肯用事实说话，我就是二比一，你把之前与会的人全叫上，说事故是张航的问题，并让他向我，主要是向伤者家属道歉赔偿。你老板我动不了，不过你不要当我傻，别告诉我邮件你们是心有灵犀一起删的，他拉不下高傲的自尊道歉也行，再赔点钱什么的。"

"要是你不方便，"钱心一的表情有点冷，"那我就只能先找人把张航打一顿撒撒气再说了。"

陈瑞河脸色臭得不行："你这是违法！"

"说得好像你们是合法的一样。"钱心一笑了两声，忽然正经起来，"陈哥，我希望我们还是朋友，我也需要这个清白，你考虑一下，我等你电话。"

陈西安的邮箱里收到一封邮件，来自消失了一阵子的锦城美术馆的小辫子画家。

小辫子让他在元旦节之后的第二个星期一，去一趟当地参加技术交底，没什么问题的话等到开春，施工队进驻就开始改建了。

陈西安回了个"邮件已收到，具体事宜电联"，没几分钟小辫子的电话就来了，钱心一也回来了。

陈西安不喜欢听小辫子瞎聊，就把电话塞到了钱心一手里，这样一举两得，既不会耽误晚饭，又完美地规避了自来熟患者非要培养的友谊。

钱心一炯炯有神地听那什么新锐画家从锦城今年冬天泛滥的老鼠，说到他出去为别墅寻找的配套室内装饰，自顾自唧唧啵啵地说了半天。

艺术家的聊天方式可能真的不适合他，钱心一不想听他吹牛皮了，就说："那什么，陈西安他出去了，你要找他，下次再打吧。"

接着他就准备"再见"了。

小辫子嘚啵半天，才发现对面不是正主，他问钱心一是谁，后者说是陈西安的室友，小辫子画风一变，陡然就正经了起来，有板有眼地报了姓名和工作室，两人没什么可聊的，干巴巴地挂了。

钱心一撂下手机去厨房转了一圈，见今天的菜式简单，不需要他这把"牛刀"，溜达达地又回了客厅，陈西安手上忙嘴上清闲，边切藕丁边跟他聊起了天："你跟人画家聊得怎么样？"

钱心一说："嘁，人家根本不想和我这种没有艺术细胞的人聊，老早挂了。"

陈西安笑道："我也没有艺术细胞，他为什么要拉着我讲？"

钱心一："你长得帅，花见花开呗。"

陈西安脸上笑意更深了："不了不了，我话不多，也不想那么受欢迎，有你跟我扯扯淡就够了。"

钱心一本来想说他容易满足，可一想又发现，他好像还真是这样，看着和气得很，可深交的人着实不多。

"来啊，"钱心一摆出一副要大聊特聊的样子，"扯呗。"

晚上习太太打来电话，问他们元旦有什么打算，要是没有可以去基地散散心。

陈西安兴趣不大，谁家的心能散到基地上去，不过钱心一上次对基地表现出过兴趣，于是他转头去问钱心一，后者犹豫了一会儿，特别小声地做嘴型："说你去，我有事，下次去。"

陈西安得到一张反对票，见他不去自己也懒得跑，就说："元旦时间太赶了，春节吧，你们不回来我就过去看你们。"

习涓又要跟钱心一说悄悄话，她是个大忙人，照顾不到儿子，逮着机会就拜托钱心一关照陈西安。

钱心一每次"好好好"，陈西安又给他面子，这使得习涓误以为他是个什么体贴人，跟他东拉西扯地聊出了一点阶级感情。习涓老家那边有认干爹妈干儿女的习俗，她眼下也动了这个心，只是还没提，不过行动上俨然已经把钱心一当了半个儿子，跟他很不见外。

钱心一被她各种花样安利，基地的风景独好，让他过去欣赏，心里就明白过来，这两老今年大概也不会放假了。

在他们住到一起之前的挺多年，钱心一也曾一个人听着城市里经久不息的爆竹声入眠，眼下他挂掉电话，看了陈西安一眼，心想：我要对他好一点。

陈西安对上他的视线，根本没感受到他的决心，只是问他："你元旦有没有什么事？"

钱心一把他的手机还回去，稍微停顿了片刻，说："我……想去B市看看我妈。"

这一年来刘易阳偷偷摸摸地给他打了十几个电话，最近那一通里他说妈妈有一阵子没上班了，心情郁闷，脾气超大。

钱心一记挂了一阵子，一来是忙，二来是……没有合适的理由，正好趁着过节过去看看她，只希望她没以前那么抵触他了。

陈西安愣了一下，对此乐见其成。钱心一平时虽然没有表现出来，但肯定是挂念母亲的。

"挺好的，去吧。"陈西安附和道。

钱心一"嗯"了一声后说："那你干什么？"

陈西安架了个二郎腿："我？我在这儿等着你回来啊。"

钱心一乐了一声，跟着瞎扯："那我还桃花开呢。"

陈西安嘴上笑道："你开啊，我看看，开出来什么样儿？"

钱心一比了个OK的手势："人模狗样那个样儿呗。"

陈西安语文比他好点儿，闻言笑得不行："这可不是什么好词，不懂别瞎用。"

钱心一看得还挺透彻："瞎用是不懂的人的特权，懂了还瞎个屁。"

陈西安想想，他说得也对。

元月2号，钱心一独自开车去了B市。

彭十香的抵触他可以忍，刘振的不待见钱心一就不想搭理了。他没上门，只是伙同了胳膊肘都剁给他的小弟弟，问到了彭十香的作息习惯，准备在外面见她一面。

下午4点，她一般都会去超市买菜。

刘易阳提前溜了出来，他很想钱心一，叫了一声尾音超长的大哥，奔过来的时候声音都是抖的："大哥……哥……哥……"

钱心一看着这个浑身都是球的花哨孩子，被他澎湃的热情带动，忍不住弯起眼睛对他笑了笑。

刘易阳觉得他笑起来一级帅，蹿过来抱住他的大腿，因为穿得太多，冲击力也是软绵绵的，钱心一腿上像是挂了只五颜六色的考拉。

他长得白白嫩嫩，性格又腼腆，长辈见了他都要亲着他说"宝贝儿我想死你了"，钱心一看起来一点也不想他，不过刘易阳很争气，抬起头冲他眨大眼睛："大哥你想不想我呀？"

钱心一摸了摸他的毛球帽子，觉得他好像没长个子，淡定地说："想。"

刘易阳咯咯地笑："我也想你，也想陈叔叔。"

钱心一动了下腿，伸给他一只手："你找到能蹭得了WiFi的地方给我打电话，我让他跟你视频。别扭了，站好。"

家里有网，不过他妈妈不许他用，三天两头改密码。刘易阳不情愿地牵住他，走起来蹦蹦跳跳的。

钱心一像牵了个儿子一样，他没陈西安那么多哄娃技能，简单粗暴地把弟弟领进了超市，贪吃是小孩子的天性，刘易阳开心地在超市里跑来跑去。

他一停下来盯住什么，钱心一就往购物车里扔什么，两人在货架之间穿梭，半小时就买了两大袋。刘易阳叽叽喳喳一个人演正反派演得很投入，看见想吃的零食就眼巴巴，买了之后又边走边愁，家长不许、上火、好贵……

钱心一觉得他以后大概会变成一个爱碎碎念的话痨。

商场首层一般都有微型的儿童乐园，刘易阳蠢蠢欲动，钱心一看时间还早，就带他过去了，过道上遇见儿童艺术班发传单，他被塞了一张，扫了扫看见毛笔字，陡然想起王鑫这个渣人来。

他和陈西安走的时候，王鑫已经进了看守所，后续怎么样，彭十香不搭理他，他也一直不知道。

钱心一蹲下来和刘易阳平视："欸，我问你个事。"

刘易阳热得自己脱了帽子："好呀。"

钱心一见他天真无邪的样子，瞬间体会到了什么叫不忍心，他心想"算了他还是个孩子"，随即就改了口："吃不吃冰激凌？"

刘易阳开心地在他脸上亲了一口，软嫩的面颊和嘴唇，和大人的触感有点不一样，是种很陌生的悸动，钱心一幕然想到，可能这就是养一个孩子的感觉。

刘易阳在3点半溜了回去，零食暂时寄存在了大哥的车里。

钱心一在车里坐了半个小时，心情随着时间的流逝而沉重起来，他还是挺挂念彭十香的，就怕他亲妈不想看见他。

4点准时，彭十香从沿街那个小区里走了出来，手里牵着才进去没多久的刘易阳，钱心一闭上眼，心酸得无以复加。只是一年，她的头发就几乎变了一个颜色，那种花白的色调，总是能轻松勾起子女的愧疚。

他开着车远远地坠在他们身后，然后又从菜市场跟了回来。刘易阳终于拉住了他的妈妈，小弟弟转过身，伸出手指向了他的车。

彭十香眯着眼看了看，脸上的表情瞬息万变，震惊、置疑、痛心、思念交织在一起，很快又凝结成了一种冷漠，是钱心一不愿意看到的那种。

钱心一连忙跑下车，提着一堆阿胶红花的礼盒追了上去。

彭十香就问了他一句话："你来干吗？"

钱心一说来看看她，彭十香无动于衷，转身就进了小区，刘易阳拉都拉不住，像只倔强的小羊被拖进了单元楼，钱心一把东西和零食放在了她的家门口，摁了门铃然后离开了。

他知道会是这种结果，不过很久不见了，要看她一眼才觉得安心。

从刘家的小区出来，钱心一去了王鑫以前的单元楼，被住户告知那个毛笔老师有很硬的后台，只在看守所里待了半个月就出来了，之后不知道去了哪里，这里的房子也托人卖了。

钱心一心情复杂地下了楼，在垃圾桶旁边抽了根烟，一边在心里问候王鑫的祖宗。

节后一上班，重磅消息就出现了，环球金融城开始招标了。

金荣集团想取个好彩头，在一年之计的刚开始就发布了消息，官网上的投标截止日是1月8日下午5点之前。

公司的高层在元旦期间也没休息，马不停蹄地审阅了各个小组的标段和设计图，一恢复上班就开始逐个找组谈话，给评语提意见，忙得不可开交。

各组根据高层的反馈和意见，有的放弃了竞标，有的则重新优化了自己的图纸。

竞标每组都会去三个人，组长，一个设计师加上各自的商务。

钱心一因为表达有力被迈尔斯选作了主讲人，他需要录制一张概况讲解光盘，拿着全套的图纸闷头做汇报文件。

李工最终的展示区是一个樽状物，下方上斜开，上部的压顶用了古代檐橡概念，一层叠一层地穿在一起，立体感倒是很足，不过不够新颖。

K组的主讲人是王巍，钱心一觉得有点可惜的同时，并不是很意外。

维克非常重视这次竞标，一切都做的最稳妥的准备，王巍身经百战，是很合适的人选，而陈西安因为经验的限制成了留守人员，每天看着钱心一在电脑前面录音，录来录去还是有杂音。

他干脆让杨江把他的专业设备扛了过来，钱心一在话筒前面讲，他们俩在旁边鼓掌，跟有毛病一样。

陈西安嘴上虽然没说，不过钱心一知道他心里肯定有些失落，这个人一直很努力地想在经验上追平自己，这么难得的机会，却连亲眼看到的机会都没有。

不过经验这种东西急不来，只能一步一个脚印地积累。

忙到7号晚上，迈尔斯指挥着钱心一和商务封上了标书，当晚直接把图纸带走了，为了避免5点之前是个幌子，他们都觉着一早就抵达会场比较好。

钱心一出门之前，将行李箱立在电梯门口，想了想对送出来的陈西安说："现场不能录音录像，不过评标人针对你的展示区说的每一条意见，好的坏的我都会在本子上记下来，回来给你看。"

他笑了笑，看着陈西安说："如果中标的是K组，鸡窝的胜利，我来替你见证。"

陈西安心里忽然涌出一种像是拼搏奋斗的情绪，他眨了下眼睛，像为兄弟打气那样说："好，祝我们成功。"

他们既互助成长，又相互对立。

竞标地点在 A 市温泉酒店二层的会议厅。

F 组是下午 2 点整到的，显然这个时间比较稳妥，抵达的队伍不止他们一个。

M 组跟来的商务是琳达，就是那天周年晚餐上跟钱心一打听陈毅为的姑娘，她的组长重感冒，派她来竖商务标。

这种机会 GAD 不可能放过，陈毅为应该也会来。钱心一已经融进了新公司，对于这两个人的过往也有所耳闻。

就是不同组的男女相互来电，偷偷摸摸地当地下党，领导知道也在装瞎。结果有次投同一个标，M 组因为商务标的优势侥幸胜出，平方米定额不多不少，正好比 Y 组低一块钱。

钱心一听到的解释是陈毅为喝多了说漏了嘴，琳达心动之下改了合同款，Y 组的组长大发雷霆，请陈毅为另谋高就。

如果这就是不同组不能谈恋爱和关系太密切的原因……钱心一假设了一下陈西安喝醉了说漏嘴，觉得还是不该一棍子打死所有人。

陈西安的鸡窝他一天看十遍，而如今钱心一坐在这里，标书里封的还是李工的樽。

由此可见喝醉了并不是说漏的借口，珍藏在心底的东西不会用这样放纵的姿态来表达，只有迫切想让人知道的才会。

琳达独自坐在角落里准备，身上的职业套装让她看起来格外冷静，钱心一不知道当她看见陈毅为的时候，还能不能这么淡定。

维克一来就跟迈尔斯相互恭维上了，钱心一于是跟王巍凑到了一起，等待的时间无聊，又不方便聊图纸相关的话题，两人干脆就在会场里挑熟面孔。

钱心一不动声色地扫描了一遍，发现了几张熟悉的老脸，都来自一些实力不俗的设计院，以前在工作中见过。

"远航的人都来了。"王巍有些诧异地说着，同时朝东边指了一下，"那个打红领带的大哥，是远航华北分区的负责人。"

远航作为设施一体的超大型建筑公司，设计可能不如 JMP 有名，施工却非常彪悍，行业里叫得出名字的大型建筑基本都是它家的"鱼塘"。

众所周知，设计挣图纸费，施工抽的是建材里的油水，远航的财力远远不是单纯的设计院能够比拟的，打点关系的方面无疑会更加慷慨。

另外，国内的施工周期一般都短到极限，很多时候业主图多快省，也更愿意选择这种公司，压缩掉施工招投标的时间，这也是他们独一无二的优势。

钱心一定睛去看，开了个玩笑："完蛋，施工队要来抢饭碗咯。"

王巍跟他一唱一和："是了，设计狗要吓成狗崽咯。"

钱心一乐呵呵地笑。

"聊什么呢这么开心，"迈尔斯忽然探过来，目光落在钱心一脸上，"钱，再准备一下汇报吧，还有一个半小时就要开标了。"

其实没什么可准备的，不过钱心一答了一声，好歹往里挪了下尊臀与王巍隔了两个座位。

GAD 下午 4 点才到，陈毅为来得风风火火，看样子应该是自己开车来结果给堵在了高速上。

他没有一眼看见人群里的琳达，倒是发现了撑着下巴在打呵欠的钱心一，对钱心一点头笑了笑，赶紧捡了个空位坐下来开始准备。

截止到 5 点之前，一共来了十一家单位，如果他们都全力以赴，那么对于设计师来说，这将是一场视听盛宴。

业主和评标委出现之后，气氛陡然紧张起来。

负责筹措这次招标的人钱心一有印象，是邓明光的直系领导，他叫酒店的人将桌椅挪移摆放成一个包围圈，招呼竞标单位落座，说完场面话和介绍完单数量的委员后，折了纸条开始抽签。

迈尔斯抽到了七号，维克是十号，要是没有让人耳目一新的作品，越靠后就越危险。不同于迈尔斯的忧心忡忡，维克表现得非常轻松，这也能说明他近乎狂妄的自信，对自己，对组员。

要是没有那么多内定的黑幕，钱心一其实是喜欢出来投标的，只有这个时候，设计师才肯把自己萌芽阶段的灵感具现出来给人看，他的灵感想法、他的见闻和发散，听完不可能没有收获。

其实陈西安也需要这样的收获。

一号选手是香港赛劲，这个设计院规模比 GAD 小一点，野心却很大，他们意图角逐中心酒店，结果占了个好位置却没能物尽其用，有些可惜。

接着二、三号，这两个设计院可能私下有互动，直接放弃了最显眼的酒店，二号竞东区的商圈，三号竞西区的写字楼，设计挑不出错，竞争力不大的话应该能中标。

四号是陈毅为，钱心一想都不用想就知道他们是奔着中心酒店来的，陈毅为好强，而高远有些好高骛远。陈毅为既是领导又兼做主讲人，裙房的设计大概是老雷做的，跟王巍还是有差距，不过他们的展示区有点新意。

那是一个水滴状的玻璃工艺棚，因为容积率太小，并不能称之为房子。水滴被涂白的钢件从地下的结构上撑起来，笨重的主钢结构覆上了回填土和绿植，只留下圆上尖的造型，模样十分轻巧。

不过受特殊造型和轻盈透明的限制，它只有一层楼高，缺点闪闪发光，华而不实。不过遇到颜控的业主，这种夺眼球的路子会很吃香。

陈毅为的汇报很有煽动性，委员们专注起来，不停地在记录纸上落笔，等到幻灯片里弹出"谢谢审阅"，陈毅为鞠了一躬，说他的说明到此结束了。

这并不是一个喜闻乐见的局面，因此大家都没怎么笑。

接下来的五号是远航，他们是实干家，一切都很简单粗暴，不过着重提了一点，他们的施工是强有力的后援。这话在不少在座设计师耳朵里听着都很喜感，包括迈尔斯和维克，不过钱心一没敢嘲笑。

很多设计期间高大上的项目最后都做成了垃圾，究其原因也是过度追求新颖而设计得不合实际。

六号画风一变，非常敷衍地打了个酱油，十五分钟就结束了一切，钱心一猜他们是业主请来的陪标。

很快筹措人报了七号，钱心一拿起美工刀，在迈尔斯打气的眼神里对她点了点头，径直上了讲台。

他划开封条的时候，心里就一直在想他的小蝴蝶，李工的展示区不够新颖，特别是在水滴亮相之后，面子工程肯定会减分，钱心一打定主意，要将众人的注意力往塔楼上拉。他的塔楼上也有一点文章，只是不够明显而已。

钱心一将光盘插进读卡槽，找进去点开效果图，别有心机地选择了一张全景。

"各位领导各位委员，下午好，我是JMP公司F组的钱心一，我们想竞夺的标段也是中心酒店。前面的同行朋友都是从展示区开始，这里我想换个方式，从塔楼开始，因为我觉得无论远近，最高的酒店都是这个地块里最惹人注意的建筑，首先我给大家看一组昼夜全景对比图。"

金融城太大了，在全景里几乎找不到展示区那块小地方，矗立高耸的塔楼确实最能拉住目光。

五秒之后钱心一切了一张图片，变成了夜景。

灯光永远是酒店不可或缺的亮点，效果图里照明全开的塔楼让迈尔斯都愣了一下，她之前没有对比都没发现，他后来在塔冠上加的那层穿孔铝板原来还有这样的功效。

灯光从刻意设计过的穿孔板里射出来，层层叠叠相互干扰，竟然有了交互穿插的感觉，就像他们那个樽形展示区的顶盖——

十分钟后，等钱心一把进度拉到李工的展示区，大部分的人都觉得这是塔楼的微缩物，只是因为小，所以单独加强了设计感。

这时，顺时针方向上的第三个评委提了一个问题："这个……钱工是吧，我提一个个人意见啊，你们塔楼裙房的线条感觉都比较硬，我也挺喜欢的，展示区为什么不软一点，这样搭配不是更和谐吗？"

钱心一心道"我也觉得"，嘴上却只能硬着头皮说："您说得对，不过我们当时考虑的时候，是觉得这种呼应感比较……有意思。"

评委意义不明地"嗯"了一声，低头在纸上画了一通。

钱心一回到座位，迈尔斯给了他一个"干得不错"的表情，他回了个干巴巴的笑，觉得这标有点悬。

八、九号他听得比较敷衍，王巍一上台，钱心一才又精神起来。

在王巍这里，鸡窝还是前锋，当它杂乱无章地在幕布上铺开的时候，倦怠的评委们还是有几个坐直了一些。它确实很乱，但乱中又带着一种天然的规律，像燕子衔草筑窝的纹路。

评委三又问了一句："这是谁的设计？"

王巍微笑着说："是我们团队里的一个设计，名字叫陈西安。"

钱心一看着王巍背后的幕布，一瞬间有点羡慕也有点自豪。

十一号是徐科LMP，这个公司也是国外的原始团队，实力不输于JMP，如果他们的展示区不如陈西安，那么从现场的问答来看，技术标最高的分应该是维克的团队了。

然而出乎钱心一预料的是，徐科的负责人站起来，连讲台都没上，直接宣布弃标了，接着抬着他们比所有人都厚的标书箱子，直接就离开了。

徐科的弃标虽然突然，却没能引起很大的反响，反而因为它的离去，让商务标结果揭底的时间比预计还提前了半小时。

二十分钟之后，不断窃窃私语的评委停了下来，邓明光的领导宣布了结果。

远航第一，概算低是他们无人能及的优势，图纸几乎没有利润，但大财团要的就是设计资格，至于设计，他们施工养得起。

甲方最关注的就是预算，价格就是一个王道。远航胜在财大气粗，在场的设计院再不耻也只能干瞪眼，一味压低价是很常见的手段，大家都已经习惯了。

钱心一所在的F组和GAD并列第二，K组比他们低一分，屈居第三，赛劲紧随其后，也是一分之差。

至于技术标，成百上千张图纸，不同的概念和造型，七拐八弯的功能分区，开标至少也得一星期之后了。

商务第二已经不错了，技术标再争气一点，夺下桂冠的概率起码比第三第四要高。不过迈尔斯对这个结果并不满意，输给远航是因为没它有钱，可是GAD这种二流公司怎么能跟她并列第二！

"你告诉我！什么叫标书幅面工整美观，加一分？！！"

商务是另外一个世界，钱心一不懂也不太关心，至于那个加一分，在他看来也并不是那么没有道理。陈毅为的面子功夫做得一流，排版和小细节看着舒服，都是心血，加分也不过分。

迈尔斯见他竟然不附和，火冒三丈地瞥了他一眼，余光里看见笑呵呵的维克，登时转移了炮火："第三还能笑得这么开心，维克，看来你的宝都押在了技术标上啊。"

维克亲密地揽着他的商务老搭档，一副浑不在意的模样："结果都出了，不开心又不能改成第一。"他挑了挑眉毛，献宝似的笑道，"不过我的宝确实都在技术标上，你也看见啦，怎么样，我的组员是不是很棒？"

迈尔斯一哽，心里是承认的，当鸟窝和梅花瓣裙楼在她眼前展开的时候，她确实有精神一振的感觉，这一批的年轻人真的非常优秀，脑子里有火花四溅的创意，也能用自己的双手来表达。

不过她跟维克斗争已久，就是不想让他称心如意，她晒笑一声，一抬胳膊勾住了钱心一的脖子，将他硬拉得和她一般高，贴在一起朝维克得意道："那是当然，不过我的组员也不差吧。"

维克褐色的眼睛望过来，对他竖起了大拇指，他是个很外向的人，从来不吝于赞美："钱，你今天的表现真是出乎我的意料，我喜欢这种自信。"

他一直觉得钱心一有些死板，以往的作品也全是天圆地方，太规矩了不够有灵气，所以才挑了王巍。

可是今天在讲台上他看见钱心一专心致志地讲塔楼，眼里谁也容不下，就知道那是他真正的心血，而不是重复地瞎拼乱凑，维克这才觉得他的风格变了。

钱心一的塔楼也和之前不一样了，相同样式的筒子高楼，这一次的效果居然很轻盈，跟那个樽不搭……维克说不上来，但认可他的楼体很漂亮。

"谢谢，"钱心一弯着背，左边胳膊的上半截被迫挤在迈尔斯身上，他不习惯也不喜欢这种接触，躲的意思很明显，因此错过了维克审视的眼神。

维克其实想跟他聊聊塔楼，这个轻盈的楼身顶部加了个王八壳似的盖子，维克总觉得不太合适，不过鉴于迈尔斯在这里横眉冷对，他打消了这个看起来像挑衅的念头，指使着王巍搜索附近的美食，一点"第三"的自觉都没有地走了。

F组也是要吃饭的，迈尔斯定了附近一家挺有名的西餐厅，拖着两个男人去切牛排，吃完饭自便，明天启程回公司。

钱心一吃不惯西餐，也不喜欢这种昏昏暗暗的环境，他借口要抽烟，跑到门口给陈西安打电话，那边很快接起来："结束了？吃饭没？"

"结束了，马上吃，"钱心一无聊地在裤兜里转打火机，"你呢？"

陈西安笑起来："投到这么晚？我都准备睡了，你先吃饭吧，别聊到一半晕倒了。"

"9点半你睡个球。"钱心一觉得他越来越没素质了，不过急着告诉他今天的结果，他的鸡窝和王巍的风评都不错。

钱心一直奔主题："听不听结果？"

"先不听，肯定是我赢，"陈西安开个玩笑，"你先去吃饭吧，工作越忙才越要注意身体。"

"是是是。"钱心一其实没听进去，不过他一抬眼看见了从楼梯下面上来的人……是陈毅为和琳达。

那两人看见他也是一愣，微笑着对他点了点头，钱心一回应了一下，边对着话筒说，"那我去吃饭了。"

陈西安笑着应了，接着挂了电话。

钱心一本来准备走，琳达看见他似乎有些尴尬，陈毅为却很淡定地说好巧，钱心一笑了笑，想走却被陈毅为叫住了。

"很久不见了，"陈毅为说，"有时间吗？聊两句？"

钱心一以前在GAD对他印象一般，后来进入JMP，又觉得他有点可惜。他们其实没什么交情，钱心一不知道他们有什么可聊的，但是没拒绝，因为不至于连两句话的面子都不给对方。

琳达很有眼色，立刻进了餐厅。

陈毅为摸索着递过来一根烟，自己点燃另一根抽了一口，不掩饰意外地笑着说："我知道陈西安进了 JMP，没想到你也在。"

钱心一拒绝了他的打火机，接住烟挂在了耳根上。他最近白天抽烟了夜里胸闷，正在测试是不是烟抽多了的问题，闻言只是很平常地回了一句："哦。"

"我不是鄙视你，"陈毅为破天荒地解释道，"你挺厉害的，我一直都承认，尤其是你走了之后，乱七八糟一堆事，我只是觉得……"

他顿了顿，眼里依稀有情绪划过，可能是不甘，也可能是屈辱，不过很快都收了回去，陈毅为说："你跟陈西安私交好，在 JMP 这种公司挺心累的吧？"

"还行，"钱心一说的是实话，"我没太关注其他人是怎么说的。"

陈毅为眼神动了动，怔忪了几秒之后居然笑了，心想可能这就是他不如钱心一的地方，他太在意别人的看法了，也很喜欢和别人比。

好比今天下午，当他看见钱心一，又听见王巍嘴里的陈西安的时候，脑子里瞬间就想起了那些不愉快的事，他曾经也是 JMP 的一员啊……

然而曾经就是过去，陈毅为看着烟头上那个不断朝前灼烧的红点，心想他已经决定向前看了。

今晚他答应琳达的饭局，也是想为逃避的过去画下一个句号，他不想恨她了，从此互不相干就好。

至于钱心一，没了那层追逐打压的关系，甚至收拾着这人曾经负责的烂摊子，陈毅为已经慢慢觉得，他还是个不错的男人。

这支烟抽完的时候，陈毅为扔掉烟蒂，拍了下钱心一的肩："祝你好运。"

不管是生活还是工作——

钱心一却觉得他今晚过于友好，茫然地接受了这份好意："你也一样。"

接着两人一起进了餐厅，然后各找各的队伍。

钱心一浪费了迈尔斯的好意，把牛排切得七零八落，只把糊在铁板上的鸡蛋刮起来吃了，然后一回到酒店，他又泡起了泡面，商务出去见本地的朋友了，今晚也不知道回不回房间，钱心一有点无聊，边吃边跟陈西安打电话。

他把卤蛋叉起来，啃了一口开始撩闲："你想知道鸡窝的表现吗？来，求我。"

结果陈西安的注意力不争气，没放对地方地说："你先不是去吃饭了吗，怎么又吃起来了？"

"没有饭，"钱心一敲了敲泡面碗，"因为太晚了，只有牛排和，牛排。"

陈西安知道他不喜欢吃西餐，就说："吃个面包也比这个好。"

眼见跑题了，钱心一连忙拉回来："我在跟你说竞标的事，你别尽跑题。"

陈西安："行，不跑题，鸡窝的表现怎么样？"

钱心一叹了一口气，又叹了一下，接着又来了一下。

陈西安知道他在装，因为他真正消极的时候没心情扯淡，自己就配合他做忐忑状："你觉得……我们能得第几？"

钱心一立刻笑炸了："什么演技，烂得像狗屎一样。"

"跟你半斤八两吧，"陈西安说，"你叹气的时候还在阴笑，自己没发现吧？老实一点坦白从宽，我是不是得了第一名？"

钱心一往墙上一靠，开始笑："欸，你以前的谦虚都到哪儿去了。"

陈西安想也没想："可能是跟你混久了，被你带嚣张了吧。"

钱心一暗自说了句"毛线"，接着才正经起来，沉吟道："我觉得你应该是展示区的第一名。"

但商务标这边也要给力才行。

透过人工的传声器，陈西安一瞬间有种鸡窝可能是真的挺争气的感觉，晚上王巍和维克在群里已经表过信心了，但钱心一是对手组的，他的话让陈西安觉得可信度更高。

陈西安自然期待和高兴，但也有点遗憾，没能亲眼看见这个投标会，这说明他还不够格。

"王巍和维克都觉得你也是第一，"陈西安说，"塔楼的第一。"

钱心一被夸得不好意思起来："瞎说吧，其实我们的塔楼和下面不太协调。"

为了突出李工的展示区，他牺牲了部分的夜景效果。

"刚说了的，你也不要太谦虚，"陈西安笑道，"维克从不说言不由衷的话，你确实有了突破，我能感觉到。"

钱心一感受了半天也没感受到自己的突破，倒是听见了门响，就抿了下嘴角爬起来切断了电话，断开之前少不了一句商业互吹，他说："睡吧，展示区第一名。"

陈西安也在那边吹："塔楼第一名。"

钱心一哈哈两声，说了句神经病，电话就断在了这里。

回程这天是周六，坐的仍然是高铁。

钱心一坐下没多久，就看见王巍拉着箱子从他的车窗外经过，径直往前面的车厢去了。

列车即将发动，站台上的旅客都飞奔而行，就他慢吞吞的，钱心一看着他消失在侧壁挡板后面，忽然觉得他是个有点矛盾的人，温暾和气的性子，作品却满是锋利的棱角。

玩手机眼晕，聊天没人，跟迈尔斯没话说，跟商务更没有，接着尝试睡觉失败之后，钱心一干脆起身去找王巍，顺便活动一下僵硬的双腿。

王巍像个老头子，在第八节车厢的座位上看报纸，维克在他旁边，戴着一副头戴式耳机，忘我地陶醉在节奏里自high。等钱心一和王巍聊了十几句才发现他在，立刻给了他一个大大的笑容。

"钱，我正好想找你聊聊。"

钱心一站在过道里，胳膊撑在座位顶上："哦，好。"

维克将耳机滑到脖子上，从A座里钻出来，带着他往餐车走，点了两杯现磨咖啡，喝了一口舒服地喟叹起来："我想聊聊你的方案，介意吗？"

方案就是给人看的，钱心一没动咖啡，说："不介意，您说吧。"

"你的塔楼白天很漂亮，夜里有点头重脚轻，"维克完全不修饰措辞，脸上反而一股不解之色，"你难道不会觉得别扭吗？"

钱心一眼皮一动，这一刻忽然感受到了这个老男孩一样的组长身上的压迫感，这个外国人的协调感实在敏锐。

其实根据他的小蝴蝶，他原来塔冠的方案并不是穿孔铝板，而是跟蝴蝶翅膀一样的白涂钢件格栅，翅膀的造型很微弱，但是上面焊了斜向的灯光，打开的时候聚光灯发散出去，就会有大翅膀的效果了。

钱心一犹豫了一下，说："觉得，但是我们的展示区很厚重，塔楼太轻了压不住它。"

"No No No，你知道我的感觉是什么吗？就是你们完全没交流，最后硬把两个矛盾的概念凑在一起，"维克猛然卡壳了，艰难地想出了一个贴切的成语，"不伦不类！"

钱心一哑然失笑，他没想到有一天会被一个外国人骂不伦不类，然而维克偏偏说得很对，李工当时确实拒绝与他们交流，钱心一知道他并不是故意的，李工一直处在思维凝滞期，迈尔斯又像道催命符。

最终的方案做成这四不像，其实大家都有责任，沟通是双向的，他们也没和李工沟通，钱心一无法反驳，好在维克的疑问来也匆匆去也匆匆，很快又开始可惜。

"要是没有那张夜景，我觉得你的方案还是很成功的，我在你身上看到了一种新的潜力，"维克说，"你要好好加油。"

钱心一笑着答应："谢谢，我会的。"

维克站起来，脸皮一翻，又成了那副不靠谱的样子："说起迈尔斯这个女人呐，实在太太太势利了，哪天你要是受不了她了，欢迎到我这里来避难。"

K组的馅饼终于掉下来了，钱心一愣了两秒，虽然没有立刻想去的冲动，到底还是高兴的，维克是个技术流，这是一个认可的信号。

"迈尔斯不势利。"钱心一替自己的组长辩护了一句，认真地想了想，然后说，"以后时机合适的话，我会去的。"

K组缺人，F组不缺人，手里的项目正好结束，迈尔斯主动点头同意，这些全部加在一起，才叫合适的时机。

离开火车站之后，钱心一和王巍照旧顺了一段路。

王巍一上的士就进入了老佛爷模式，手照样叠在肚子上，躺着的感觉比别人坐着还端正。他忽然幽幽地来了一句："钱心一，你觉没觉得，徐科的弃标有点不单纯？"

钱心一当时觉得，后来又忘了，此刻被他一提又在意起来："觉得，徐科的标书不像是敷衍了事的分量，弃得有点诡异。"

黑幕王巍经历得够多了，不管是不是他都很淡定："平常心吧，该是你的就是你的。"

钱心一笑着骂了声："你自己提的话题能不能负点责！我本来都忘了。"

王巍揶揄道："我就是看你像忘了才说的。"

钱心一觉得他的心态有点厉害，为了转移伤害，决定去荼毒一下陈西安。

家里一股藕汤的香味，钱心一闻到就开始肚里打鼓，换了鞋颠进厨房，幸福得浑身冒泡。

陈西安正在灶跟前，满厨房都弥漫着饭菜的香气。

钱心一从他背后探出头，看见案板上有盘酸萝卜炒牛里脊，登时伸手偷了块肉，接着才洗手，然后美滋滋地往餐桌上搬菜搬碗，在外头吃了几顿西餐，他心心念念都是室友的手艺。

吃饭期间，钱心一把竞标的过程从头到尾给陈西安捋了一遍，陈西安听完也没得意，只是有点在意两点，一个是评委三，一个是徐科弃标。

评委三明显是个老技术，从他问自己的问题上来看，貌似还是个很老练的技术。膜拜完了评委三，他们接着研究了一下徐科。

陈西安说："我觉得这个项目可能内定了，徐科在去了会场之后才得到确切消息，他们没有机会了，所以干脆连创意都懒得浪费，直接原封不动地抬走了。"

"这个大家都知道，"钱心一喝了口汤，"问题是谁才是被内定的单位，你猜得出来吗？"

钱心一甚至都不知道迈尔斯是不是跟金荣的高层有额外的协约，至于其他单位，那就更没法猜了。这种事情总是这样，认为理所当然的最后却跌破眼镜，谁都不看好的也可能成为黑马。

陈西安笃定道："徐科既然弃了，那就说明，内定的单位是……在它前面。"

钱心一翻了个白眼："好……好冷的笑话。"

陈西安被他的白眼逗笑了："下周一我要去锦城做技术交底，周二才

128

回得来。"

他要是不提，钱心一都忘了世上还有小辫子这么一个人，不以为意地说："去吧。"

小辫子叫余梁，长得倒是不娘，不过是那种一眼就能看出很爱开玩笑的人。

艺术家就要与众不同，余梁的裤裆线基本都与膝盖平齐，陈西安作为一个处女座，真是看几次都不能顺眼。

自从那天钱心一接了陈西安的电话之后，余梁好久没联系他了，之前余梁是觉得好玩，但见陈西安不愿意接他的闲扯电话，余梁的自尊心就上线了，后来一直都很正经。

不过那个炫耀的毛病还是改不了，这会儿他得意得跟什么似的跟陈西安说："我之前跟你说替一个别墅去找内装饰的事情你还记得吧？我跟你讲，我前一阵子遇到一个大哥，那个毛笔字写的啊，简直惊为天人！"

陈西安低头检查他的交底材料，对他们艺术圈的人事没什么兴趣，不过他的冷淡仍然浇灭不了余梁胸中的一把热情火。

余梁继续吹捧："那个笔锋简直是我的梦中情人，充满了一种压抑、扭曲、期望自我放逐的颓废美感。"

钱心一听见肯定要说他神经病，陈西安比室友温柔一点，头也没抬地说："你是不是近视了，散光？"

余梁跟这种搬砖的说不通了，"啧"了几声，消停了。

美术馆的交底比别墅简单，陈西安就跟他们交代了一下他对细节的要求，小半个下午就交接完了。余梁带他去吃了特色菜，又给他安排了住处，是个装修得古色古香的草庐旅馆。

格调是不错，不过代价也不小。

上次余梁就说过锦城今年闹鼠灾，陈西安在这里根本没法睡，老鼠在吊顶的夹层里跑了大半个晚上，第二天他起早就走了。

他回 C 市跟钱心一说，钱心一听得目瞪口呆，这些年他除了在工地的死角疙瘩里能见到老鼠，这玩意在他眼里就是个失踪的物种。

想起工地，钱心一就想起别墅了，他联系了赵东文和陈瑞河，决定在他们周五的例会上半路杀出，这样也不用另寻时间找各单位了，他们本来就在。

陈西安这周已经请了一天半的假，再请也没有理由，因此没有跟着去，不过他私下给赵东文打过招呼，让他盯着钱心一，万一这位要揍张航，赵东文别跟着起哄，主要别让钱心一吃亏就行。

赵东文根本不用他交代，张航要是敢打钱心一，他就敢上去捶掉张航刚补的门牙。

别墅的外墙已经封闭了，披着别墅名义的美术馆的人工湖也已经开始注水了，等到春天铺上绿化，看着应该挺有风景的，不过那些乌七八糟的事，已经彻底斩断了钱心一对这栋楼的感情。

赵东文戴着口罩，在形同虚设的铁门外等他，见了他就像从前一样跑过来，什么也没叫，钱心一带着他进去了。

另一边，陈瑞河中途莫名其妙地暂停了例会，什么都不让说干等着，施工队本来觉得很奇怪，接着门一推开露出一张久违的脸，大家登时就蒙了。

钱心一销声匿迹很久了，久到张航以为他这辈子都不会出现。

张航脸上的诧异还没消，就见钱心一冷厉地盯了自己一眼，那种敌意让张航突然有一种不祥的预感，他听见自己心里有个声音在说：

钱心一回来算账了。

陈瑞河在身边给他留了个位子，不过钱心一没坐，只是将电脑包放到桌上，跟大家说了声好久不见，接着也不搞什么弯弯绕绕，开门见山地说："我今天为了4月份的事故而来，因为这件事情我离开了这个项目，大家肯定都还记得，我当时有多内疚，现在就有多愤怒，不久之前我才得知了一些事情，跟我跟大家都有关系，很有必要跟大家重新做个声明。"

接下来会议室里好一通扯皮，陈年的旧事被重新提起，钱心一这次占着理，再一次让大家看见了他"逢吵必赢"的犀利风采。

因为没有证据，只有赵东文和陈瑞河的口头证明，张航抵死不承认，在场的人都不知道谁才是真相，这时候就只能看人心了。

这也是会议记录的一项，陈瑞河会单独整理出来盖上西塘的公章，拿到赫剑云的办公室里去。

钱心一到底是没找到机会把张航打一顿，陈瑞河盯他像防狼似的，箍着脖子将他硬拉走了，向他承诺自己会教训张航，让他不要在自己的工地上乱搞。

钱心一这才不甘心地走了。

1月中旬一天冷过一天，陈西安好像受了影响，有点感冒的迹象。他大概是很久没感冒了，一病简直来势汹汹。

一开始就是怕冷和头疼，吃了药也不见好，没两天又发了烧，整个人昏昏沉沉的，夜里睡觉都在哆嗦。

钱心一答应了习洱要罩着他，又折腾出一条被子来盖上，陈西安却盖着也不见暖和，两个人一个水深，一个火热，都不太好过。

谁病谁难受，有天夜里他体温突然又上去了，钱心一怕他烧傻了，连忙开车送他去急诊。医生看了看扁桃体和眼睑皮，说是重感冒，开了三天的点滴打了，陈西安这才有些好转。

在他烧得云里雾里的时候，环球金融城的评标结果出来了，跌破了另外九家的眼镜，中标的竟然是大家谁也没料到的单位——香港赛劲。

赛劲的技术标其实不怎么样，它拿下头筹，是因为其他家的减分相当厉害。

GAD的水滴不实用，裙楼塔楼没亮点，图纸平面对不上，减分；远航的技术标一个亮点都没有，到处减分；F组的塔楼加了一分，展示区、裙楼、景观、图纸有误，都减分。

K组的裙楼和塔楼各加二分，图纸有误减了二分，看起来本来该是得分最高的单位，然而事实上却成了十家里最低的一个，而且低到离谱，对此委员们给了一个痛心疾首的答案。

鸡窝与国外一栋已建成的展示馆相似度略高，经委员会反复协商，只给了它一个及格线。

这结果是迈尔斯转述下来的，她本人对此没有发表任何意见，但是钱心一听完只有一个感觉，那就是荒谬。

既然是抄袭，如此恶劣的行径不取消它的资格他都不同意，为什么又要给它一个及格线！相似度高的展馆又在哪里，设计师说他是抄袭，要告他侵权了吗？

以陈西安的才华和骄傲，他根本不屑于抄别人的东西，更何况还是一个名不见经传的小展馆，可这就是金融城投标的最终结果。

钱心一恨得想吐血，行业潜规则在先，他们可以接受内定，可以接受努力打水漂，然而这种为了让他们选定的单位"顺理成章"的泼粪行为，未免也欺人太甚了。

他们可以为了利益，不把陈西安的名誉当一回事，然而作为一个还未来得及崭露头角的设计师，经此一役，陈西安只怕从此声名狼藉。

钱心一无法想象如今生着病的他得知消息的时候，会是一种什么样的心情。

陈西安什么表情都没有。

维克暴跳如雷地冲进来，将手机砸在了他的工位上，伴着"嘭"的一声巨响，他双眼赤红地吼道："那群浑蛋说你抄袭，我什么都知道！但我还是要听你亲口说一句，你抄了没有？"

他信心满满的技术标，得了这样一个让人当笑料的结果，维克的肺已经气炸了。

陈西安的重感冒还在肆虐，被维克吼得耳朵嗡嗡作响，他最近头痛，想东西本来就费劲，更别说这种没头没尾的话题，陈西安揉了揉太阳穴，问道："抄什么东西？"

维克崩溃地将双手往他桌子上一撑，面无表情地说："中心酒店的展示区，我问你有没有抄袭？"

王巍听到这里，忍不住震惊得从工位上站了起来，他提醒过钱心一这个投标不单纯，却没想到这趟浑水能浑到这种地步，连恣意抹黑这种手段都用上了。

陈西安压在脑侧的手指陡然就不动了，慢慢地挪下来，脸上的无奈随之消失，他的表情沉下来，眼神甚至可以用锐利来形容。

"没有，"陈西安冷声说，"我大概猜到出了事，但我还是要问你一遍，谁告诉你说我抄袭？"

怒火简直像是烧出了实质的温度，让陈西安的五脏六腑都有种油煎火燎的憋屈。

真是世道好轮回，当年他说赫斌抄袭，赫斌抄了都不认，如今有人说他抄袭，他没抄怎么认？

陈西安突然觉得，自己这半辈子，好像就跟这两个字杠上了似的，期间唯一的好运，大概就是遇到了钱心一吧。

陈西安的声音是嘶哑的，气势却并不比暴怒的维克弱。脾气好的人生起气来往往更可怕，满办公室的人现在都是这种感觉，大家提心吊胆的，生怕他们忽然打起来。

气氛剑拔弩张，维克却忽然笑了，他将左手重重地拍在陈西安的肩膀上，然后用力地捏了捏："金融城的投标结果说的，我也不信。"

"谢谢，"陈西安强自压下怒火，垂下眼仔细地想了想说，"投标结果的发言人是谁？说我抄袭谁？消息在哪公布的？"

"谢什么啊，"维克嗤笑道，"你是我的组员，他们这样说你，同样是在抹黑我的名誉，我认可了一个抄袭的作品，这怎么可能！也怪我们自己太优秀，让这群没下限的挑不出刺，你别慌，我不会让这件事情就这么过去的，我先弄到那个外国展馆再跟你说。"

一个下午，两层楼都知道了，不管消息是真是假，流言总归会中伤人的名誉。

钱心一将车退出停车位，裹得像活在长白山的陈西安立刻挟着冷风进了副驾驶。自从感冒以后，他畏寒的症状越来越明显，好像全身的脂肪细胞都集体罢工了。

车里的暖气烘得像桑拿房，钱心一热得只穿了件灰毛衫，陈西安不扣安全带，他觉得浑身酸痛，一动都懒得动。

钱心一倾过来，见他神色恹恹的，便拉过安全带将他绑在了副驾上，扣好看见他指尖上都有些发紫，连忙又将空调温度往上打了几度。

陈西安靠在椅背上冲他吐槽："冻死我了。"

他看起来倒是挺正常的，钱心一心里一酸，挤出个笑说："坐好，爸爸带你回家泡热水澡。"

陈西安哭笑不得："不要在我心情不好的时候占我便宜。"

钱心一说："是男人就不要撒娇，坐好，走了。"

陈西安想起他前不久的低落模样，松开眉心露了个笑，他想得出来后面的台词，如果他讽刺钱心一，这位就会狡辩说自己是个宝宝。

钱心一驱车上路，走到一半见他似乎没那么郁闷了，主动把如鲠在喉的问题抛了出来："金融城的投标结果，是不是让你很不好受？"

难得他这么善解人意，陈西安不想让他担心，就故作轻松地抬起右手，将大拇指卡在食指的第一节上，比画说："有这么难受吧。"

"我也受到了伤害，这么多吧，"钱心一飞快地比了个中指，"这是我最满意的塔楼，迈尔斯也崩溃了，她接受不了赛劲，说要去投诉他们。你们呢，准备怎么办？"

陈西安将手抄回口袋里，言行都很平静："维克站在我这边，他准备先拿到我'抄袭'的建筑的全套资料，进行对比分析，然后看下一步怎么走，是联系对方的建筑师，还是提出书面异议。"

K组的事情还轮不到他来操心，钱心一就不管了，只是安慰了他一下："金荣的领导脑子都有洞，选了赛劲到时候建完了丑死他们，你别太生气，还有争取的空间的。"

陈西安沉默了一会儿，忽然说："心一，对于这种事情，你是不是已经习惯了？"

"怎么可能！"钱心一立刻反驳，"只要我还在干设计，就不可能习惯这种事情，挖空心思想出来的方案，不中标就永无用武之地，而那些不如我的方案会变成一个实体，不停地告诉我我只是一个空想家。"

"当然，"他话锋一转，"跟钱也有很大的关系，不中标就没有奖金，我可以不跟那些不讲规矩的人生气，但我怎么习惯一直没有钱！"

面对金钱这么硬的道理，陈西安不得不信服得五体投地，哪怕是为了钱，他们都不能随便妥协。

感冒的症状还有乏力嗜睡，陈西安精神不济，书也不看了，总是不到10点就昏睡过去。

钱心一作为"保姆"，只能包揽了家务之后还不停地让他多喝热水，一边忙一边愁，抱怨他怎么还不好。

如果天天锻炼的结果是体质如此娇弱，那钱心一觉得自己还是不要痛不欲生地早起锻炼的好。

隔天，"相似度略高"的展示馆照片就随着投标结果的邮件一起发到了维克的邮箱里，同时参加竞标的F、M组也收到了。几个组长下载下来一看，不约而同地气成了皮球，如果都是三角造型能叫相似度高的话，那么陈西安收举报信得收到手残。

网上根本搜不到这个建筑的只言片语，难为他们能从瑞士阿尔高州的犄角疙瘩里找出这个陈列奶粉罐的私人展馆。

可能也是此地无银，评委还专门列了个一二三，三角造型、菱形玻璃、穿孔铝板等相同元素，然而实际上二者的风格截然不同，他们明显是在睁眼说瞎话，可笑的是这些瞎话也是一种权威。

陈西安对着两张图看了半天，只觉得可笑至极，可转念一想有得有失，便也没那么生气了。

他是受了污蔑，不过维克这种领导肯和他站在统一战线，也是很难得的事情了。假设维克觉得争取也没用，打算让这件事随时间流逝，那他除了打落门牙和血吞，也没什么金手指。

陈西安也不找建筑师了，直接写了封异议联系函，发给维克审阅完，任他回复了发件邮箱。

迈尔斯提出了异议，排位靠前的GAD和远航集团也不甘心地先后附议，三个工作日之内，金荣集团不得不给出了回复，将答疑时间定在了下周一。

技术答疑和商务无关，迈尔斯带着钱心一，维克带着王巍和陈西安，再次踏上了开往A市的高铁。

出门之前，陈西安又量了次体温，39.4℃。

因为他这次感冒，钱心一这几天愣是从马大哈活成了贤惠党。虽然不靠谱，勉强也能当个棉袄，此刻正满屋子乱蹿地找临时想起来需要的东西，然后塞进他的行李箱。

陈西安靠在沙发上，看他多么周到：口罩、雨伞、纸巾、暖宝宝贴、暖宝宝贴、暖宝宝贴……

这败家玩意昨天收了个快递，陈西安打开一看忍不住一阵眩晕，五百片暖贴，真是一个温暖的冬天。

陈西安自己摸了额头的温度，感觉有点晕，好笑道："够了别装了，赶紧换衣服走人。"

"你是不是傻，手跟脑袋一个温度有什么好摸的。"钱心一扣上箱子奔进了卧室，忧心忡忡地说，"这次不比投标在酒店，邓明光的公司都是老抠，空调只肯开到十八度，你又这么娇气，再冻到我就要疯了。"

金荣集团内部最近风起云涌，高层似乎在经历大洗牌，具体要洗掉谁还是机密，不过底下的人心惶惶已经很到位了。

值此敏感之际，他的领导又一连收到了四份投标异议，一下就成了公司的焦点，心情乌云盖顶，邓明光因此也过得苦哈哈的。

上次投标的时候他外出公干去了，错过了与钱心一碰面的机会，这次在会场看见他，邓明光一边摆放资料一边冲他挤眉弄眼，脑子里全是开完会了喝一杯。

钱心一朝他招了下手，接着委员们就陆续进来了，熟悉的配方和味道，还是上次那七张老脸。

这个答疑会开得十分疲软，因为主办方对各单位的疑问都爱理不理。

GAD作为当时竞标顺序上第一个提出异议的单位，陈毅为上去阐述了我们不该减分的理由一二三，评委们一阵讨论，最后用一句"但我们都这样觉得"这种无法反驳的理由给他顶了回来。

感觉这种因人而异的东西，实在没什么道理可讲。

远航像是来凑热闹的，异议提得很不较真，钱心一甚至怀疑他们是迈尔斯或者维克找来打酱油的。

迈尔斯重复了陈毅为的故事，其实大家都一肚子火，但谁也不敢摆脸色给开发商看，尤其是一个财力雄厚的大财团，她倒是功力深厚，风度翩翩地笑着下来了。

轮到K组，上去的人是陈西安，他往台上一站，插上U盘点开文件，被他刻意拼在一个页面上的两栋建筑瞬间就出现在众人眼前，他微笑着开始做自我介绍："各位领导和评委好，我是这个展示区的概念设计人陈西安。"

评委席登时惊起一阵复杂的眼神交流，有的惊愕，有的晦涩，还有一个兴致勃勃，似乎对他很感兴趣，这个人正是评委三。

仔细观察评委们的表情，其实不难辨认他们的阵营。钱心一窝在长桌尾端冷眼旁观，觉得他们内部的矛盾似乎也不小。

会议室里果然只有十八九度，不过陈西安并不觉得冷，他身上贴满了暖贴，心里则烧着一把无名小火，这些天以来烧得稀里糊涂的头脑都清醒了不少。

其实他心里明白，这次答疑不会改变现有的结果，但就像钱心一在别墅工地上"多此一举"的声明一样，他可以被打压，但不能对此无动于衷，要是连挣扎的心力都没有，那他从此只剩下随波逐流这条路可走了。

不要觉得坚持没有意义，这句话他曾经对钱心一说过，现在要拿来对自己说。

陈西安看向桌尾，钱心一也正在看他，视线碰撞间抿起嘴来笑了笑，神色间都是淡定的鼓励。

陈西安心里多了点慰藉，将目光转向了评委席，声音还是嘶哑，他说："对于我的设计和国外这个展馆'相似度略高'的结果，我个人以及我的同事都存有疑义，今天来到这里，就是想请各位评委给我一个心服口服的答案，这对我很重要，所以请诸位不要觉得这是挑衅，谢谢。"

会议室里出现了一种诡异的寂静，但凡他稍微露出一点谴责，评委们都可以趁机发作，说他在挑战权威，然而陈西安表现得足够谦逊，没有给人留下把柄。

评委三很突然地接了话，他喝了口水，杯子挡住了他的表情："说你的疑问。"

这种简单粗暴的沟通方式有点像钱心一，陈西安朝他点头致意道："首先，在回标函出现之前，我从没见过这栋建筑，网络上并没有它的信息。而我本人也从未去过瑞士，这并非在撇清关系，只是阐述一个事实。对于它的存在，我只有一种感觉，那就是世界上素不相识却长相相似的并不只有人，还有建筑。"

有心人听这话，肯定觉得此地无银，但钱心一并不觉得这声明多余，它本来就是事实，起码得有一次，该从陈西安的嘴里理直气壮地说出来，否则他会一直憋屈。

评委们眼神交错，接着评委五说："这个陈……西安是吧，我们并不是怀疑你的什么啊，只是空口无凭，是不具备说服力的，你觉得呢？"

对此钱心一只能呵呵他们的"相似度略高"了，同样是认为和觉得，这些人怎么好意思反问。

陈西安刚要答对，评委三却忽然和稀泥似的替他帮腔："老李，人家才说了个首先，说服力肯定在其次里嘛。"

他说得太有道理和逻辑，评委老李被哽得看了他好几秒，这才面色不虞地让陈西安继续。

钱心一心头忽然一动，眼里多了抹审视和深思。

上次他来投标的时候，他们之间还比较和谐，或者说有矛盾也还藏在明面下，根本看不出来，这次却画风突变，钱心一大胆地做个假设，金荣这次操纵投标的利益链……可能失衡了。

这想法让他登时来了精神，将手撑在桌子上，也不管陈西安了，开始将主要的注意力用在观察评委们和主办人密集的眼神交流上。

"空口无凭确实没有说服力，"陈西安打开激光笔，让红线从空中投射到幕布上，在两张图上来回打圈，"各位评委列举出来的三项共同元素，三角外形、穿孔铝板和玻璃，它们只是建筑本身的共性，并不能称为'相似度'。而'略高'这个结论，请恕我和我背后的团队眼拙，我们只看到了两个截然不同的建筑，我们无法接受这样的减分理由。"

这个问题相当不客气，不过评委们自备脸皮，扛得住这种攻击，评委一说："不仅是共性，概念上也有重复，玻璃外面披着穿孔板，只是你的外层造型更新颖别致，不过总体的感觉还是大同小异。"

陈西安想了想，说："如果是这样，那我换一种说法，按您的逻辑应该也能成立，赛劲的塔楼是个长方体，材料是全玻璃，塔冠是金属遮阳，它的这三个概念，和Y中心大厦也有冲突，您说对吗？"

气氛霎时尴尬起来，评委一沉了脸色，生硬地否认道："强词夺理！"

正当他准备再用一声冷冷的"哼"翻过这个问题的时候，自己人拆了他的台，评委三赞赏地看着陈西安说："别说，我觉得你这个问题有点意思，这么说来，好像所有的竞标方案都有抄袭的嫌疑啊。"

陈西安笑笑没说话，评委一火冒三丈地跳上来与评委三掐了起来，他小声呵斥道："评标的时候你什么问题都没有，现在忽然瞎添什么乱！"

评委三笑道："谁添乱了，我只是觉得这年轻人说得有道理啊。"

两人你来我往，最后决定以投票来决定陈西安到底有没有道理，结果显然是没有。不过钱心一根据这个结果很清晰地将评委分成了两堆，赞成的三四六是一伙人，反对的一二五七是另一伙人，看着竟然是势均力敌的分布。

陈西安最终也没能丢掉疑似抄袭的黑锅，赛劲中标的地位依然无法撼动。

但是在他下台之前，评委三忽然做了一个非常无厘头的假设，他问评委一："如果是你站在这个年轻人的位置上，有人怀疑你优秀的设计是抄袭，你会怎么办？"

评委一一脸"你是不是神经病"的暴躁："我根本就不可能做出这种跟别人很像的东西来！"

"嘀，"评委三笑了起来，"懂了，只要是像，你们就觉得是抄袭。"

可能是错觉，陈西安觉得他视线从自己身上掠过的时候，似乎颇有深意。

异议跟白提没两样，还耽误了正常上班，大家离开会场，脚不沾地地开始往回赶。

邓明光点子背，即将散场的时候他被叫去检查三楼的宴会厅，钱心一走出大厦还没人来约饭，给他回了条短信，直接就上了回C市的火车。

出了C市的火车站，顺路三人组自然地上了同一辆出租，钱心一在后座上跟全程打酱油的老伙伴王巍说："老王，这七个评委有点不对劲啊。"

老王在闭目养神："是有点，上次感觉和这次确实很不一样。"

陈西安半天没发言，钱心一往前面一趴，却发现他已经靠在椅背上睡着了，钱心一试了他的体温，发现他还是在发烧，皮肤摸起来有些烫人。

回到家，陈西安立刻量了体温，发现已经到了40℃，又咳又干呕，状态虚弱得反常。钱心一一个头两个大地把他弄到急诊去输液，心里有点后悔，想着反正白去一趟，早知道感冒这么严重，就不让他去了。

挂完点滴回来已经9点多，陈西安的烧还是没退，钱心一觉得这样不行，自作主张地用陈西安的手机给维克发了短信，说这人发着高烧，明天请一天假。

谁知道维克立刻就把电话打了回来，陈西安裹着毯子被接了，听维克在那边兴奋地大叫："陈，明天一定要来，我要开会，我有个巨大的surprise要告诉你们，尤其是你。"

关于维克的好消息，第二天迈尔斯也喜形于色地在例会上宣布了。

金融城的标即将作废，新一轮的招标事宜很快就会提上日程，他们还有一个星期的时间，可以优化修正图纸。

幸福来得比较突然，大家有点反应不过来。废标不少见，但内定完又废的就不多见了，虽然更深入的原因还不明朗，不过钱心一却理顺了评委之所以开始两极分化的原因。

评委掀不起什么风浪，动摇决策的是他们背后的势力，钱心一有理由相信金荣集团内部不仅有利益纷争，而且应该到了见分晓的地步，评委三看起来挺正直的一个老头，希望他占主导的场次能公平公正。

他们收到了风声，其他单位肯定也已经接到了通知。

峰回路转的竞标路让迈尔斯像打了鸡血一样，她在会上动员道："同志们，干掉赛劲的话，咱们就是上次投标的第一名，大家再辛苦几天，我要你们把图纸改到连虚线的比例都是一比一！"

"至于优化，你们该创新创新，该发散思维发散思维，要是有更好的设计灵感，务必第一时间通知我，争取给咱们的年终奖画下一个完美的句号！"

大家的喝好其实并不踊跃，画图这玩意就像战场擂鼓，一鼓作气再而衰，真是越看越疲软。幸好迈尔斯并不在意，她单独留下了李工，看来要和他进行一番深入的探讨，力求让他的思维变成脱缰的野马。

钱心一在椅子上转来转去，一边有点担心楼上的陈西安，这人病得生活都难以自理，哪还辛苦得起来，一边又觉得机会难得，他有点想改回自己本来的塔楼设计。

事实证明，他的担忧不无道理，隔着一层楼板的K组也开完了誓师大会，而维克留下了陈西安。

"陈，你看起来真的不太好，"维克面带愧疚地说，"但你现在是我们组的核心人物，呃，我很抱歉无法准你的病假。"

陈西安憔悴地笑了笑："我能理解，我也很抱歉，病得不是时候。"

维克两手交叉着放在一起搓，欲言又止："有个要求很不应该，对你也很不尊重，但……我还是希望你能接受，毕竟只有中了标才有开始的可能性，否则一切毫无意义。"

最近想事情费力，陈西安心里有种不祥的预感，不过被眩晕式的头痛给压住了，他干脆想都不想，只是用手指用力地推了推眉心，闭上眼感觉到眼眶着了火似的灼热："您直说吧。"

维克说："关于咱们的展示区，其实有评委相信这是属于你的杰作，但遗憾的是，重新招标的评委不会变动，昨天答疑伤了和气，有人肯定还会揪着相似度这个事情不放，导致结果还跟上次一样。我想……把原来的展示区放在一边，出一个全新的方案，让那些故意找碴儿的浑蛋无话可说。"

陈西安眼神一震，评委三意味深长的眼神登时浮现在脑海里，还有他说的话：只要是像，你们就觉得是抄袭——

陈西安心想，他是不是可以理解成，那个评委在暗示他们换方案。

维克的建议其实是在理的，陈西安以为昨天是背水一战，把好几个评委的脸面都伤得不轻，现在重新跳上去成为别人砧板上的肉，临时换方案是最明智和保险的办法。

呼吸道突然作祟，陈西安捂住嘴咳得整个人晕头转向，双眼被生理反应刺激得迅速充血，他佝偻着腰，嘴里发苦心里悲凉。

这个说换就换的方案，是他的心血，钱心一认可，他自己也满意。

其实并不是什么大事，一生中百十来个设计稿当中的一个而已，如果换掉能迎来最终的胜利，这将是个稳赚不赔的买卖，既能在商业巨头的楼盘上挂上名，年终的红包也会更加丰盈，道理他都懂，但陈西安心里不愿意。

鸡窝的每一根线条他都曾反复推敲，如今因为一个莫须有的污蔑，他就必须将它弃如敝屣，主动放弃于他而言，就像剁了双腿矮人一截，站在那些评委面前说"我心里有鬼"一样。

他心底有一点点信念和尊严，陈西安不想用得失和利益来权衡一切。比起换掉，他觉得自己更宁愿仍然"涉嫌抄袭"。

但展示区只是设计区里的一小块，其他人负责的部分并没有争议，所以换到维克的立场上，陈西安同样没有理由，妨碍其他人追求成功。

但是换掉他的成果啊，凭什么……

维克被他暴起的剧烈咳嗽给吓了一跳，凑过来一边拍他的背一边给他抽纸巾，陈西安艰难地调整好自己的呼吸，颓然地叹了口气："我考虑一天，明天给你答复吧。"

度日如年，陈西安觉得说的就是今天，一下班他就走了。

钱心一现在竭诚为他服务，送他回来之后还得管他的饭，眼下大概是"受够了"，正在厨房里叽叽歪歪。

"这两个星期，"钱心一洗了把小葱，水一甩到处都是，他说，"都是我在做饭。"

其实他的潜台词是你为什么还，不，好！不过陈西安好像误会了，直奔厨房就开始拉冰箱门。

"祖宗！"钱心一哀号了一声，跑过去围追堵截，"我来我来我来，你这个脑门煎鸡蛋都不用开火了，煤气灶它见了你自惭形秽，你离它远点好吧。"

陈西安听了想笑，又觉得脸上烧得慌，于是摸了摸钱心一的比了下温差，说："辛苦了钱大厨，等我好了报答你。"

"好说，"钱心一囫囵擦了下水说，"吃完饭再去医院看看。"

陈西安老实地听指挥，被他拖回客厅，往腋下塞了体温计，又拿毯子裹成了茧，晕乎乎地说："回到家我就不想动，夜里也冷，明天再去吧。"

他现在怕冷，夜里去输液，点滴室有暖气他还要穿军大衣，病情严重得别人都离他老远……钱心一回到厨房，掳起萝卜一边冲水一边合计，最后决定明天中午带他去。

那会儿温度和谐一点，而且食堂的东西油盐酱醋重，他也正经吃不了。

厨房里锅碗瓢盆撞得哐当响，陈西安枕着这种此起彼伏的生活音效，很快陷入了浅眠。

钱心一剁好一砧板青菜渣扔进粥里，又把擦丝器抵在洗菜篮里，抱在肚子跟前擦着萝卜丝走出来，准备征求一下他想吃什么，结果一抬眼发现他又睡着了，登时皱了下眉。

陈西安最近睡得好像有点多。

不过钱心一也没吵他，病了睡个觉不容易，醒着才难受，钱心一弄好饭，自己吃了。

9点半的时候，陈西安自己醒了，一翻身发现身上多了两条被子，客厅里没开灯，只有卧室里有一盏，从门缝里往外漏，钱心一在里面"咔嗒咔嗒"地敲键盘。

陈西安爬起来开了灯，发现钱心一吃过的饭碗还扔在桌上，而对面那副干净的是给他的。

盛粥的电饭锅开在保温档，陈西安坐下来舀出两碗喝掉了，他的饥饿感大概烧死了，不过滚烫的流质镇咳的效果很好。

吃完饭他去洗了个澡，被热水泡完精神清醒了许多，他走进卧室，看见钱心一在台式机上改他的图纸，大概是太过专注，以至于好一会儿都没发现自己站在背后。

钱心一又把方案改了回来，陈西安觉得这个比他拿去竞标的版本漂亮，他自己大概也很爽，每敲一次快捷键就要乱弹一下手指，像演奏家的花式一样。

这个自得其乐的小样子让他看起来像个小年轻，钱心一经历了很多失望，仍然爱他的事业和生活。陈西安晃了下神，刚在想：我应该向他学……

然后他就被打了一下。

钱心一右肩活动到一半，一肘子顶在了实物上，他把头往椅背上一挂，正好对上陈西安低下来的脸，登时"欸"了一声，笑起来说："睡神醒了，吃了没？"

陈西安说："醒过来下个凡，吃过了。"

"下凡好啊，"钱心一扯完淡，忧心忡忡地看着他叹气，"不过你这不分时间和地点到处睡觉，啧，是不是有点反常啊？"

"我没事，"陈西安笑了下，"别担心。"

"没事才怪，"钱心一想了想说，"不行明天换个医院，再去查个血。"

陈西安身上重得很，表示不愿意去。

钱心一啰唆半天，最后还是被他的虚弱打败，听劝地去洗漱了。

陈西安本来该到床上去，却鬼使神差地半天没挪动脚，他站了一会儿在电脑前坐下，缩放了几下鼠标，看过钱心一改回来的图。

维克上午的话又在脑海里回荡起来，陈西安忽然就克制不住地想看看他的鸡窝。

从钱心一开始往健身房跑看他的图纸开始，陈西安就不用担心会干扰到他，两人的文件发得飞起来，这里也有他的图纸。

陈西安知道图纸在哪儿，点开了钱心一的文件夹，准备退回 F 盘找自己的，不过他退了两级目录之后，看见了一个叫展示区方案的 DWG 文件。

纯粹是出于一种惯性，陈西安双击了它，因为他的图纸也叫这个名字，他以为钱心一把鸡窝拷了一份到这里。

CAD 上弹出了字体对话框，陈西安选了公司通用的样式，工作界面一闪，黑色的背景上弹出了一块局部，是几根通透的弧形线条，看不出是个什么东西。

陈西安将中指按在滚轮上向下一滑，一对轻盈灵动的翅膀霎时跃然而出。

灵动和纤巧扑面而来，陈西安愣了一下，滚动缩放键转了几个角度，猜测它的立意是一双翅膀，它很漂亮，跟陈毅为在竞标会上展示出来的水滴属于一个类型，像工艺品。

不知道为什么，陈西安心里突然有种直觉，认为这是钱心一那阵子心情忽然轻松起来的突破之一。

但是这么新颖的图纸，为什么没能成为F组的竞标方案呢？

钱心一洗完澡回来，发现陈西安对着电脑在发呆，睡衣单薄，而他好像忽然就不怕冷了。

屏幕上是小蝴蝶，钱心一愣了一下，不知道陈西安怎么把这张图给打开的。他踩着拖鞋靠过去，"啪嗒啪嗒"的动静却没能惊动对方，钱心一瞥见他对着屏幕，护眼灯聚集的灯光里，平静的表情怎么看都不像是高兴。

但也不像生气，就是……一种心事重重的样子。

钱心一不知道他这是怎么了，出声说："回魂了。"

陈西安眼皮一动，侧头看过来，目光灼灼地说："心一，这是你的展示区吗？"

钱心一看他的表情，感觉他好像挺高兴的样子，登时有点不好意思，点了下头说："嗯。"

"真漂亮，像个工艺品，"陈西安夸完了又回头去看屏幕，用手操纵着鼠标移动视口里的三维图说，"这么好的设计你们组却没有采用，我猜迈尔斯根本不知道它的存在，对吗？"

"你的也很有型啊，"钱心一无所谓地把头发搓成一个鸡窝，卖乖地说，"你肯定是最先知道的。"

他从来没有刻意地避讳过陈西安，只是这个人出于尊重，从来不会乱动他的电脑，今天大概是意外，不过知道了也没什么，钱心一心想陈西安要是羡慕，那刚好扯平，小蝴蝶没成型之前，自己也天天嫉妒他来着。

陈西安既想笑，又觉得郁闷，再有型也没用，见过它的人都希望它别再出现，这和他的本意背道而驰。他一时无法平常心，可能需要一两天来收拾情绪，最终他只是很轻地叹了口气，轻到低头乱刨的钱心一都没听见。

"光我知道有什么用，"陈西安好笑地说，"我又不能给你颁奖，也不能帮你把它做成实物，你得让别人知道才行。"

"我明白你的意思，"钱心一把毛巾挂到脖子上，半边屁股坐上电脑桌，支着腿保持好平衡，瘪了下嘴说，"但是不合适。"

"我的任务是塔楼，这一块归李工负责，按正常的程序我这里本来不该有这个东西，是我不小心看到了你的设计，被你的概念给带走了，纠结了一阵子才决定先做一个展示区，为的也是塔楼。"

"有了这个立意之后，我也只是先画了它的草图，完成了塔楼，组里对过方案确认了之后，我得了空才又转回来深化的它，当时也不是想拿它干什么，就是有兴趣，想画完。"

"那个时候李工的展示区都出了好几个方案了，全组的人都看着他，我忽然跳出来把手伸到他的范围里，这跟打脸有什么两样？说穿了，这个设计再好，它的本质还是塔楼的草稿纸，而不是我该交的卷子。"

除非李工自己放弃展示区,让它重新成为一张试卷,不过这话没必要提。

钱心一说："你知道，我以前对陈毅为印象不太好，他的工作能力有问题吗？其实不是，他有他的长处，我也有我的短板，主要是我有点反感他爱抢功这一点，所以我要是把这个交出去，那就比他夸张几百倍了。是你我才讲实话的，我不是没有起过这种念头，就是再想想……"

"不行，"钱心一摇了下头说，"这太像奸臣了，我干不出来。"

这就是钱心一，本分得近乎顽固，是个脾气不够温文尔雅的君子，用主流的价值观来评判他，他就是傻，不过陈西安欣赏他这一点，因为本分，所以真诚。

如果每个人都像他这样，职场就不会这么复杂，钱心一的出发点其实是对的，但这么好的创意不见天日……

陈西安靠在椅背上，说："我知道你，就是觉得没人看见很可惜，它真的很出色，我怕你以后会觉得遗憾。"

说着他困了似的闭上眼皮，心想：我呢，放弃了展示区，我会不会觉得遗憾？

　　或许是病了娇气，对面部的管理也有心无力，陈西安并不知道他看起来不太好，心大如钱心一都察觉到了。

　　这是今晚的第二次，他露出这种惆怅的神色，跟平时的温和十分违和，钱心一怎么看怎么不顺眼，总觉得他心里像是压着心事。

　　"没这么严重，"他看着陈西安说，"世界这么大，又不是只有它金融城要建房子，它既然被画出来了，那就说明我肯定也是希望能看到它变成实体的，以后有的是机会。倒是你，你今天很不对劲，怎么了，是不是有心事？"

　　他明明在说他自己，陈西安却有种他在开导自己的错觉，每一句话的意思都是放下。

　　陈西安本来就因为坚持会拖累组员受损失而于心难安，钱心一的无心之言，无形之中竟然成了压垮他坚持的最后一根稻草。

　　他几乎是一瞬间就听进去了，是啊，陈西安想着，又不是只有金融城建房子，他以后还会有很多机会……

　　维克的话在脑子里回旋，不中标一切都没有意义……

　　评委的话也音犹在耳，只要是像就是抄袭……

　　陈西安急虑攻心，这些念头好像变成了无数只蚊子在脑中飞来飞去，太阳穴涨得仿佛要炸开一样，耳道里嗡嗡作响，身体的种种不适汇在一起，在高度的精神压力下集体爆发。

　　他想吸口气，不料难以压制的瘙痒骤然从呼吸道深处蔓延到嗓子眼，陈西安张了下嘴，演变成了一阵剧烈的咳嗽，要命的头晕随之而来。

　　他是那种干咳，没有带痰的气音，不过钱心一还是听得心都揪了起来，那种连肺都要咳出来的力度让他心里一阵不安，他不明白一个感冒而已，怎么顽固且恶化到了这种地步。

　　陈西安动山摇地咳了一通，过了两分多钟才慢慢平静下来，他顺着钱心一的手臂坐起来，嗓子眼十分刺痛，心里却莫名地轻松了不少，好像刚刚这阵生理上的纾解，将他心底的郁气也吐出了不少。

　　他无法取舍，所以陈西安决定把选择权推给维克，维克是负责人，有权决定一切。

这么大的事，其实他该和同行又同屋的钱心一探讨一下，但是眼下陈西安不想提，他不喜欢在有情绪的时候谈事情，思维消极，谈的不过是牢骚而已。

钱心一还在等他的回答，陈西安安抚地捏了捏他的手臂，嘶声道："没事，就是病久了累得厉害，睡吧。"

钱心一心里非常在意，没忍住又说了一遍："明天早上请两个小时的假，去医院做个检查吧。"

陈西安的腿撞到床沿，整个人往床上一倒，瘫了似的不动了："请下午的假吧，早上我有点事要跟维克交代，检查完了也正好回来休息。"

"随你。"钱心一给他拉好被子，旋即又将他裹成了蛹，接着他又给陈西安测了个体温。

温度还是居高不下，钱心一甩着体温计，对上那双血丝密布的眼睛，暗自叹了口气。

"快点好吧，陈黛玉。"他说。

凌晨的时候，钱心一翻了个身，突然醒了，他躺了几分钟隐约听见浴室有水声，膀胱立即响应号召，没一会儿就有了生理需求，钱心一撑坐起来，基本算是醒了。

北京时间3点多，陈西安在洗澡。

钱心一等水声停了，才爬下床往浴室游荡，他拉开门，浴室里头白汽蒸腾，陈西安刚穿完睡裤，钱心一进去，往马桶前面一站，打了个呵欠说："半夜你洗什么澡啊。"

"汗透了，睡不着，"陈西安背对着他去拿睡衣，"我吵到你了？"

"没有，我起来撒尿，"钱心一的视线不经意从他背上掠过，登时"咦"了一声，说，"什么东西咬你了？背上一堆红疙瘩。"

陈西安完全不知所云，抹去镜子上的雾气，侧着身子照了照，才看见自己的大片红疹。

但这些东西不疼也不痒，他都不知道是什么时候出的，陈西安没太当回事："不知道，明天检查的时候一起看看吧。"

　　钱心一"嗯"了一声，搂着他回了卧室。

　　这个凌晨的他们都没想过，陈西安会连检查的时间都没等到。

第四章　两个病号

早起眼皮一直在跳，两边一起造反，跳得钱心一心烦得不得了。

陈西安看起来比昨天还糟糕，脸色隐隐透白，胃口极不争气，强塞硬灌也只喝了一小碗白粥，头痛腰痛眼眶痛，他自问承受度不低，都难受得恨不得让钱心一打昏自己。

钱心一确认他真的吃不下之后，用一杯温水换了他的水煮蛋，闭上眼睛压在眼皮上，蛋壳的温度正好，熨得十分舒适。他两眼抹黑，装得像个老病号一样语重心长："吃不下就多喝水，我发现你这几天都没怎么上厕所。"

陈西安烧得稀里糊涂，一时注意不到这种小事，他每天被高热烤得口干舌燥，水倒是没少喝，闻言才反应过来，好像确实是这样。

尿排得少，身体里的火气和毒性肯定就大。

钱心一睁开一只眼，见他仰头喉结滚动，喝了半杯忽然一震呛到，手一抖将剩下的全洒在了身上，然后剧烈咳嗽到面部充了血才消停，活像人喝醉了酒。

钱心一慌忙跳起来给他顺气，被他脸上那两块酡红刺得心里特别不舒服，说："有事电话里说不行吗？你这个样子去公司，不也只能说几句话吗？"

他停顿了一秒，语气缓下来好言相劝："我知道金融城的标要重开一次，你们组要抓紧调图，维克和你心里着急我能理解，但你都病成这熊样了……你不要逞强行不行？"

陈西安心说："我不是去调图，我是去弃权。"

这本来是一个令人失落的决定，不期然遇到一声"熊样"的评价，陈西安登时想笑，觉得他还挺未卜先知的，自己今天可不就是很"熊"么。

如果可以，陈西安并不想让钱心一担心，但话他还是要当面跟维克说，他不想让自己看起来像逃避一样，而且因为时间紧迫，所以宜早不宜迟。

陈西安推着钱心一的手示意他坐回去："好，不逞强，我就去跟维克说几句，说完就去公司那边的 307 医院。"

钱心一这才点了头，急匆匆地收拾好桌子，载着他去了公司，路上又让陈西安自己用手机上网去挂个号。

迈尔斯每天雷打不动地提前半个小时到办公室，钱心一找她很容易，敲开门一看，李工竟然也在里面，两个人的脸色都不太愉快，见他进来，迈尔斯不耐烦地让李工先出去。

组里正在赶活，钱心一大清早的为了陈西安来请假，从公司的角度确实不太妥当，但全公司都看得见陈西安病得多重。钱心一只好说："迈尔斯，真的不好意思，但陈西安的状况你也知道，我昨晚就打算跟你请假的，结果忙忘了，对不起，我知道这种时候不应该，但我还是需要请半天假。"

迈尔斯不知道跟李工谈了什么，整个人显得心浮气躁，闻言板着脸，面如寒霜地说："你们这些人怎么回事啊？这种时候给我组团掉链子！老李刚说他神经衰弱无法思考，你就又要请假，都没法干活了下周还投什么标！我干脆也病了算了！"

钱心一自己做过领导，明白这种关键时候变故接连不断的糟心和压力，但陈西安真的快烧糊了，他只能抱歉地说："不好意思，图纸需要我这边调整的，你打电话交代给我，我保证按时交给你。"

在迈尔斯眼里，钱心一最大的硬伤就是不够圆融，说话不够动听，其他没什么可挑剔的，她虽然可以相信他的承诺，但面对面的沟通无疑更高效，她并不是铁石心肠，只是有她作为领导的难处，她发完牢骚冷静下来，准备再争取一下："没有其他人能照顾他吗？"

陈西安远在 K 组，她并不了解他的家庭情况。

钱心一摇了下头："没有，父母都不在身边。"

迈尔斯沉默半晌，不得不给他下了通牒："钱，这几天真的非常关键，不要觉得我不近人情，今天的假我准了，你把生活上的事情安排好，但是接下来的几天，我不想再看见请假条了。"

钱心一可以理解她，当年老吴媳妇生产的时候，他还在办公室跟大家一起奋战，对此已经很感激了："我明白，谢谢你，没事我先出去了。"

迈尔斯挥了挥手，拿起座机准备拨号，拨了两个键又"啪"地将话筒盖了回去。

钱心一三两步走到门口，拉门开到一半，忽然被她叫住了，他回过身，看见迈尔斯似乎经过了一番深思熟虑的思考，对自己说："一会儿我本来准备开个会的，你既然请假我就先告诉你吧。"

"你也知道，我们去投标的时候，展示区是得分最低的一块，还有很大的优化空间，但是我跟老李谈了谈，他说他想不出更好的立面了，所以我在想集思广益，让大家都帮忙提提建议，有好的立意一定要跟大家分享，这是我们集体的荣誉和利益，我也不会委屈提意见的人，只要被采纳，展示区的设计名单上就会有他的一席之地。"

"你的塔楼在竞标会上获得了好评，我希望你能好好看看展示区，李工刚才也向我推荐了你，他说你很年轻，思维和想法都是黄金时期。"

这日新月异的变化让钱心一简直有点傻眼，从回标答疑到重新发标只隔了一天，从他说小蝴蝶是张草稿纸，到李工推荐他又只了隔一天，有一瞬间钱心一险些脱口而出：全部推翻李工他能答应吗？

不过话到嘴边又被他咽了回去，换作是他，他会觉得这个问题很不尊重人。

陈西安一直让他别做完决定就宣布，冷静哪怕一个小时，不够周全的地方都会自动露出蛛丝马迹，投标还有几天，要紧的是先送陈西安去看病，自己也可以和他商量商量，陈西安考虑事情总是比他周到的。

钱心一按捺住心里扑腾的小蝴蝶，面色如常地说了声"好"，然后回了工位，他打开电脑准备再查一遍图纸，等陈西安给他通知。

隔着挡板的李工时不时就会叹口气，过了约有十分钟，他突然站起来，叫了钱心一一声："小钱，走，出去抽根烟。"

钱心一若有所感，觉得他可能是要跟自己谈展示区，跟着站了起来。

楼下的绿化区里有半片篮球场，维克在那里有固定球友，都是这栋大楼里的领导层，隔三岔五地约一个早场，打完大汗淋漓地换衣服上班。

他热腾腾地抱着篮球上楼，边走边炫球技，将球立在指尖上转，作为迟到常客，打卡机旁边的Finn表示痛恨这种扣完钱还眉飞色舞的土豪。

维克意犹未尽，越过钢梯又开始带球，左冲右突虚晃，三十来米的走廊，他加速起来不过是两三分钟的事情，看见陈西安从卫生间的门口忽然冒出来的时候，他已经根本刹不住了。

陈西安仍然没有尿意，但是很想吐，他吃过早饭胃就开始翻腾，到了公司被满屋子的咖啡气味一熏，立刻就捂着嘴逃向了厕所。

那碗粥算是全交代给洗手池了，一片狼藉，他放水冲了半天，又折了手纸将边缘的水擦干净，这才准备离开卫生间。

外头砰砰作响，但陈西安烧得有些迟钝，只以为是倒垃圾桶的大姐在敲桶，便没经心地走了出来。

走道里的"嘿"声响得很突然，陈西安转过头，就见维克以一种飞奔的姿势向自己扑来，他的速度很猛，块头比自己还大，陈西安心里打了个突，脑子里才闪出要躲的念头，就已经被西方人壮硕的身体给撞得跌了出去。

后背撞上硬滑的地板铺面时，陈西安只有一个感觉，那就是痛——

撞的是皮肉和骨头，可他觉得碎的是五脏六腑，那种龙卷风一样的剧痛从身体的内部旋出来，让他克制不住地叫了一声，听起来有些惨烈。陈西安睁开眼，却发现眼前只有一片铺天盖地的黑暗，大白天的他却什么也没看见，紧接着他又觉得身上猛地一沉，仿佛被当胸拍了块大石。

维克重若千钧拿他当了垫背，大骂着压在了他的身上。

这种程度的冲击杀伤力不小，陈西安被他压得在地上剧烈地颤抖了一下，只觉得眼前一花，这次倒是看见了雪白的吊顶板，虽然是天旋地转式的。

强烈的呕吐感突然自胸腔里涌起，恶心的意识如同爬虫一样顺着食道溢上来，理智告诉陈西安他应该坐起来，否则就会吐在身上，但他的身体却已经失去了控制。

意识开始模糊的时候，陈西安贴在地上的手用力地抓了抓，发出了一阵呓语似的声音："心一，扶……我一下……"

话没说完被一阵呕吐给打断了，陈西安吐出了一些腥热的东西，坠入昏迷前，他只抓到了一把深冬里冰冷的空气。

他的叫声太不对劲了！

维克手忙脚乱地打了个滚，滚到旁边的地上爬起来，定睛一看登时被震住了。

陈西安闭着眼睛躺在地上，脸色惨白中透着层青色，口鼻之间也全是血，红黑色的流体淌过脖子沾湿了白色的衬衣领，对比强烈得触目惊心。

维克在惊吓里回过神来，心里的愧疚登时如洪水决堤。他立刻蹲过去伸手去拍着陈西安的脸叫他，只是用上了力气对方也毫无回应，维克只好大声让附近的同事赶紧过来。

王巍听到喊声从屋里跑出来，他动作够快，出来的人还不多，一眼就能看到了陈西安的情况。王巍心里"咯噔"一响，有种大事不好的预感，他飞快地蹲过去，同时手里也打上了120。

对面的维克背对着他扎了个马步，让他帮忙把陈西安放到背上去。

307医院离公司不过两公里，救护车调动快的话，他们到一楼等十多分钟应该就到了。事不宜迟，王巍连忙把昏迷的陈西安抬上了他的脊背，然后一堆人火烧屁股地冲向电梯。

钱心一和李工在最角落的吸烟室里，对楼上的动静一无所知，李工快被强势的迈尔斯逼成神经病了，说了些自己的不容易，自己并不适合做设计，然后希望他能好好想想展示区。

钱心一说他会的，从吸烟室出来，二层的人也已经到了大厅，他还没走回工位，手机忽然响了起来，他翻起来一看，不是预料中的陈西安，而是王巍。

"小钱，西安昏过去了，"王巍在那边沉声说道，"现在我们在大厅等救护车，你赶紧下来，"

钱心一心里一惊，没由来想起了今早乱跳的眼皮，这让他心里掀起一股莫名的恐慌，连电话都来不及挂，转身就往电梯间跑。

三分钟后，钱心一投胎一样冲进了大厅，视野打开后最先瞥到的是陈西安衣领上的血，这人脸上的早已被王巍收拾了大半，但是那块血斑也足够吓得钱心一够呛了。

怎么会这样？哪有人感冒到吐血的？

钱心一心跳重如鼓捶，不过想要过去的急迫战胜了这种惊恐，他匆匆地跑到被维克背着的陈西安跟前，抓住了这人垂在空气里的右手。

触感仍然是熟悉的烫意，钱心一用力地捏紧了，然后去拍昏迷人的脸。

"陈西安，醒醒！"他大声喊道，"陈西安！喂！"

大家都被他暴起的喊声吓一跳，开始七嘴八舌地安慰他，不会有事的，让他冷静一点。

救护车来得很快，钱心一顾不了那么多，把维克挤下了车厢。车厢里的医生开始紧急地对陈西安进行检查，他就老实地缩在角落里揪着脖子盯情况，因为紧张和担心，连给习涓打个电话都忘了。

到了医院门口，陈西安很快就被训练有素的医护人员推进了急诊室，钱心一趴在玻璃上往里看，只看到了遮挡的医用窗帘。

一只手忽然从后面搭在了他的肩膀上，钱心一回回头，看见王巍站在身后。

王巍半抱着搂住他拍了拍，温和又镇定地说："我们这么快就到医院了，没事的，别绷这么紧。"

钱心一不作声，根本放松不下来，他的心脏跳得莫名的急，精神也处在高压的焦虑之中，被王巍拉到等候椅上坐好就半天不动，一直盯着急诊室的灯。

他不愿意想事情，但是思绪无法掌控，他现在后悔得要死，为什么看病要一拖再拖。

医生护士进进出出，不多久出来一名医生，问谁是病人家属，钱心一跳起来跑过去，说自己是患者的朋友，然而这种关系不具备签署手术同意书的条件。

钱心一急疯了，好在医生提醒他赶紧给家长打电话，他才拨通了习涓的电话。

对面接得很快，习涓听说了这个突发状况之后，跟钱心一对着着急，陈海楼夺走了电话，让医生在录音模式向他交代了病情，并尽量简洁地阅读了手术同意书的内容，陈海楼说同意，并且把家属的权利交给了钱心一。

手术这才得以展开。

陈西安并不是重感冒，而是流行性出血热，这是钱心一闻所未闻的疾病，他绷得像个石像，心里压抑得老想用头撞墙，因为总觉得喘不上气，所以一直蹲在地上。

过了大概有一个世纪那么久，手术室的灯终于熄了，戴着口罩的医生推开门，疲惫却坚定地告诉钱心一，手术成功，二十四小时之内醒过来之后别让患者睡觉，撑过明天晚上就能度过高危期。

钱心一一颗心猛地落下来，砸得胸口生痛。

医生对他也有要求，出血热的传染性很强，他们让钱心一去做个检查。

钱心一嘴里说好，想站起来，结果不知道是蹲久了腿麻还是其他，半起的时候忽然又朝前面扑了出去，狗吃屎似的趴在了走道上。

王巍来拉他，一时还没拉起来，起来之后发现他双眼通红，平时挺强势的一个人，这会儿看起来却有些可怜。

陈西安被转移进了普通病房，钱心一想看看他，结果被量体温、调输液的小护士嫌弃碍手碍脚，一个白眼把他撵到阳台的门槛外边站住不动了。

冬季一天中最温暖的阳光打在裤腿上，很快浮起一股暖气似的热度，钱心一后知后觉地察觉到它，差点被那点温暖烫得热泪盈眶。

也正是这种温度对比让他回过神，发现自己竟然只穿着毛衣就跑出来了，不过身上僵硬得很，此刻还没觉得冷。

小个子护士焦头烂额地忙完，要交代他看好输液瓶，结果转头一看，语气忍不住温和起来，因为这个男人的状态看起来也不太好。

"那个，"护士说，"家属是吧，你注意好吊瓶，快完了立刻到走廊尽头倒数第二间叫我，记好了，一直到明天这个时候，输液都不能间断。还有，他要是醒了，立刻叫医生来看看。"

钱心一点点头，目送她端着托盘出去了，然后他才终于得空，有了靠近陈西安的自由。

睡着的人整个陷在白色床单里，因为每天在一起，钱心一也不知道他瘦了多少，此刻陈西安看起来十分平静，好像终于获得了这么久以来的第一份安宁，钱心一眼也不眨地盯着他，竟然在心里察觉到了委屈。

这个满口说着好听的话，说不感谢命运只感谢他的人，却把他吓得像个傻子一样。

这种突发事故太可怕了，钱心一必须承认，自己被吓得屁滚尿流，这十年的时间他没有一点长进，急诊室还是他的噩梦，只是梦里的人换了一个。

他疲惫地趴到满是消毒水气味的病床上，心里愧疚而胶着，要不是他太马虎，也怪陈西安推三阻四，早点发现的话，绝不至于这么惊险！

下次，钱心一心想，下次他会注意的。

病房太小，K组跟来的同事，都坐在走廊里。

陈西安这个人的生活方式很健康，很难让人把他和生死一线联系在一起，谁知道竟然会出这种事，大家想想不由毛骨悚然，纷纷决定珍爱生命，从积极看病做起。

王巍去食堂给钱心一订了中晚饭，估计他肯定想不起要吃。

距离陈西安度过高危期还有接近一整天，钱心一必须全程盯着他，一个人会很辛苦，不吃饭根本不行。

然而王巍一回来，却听见走廊里的组员正在低声讨论，陈西安这么一搞，后面的项目估计就跟不上了，维克会派谁顶他的岗……

王巍皱了皱眉，觉得有点不舒服，他不是热情的人，也喜欢事不关己，但同事这才躺下，还是在别人的病房门口，这样的话留着背地里去说也行啊。

钱心一要是听见了，他能气到爆炸，所以将心比心，王巍咳了一声，打断了这阵议论，他跟众人打了招呼，接着提饭进了病房。

维克因为愧疚，一时还在外面做心理建设，陈西安还在昏睡，他有点不知道该以一种什么样的心情去面对。

站在撞伤陈西安的角度上，他目前该向钱心一道歉，但维克又有点开不了口，道歉对他来说不难，难的是心中的那份感受。

他并不是故意的，这个问题本来可大可小，但如今正好卡在风口浪尖上，陈西安是组里的代表，正又备受瞩目，这种时候出了这事，影响可想而知。

而且投标在即，F组的斗志昂扬，他们却突然少了一员大将……维克牙酸地捂住脸，已经能预见公司里接下来鼎沸的议论之声了。不过真金不怕火来炼，他还是愿意相信他们能够安稳地渡过难关。

维克进来的时候，钱心一正在向王巍道谢，他之前的迈尔斯组里的"敌人"，眼下是得到陈西安父母授权的病人家属，维克注视着他，再一次感受到了人类眼界的狭隘性。

陈西安是K组公认的第二帅，仅次于维克自己，不过脾气是公认的第一。根据物以类聚这个原则，陈西安的朋友条件自然也低不到哪里去，这本该是很明显的事，但维克之前却觉得，钱心一这个人很普通。

钱心一的模样其实不差，只是维克的偶像是施瓦辛格，觉得他像个鸡仔，因此外形上输给了陈西安，不过有一点很难得，钱心一性格真诚，人也负责。但维克仍然偏心陈西安，因为他和王巍身上更有"精英"的感觉。

钱心一并不那么"精英"，但他身上有种温度，到了这个节骨眼，他都可以放下F组的事业，形影不离地陪在他从前的搭档身边。

维克心想：现在的年轻人真是讨人喜欢。

身上的球衣还是早上那身，沾着一点难闻的汗味，维克耸了耸肩，满脸愧疚地对钱心一说："非常非常非常对不起，我撞了Chen一下，他就晕倒了，我发誓我不是故意的。"

钱心一听过医生的病情描述，陈西安是消化道出血，被维克毛躁地撞倒，一口老血吐得及时送得早，没让病情继续延误，出血热就是跟死神抢时间，越拖越没救，陈西安几乎可以说是因祸得福。

想起这个他就脊背发寒，钱心一连忙站了起来："不，维克，我应该谢谢你，我现在走不开，过阵子等他好一点，正好标也投完了，我请你们吃……不，请你们去泡吧。"

维克中文不好，医生的话没能听懂，他被感谢得满头雾水，但看起来好像不是自己的错，登时就解脱了，不过钱心一的下一句话，又让他松懈起来的心情沉了下去。

陈西安本来承诺今天给他答复，结果被自己给撞昏了，掂量过利益和个人名誉的天平，维克心里其实已经拿了主意，他要改方案。按他对陈西安的了解，这个人九成都会同意，因为通常这种好人缘的性格，都不可能自私到只考虑自己。

时间紧急，而维克现在无人可问，钱心一属于F组，不是他可以征求意见的人，维克心想：只能先斩后奏了，医生说Chen明天会醒，那自己明天再过来一趟。

病房里不止陈西安一个病人，那些家属进进出出的，其实动静挺吵，但钱心一还是觉得太安静了，因为六个多小时了，陈西安还是没醒来的迹象。

输液瓶都换过五瓶了。

陈西安之前一直都没睡好，不醒再睡会儿也行，但是好歹给点动静，让自己不至于总想去摸他的鼻子底下。

没过几分钟，钱心一忍不住又去叫他，揪着他的耳朵往里灌："陈西安，天亮了！"

上班了！投标了！你们中标了！你妈来了！喂！

只是任他坑蒙拐骗，陈西安还是没有醒。

杨江急匆匆奔进病房的时候，走道上不知道被谁洒了摊水，他的皮鞋不抓地，左脚打右脚当场表演了一个摔跤。

钱心一被这动静弄得抬起头，看见杨江一边爬起来一边骂道："哎哟！谁啊这么缺德！"

杨江的画风不太靠谱，但骨子里有分寸，钱心一看见他，下意识地松了口气，他不想一个人熬夜守着陈西安，夜里大家都睡了，陈西安要是还不醒，整个病房只有他一个人醒着，那种感觉让钱心一觉得很难熬。

杨江捡起公文包，过来搂住他拍了拍，接着一屁股坐在了病床上，俯下身去看陈西安。

他的好友瘦了不少，脸色也难看，不过头发下巴打理得干净，看起来和狼狈沾不上边，稳定的呼吸也昭示着他的情况不差，倒是负责照顾他的钱心一，很不像个样子。

钱心一明显很焦躁，但他本人似乎没有察觉到，还会强颜欢笑，眼睛里的血丝也重，看着像是下一个倒下的那种。

原来钱心一不只会发火，也会有这么小心翼翼的时候。

杨江突然意识到，他之前对钱心一的了解或许片面了。他因为私交，所以只看见了陈西安付出的照顾，却忘了钱心一这种人的本性，要么零分要么满分，一旦认了，他回馈的就是灵魂。

陈西安也是会造孽，杨江操心地叹了口气，强行把钱心一拖到旁边空着的病床上将平了："睡会儿吧！12点我叫你起来换班，行了啊，陈西安前三十年都是老子照顾的，你争个屁！"

钱心一试着起了两下，才发现杨江简直力大如牛，他反抗不过只好安分地躺住了，觉得自己像被挖掘机碾过一样，浑身绷得酸疼。

"陈西安就是个屁。"钱心一不把男神当回事地说。

"对，"杨江拉过被子给他来了个"全埋"，嘴皮子也很贱，"你一直跟屁住在一起，香吧？"

"香啊。"钱心一笑了几声，忽然想起明天还得请一天假的事来，忍不住又叹了口气，摸出手机编辑好短信，犹豫了一会儿又放了回去。

明天上班前再发算了，他不可能叫杨江请假守在这里，也不敢把陈西安一个人放在医院里，而且要是不出意外，明天迈尔斯他们应该都会来医院探望。

到了快换班的时候，钱心一才终于扛不住地睡了过去，杨江根本没叫他，让他一觉睡到了凌晨4点。

钱心一睁眼的时候，因为面朝着陈西安的病床，所以一下就看见杨江弯着腰，垫着病号的头在给他喂水。

钱心一猛地掀开被子坐起来，冲力弄得铁架床脚在瓷砖上滑动，发出两声让人牙酸的摩擦音，其他病人倒是没被惊醒，喝水的人却立刻揪起头来朝他笑了笑。

陈西安嘶哑地说："慢点，你吓我一跳。"

他的声音虚弱得仿佛一阵风就能吹散，钱心一却被震了个激灵清醒，他没素质地倒回去，瓷砖再次发出揪心的惨叫，他幼稚地说："是吗？那我得再吓你一次。"

然后他就用被子把头盖了起来。

陈西安的麻醉还没散掉，他给杨江甩了个眼神，示意他把自己弄起来，无奈杨江是个大贱人，他稀奇地跑去扯钱心一的被子，一边压抑着兴奋的声音一边回头跟陈西安夸张地说："哎哟，哭了好像。"

陈西安估计他要被打："你这辈子估计都拿不到他手里的外墙了。"

国企的人料事如神，杨江果然被暴起的钱心一闷在被子里揍了一顿，而且成功地与钱心一的新项目失之交臂了。

杨江痛恨保姆模式，但酸谁他都讨不到好，反而会被夹起来暴击，只好眼不见为净地拖着被钱心一王八拳揍过的残躯去请医生。

陈西安赞赏地看了他一眼，目光顺势转向剩下那个，只见那位正用腿挑着被子，一副铺平好躺下的架势。

陈西安简直哭笑不得，知道杨江的鬼扯让他有点不好意思，陈西安有心安慰，无奈爬起来都难，只能哑着朝他招了招手："心一，来。"

钱心一刚跟杨江掐完，还在回味自己的胜利，罪魁祸首还敢对他呼之则来，他的理智不想搭理陈西安，脚却不听使唤，迈了个大步直接跨到他床上盘腿坐下了："干吗？！"

陈西安见他眼底的血丝很重，不是哭过那种泛滥的浅红，而是层层叠叠的茧丝，这是陈西安熟悉的纹路，但他们最近并没有熬夜，所以只有一种解释，那就是钱心一情绪不安。

这应该是自己的锅，陈西安叹了口气，有种连累他的错觉。

这是他很重要的表现，但是陈西安不喜欢这种辅证，之前钱心一蒙住头他就有点介意，一个从前无坚不摧的人，因为他的感情变得脆弱了，钱心一憎恨这种脆弱，陈西安也不喜欢。

他之所以结交这个人，就是敬佩钱心一有百折不挠的勇气，没道理自己得偿所愿，却要害他痛失所长。

陈西安知道自己吓到他了，杨江是个医盲，他把护士的话断章取义，告诉陈西安他得的是鼠疫，然后胡编乱造这个疾病有多可怕，可想而知钱心一会有多担心，自己的父母又知道多少？

这些他都不知道，所以要和钱心一聊一聊，还有锦城那个满天花板里都跑着老鼠的客栈，以及请他吃饭和帮他落宿的余梁，不知道小辫子走不走运。

出血热这个披着感冒症状的疾病误导了所有人，陈西安倒下得如此突然，而且迅速经历了一场大难，钱心一被吓蒙了，有点小情绪也很正常。

他的膝盖就杵在手旁边，陈西安曲起手指在他的髌骨上敲了敲，使用了一个刚从昏迷中醒来的人的必备技能，他虚伪地说："我有点渴。"

不久之前杨江才喂他喝过，但是钱心一已经选择性地失忆了。

那小护士千叮咛万嘱咐，病人的当务之急，一是多补水，不渴也得喝；二是多撒尿，没尿多酝酿。

钱心一把它们当金科玉律，巴不得他一天挂半桶喝半桶，然后上十遍厕所，闻言立刻就跳下床，把皮鞋踩成拖鞋，去床头的矮柜上倒了杯水，捏在手里准备坐下来喂的时候才反应过来，病人现在大概是不该喝凉的。

然而他们才过来，他慌张到刚才，什么生活用品都没购置。水是矿泉水，杯子是一次性纸杯，大概都是杨江趁他睡觉的时候去超市买的，也不知道他刚喝的水是温的还是冷的。

假设杨江要是没买，那他醒过来就连冷水都没得喝……

彭十香恨铁不成钢的表情忽然从脑海里跳了出来，钱心一心里涌出一股自暴自弃，母亲的斥责单方面是对的，他连自己都照顾不好，根本照顾不好别人。

所谓照顾，并不只是每天的分工洗碗和做家务，陈西安一贯的稳重让钱心一忘了，这人会遭逢无妄之灾，也会慢慢老去，当他倒下的时候，那才是需要照顾的时刻。

钱心一把水慢慢地放了回去，语气也一并放缓了："你等一下，我去弄点热水回来。"

陈西安被他陡变的态度弄得一愣，因为钱心一倒水背对着他，方才脸上的自责他没能看见，不过这个结果正中下怀，他便不求甚解地笑了起来："骗你的，我不渴，就是看你不太想理我，找个话头而已。"

幸好钱心一的温情还没冷却，不然肯定要翻他一个白眼，他心里一酸，小声地嘀咕道："我没有不想理你，我只是……"

还没反应过来，还在怕。

钱心一不喜欢这种扭捏软弱的情绪，但是他现在摆脱不了。

陈西安骤然敛去笑意，心里铺满了愧疚，他打断道："对不起。"

钱心一露出一副石化的表情，这句道歉他接不起。

是他没有照顾好陈西安，钱心一他心里掀起一阵滔天大浪，委屈、恐惧和失而复得，这些情绪肆无忌惮地翻腾，煽得他的泪腺像中了邪一样。他眼眶发烫地说："没有下次，就原谅你。"

疾病总是明显，而健康难以察觉，可即使是如此明显的疾病，都被他们拖到险些丧命，那么那些能致命的隐疾呢？

手术期间陈西安其实还有些意识残留，那种洗胃管经过食道的感觉让他现在想起来都不寒而栗，他平生所求的并不多，现在必须要加上一条，钱心一和他都要健健康康。

陈西安虚弱地承诺道："不敢有下次了，以后保证定期做全身体检，勤用善用网络搜索功能，争取把小病扼杀在摇篮里。"

钱心一绷不住地笑了笑，等了一会儿也没见后文，总觉这席话没有尾巴，又说："大病呢？"

陈西安瞥了一眼鼾声四起的病房，见没人有要醒的迹象，就伸出一只手做承诺状："没有大病。"

钱心一跟他击了个掌，姑且算是相信他了："好。"

陈西安并不是在开玩笑，他擦着边踩过生死线，要是还不明白健康的可贵，那这一次的灾难总有一天还会上演。

他会去体检，会戒掉烟瘾，会纠正赖床的习惯，开始锻炼身体，也会学着把熬夜的习惯，改成哈佛 4 点半。

杨江去将医生请了回来。

这位医生是个年轻的生面孔，不是白天做手术那人，他就问了问体温和感觉，留下了和那小护士如出一辙的医嘱，然后点点头出去了。

钱心一觉得他不太靠谱，打算等到上班的点，找那主治医生来仔细看看。

杨江白天还要上班，自己也累得够呛，大衣都没时间脱，直接交了钱心一的班，倒在空床上睡着了。

钱心一八百米加急地跑出住院部，随便在便利店抓了个保温杯和热水壶，付完钱再跑回来，陈西安的眼皮战争已经打得热火朝天了。

他吓得毛都乍了起来，连忙蹿过来揪着脸皮把陈西安搅和清醒，问他想不想喝水和上厕所。

陈西安困得神志不清，又见他紧张得要命，没忍心摇头给他看，便用意志力撑着眼皮，特别违心地说想喝水。

钱心一大喜过望，去卫生间"哗哗"地打了壶水，别人还在睡觉，插上烧又不合适，两人密谋了两分钟，一拍即合地看上了对面床位那大哥的插线板。

钱心一做贼似的抽掉别人的热水壶和手机充电器，把插线板拉到了门外面，把烧水壶放在阳台上烧，带上门动静不算很大。

他坐回去等水开，见陈西安又开始迷瞪，就想跟他聊点提神醒脑的话题。网上的段子钱心一讲不来，毕竟自己都笑不出来，家里除了病床上这位，其他都是些鸡毛蒜皮，他思来想去最后瞠目结舌地发现，竟然只剩下工作可以聊了。

而且还没法正常地谈，其他人在睡觉，他只能用窃窃私语的音量。

钱心一生怕他睡过去，恨不得用牙签把陈西安左边的眼皮撑住，但这显然不现实，于是他只好趴在床边想劲爆话题："办公室的人最近都在说你。"

陈西安清醒了两分，用力地眨了眨眼，疲惫的心思活络起来，前因后果简单得不消细想，他"咣当"一下倒在了公司，顺道还带得钱心一也不得不守在医院，一下抽走了两个主设，算得上是个不大不小的办公室事故了。

他们关系从进公司的时候就好，这是事实，他们也没蓄意掩饰。自己是病人，公司出于人道主义不得不对他仁慈，同事们对他更多的应该是同情。钱心一就没这种待遇了，他将会迎来人生中难忘的一课，顶上一个"轻重不分"的标签出现在公共场合。

F组的人会怎么说他？离开了医院，他又会怎么加班加点？

这些陈西安大概都能猜到，但事已至此，该来的都会来，他大可不必忧虑那么多，只需要感激钱心一对他的情谊。

"说我什么？"陈西安笑道，"是蓝颜祸水，害得F组的主设都撂挑子不干活了？"

钱心一也是服了，站起来去取水壶："咱还能不能有点自知之明了？"

陈西安把手臂缩回被子里，抿着嘴笑道："还是可以的。"

这话题歪得画风清奇，钱心一走进卫生间倒水接新的，觉得自己真是咸吃萝卜淡操心，陈西安哪怕病成一个二百五，他都比自己淡定。

他放好水壶坐回去，看见只露出一颗头的陈西安目光温和地问他："心一，你怕不怕？"

钱心一倒是不怕，就是有预感肯定会忙一阵子，不过为了不在病号面前露怯，他吹了个天大的牛："你见我怕过谁？向来都只有人怕我！"

陈西安缩在被子里笑了半天，没赞同也没反对，不知道是个什么意思。

钱心一轻轻地推他的头，让他别笑了。

陈西安被他一个牛吹得通体舒畅，此刻脑子清晰异常，他问了钱心一自己晕倒的细节，好将别人的人情记在心里，钱心一附议，说要好好谢谢维克。

提起维克，陈西安就想起了昨天天折的弃权，虽然话没能说开，但他人都倒下了，便更没有坚持的理由了，这或许就是天意，也推波助澜地让他放弃。

"怎么了？"钱心一见他垂下眼皮，忽然就叹了口气，还以为他是身体不适，连忙凑过去问道，"哪里不舒服？"

陈西安有些心灰意冷，想了想自己似乎也不怎么生气了，就把维克的提议向他说了，结果钱心一听完表情冷得像块冰，盯着他半天不说话。

陈西安没料到他会这么大反应，正以为他要发火，却见他几乎是克制地吸了口气，强行将预料中的音量缩成了耳语，眼神却坚定得毫无商量的余地。

他听见钱心一说："如果我不同意呢？"

这句话之所以动听，就在于它就是陈西安想听的，所以钱心一一开口，瞬间就戳中了陈西安心底最软的地方。

潜意识里，他一直在等这声拒绝，然而顾及同事的付出，陈西安说不出口，可钱心一是张口就来，那种斩钉截铁的姿态简直可以说让陈西安尊敬。

他了解这个人，所以不会觉得钱心一是站着说话不腰疼，如果他们位置对调，陈西安相信为难也无法让他妥协。

钱心一向来"任性"，不像自己，早就习惯了做一个好好先生。

剜掉的是他的心血，按理别人不该置喙，但是钱心一不是别人，而陈西安自己也不甘心，如果没有这场汹涌的病情，那鸡窝现在已经是一个废弃的设计。

然而就像谁都没想到他会病倒，鸡窝的命运也还是一场未知。

陈西安张开五指又慢慢地收了回来，心里冒出一点可耻的期望，他想：我想听他的理由，然后让他说服我。

"明知道不能中标，"他问钱心一，"也不同意吗？"

钱心一听完感觉莫名有点冒火，可临到嘴边又不忍心训斥他，陈西安刚做完手术，本来也不好受，自己没必要用正直的姿态去谴责他。

怒气在心里盘旋了一会儿，最后变成了一种同病相怜，钱心一觉得陈西安这种动摇的姿态并不好看，但是很真实，就是他们设计的日常。

他轻轻地说："'明知道不能中标'是哪个憨憨告诉你的定论？"

陈西安被他刺了一下，不知道今日弱智奖该颁给自己，还是维克。

钱心一不关心他的回答，声音不敢往高了抬，他并不是故意的，但强势还是从他逐渐正经起来的眼神里射了出来。

"你当时拼死拼活画出鸡窝的时候想过它不能中标吗？去竞标的时候想过它会被污蔑成抄袭吗？去甲方质疑的时候想过我们还有翻身的机会吗？"钱心一盯着他的眼睛说，"陈西安你告诉我，金融城这个标里，有什么是'明知道'过的？"

一个都没有，这个标里全是始料未及，陈西安无言以对，然而正因为不确定的因素太重，所以他不想重蹈覆辙，让自己的心血再被羞辱一次。

维克既然提出让他放弃，那就说明在竭尽全力拉过关系的前提下，金融城的业主仍然没有给予出维克想要的定心丸，或许他们又内定了一家，或许没有。维克能做的就是去掉一切可能导致减分的环节，让K组的胜算再大一些。

陈西安假装自己站在维克这边，然而这份善解人意的冷静实则让他心如刀绞，他憋屈地说："……评委的阵容不会更改了，鸡窝虽然不是'明知道'的项目，但可能性也高达四分之三，上次答疑你也看到了。"

钱心一的暴脾气又上来了，但他是个病人……钱心一自我催眠了三遍，才把抽他的冲动镇压下去："陈西安，你有个毛病吧，我不知道你自己有没有意识到。"

陈西安愣了一秒，飞快地在脑子里检讨了一番，想完还觉得还算靠谱，于是他略带歉意地在枕头上摇了下头。

钱心一一脸"我就知道你没发现"的表情："你管得很宽啊！袜子凑几天一起洗这种小事你都要管，不过身为室友就算了。但是金融城的评委变不变，和四分之三这种事情跟你有关系吗？当然有，结果跟你有关系，过程却不是，那是他们的事。维克找你谈过了吧，不然你一个小设计，替他操这么大的心，想什么呢你？"

陈西安被他逗得开心了一点，笑了笑，然后说出了自己的顾虑："道理我都明白，但是我开不了口，要是结果和上次一样，大家的辛苦就都白费了。"

"所以我说你管得宽，"钱心一说，"你的位置尴尬，替大家考虑是对的，那你的辛苦呢，白费了要找谁来算？谁也不找自认倒霉吗？"

陈西安确实做了这个打算，他相信自己一坦白，钱心一就明白了，这个问题他甚至都没有回答的必要，于是他垂下眼当默认，很快听见对方的声音响起来。

钱心一："陈西安，首先，你是局中人，思路本来就偏颇，你该来问问我。我喜欢鸡窝，我也是个设计，哪怕只有万分之一的可能性，我都想让你坚持。"

陈西安艰难下定的决心开始动摇，被掩埋在里头的本心蠢蠢欲动，他有点被"蛊惑"到地说："……好，我现在问你。"

"有点晚，下次记得早点，"钱心一正色起来，说，"你现在不是负责人，你只是一个设计师，交出自己最好的作品就可以了。"

"至于行业链背后那些乌烟瘴气的黑幕，你现在不能考虑它，有一天它在你的脑子里挥之不去了，那你的设计师的生涯基本走到头了。中标了当然好，中不了的时候，尽力而为就是我们自我安慰的借口，可是你这次算什么？不战而退的逃兵。"

陈西安眼皮微动，心想：逃兵真是个贴切又伤人的词。

钱心一继续说："维克就算是领导，他也不敢命令你弃权，既然他是在征求你的意见，不愿意就是不愿意，有原则才能当好设计师，而且一旦开始放弃，就坚持不起来了。还有同事，你不好意思拖累大家，先这么说吧，难道他们就好意思一脚踹开你投奔新方案？你要是有顾虑，我可以让巍哥帮你探探口风。"

陈西安伸出手来摆了摆："这种事情现在没法说，真到了最后因为鸡窝再次失利，大家的心境难免会起变化，而且在我住院的这段时间里，维克的新方案估计都已经启动了。"

钱心一觉得很有可能，他皱着眉头想了半天，终于做了一个让步："那就看图说话好了，新的设计要是比鸡窝好，那就用新的，要是没有，那就让它……"

"滚蛋"涌到嘴边，钱心一才想起自己曾经当过领导，领导难当，需要平衡各方，于是他改口道："做备选，一式两份看起来更上心，正好业主也喜欢选选选。"

陈西安的心思跳出拖累的圈子，觉得他的提议可行性倒是可以，不过鸡窝做备选的可能性更大一些，他还没来得及表态，钱心一就站起来溜到阳台上去取水壶："就这么定了。"

他决定得如此愉快，陈西安再多说一句都是煞风景，很快他就被喂了一杯温水，那点温度顺着喉管往下走，将盘旋在身体里的冷意驱走了一些。

喝完水，陈西安说："你去眯会儿吧，你看着很累。"

病床被杨江占了，钱心一既没地儿眯，他也不敢眯，他不要脸地说："不眯，我们年轻人就是夜里不睡，这么浪的。"

陈西安好笑道："你浪个鬼，行了，别撑了，去歇会儿吧。"

钱心一没说话，摇了下头，他不放心。

陈西安见状，只好说："辛苦你了，我尽量好快一点，回去做牛做马报答你。"

钱心一想了想，发现自己竟然不太心动："牛马就算了，别吓我就谢谢你了。"

杨江醒来，就见那两个大男人不知道在讲什么悄悄话。

他从鼻子里哼出一声，刷了下存在感，钱心一立刻转过头来看他，小声地说："才6点多一点，你要不再睡会儿，7点半我叫你？"

杨江掀开被子坐起来："不睡了，吃个饭回家换衣服算了，你吃什么，我给你带回来。"

钱心一回了个"随便"，杨江去卫生间囫囵洗了把冷水脸，很快出去了。半个多小时以后回来，发现有人起来了，钱心一坐在椅子上，不知道从哪儿弄了个苹果在啃。

杨江把他的早饭放下，跟陈西安贫了两句，听对话今晚还要过来，钱心一让他别来了，杨江敷衍地说了声"好"，接着就走了。

走廊外的脚步声来来往往，医院里的一天开始苏醒，9点还差十分钟的时候，钱心一把请假的短信发给了迈尔斯，让她帮忙借一台公司的笔记本带给他，然后一直到 10 点半都没收到回复，这实在有点不正常，不过他没能纠结上，因为给陈西安动手术的医生过来了。

医生给陈西安做了些检查，又问了他昨夜的情况，然后告诉两人危险期过了，接下来的几天也很关键，要多排尿。钱心一跟他握手致谢，医生点了点头，然后问他什么时候去检查，在陈西安的驱赶下，他只能先仓促地做了个血、尿常规和心电图。

查完回去的时候，公司的领导已经来了，维克在和陈西安说话，迈尔斯则一眼看见了进门的他。

她的表情特别奇怪，愤怒里掺着惊讶，又似乎有种狂喜。

钱心一被她看得莫名其妙，见她大步流星地走过来，拉着他的胳膊就往走廊外扯，同时压低了声音说："好啊钱心一，你电脑里，可真是藏着个好东西——"

钱心一反应很快，瞬间就明白了她的潜台词。

他当时走得急，U 盘还插在电脑上，文件夹开在他从家里拷来的图纸层，展示区的 CAD 倒是没有，但是 Sketch up 模型里有它的三维。

他有三个模型文件，一个是之前配合李工的樽顶塔楼，一个是配合小蝴蝶的塔楼，还有一个，他把塔楼和小蝴蝶放在了一起。

放在一张布景上感受视角会更直观，模型三是他在家里看的图，通常不会往公司的电脑里拷，然而世事难料，他也没想到他的文件一天一夜都没能"拷"完。

换个人可能就慌了，可是钱心一没慌，相反他还眯了下眼皮，心里有点不愉快。

连陈西安都不敢不经同意私自翻他的图纸，可想而知他不喜欢别人动他的东西，图纸没收拾好怪他，但成年人也该有自持的道德和礼貌。

而且，藏？他犯得着吗？

这些人肯定不知道，他花了多大的心力才把频频冒头的冲动打压下去，甚至都不敢对陈西安提起，怕那人一句轻飘飘的怂恿，就让他的防线土崩

170

瓦解。

小蝴蝶又不是什么见不得人的东西，只是凡事都要讲先来后到，虽然很多人都不讲，但是处事原则是钱心一自己的，和别人关系不大。

早拿出来他就是恃才傲物，得罪李工免不了，同事也会觉得这个人急功近利；不拿也有问题，面前神色复杂的组长就是证据。

人永远不可能同时讨好所有人，傻就傻吧，钱心一只想让自己更好过。

迈尔斯脚步匆匆，显然是为了避开维克的耳目，好在接下来杀他个措手不及，钱心一不做抵抗地被她拉出去，停在了走廊尽头的拐角。

迈尔斯抱着手臂，眼睑从一个眨眼里向上翻起，斜着飞出来的眼神实在不算友善，她看着钱心一，以一种审视的姿态等他回答。

这瞬间钱心一忽然想起了高远。

不管高远的才能和领导力如何，钱心一心里明白，他这辈子都遇不到能像高远这样，任他为所欲为的领导了。当然那时他自己的定位不对，不过这和高远无关。

迈尔斯不是他一抬眉毛就能质问的对象，介意通过神经元传到面部的时候，就成了一个笑，钱心一一脸无辜地说："藏什么了，我怎么不知道？"

迈尔斯眉毛一拧，右手从臂弯里猛地伸出来，十分大力地推了他一下，嗓音陡然尖锐起来："都这个时候了你还装什么傻啊，钱心一！我都看见了，你模型图里塔楼下面的那个……那个展示区！"

她本来想说"东西"，然而那个振翅欲飞的三维却在脑子里挥之不去，她是女性，这种纤细轻盈的立面就像她钟爱的奢侈品，哪怕贵到她买不起，她也不忍心抹黑它。

钱心一被推得退了一步，嘴上却踩着他的道理，承认得非常坦荡："对，那是我的设计模型。"

他并没有说展示区，不过这种细节迈尔斯不关心。

她冷笑一声，下巴扬起的弧度显得很高傲："我看过你的模型，细节优化得不错，哪怕你是个天才，手速再快，这也不是一两个昼夜能完成的进度。这个蝴蝶和你最初的塔楼方案是一个模式，它很早就有了，是吧？"

其实并没有很早，钱心一在鸡窝尖锐的张力里挣扎了很久，但只要是在他们出发去投标前的一秒，对于迈尔斯而言就是"很早"了。

钱心一整晚没睡，精力早就烂成了稀泥，也懒得做无谓的解释，"嗯"了一声，牛头不对马嘴地提醒道："迈尔斯，这里是医院，小点声。"

他的语速和语气都挺善意，正常人听见这句都该压低声音了，迈尔斯却截然相反，她自今早看见他的模型开始，脑子里就像胀了个气球，被无数的揣测撑到爆炸的临界，此刻被医院这个导火索一点，理智登时碎成了渣。

她瞪仇人似的盯着钱心一，眼底有自己都没察觉到的痛心，语速咄咄逼人："很早就有了你不告我？展示区我们组改了多少次你知道吗？五次！我每天把老李逼得那么紧，他三天两头地把方案改来改去！"

"老李现在对我情绪很重，而我一直觉得我对他的刻薄是值得的，起码最后一个方案拿得出手！可到了今天早上我才发现，我一直在和老李自以为是地互相扇耳光，响儿全都进了你的耳朵，这戏你是不是看得很爽啊？哦，对了，应该还有K组的陈西安，哈！他也知道这个模……"

"够了！"钱心一沉下脸，终于在她负气的最后一句里明白了她今天的攻击性来自何处。

按理来说，小蝴蝶是个人设计，他愿意把它印在卫生纸上去擦屁股，别人都没有指手画脚的资格，它在关键时刻出现，迈尔斯只会狂喜，就是要算账也是竞标后的事情，而且她能给功臣什么惩罚？

她现在之所以气得仪态全无，都是因为陈西安。

就算鸡窝被指相似，它仍然是展示区里最夺目的设计，迈尔斯不得不承认，F组这点不如K组，好吧，是逊色一……点。

她和维克交锋多年，并不是输不起，她没有办法接受的是她在前头竭尽全力，有人却在后头扯她的后腿。

昨天钱心一的表现证明了他对陈西安有多看重，但生活问题应该私下再议，工作才是正题，不过鸡窝优秀，自己组里的塔楼也不赖，算来勉强扯平。

今天的模型才是致命一击。

F组与赛劲仅有二分之遥，而当时的展示区倒扣了三分，迈尔斯只要一想起"如果当时有这个展示区"的念头,整个人就气得不行,这种时候她已经想不起内幕这种东西了,满心满眼里都是"钱心一为什么要把它藏起来"。

人性总是多疑,而揣测从来钟爱恶意。陈西安一倒下,听Finn说钱心一跑得像魂都掉了,迈尔斯克制不住心里的猜忌,她翻来覆去地想,钱心一是不是为了陈西安才……

钱心一原本苦心经营着他那点少得可怜的耐心,准备和迈尔斯好好谈谈,谈不拢F组他肯定待不下去,K组肯收他也洗不掉被扫地出门的标签,他什么都没干,没有背黑锅的爱好。

走道里来了一辆救护床,钱心一避让了一下,指了指走廊尽头的楼梯,那里往下通往大厅,大厅外面有自动贩售机,他拧着眉心率先走起来:"我请你喝水,边喝边聊吧。"

迈尔斯不想喝叛徒的水,可钱心一还在走,她不得不跟了上去。

如果王一峰在这里,大概又要夸他所向披靡了,但脸色臭赢不了吵架,得有道理,钱心一的战绩是靠说服力累计下来的。他独自带队多年,万事统筹兼顾,写文和说话都条理清晰,凶起来还振振有词,不披靡也不容易。

迈尔斯接过一罐听装咖啡,铁皮在冬天的室外冻得冷飕飕的,她拉开耳环仰头灌了一口,透心凉正好浇小心头的燥火。

钱心一也拿着同样的咖啡,他没喝,直接揣进了裤兜里,然而大概是他穿得太少,杵在冬日接近零度的室外,所以声音也显得冷冰冰的。

"迈尔斯,你关心的两个问题,当事人是我,解释权也在我,我现在告诉你,要是和你心里的答案不一样,那只能仁者见仁了。"

迈尔斯也是第一次见到攻击性这么强的钱心一,强势如她也蒙了片刻,这人10月份进公司,到现在正经没跟完两个项目,给她的感觉就是闷头干活却不会说话。

可他现在的架势,简直就像是甲方的大爷。

钱心一不是在装高冷,他是真的冷。当时他离开得急,没带大衣,而陈西安的衣服沾了血,为了避免传染被拿去消毒了。

他每说一句话，口鼻里的白雾仿佛四起的狼烟，这让他自己有种发自肺腑的错觉。

钱心一说："第一件，我跟陈西安在之前一起共事了一年多，都一心想进 JMP，可我们来了之后，才发现这里也有它不足的地方。JMP 是个好公司，可我们也是有原则和自尊心的设计，没道理只因为上个班，就只能在朋友和工作中间选一样，我个人是不接受的。"

迈尔斯没说话，她早过了有情饮水饱的年纪，而且正因为拼搏艰难，更明白真心的人难能可贵。

钱心一接着说："陈西安还在危险期，这样不应该，但我还得请假，大家都看得出来，我很在乎他，不过这和我不拿出展示区没有关系，就像你和维克一样，我们在工作上也是竞争关系，谁让谁都是侮辱。但是我的设计和他有关系，非要说实话，我的图纸都是他逼出来的。"

迈尔斯眼神一动，忽然开始面对面地盯着他，想看他是不是在说谎。

钱心一不闪不避，和她对了个正着："维克接到消息比你早一个多月，这个你想查肯定能查到，我接到塔楼分工的时候，陈西安的展示区就已经成型了，我不小心看到了他的设计图，很长一段时间都找不到概念，你见过他的图纸，视觉侵略感很强对不对？"

"为了打破这个困局，我才临时决定自己画一个展示区，当时没想到能出到这种程度，组里的展示区有老员工负责，你觉得那时的我什么把握都没有，跳出来揽两个区合适吗？"

迈尔斯皱着眉头，她是同道中人，能懂他说的那种感觉。

钱心一看出来了，但为了省事，他还是撒了个免去麻烦的小谎，他说："而且我们去投标的时候，它都没成型。"

这话只有去他家里的电脑里考究了，迈尔斯怀疑地说："真的？那重新开标了，我也没听你提过它啊？"

钱心一沉默了一会儿，才说："李工不放弃展示区，我是不会提它的。"

迈尔斯："……"她无法理解。

与此同时，病房里剩下的上下级也在对峙。

维克先下手为强地说：“Chen，我们昨天讨论出了一个展示区的新概念，你要看看吗？”

陈西安靠在床头铁架子上，人看着还很虚弱，不过精神不错，他还开了个玩笑：“我这几天没法用电脑，你只能用 QQ 截图给我看了，心一得照顾我，你介意他看吗？”

维克本来有一点心虚，不过见他不介意，登时也放心了，他哈哈大笑道：“当然介意。对不起昨天我撞到你了，本来该谈的事情也没谈成，我很抱歉，不过这件事我必须得到你的确认，因为你是原方案的设计。”

这已经是很客气的尊重了，陈西安很少得寸进尺，不过这次不一样，他说：“谢谢，不要紧，说句话而已，那我向你表个态吧，我不同意撤掉我的展示区。”

出了新概念的维克呆掉了。

不过等陈西安表完态，维克的嬉皮笑脸就又回来了。

他隔着被子拍了拍陈西安的腿，说：“你会拒绝，我其实有点意外，以我对你的了解，还以为你不是一个会让我和大家为难的人，不过……”

维克笑了笑：“站在前辈的立场上，你现在的选择是我更愿意看见的，你有才气，也有骨气，这很难得。”

因为年轻，所以才有不甘心的坚持。金融城不过是无数标书中的一封，以后还很长，年纪越大经历越多，以卵击石的次数多了，脊背自然就弯下来了，趁傲骨还在的时候，是该刷刷存在感。

陈西安：“谢谢。”

维克摇着头，对这声感谢受之有愧：“言归正传，你的设计我当备选了，不要怪我，等新方案弄出个样子了，我让安迪送过来给你看看，有意见你提，这是我们整个组的作品。还有，下周就开标了，你病成这样也干不了什么，好好休养，汇报材料也不用你操心了，等着看完整版吧。”

他说着起身准备走，陈西安连忙叫住他：“维克，新方案我没法参与，不用给我留名额，我不在事情肯定都是巍哥揽，时间紧也别让他来回跑，转到我邮箱就行了，心一不会看的，这点我可以保证。”

“那你就给我好好提意见。”维克不在乎地摆了摆手，“我不担心这个，我记得中国有个说法，叫字如其人，对我来说，我们的图纸也是有灵魂的，小气还是大气，立面上看得出来的。"

迈尔斯说别让她再看见假条，可到底还是给钱心一准了假，她再生气也不能拿人命开玩笑，而且陈西安作为她一直想挖的墙脚，最近又一直很倒霉，别扭之外，她还是同情他的。

她走的时候已经冷静了下来，老实人就这点好，说话别人不太怀疑，钱心一说的她心底也信了六七分，不然态度也不会软下来，就是还很生气，气钱心一是个一根筋，气自己组时运不济。

她回去肯定要找李工谈话，不过这已经是板上钉钉的事，钱心一焦头烂额，索性一点心也不操，亲疏有别，他目前能顾好陈西安就不错了，其他等回公司了再说。

明天是新给的截止日期，再请假钱心一自己都过意不去了，可陈西安的爸来不了了，习涓还在等审批手续，病房里没人也不行。

他惆怅地回到病房，发现维克已经走了，而陈西安在跟那个小护士说话，和颜悦色的颜值力全开。钱心一多看了两眼，觉得自己的心态可能有点问题，危机意识没有，只觉得这厮有阴谋诡计。

他靠过去，正逢小护士换好吊瓶，比了个 OK 给陈西安，又点了个头给自己，端起托盘就走。钱心一坐回椅子上，顺手就给他倒了杯水："背着我干什么呢？"

陈西安接过来，笑着望文生义："没有，我面对着你呢。"

钱心一用眼神晃了下水，那意思是让他喝光："不信你，赶紧交代。"

陈西安喝了一口把杯子凑过来，抵在钱心一干裂的唇边："问下护士有没有推荐的护工。"

钱心一愣了一秒，不知道该怎么接话，他正愁这个事情，陈西安的家长都不在身边，也没有兄弟姐妹。钱心一这边倒是有一个，可惜刘易阳还在让别人擦屁股，根本指望不上。

老杨倒是有空，可他年纪大了，血压又高，受不得累，钱心一要想上班，那就只能请护工了。

好在陈西安经济条件还凑合，护工不至于请不起，但别人照顾得再好，总归是不放心，更何况这事居然还得让病号来操心，钱心一看了一眼空荡荡的床头柜，登时烦得不行，他说："我来问，你别管了。"

陈西安指了指床头柜："你的包在里面，迈尔斯给你带过来的，你看着点。"

钱心一拉开一看，心里有点感激，也有些庆幸，幸好自己没跟她发脾气。钥匙和钱包都在包里，这下可以直接回家拿东西了。

他"好"了一声，握住陈西安的手把水仰头灌了，问他还喝不喝，陈西安说不喝，钱心一就扶着他躺了下来。静下来疲惫就汹涌而来，距离危险期结束还有一个多小时，两个人都困得神志不清，眨个眼都怕睡过去。

设计岗在熬夜方面算是比较能抗，连着好几个通宵是常有的事，但和这种二十四小时一分钟都不敢懈怠的熬法不一样，下巴上好像装了个配重块，拉得头都直不起来，沉沉地往下坠，思维胶着成了糨糊，都不知道自己在说什么。

钱心一定了个闹钟，然后开始哈欠连天地给他讲笑话，陈西安拼尽意志力给他捧场，好像过了几个世纪，铃声才姗姗来迟，两人精神一松，先后将头一歪，睡了过去。

等醒来的时候，病房里的光线暗了一些，钱心一也不知道几点了，只是坐起来的时候胸口有些刺痛，针扎似的。

这种感觉他以前也有，百度说是神经性肋膜炎，一般不是累的就是焦虑过度，他完全符合累的前提，这次就也一样，没往心里去。

乍一眼看见亮光他眯了下眼，陈西安还在睡，钱心一俯下身给他掖好被角，试了下他的额头，感觉到体温明显下去了。

这回真的会好了，虽然不会很快。

隔张床的大姐眼尖，瞥见他醒了，立刻招呼道："小伙子，吃不吃饺子啊？都是好的，就是包多了，这老东西他吃不动。"

钱心一的五脏庙跟着苏醒，腹语瞬间八级，叫得他都怕吓醒陈西安，赶紧离床远了些，大姐豪爽，他也不能扭捏，笑着就谢过了。

吃了别人的饺子他还没完，又借了别人的人衣，托这位大姐看着点陈西安，裹紧衣服先去了护士值班室，拿到三个护工的联系方式，然后回了趟家。

他收拾了一些生活用品，又装了几套衣服，就匆匆赶回了医院，路过连锁的水果店，他下车买了一大堆水果，把陈西安的床头柜堆得都没摆下，剩下的给其他床分了，谢谢大家的照顾，饺子和插线板什么的。

杨江是在他离开的时间里来的，跷着二郎腿在病床前削梨，给自己吃。

陈西安安分地仰卧在床上，休息起来都特别省心。

然后钱心一开始打电话，护工基本都是他母亲那种年纪的妇女，照顾人比他利索得多，但是钱心一唯一的要求比较麻烦，就是要送饭，还有明天一早得来早点，他们碰个面。

陈西安的饮食必须少盐，医院的伙食虽然清淡，但对他来说还是重了。前两个都说不方便送饭，跟他掰扯半天，第三个答应得很爽快，钱心一就选了这个宋阿姨。

杨江片着小酥梨，用刀叉着偶尔施舍陈西安一块，无奈病人不稀罕他的嗟来之食，他就一边塞进自己嘴里，一边满嘴喷醋："陈西安你可真舒坦，钱心一远看是个霸王，近看居然好说话得很。嘶，你这个狗屎运！我酸了。"

陈西安身残志坚地瞥了他一眼，嫌他话多："吃你的。"

"说一句都不行！"杨江把刀插在梨核上，满手汁水不讲究地就往兜里掏，"给你看个东西，你和钱心一可能有兴趣。"

他掏出来的是一张邀请函，抬头是他的新公司，落款是西塘集团，赫剑云的产业。

陈西安金贵的胳膊从被子里探了出来，夹在指缝里转了一面，看向杨江低声道："西塘邀请你们干什么？"

"还不就是你们画那别墅呗，哦，现在应该叫宾至美术馆。这大老板想帮大家提升提升艺术修养，请了一堆企业家去参加第一展，开业大酬宾嘛，你们 JMP 的大佬们肯定也收到了，去不去？一起去陶冶情操啊！"

别墅已经和他们无关了，陈西安把请柬从他侧兜塞进去："谢谢，我们没什么兴趣。"

杨江显然就是想拉人下水，免得自己在艺术里寂寞如雪："建筑和美术是不分家的，你怎么一点追求都没有。"

陈西安淡定地说："是啊，我怎么这么没追求。"

钱心一筛选好阿姨，心累，回来一屁股坐在床上往后一倒，压在了陈西安的腿上，半路接话说："什么追求？"

陈西安："艺术。"

钱心一："这个啊，不追不追。"

杨江："……"这种垃圾觉悟是当不了大师的。

待了没多久，杨江赶场走了，钱心一不知道请柬的事，可这事注定和他过不去，8点多的时候，他接到了一个很久没响起过的电话，小赵。

电话接通的时候，钱心一就听见那边没头没脑地说："不是B1级的……连B3都算不上吧……别墅竣工了，师父，你教教我，我该怎么办？"

当时的建筑设计总说明还是他写的，所以钱心一听得懂，赵东文说的东西是保温材料。

赵东文一直在想，自己为什么要犯抽地去点那根烟。

别墅可以说是他职业生涯里第一个正经项目，加上钱心一的冤屈，他对这个楼感情复杂，每次来检查都跟找碴儿一样，纠结了半年多，总算是得到了解脱。

监督站的人已经跟着陈瑞河走了，赵东文还想再看一眼，就沿着环形的道路绕了一圈。

绿化都还是光秃秃的树干，挡不住强势的北风，吹得烟气直往鼻子里钻，他被呛得受不了，就随手把烟扔进了路旁堆满建筑垃圾的空地，锈钢断铝烂钢筋，水泥硬块和土方。

冬季5点就黑的天色里，灯火都是明亮的光芒，准备离开的赵东文走出三四米，忽然在水泥地上看见了自己摇曳不停的影子，稳定的灯光是不会造成这种情况的，赵东文茫然了两秒，很快闻到了一种海绵烧煳的味道。

他一回头，就见他刚扔掉烟头的地方，起了一团盆口大小的火苗，赵东文吓了一跳，连忙跑过去将它踩灭，然后他蹲下来一看，发现起火物是一块废弃的保温板。

一个连明火都算不上的烟头，竟然点燃了 B1 级难燃的保温板——

那瞬间他脊背一寒，忍不住回头看了一眼背后的主楼，它矗立在夜色里，翘起的角脊和屋檐犹如一张黑乎乎的大嘴，像是要扑将过来将他吞掉一样。

他不敢想象要是有人蓄意纵火，或是以后内部电路老化起火，正好起燃点在这种材料附近，那这里外相连的六栋楼，会不会沦为一场火海。

赵东文慌不择路地跑进会议室，发现里头已经空无一人，他查了手机，发现陈毅为给他留了言，让他逛完了自己打车去九州国际饭店。

他打电话陈毅为没接，追过去饭局已经开始了，陈毅为坐在业主旁边，而那里已经没了空位，赵东文几次想找他说这个发现，可是陈毅为被敬来敬去，忙得甚至有点烦他，赵东文越想越后怕，忍不住把钱心一的电话找出来了好几次。

席间觥筹交错，他实在如鲠在喉，干脆一横心去了卫生间，拨通了师父的电话。

赵东文进步了不少，起码在说明问题的时候废话少了几斤，不用他多讲，钱心一很快就明白了事情的来龙去脉。

他辞职的时候，别墅项目的保温板问题就已经出现了，赫剑云亲自选了老姚施工队，断了总包和管理公司的财路，他们要捞钱，保温板也是一条蚊子腿。

体量虽然不大，但找个小工厂出廉价材料，再花钱到大工厂买个标签和检测报告，贴上去靠肉眼谁都分不清正品和山寨。

这种仿造手段在工程上十分常见，大到面材小到螺丝钉，只要是能用的就有人敢用，这些人的心里装的不是万一，而是侥幸。

不过胆子肥到这个地步，钱心一算是又涨了见识，水货也就算了，还自动降了两个级。

不保温多装几个中央空调，这都是小事，大事是人赫总格调高，把室内土了吧唧的防火墙不知道干掉了多少，防火隔断他也不要，美术馆里画纸、绢布和木板多，一起火简直得烧得停不下来。

这事早就和钱心一没关系了，而且出了问题也追究不到设计院，供货商的假报告、没验出来的消防局，他们才是责任方。但就像赵东文觉得害怕一样，钱心一到底也会担心那个万一，他经历过火灾，知道那是怎样的人间地狱，要是能避免，他不会吝啬那几句意见。

"小赵，这涉及安全问题，必须经过你的公司，陈毅为到高远都一定要知道，他们会告诉你该怎么做。你打电话来问我不合适，要是我懒得理你，你就白打了。"钱心一说，"不过打都打了，我给你几个建议，你自己看着办，行吧？"

陈西安本来在削苹果，听见一些 GAD 的关键词，动作登时慢了下来，切了一小块苹果伸了过来。

钱心一单手朝他摆了摆手，接着对赵东文说："保温板肯定有问题，但你用烟头点燃的那块不算数，它是废弃物，风吹日晒的里面成分有变化也可能，你明天去趟工地，问陈瑞河拿一块备料板，抠掉铝箔用打火机点给他看。"

"燃不燃都拍照记录，然后问管理公司要施工数据，让他给 GAD 发明确的文字记录，保温板的检测报告重提一遍，施工期板外侧的保护层厚度给个数据。然后你需要回个带公章的联系函，照片贴进去，规范里对保温板和防护层的要求全抄下来给各单位发一遍，要求他们按规范施工，最后用黑体加粗强调一条，保温板只有检测报告，没做过现场试验。"

赵东文在电话那边狂记，一边心虚地问道："那都糊上墙了，才发会不会……"

钱心一嘲笑道："会什么，马后炮？"

赵东文笑了两声，不敢说是，钱心一觉得自己差不多该挂了："该发就发，你怕什么！到时候总包反过来咬你一口，说你当时签字同意它是 Bl 级了，你就知道马后炮有时候也是个褒义词了。"

说完他就把电话挂掉扔在了床上，忍了忍没忍住，骂了一句："一群钻进钱眼里的孙子！"

陈西安听力理解满分，基本明白了问题的症结，他把剩下的苹果对切成两半，一半分给钱心一："都不管事了还能气到你，看来赫剑云找的队伍还是挺厉害的。"

钱心一啃下一块放在嘴里嚼，翘起右手的食指摇来摇去："错，最厉害的还是赫剑云，这么烂的队伍他能一下找到任，还敢放心大胆地用，你说他不怕出问题吗？"

陈西安一语中的："不是，应该是你觉得是问题的问题，在他看来不值一提。"

钱心一愣了一下，接着耸了耸肩："也对。"

隔天宋阿姨很守时，说8点就8点。她是个小个子妇女，花白的头发梳成一个发髻，看着就很精明的那种大妈。

钱心一跟她打过招呼，还从食堂给她带了一份早饭，顺便又重申了一遍要求，中晚饭，清淡营养少盐。

阿姨答应得很爽快，他还是有点不放心，不过终究是提上电脑包走了。

公司是钱心一的另一个战场，以往笑嘻嘻同他道早安的前台姑娘这次低着头，眼角的余光却一直追逐着他，视线尴尬而别扭。

钱心一本来准备了一个八颗牙的微笑，打完卡却有点烦躁，他越往里走，遇到的人都会赏他一眼。

F组的反应跟走道里差不多，李工没跟他打招呼，不知道是针对他的请假条，还是他的展示区。

钱心一木着脸打开主机和显示屏，对这种排挤的氛围有点不爽，他混了这么多年，还是第一次集众人的目光于一身，不过就像陈西安说的，不管是他还是同事，都是习惯了就好了。

迈尔斯9点准时出来，发现他到了办公室，拍拍手让大家半小时之后开会。她私底下做过了准备，会上李工主动放弃了展示区的设计，尽管大家心知肚明，迈尔斯还是假装没发现钱心一的小蝴蝶一样，让大家赶紧提出新的方案，钱心一全程一句话都没说。

散会后迈尔斯单独留下了他，没事人似的问他什么时候能把小蝴蝶的图纸提给她，钱心一答非所问地说："迈尔斯，我想知道你对我的展示区抱了多大的把握。要是我们没能中标，你把人心都搅散了，以后还好合作吗？"

迈尔斯垂下眼笑了笑，眼底有自己都没察觉的悲哀："钱心一，并不是每个人都像你这样倔的，大家出来混，混的不就是年终奖吗？至于成就感……它算个屁！"

她抬起头，目光犀利地说："你也不要觉得委屈，要是我们真的中了标，我记得你的功劳，这还是小事，你的作品会摆在整个环球金融城的中心广场上，被成千上万的人夸口称赞，这样的名誉，不是你把它藏在电脑里，就能得到的。"

钱心一知道她说的是对的。

小蝴蝶的图纸钱心一没往 U 盘里拷，迈尔斯等着它重新做成本预算，就又准了他半天假，让他回了趟家。

她的状态有点亢奋，钱心一怕她过后失望更大，就连忙用鸡窝的前车之鉴向她泼冷水，迈尔斯不爱听这话，摆了摆手让他赶紧走。

半天时间回家拷份文件绰绰有余，钱心一不放心陈西安，便又转道去了医院，走之前他还有点闲心，从床头和飘窗上捡了几本书，都是陈西安之前在看的。

他到的时候刚过 11 点，王巍竟然也在，医用餐桌成了工作台，陈西安靠床头坐着，正在用没打点滴的左手滑鼠标。

工作强度大的画图员基本都有腱鞘炎，所以很多人都练出了左右手，陈西安左手的速度也很快，他大概是看图看深了，总是下意识地抬着右手，想去键盘上戳两下，最后又不得不放回去，大概是别到了静脉里的针管。

他的鼻梁上还架着眼镜，目不斜视地盯着电脑，那种专注的模样让钱心一都没好意思怪他不尊重疾病。

他们过去的生活太忙碌了，陡然被迫停下来，钱心一心想一定很无聊。

看见他们在谈事情，钱心一也就没进去，他杵在门口，看陈西安跟王巍偶尔低声交谈，小幅度地摇着头，无框镜在某个角度里反着粼芒似的光，不知道的人还以为他是多么日理万机的一个 CEO。

宋阿姨在床尾的板凳上织毛线，他们的话题她都听不懂，在她的观念里，需要用电脑谈公事的人都是大写的人才。

半晌王巍关了电脑，一抬头瞥见了钱心一，笑道："吓谁呢你？"

钱心一把勒红手指的书袋子换到左边提着，假装自己刚来："谁也不吓，你怎么这个点来了？"

陈西安把眼镜摘下来，笑着当复读机："你怎么也这个点来了？"

王巍率先扬了扬手里的电脑，对钱心一说："来谈公事。"

钱心一把书往病床上一放，旷工旷得底气十足，对陈西安笑道："来办私事。"

王巍笑了笑，说："我该走了，西安你好好休息，有事电话联系。"

陈西安冲他点头微笑，钱心一负责当迎宾客，勾肩搭背地把王巍送出病房，边走边谢。陈西安骤然撂了挑子，瘫下来的活肯定都是同事分了，王巍的额外照顾他们都记在心里。

王巍笑了笑，根本没把这些当事。

不到一分钟，钱心一回到病房，陈西安已经在翻书了，他从页面里抬起头来，说："不是上班去了吗，怎么还从家里来了？"

钱心一歪七扭八地将下巴撑在床上，把小蝴蝶"转正"的过程跟他交代完，还觉得有点烦，他说："怪我咯？"

陈西安伸长胳膊从柜台上揪下一根香蕉递给他："当然怪你了，谁叫你这么有才。"

钱心一被他夸得不知道怎么好了，愕然了片刻一把夺下香蕉，笑着骂他："我跟你说辛酸往事，你拍什么马屁。"

陈西安还在一本正经："没拍马屁，我发自内心呢。"

钱心一慢吞吞地撕香蕉皮："你这个内心的屁股未免也太歪了。"

陈西安笑了笑，接着正经起来说："心一，你有没有听过一句话，一切的偶然都是必然，我发现它存在的时候就有这种感觉，你的小蝴蝶既然生在了金融城的标段里，也该从这里飞出去。"

钱心一一瞬间竟然有种胜利在握的错觉，然而错觉就是错觉，不过他清醒过来，发现自己释然了一点点。

宋阿姨要准备病号饭，11点离开了医院，离开前钱心一给了她一张纸和一个保温饭盒，上面是他百度到的食谱，又经那小护士认可过。

一个小时之后，宋阿姨带着保温盒回到病房，端出来的粥和汤钱心一是满意的，他以自己的厨艺作为基准轴，色香都没什么要求，只对味道有执念，尝不到盐味就是巅峰之作。

陈西安体内的水电解质平衡紊乱，初期饮食必须特别注意，钱心一不能陪护他，突然犯了强迫症，让陈西安吃什么之前都百度一遍，免得中毒。

然后他自己大概也发现自己有点叨叨，摇头晃脑地自我嫌弃："我上起心来果然自己都害怕。"

陈西安登时就笑了，钱心一过日子随便，谁能想到照顾起病号来竟然能仔细到这个地步，陈西安倒是不害怕，只是觉得感动。

点滴打多了嘴里有点发苦，陈西安没什么胃口，吃得很少，钱心一是个重口味，哪怕想跟他同甘共苦，都吃不下这些缺盐少酱的汤水，便无情地抛下他，自己去食堂点了份外卖，因为拿不准阿姨吃饭没，便给她也带了一份。

宋阿姨有点受宠若惊的意思，但也没拒绝他的好意，她把盒饭放在柜子角上说一会儿吃，钱心一没管她，他赖到 12 点半，赶 1 点的上班时间回公司了。

他的检查报告下来了，因为找不到人，被小护士直接送到了陈西安的床头，血常规正常，出血热在人与人之间的传染性并不高，心电图也正常。

陈西安这才放了心。

标书是牵一发动全身的东西，展示区相关从汇报材料到成本都必须重改一遍，钱心一在空缺了两天半之后，开始一头扎入繁杂的说明改动里。

小蝴蝶的独特性在于变化，材料基本都不是常规杆件，每一道弧线和曲面都不同，同事要读透只能一截一截地量，时间根本不允许，而大家多少又带着一种嫉妒掺杂"早不拿出来"的情绪，加上迈尔斯买定离手似的把码压在他身上，对他的重视无与伦比，大家索性中庸起来，省得被扣上抢功劳的帽子。

钱心一熬了好几宿，又高度集中地改了一下午的说明和插图，眼睛胀得厉害，一离开电脑就发晕，他甩了甩头，关机又往医院跑。

床头的水果好像没剩多少，钱心一买买买的还挺开心，陈西安是该多吃点水果。

陈西安见他又提回两袋，不动声色地皱了下眉，拿过一个梨削给他吃了。

鉴于陈西安还需要住院观察两星期，钱心一这样又折腾了两天，就算有宋阿姨管饭，他都有点吃不消了，困得东倒西歪，平衡感全喂了狗，白天上班也难以集中精神，坐着都睡着了不止一次。

陈西安看着比之前好多了，自己还网购了一个多功能的小电炖锅，在病房里过他的小资生活，钱心一不知道他在哪儿弄了一堆杂粮豆子，煮得香飘四溢，食都分到对面的病房里去了。

钱心一这才退了一步，晚上出去住宾馆。

第一天闹钟都没能吵醒他，钱心一一觉睡到接近9点，胡子都没刮干净，风驰电掣地去病房露了个面，然后脚打后脑勺地去上班。

护士建议陈西安做一个全身体检，钱心一一直在等周末，然而在周末来临之前，习涓先来了。

这位不一般的亲妈比他们这些搞基建的男人还潇洒，浑身除了手机，就带了一个钱包。陈海楼顶了她的班，把她替了出来。

习涓裹着军大衣，下了飞机就打的，直奔医院病房，一眼就看见她儿子穿着病号服在柜子上的锅里搅和，整个人瘦得脱了形，钱心一不在，护工没影儿，那场面刺得她眼泪瞬间就下来了。

陈西安三岁开始一个人睡，初中以后就再也不跟他俩撒娇，他一直都表现得"我很好"，习涓对他也很放心，这种孤零零的住院生活是她无法想象的，她觉得儿子可怜，抹着泪进的病房。

陈西安的配置齐全，锅碗瓢盆早就一应俱全，就像钱心一说他小资，他在哪里都不会委屈自己。

这时他盖上锅盖，在食物芬芳散掉的雾气里，看见了一双老气的女式皮鞋，他顺着往上，就看见了他那眼泪汪汪的妈。

陈西安愣完就笑了："妈，我爸能放心让你一个人来？"

习涓过来把他的头抱进怀里，叹着气说："不放心，可是他也不放心你，小钱呢？"

陈西安单手搂住她拍了拍，开玩笑哄她："他在上班。"

习涓听了又想哭："哎呀你这孩子，一个人住院，连饭都没人管，我难过死了。"

"不难过，来，坐，"陈西安好笑道，"我都好了你有什么好难过的，有人管饭，去弄了，我就是无聊，找点事做，心一照顾我累得够呛，已经仁至义尽了，一会儿见着他不要哭我的惨，听见没？"

"真的？"习涓习惯性地信他了。

陈西安指了指门口，习涓顺势望去，就见一个大姐拎着保温盒走了进来，正好也在看她。女人的第六感告诉习涓，这大姐不像看起来这么好相处。

宋阿姨用眼神询问陈西安，习涓挺腰直背地坐在床弦上自我介绍："你好，我是他妈习涓。"

宋阿姨露出诧异的表情，习涓看着不像是有这么大儿子的女人，她夸习涓年轻，接着把保温盒放在了陈西安的锅旁边，开始往外取，一边礼貌性地问习涓有没有吃饭。

习涓示意她让自己来："没呢，长途跋涉的过来还没顾得上，大姐你给我吧，我来。"

宋阿姨的动作僵了一瞬，有些慌乱地往陈西安那里瞟了一眼，陈西安不想让她难堪，就说："妈，让阿姨弄吧，你也不会伺候人。"

习涓恼羞成怒地打了他一下，小声地警告："我会！"

宋阿姨把分层的食盒摆上医用餐桌，然后就立在一边，陈西安让她去吃饭，习涓探头一看，不高兴地说："菜怎么都炒得稀里糊涂的。"

陈西安这专业画图的手，都没能拦住他妈的速度。

习涓疑惑地眯着眼睛，吃了一口发现味道居然还行。

其实饭菜还凑合，医院食堂的大锅饭，好多病人的伙食还达不到这水平。不过这口味对于现在的陈西安来说还是重了，盐会加重组织水肿和肾脏负担，对他来说和毒素差不多。

小护士看在气质的分上，对他这床十分关照，危险期的时候就交代过伙食自理，食堂不适合他，为此钱心一才专门找了宋阿姨，因为做饭的原因，多给了两成护理费。

头两天的饭菜宋阿姨还比较上心，可能是她自己做的，也可能是外面馆子里买的，钱心一碰上第一次，对她满意到飞起，之后每次都没赶上。

JMP午饭12点才开始，他过来起码要半个钟头，冬季5点下班，他们不忙的时候都习惯在公司拖上一个小时，更别提金融城投标在即，他7点之前能出现在医院，都是翘班走了夜里接着干。

加上钱心一本身也不是个仔细人，病房里的一些风吹草动，陈西安有心要瞒他，简直是易如反掌。

宋阿姨非常节俭，初次见面陈西安就注意到了，钱心一面试那天中午给她带的盒饭，她都留到晚上带回家去了。

其实她的伙食钱心一是包了的，陈西安有吃有喝而别人干瞪眼看着，在他的价值观里说不过去。

而陈西安差不多也是这种思维，他时不时地需要补充维生素，自己吃水果的时候自然会递她一份，不吃的时候也会客气，让她想吃就自便。

一个人总得慷慨一点，才会受人尊重，然而慷慨对于某些人，是另一种意义上的有机可乘。

宋阿姨家里也不是条件不好，她就是特别节约的性格，赶上钱心一这种舍得花钱又见不到人的病人家属，而病人又好说话得不得了，难免会渐渐生出贪些蝇头小利的念头。

陈西安勤快惯了，病了也闲不下来，白天几乎很少睡觉，整天不是看书就是架着餐桌画建筑线稿，宋阿姨那些小动作他都看在眼里，只是装作没看见而已。

拿几个苹果和梨，陪护期间以溜达为名出去赚外快，都不至于让他专门指出来伤了和气，他住院的时间毕竟有限，时间也是成本，让钱心一折腾来去找护工的工夫，根本得不偿失。

宋阿姨出去的时间越来越长，陈西安独自还落个清净，对此没什么想说的，只是保温盒里的菜第一次变成食堂饭的时候，他搁下筷子笑着提了一句，有点咸。

宋阿姨眼神躲闪地说手重了些，晚上会注意，晚上果然轻了回去，可是第二天晚上又反弹了。

并不是宋阿姨有多懈怠，只是口味轻重因人而异，她来自无辣不欢的"泼辣区"，医院食堂的油盐在她看来就是地道的清淡。她不了解出血热这种疾病，照顾的到底不是自家人，不可能那么上心。

人都有惰性，更何况她年纪也不轻了，能省下跑来跑去的工夫，是个人都愿意，所以她就近在食堂里打的饭。

陈西安能理解，但凡换个温和一点的疾病，这事肯定就过去了，但是他的病因为拖久了，现在讲究多，他正在恢复期，脏器损伤大，身体不允许他太善解人意。他又说过一次，事不过三就没再提了。

提多了会被人听见，钱心一就会发现了，他最近有点精神恍惚，陈西安看不下去，打算把这种"和平"维持到自己可以自理为止。

但他还必须饮食清淡营养、少食多餐，病房本来是不让用电器的，但热水壶、煮蛋器大伙基本都有，医院知道看病的为难，也就睁一只眼闭一只眼。而且陈西安用得也不多，他每天的牛奶和水果就等于三四餐了。

虽然有些不太愉快的事，但劫后余生的陈西安还是觉得一切都在朝着好的方向发展，小蝴蝶浮出水面了，鸡窝坚持下来了，他会痊愈，钱心一也能休息。

只剩两天，然而习涓来了，她给了他惊喜，也阴差阳错地戳破了他努力维持的假象。

很多年后陈西安都没想明白，习涓在这个节骨眼上到来，对钱心一来说到底是幸还是不幸。

儿子的身体状况习涓并不清楚，她收拾好他那些抽象的草稿纸，把饭盒里的食物往桌上搬，然后催他吃饭。

陈西安了解他妈的脾气，被她知道阿姨这样敷衍，她不会把她怎么样，但能念叨着"你这人怎么能这样"，嘀咕到晚上去，钱心一不想知道都难。

正好习涓没吃饭，陈西安就以半个小时前才少食多餐过为借口，劝习涓先吃，一会儿他胃空余些再买热的。

习涓觉得是这个道理，就把筷子提了起来。

陈西安现在是猫食量，食盒里的饭菜正好配他，习涓吃饭快，不到十分钟就扫荡一空，钱心一来的时候她连饭后水果都吃了两个，正在揣摩陈西安摆虚弱的姿势，好拍给没来成的陈海楼看，他的儿子到底有多可怜。

陈西安靠在墙上笑得很无奈，无视她的花样动作指导。

钱心一提着他的盒饭拐进来，一眼瞥见举着手机指点江山的妇女，愣了一下很快就笑了起来："搞突袭啊，习太太。"

前天晚上她来电话说还在等审批，54基地与C市相距近两千公里，她不可能真坐着导弹来，看这打扮估计是出了办公室直奔的机场。

钱心一感觉到一种久违的轻松，尽管习涓照顾人的技能比他还不如，但她对陈西安的担心不亚于他，在陈西安病倒的这些日夜，这个门庭冷落的病床，终于来了一位家里的访客。

习涓立刻把摄像头对准了他："突袭什……哎哟你这头发油的。"

咔嚓。

不止头发，钱心一在宾馆里住了四五天，浑身都不太人模人样，西裤被团得道道是褶，额头和左脸上还爆了几个硬邦邦的痘，形象确实算不上清爽。

他没自觉，陈西安不能也不该明目张胆地嫌弃他，只说他看着累，让他注意休息，钱心一点头如捣蒜，一离开病房，就投身到标书的说明海洋里遨游到天亮。

钱心一无所谓地刨了刨头，觉得好像是有点油，便边走边说："那我一会儿去洗，阿姨你吃饭了吗？"

他没问陈西安，那位却不慌不忙地把话截断了："我们都吃过了，你吃你的，要粥吗？"

习涓忙着给陈海楼发照片，连同他的油头照，头也没抬地"嗯"了一声。

钱心一在宋阿姨平常打毛线的小板凳上坐下来，边掏盒饭边扬手摆："我自己弄，你别管。"

陈西安真就不管了，开始问他妈待几天，住哪里，哪天走。

习涓千里迢迢地赶过来，其实也就三天假，来回去掉一天半，后天清早她就得折返。

她神色里有抱歉的意思，但这已经是他们能争取的极限了，当人投入组织，就成了社会车间齿轮上的一颗齿，转或停都是身不由己。

钱心一咽下嘴里的饭，市侩地打破了习涓的伤感："我马上回去洗头，房间就顺便给你订了，先声明啊，没星级的。"

习涓一脸"你还太年轻"的表情："我跟他爸下乡住瓜棚那会儿还没有你呢……欸你刚摸了头是不是没洗手？"

钱心一："……"

他还没习惯陈西安的妈这用来研究导弹零件的发散思维。

陈西安却早就习以为常了，连忙把话题拐走，以免影响食欲，他说："我爸回消息了吗？"

陈海楼没回消息，宋阿姨却回来了，手里还拿着一份盒饭。陈西安眼皮一跳，立刻打起精神，准备应付他妈。

宋阿姨看见钱心一，脸上有一瞬间的心虚，不过很快被热情的笑意掩盖，她并不认为她有多大错，因此说不上多愧疚。她走过来对习涓说："这个时间食堂人多，您还没吃饭吧，我给您带了份饭。"

别人都买了就没有拒绝的道理了，习涓笑着接了过来，对自己第一印象里的敌意有点惭愧："谢谢。"

钱心一在这个互动里愣了两秒，接着偏头去瞄陈西安，习涓急匆匆地来看他，没见人之前肯定顾不上吃饭，宋阿姨说没吃那就是没吃了，他以为陈西安就给习涓喝了点他乱炖的豆子粥。

他给他妈喝稀饭就算了，这个不重要，重要的是他居然让喝过稀饭的人看着自己吃饭……这也太不尊老爱幼了！

陈西安不疼不痒地背了黑锅，想把宋阿姨支走："这里有人，阿姨你今天下午回去休息吧。"

习涓在这里，宋阿姨在反倒还不自在，这提议皆大欢喜，她客套了两句拎着手提袋走了。

这工夫习涓已经拆了一次性筷子，把塑料盒从纸袋里剥了出来，感受了一下热度，抬头问陈西安："你现在饿了没？不饿也趁热吃两口好了。"

钱心一把眼刀从陈西安身上收回来："阿姨你快吃，他现在的胃跟螺丝钉差不多大，饿不了，再说他也吃不了这个。"

习涓刚想问吃不了哪个，螺丝钉的胃主人不想继续这个话题，插进来两边糊弄："不饿，妈你没吃饱吧，再吃点，别浪费了。心一我想上个厕所。"

钱心一就爱听这个，过了少尿期，就说明他开始恢复了，闻言兴高采烈地去背他。陈西安浑身无力，干什么都费劲，加上他还想拖延时间，于是等两人从卫生间磨蹭出来，话题就变成了你什么时候去洗头开房。

钱心一被赶去洗了个头，回来习涓的房间也订好了，他把房卡和身份证给她之后就回了公司。

陈西安跟他妈没什么可聊的，不过习涓话多，工作生活鸡零狗碎的她想得起来的都会问，像是要把她缺席的关心补上似的。

陈西安跟她说了鸡窝，说了钱心一的小蝴蝶，习涓虽然日常有些脱线，但她是个有信念的女人，比起常人来也多一份坚韧，她和她的丈夫一生只致力于推出一个成功的公式，为此可以失败无数次，孩子们偶尔跌倒一次，在她看来就是历练。

她只听而没有劝言，心路曲折无垠，每个人都是踽踽独行，而每一分释然都没有捷径，如人饮水，冷暖自知。

这个事有决断就行了，也不用老拿来说，等她开始关心到个人生活上问题，陈西安就恰到好处地"饿"了。

他说想吃面，习涓也只能买，直奔医院食堂贵半番的小炒窗口，说了三遍要求清淡，端回一碗陈西安能吃的骨汤面。

晚上钱心一来替班，两人"狼狈为奸"地把她赶去休息，陈西安虽然没太多表示，但是放松的情绪显示出他是高兴的，钱心一更开心。

事不扎堆不显多，他忙得晕头转向，四合院又来横插一脚，说屋面上的角楼坡屋面有误差，把这古建的脖子给捎没了，让他明天去现场想辙。

要是一时半刻想不出来，中午他肯定回不来，陈西安不喜欢麻烦人，很多事他都不会跟阿姨说，习涓来得正是时候。

陈西安啼笑皆非地收起钢笔："我这么大个人，待在病房里能出什么问题，我要睡了，你退下吧。"

钱心一抽掉他手里的笔,取掉笔盖趴到了餐桌上说:"7点40你睡个毛!来替我看看,怎么把这短命脖子掐出来。"

他三下五除二地画了个简笔轮廓,两人凑在一起嘀嘀咕咕,你来我往地换笔在上面加线,越说越觉得这脖子要改出来,这楼得从张三改成李四,说白了就是他得重画。

得出这么个糟心的结论,钱心一反倒放心了,按他多年的经验,这楼注定得缩着脖子蹲五十年了,他把笔一扔,一看时间吓一跳:"10点了,你该睡了。"

他退下了,却不是回去休息,新的投标图还没整完,他还得"肝图",第二天钱心一清早来报了个到,就打算把今天都贡献给四合院了。

这天不只气温低,风力还大增,工地上凉风刺骨,钱心一裹着羽绒服进入会议室,跟各方研究了半天,甲方的主见来回颠倒,结果如他预料,他不用大改,钱老板就爱眼下的这样。

但楼顶的防水有点问题,钱心一一爬上铺了陶瓦的斜屋面吹了会儿风,被冻得嘴唇发紫,很长时间都没恢复回去,说话也一个劲儿地哆嗦。

翟岩也在现场,又拿了个防火的问题来向他讨教,见他一直在打冷战,就随手开了中央空调,把温度打到了三十度。

技术负责人的办公室不到四平方,温度很快攀爬上来,钱心一骤冷骤热,喘不上气的感觉越来越明显。

他边回答翟岩的问题,先是松了领带,症状没得到缓解,咽喉的紧缩感却越来越重,然后他开始清嗓子似的咳嗽,越咳却越烦躁,连翟岩担心的声音都被屏蔽在了这种感觉之外。

世界好像空白起来,没有自己,没有陈西安,也没有恐惧,只剩下胸口那股如蛆跗骨一样的压迫感。

他不知道他看起来很古怪,用无意识的捶打和俯身在寻求突破口,在钱心一觉得自己会被活活憋死的时候,感官终于回到了他身上。

他听见翟岩在叫他,手脚阵阵麻痹,感到心跳剧烈得失常,他大口地吸着空气,恐惧这才姗姗来迟,它目空一切地凌驾在意识里,嘲笑他渺小得如同蝼蚁。

钱心一忽然想起了他爸的肺癌，那是他们一家为忽视体检而付出的代价。

翟岩问他怎么了，钱心一自己也蒙了，摇头摇得小心又茫然。

翟岩无奈地笑起来，倒也并不意外："看来以前没有这种症状，刚出现应该问题不大，去医院看看吧，肯定没事，求个心安，我让小何把会议纪要的时间改到今天5点30，你去吧。"

每道坚实的成功都由血泪铸就，翟岩爬到今天的地位，也待过ICU住过院，如今他这一身还算康泰的体魄，都是这十多年来精心养护的结果。

这个年轻人身上有他曾经的影子，所以翟岩才会觉得投契和信任，他喜欢钱心一拼搏负责的态度，也希望这人不要步上多数人的后尘。

被摧毁的健康，是世上最无可回头的路。

钱心一确实受到了惊吓，身体如此强烈的不适，还是第一次。

他向来少病少灾，但心知肚明自己坏习惯不少，熬夜、抽烟、饥一顿饱一餐，脾气还急躁，虽然陈西安看不过去会念叨他，但这人的到来才一年，在此之前，钱心一独自过了十多年，退一万步说，陈西安自己都倒下了，也没什么资格充当健康大使。

不过也正是因为陈西安病倒在先，见过他命悬一线的模样，钱心一才倍觉震撼，那么注意身体的人一样说倒就倒，那像他这种荤素不忌的人该怎么办？

钱心一怕陈西安出事，自己当然……也怕死，只不过从前没有契机，让他联想到这个遥远而诡秘的字眼。

他一边觉得难以置信，一面又觉得骨头缝里在往外冒着寒意，他自己是理亏的，身体和时间向来都是他随意压榨的资源，而今忍辱负重的身体终于发出了抗议。

钱心一的脑子里像装了个走马灯，播放着他曾仗着年轻透支的生命，他在设计院打过一个月的地铺，踩住交图的截止线熬过的N个昼夜，在凌晨的马路边走过几公里还打不到的出租车……还有最近，他在医院、公司两头跑得焦头烂额。

近年来的新闻头条在他的意识里滚动，钱心一的太阳穴抽痛到发涨，两个字从那些信息里被提炼出来，挥之不去地悬在脑海里：癌症——

JMP、小蝴蝶、陈西安……钱心一咽了口唾沫，嗓子眼还余留有残痛，他用力搓了搓手指，压下那些催人尿下的自我惊吓，翻过手腕发现才 2 点 14，便感激地朝翟岩笑了笑："谢谢翟总，那……我先走了。"

他喝光了翟岩给倒的热水，暖意从食道下去，整个人也镇定下来，那种骤雨般的窒息感来得快去得也快，钱心一细细感知了一遍，没发现身体有异常，冰冻三尺的道理他懂，所以翟岩那句"第一次出现""问题不大"他听进去了。

看得出翟岩真的挺喜欢他，主动关怀道："能开车吗？不能别逞强，我让小何送你去医院。"

他又刻意强调了一遍医院，而他嘴里的小何正是四合院跟钱心一交接的业主，钱心一承不起这么大的人情，连忙放下纸杯来和他握手："谢谢您，不用了，我打车过去。"

这次根本不用翟岩来催了，钱心一这辈子都没这么迫不及待地想要确认自己的身体状况是否正常。

他跨出工地就沿街打了个的，上了车怕胡思乱想，就给陈西安去了个电话准备随便聊聊。接的人是习涓，这位太太略微上扬的尾音听起来十分愉快："小钱，我跟西安在花园里。"

钱心一倚在靠背上，疑惑地说："他怎么下去的？你背的？"

"去！"习涓语气嫌弃，"倒退二十五年我就背他，借了个轮椅推下来的咯，你干什么呢？"

"别，倒退了我干吗去！我打电话呢，"钱心一笑了一声，又有点担心，"习太太，他不能受风，你记得把被子裹他身上。"

"那成了什么德行了，"习涓不屑一顾地说，"哎呀我冻不到他的。你们聊吧，趁他晒太阳的工夫我去买点东西。"

钱心一"欸"了一声，短暂的安静之后，陈西安带笑的声音传来，有点闷闷的："脖子掐出来了吗？"

195

钱心一有点想见他,清了清嗓子:"两位权威设计师昨天晚上都敲定了,没脖子了。"

陈西安听见汽车鸣笛的声音,没跟他继续贫:"既然定了那会该开完了,你是不是在路上?是我就不跟你说了。"

"说说说!"钱心一生怕他"啪"一声就挂了,"我打的呢。"

陈西安好笑地说:"那行,说吧,你现在是回公司吗?"

钱心一心说"不是,我要去体检",嘴里却说:"嗯,对了,你妈说你披着被子在外面晒太阳,现在是花园里最亮丽的风景。"

"别扯了,这种事情只有你干得出来,"陈西安深入敌后多年,冷静地勘破谎言,接着无奈地叹了口气,"不过我现在是挺亮丽的,两分钟之后你上Q收个图。"

钱心一就是瞎聊,听他一说倒是对习涓打造的防寒造型来了兴趣,把手机提溜在手指间晃了几下,不到两分钟黑掉的手机屏被点亮,钱心一解锁一看,登时服了。

这是张找人拍的全身照,陈西安大概是捡来的,他老娘才敢这么糟践他,把他弄得像个犀利哥,军大衣配了条豹纹围巾,裹得鼻子都看不见,头上的毛线帽子垂下两个硕大的毛球,明显是个女款。

这还不如裹被子,钱心一被雷得暂时忘了体检,总算是明白他嗓音异常的原因了,他拨回去看热闹地说:"……你这帽子和围巾,怪时髦的。"

"想笑就笑吧,"陈西安宠辱不惊地说,"我被人行了半个小时的注目礼了,估计都以为我是精神科的病人。"

钱心一抿紧嘴角,违心地说:"咱俩谁跟谁?笑你就是笑我,我不能笑,不过你这些潮流前线都哪来的?我看你妈穿衣服挺有气质的啊。"

陈西安叹了口气,语气很是"鱼肉":"习太太,托……宋阿姨给她带的,我怀疑她是自己不敢戴,所以干脆连大衣都裹我身上了。"

钱心一这回没憋住,喷了声笑,又装模作样地来安慰他:"小人之心,你妈是怕冻到你。"

自打开始生病,陈西安就没见钱心一笑这么大声过,所以这身放荡不羁的造型能取悦他陈西安觉得也值得,他说:"那你知道我为什么小人之心吗？"

钱心一"啊"了一声，就听陈西安说："因为事实证明，我妈只对她自己审美在线。"

他这个形象真的是有点"村"，钱心一乐了片刻，心底的忐忑才终于散了一些。

翟岩说问题不大，不会有事的，钱心一在心里做空头建设，他想：等结果出来了，我再跟他讲。

陈西安等了一会儿，见他没回话，叫了他一声说："怎么不说话了？"

钱心一回过神，视线已经能看见前方的医院了，他顿了下说："我……我马上到公司了，你自己注意点，不要感冒了，挂了。"

陈西安笑着答应，没能心灵感应出他的谎言。

"陈西安！"钱心一说要挂，临到掐线又抢了一句，"我晚上想喝粥，就你煮的那些杂七杂八的豆子粥。"

"嗯，"陈西安跟挑食狂人确认了一下杂粮的种类，"不要红枣不要百合多加花生米？还有吗？"

钱心一想起癌症的几条原因，生活不规律，饮食不健康，讪讪地小声说："什么要求都没有，你看着办吧，真挂了。"

陈西安"嗯"了一声，钱心一这边就断了线，他从出租上下来，从日头正盛的阳光下走进了医院雨篷的阴影里，进了另一所医院。

医院的大厅总是人满为患，他在喧嚣里站了几秒，一瞬间不知道该何去何从，什么科什么病，他完全没有头绪，林林总总的红色LED分类灯先晃花了他的眼。

几个从挂号长队里跑出来的人从他身边绕过，钱心一吸了口最近已经很熟悉的消毒水气味，转身去了咨询台。

咨询台的护士年轻靓丽，但也不是花架子，他说了详细的症状，护士小姐建议他先挂心内科。

钱心一排了半个小时的队，图快挂了专家号，又上四楼到心内科门口等了半小时，他的名字才从诊室里传了出来。钱心一收放了两下手指，告诉自己没事，然后起身踏进了病房，心跳陡然就快了起来，说不害怕，那是假的。

医生见惯生死，练就了一副镇定如常的神色，钱心一老老实实地回答问题，症状、家族史、工作状态、日常习惯，见医生听什么都淡定，这才跟着平常心起来。

等医生不再问话，低头边给他开了一堆检查的条子，边教训他："你们这些年轻人，让你们少熬夜少抽烟不听劝，现在知道怕了吧。你的症状还不太明显，但错不了是心绞痛，我初步怀疑是隐匿性冠心病，也有可能是动脉粥样硬化，具体的情况要检查了才知道。"

"不过你也别太担心，你这才第一次心绞痛，无论是什么程度都不会太严重，先去检查吧，完了把单子拿回来我看看。"

心电图、超声心动图、核素心肌灌注显像，一个半小时之后钱心一回到诊室，医生告诉他，他走了狗屎运，差一脚就踩在了冠心病的边缘，长期的作息不规律，冠状动脉粥样硬化的狭窄率为49%。

说不定再熬几天，他可能就是冠心病患者了。

不过今天的检查有些赶时间，查得不是那么仔细，医生建议他回头有时间，还是来医院做个深入检查。

不过他也没什么好庆幸的，一枝花的年纪，就有了个接近老弱病残的身体。

正因为难以做到，所以医嘱听起来总有些危言耸听的味道，钱心一去拿药时的表情像扛了个炸药包在身上，心里终于觉到了悔意。

合理饮食可以，适量运动也行，戒烟也没问题，就是这个作息规律，他说了不算。

朝九晚五和建筑设计就是两个世界，他既怕死，但也……不想辞职。

这瞬间钱心一才陡然意识到，这个外表光鲜亮丽，内里加班成瘾的职业已经渗透了他生活的方方面面，它不只是一个谋生的饭碗，还而是他这三十年来唯一拥有的技能。

至于到没到技术的程度，需要别人来评判。

世上多数人都不喜欢自己的工作，他常常也痛恨这个行业，加班是其次，主要是必须一而再、再而三地让步，为业主的喜好、为施工的限制、为乱七八糟的利益关系，但尽管如此，他还是偶尔能从中获得一些微妙的成就感。

纪伯伦说，一个人的意义不在于他的成就，而在于他所企求成就的东西。这点成就感大概就是钱心一的企求。

这世上有一些角落，没人比他更加了如指掌。

有追求是好事，但这个好事现在威胁到了他的健康，就像混凝土的钢筋生了锈一样，是重大的安全问题。

钱心一提着一堆扩张心血管和降血脂的胶囊药片，沿着马路慢吞吞地走了半里，天边的夕阳被灰厚的云层遮遮挡挡，一如他纠结万分的内心。

离开设计岗，钱心一根本想不起来他还能干什么。但是留在岗位上，他要怎么应付那些工作时间内根本画不完的图纸？

陈西安要是知道了，会劝他走还是留呢？

舍弃一个心血都像割肉一样艰难的陈西安，大概……是可以理解他的。不过不管他理不理解，49% 的事，还是等这人从医院出来以后再说吧。

习涓明早就得走，临走前分外珍惜跟陈西安相处的时间，干脆也不去等小炒窗口了，下午托宋阿姨送的饭。

她直接从家里来，带的都是满足条件的清淡东西，习涓一边劝陈西安多吃点，一边对她表示了感谢。

"大姐，我明早就走了，我们西安就拜托你多费心，别的你也不用管，他想吃什么你帮忙做就可以了。"

陈西安面色如常地喝了口骨头汤，宋阿姨不太敢看他，便不好意思地对着习涓笑道："您说的哪里话啊，这都是应该的。"

习涓把柜子里另一个贴着标记的保温盒取出来给她："还是该谢谢你，今天我在这里，你就先回家吧。"

宋阿姨"欸"了一声，接过保温盒走了，病床前只剩下他们母子，习涓心里其实有很多话想交代，愧疚、心疼和不舍，然而到了嘴边又觉得煽情别扭,最后只是默默无言地洗出一盒车厘子来搁在了桌上:"吃吗?"

陈西安还没说话,钱心一忽然从门口冒了出来:"吃啊。"

陈西安往嘴里送了颗水果:"今天怎么这么早?"

钱心一脸上划过一抹心虚,边卸包边反驳道:"都快6点了,早什么啊,饿死我了,我的粥呢?"

消毒水盖不住粥香味,他这是明知故问,不过陈西安不知道他瞒了事情,还以为他是真饿了,刚准备扭转身体去给他拿碗,习涓就急急忙忙地把他压了回去:"我来我来。"

陈西安没事干,只能说:"没有菜,只有白糖和水煮蛋,你肯定吃不惯,去食堂打个菜吧。"

要是没有49%,钱心一确实不会吃没滋没味的东西,可从今以后,他的饮食都必须向住院的陈西安靠拢了。

钱心一接过习涓递过来的碗,一边作势低下头去喝粥,免得被明察秋毫的室友看出异常来,一边愤愤地抵赖:"吃得惯!我这么不挑食的人。"

陈西安刮目相看地打量着他的发旋,拧开保温盒摸出一个温热的鸡蛋,手腕一沉在桌上敲碎,发出"咔"的一声轻响,不给面子地笑起来:"是吗?真没看出来。"

习涓跟他们相处的时间少,在的那几天钱心一通常都卖乖,所以并不知道他有这个坏习惯,闻言不赞成地看着他:"不能挑食,会营养不均衡的。"

钱心一立刻警告地瞪了陈西安一眼,见他手指翻花似的剥掉蛋壳,下意识就把粥碗凑了过去,一边还试图挽回在长辈心里的地位:"阿姨,他胡说的。"

陈西安被他这记"好吃懒做"给乐到了,但也没给他,自己把那个鸡蛋吃了。

钱心一没想到他这么不助人为乐,蒙了一秒,眯着眼睛鄙视他:"欸,不就是个鸡蛋吗?"

陈西安边吃边笑:"对啊,一个鸡蛋而已,你自己剥。"

剥就剥,钱心一正要去自己动手,丰衣足食,陈西安就突然拿手指弹了弹他的碗，说："肉食动物今天怎么改吃素了？"

钱心一心里一抖，做贼心虚的人总觉得别人话里有话，他把目光放在碗里，余光却留在陈西安脸上，苦大仇深地叹了口气："上火啊大哥，你看我脸上这痘。"

陈西安左右打量着他地脸，丧心病狂地瞎了："在哪里？"

钱心一被气笑了，他往嘴里挑了口粥，含糊地许下承诺："我明……不，后天放假，带你去看眼科。"

习涓被晾在一边，手速过硬地干完了盒里的车厘子，终十不甘寂寞地抽了一下儿子的腿："欸陈西安，你能不能让他好好吃饭了。"

陈西安立刻坐直靠了回去，简直端正出了诚信保障："能。"

钱心一喝粥的速度猛然快了许多，心里大骂陈西安没谱，没事胡说八道，带得他都忘了习涓还在背后。

不过就算陈西安让他好好吃饭，钱心一吃得也不太好，他的舌头浸淫麻辣多年，早就麻木到尝不出食物的原汁原味了。一顿低脂低钠高纤维的稀饭喝下来，他整个肠胃都有点苍白。

习涓有心在儿子面前多刷刷存在感，两人聊起了今年春节的去向，早些时候他们就说今年必须留守基地，眼下便一个劲儿地怂恿他们去基地。

钱心一被彭十香赶出了家门，去哪都无所谓，就不去破坏他们母子情深了，独自坐在床尾的小马扎上思考人生。

49% 他还能活蹦乱跳，可再往上升，他就该捧着心药不能停了。若严格遵照医嘱，他 10 点半就该躺平，11 点就该进入睡眠，睡够了八小时才能起来。

可远的不说，金融城的二次投标近在下周一，满打满算还剩三天，陈西安全身体检需要一天，他还剩下一百五十页左右的图纸需要核查，去掉杂七杂八的沟通和预留时间，他能持有的时间本来就没多少。

钱心一闷头发愁，有时候真恨不得一分钟掰成两分钟用，可事实就是急死也无济于事。他的右手无意识就钻进了裤兜，摸到烟盒还没反应过来他现在要开始戒烟，只是想起来医院不能抽烟。

陈西安发现他今晚有些沉默寡言，一句插科打诨都没有，但习涓霸占了床头席，他分身乏术，又见钱心一10点没到就站起来说要先回宾馆，陈西安以为他是累得扛不住了，就赶紧让他回去休息。

钱心一回到宾馆，对着电脑发了十多分钟的呆，终于是没敢作死地开电脑，烧了壶水翻出药片对着说明吃了，然后洗洗就去睡了。

那边习涓在病房待到11点了，还不舍得走，明早又要赶早班机，陈西安只能假装自己要睡了，才把她骗回宾馆。习涓从他床上捞起当了一天被子的军大衣，松松垮垮地搭在臂弯上，跟他说了晚安。

这晚上三个人都没睡好。

陈西安是因为睡多了睡不着；钱心一是图没画完心里记挂，好不容易迷糊过去，又被不顶饿的稀粥给祸害醒了；而习涓是因为离别在即。

次天一早不到6点半，两人就不约而同地出现在了病房，习涓在床头坐到7点不得不走了，才欠身抱了抱儿子，不舍地说她走了。

陈西安安抚地拍她的脊背，让她不要担心，钱心一因为时间各种捉襟见肘，只能把她送上了出租车。

习涓拎着一个装军大衣的纸袋子，钻进车里从车窗探出来头，说："小钱，阿姨没把你当外人，就不跟你说见外的话了，你们好好照顾自己，咱们春节见，你这阵子辛苦了，到时候干妈给你包个超级大的红包。"

钱心一脑子一抽，不知道怎么冒出了收买两个字，他笑道："有多大？"

习涓嗔怒地打了他一下，总觉得自己忘了件什么事："没礼貌，这怎么能问。"

"好，不问，"钱心一晃了晃手机，朝路边退了一步，"习太太一路平安，到了来个消息。"

习涓应了声好，转头去跟师傅说走，钱心一在路边跟她挥手，等车开出了一小段距离，习涓才灵光一闪地想起来，她把头伸出窗外，朝钱心一喊道："小钱，西安的保温盒被我忘在食堂的三窗口了，你一会儿记得取一下。"

钱心一"好"了挺大一声，习涓又挥了两下，缩回了车厢里。

钱心一从医院大门直接去了食堂，这会儿才7点半，还不到医院的早餐高峰，他摸到窗口三，这里的师傅忙着上早餐，只有几道忙碌的背影。

他弯下腰对准扩音器说："师傅早，我家里有个保温盒说放在咱们窗口了，劳您帮我取一下。"

师傅正把一盘花卷从这里搬到那里，根本没回头："眼皮子底下的一溜儿，自己找，找到了叫我。"

钱心一于是垂下眼皮，就见餐台靠里的石材板上放着一片饭盒摆成的森林，他贴着玻璃溜了两米，然后看见了贴着陈西安病房床号和姓名的保温盒。

两个！

钱心一的眉毛忍不住皱了起来：宋阿姨不是带走了一个吗？

第五章　二次竞标

打饭的师傅日理万机，记得陈西安的两个保温盒是谁，又是什么时候放这里的可能性微乎其微。

虽然明知道问了也白问，但钱心一还是没忍住智商着急了一把，他自然是得到了一个失望的答案。

早餐其实翻不出花样，豆浆米饼馒头面条，没人会往馒头豆浆里加盐，家里和医院食堂的营养和味道能差多少？宋阿姨就是在食堂订早饭，那也没什么。

可是钱心一发现他没办法控制他那人心险恶的意识，非要把人往坏处想。

要是阿姨照顾得足够周到，陈西安犯得着在病房里煮粥吗？

在挑出线头之前，很少有人会在意一团乱麻里有多少个死结，然而线索一旦出现，许多被忽视的细节就会自发连成一线。

联系时和前两个阿姨截然不同的爽快，几乎跟他接不上头的护理时间，床头消耗速度过快的水果，还有最不喜欢引人注目的陈西安，竟然在病房里"违纪"。

钱心一平时注意不到这些，可一旦觉出不对，便处处都成了反常。

他想起去求联系方式的时候，小护士告诫过他好的护工不好找，再结合自己在从他的社会上的经历，钱心一其实明白，只要是对他人有所要求，就不该抱有过高的期望。

可"陈西安这些天吃的都是些什么"的念头就像一桶热油，"哗"一下浇在了"阿姨每天都在食堂打饭"的火苗上，钱心一直起腰来，觉得一股燥气直冲脑海，简直像要把他的反射弧都掀翻了。

阿姨不负责确实让他生气，但毕竟是利益关系，合则聚不合则散，他难道还能把她打一顿不成？

比起这个，陈西安不把自己的身体当回事，瞒他瞒得滴水不漏的行为反而更让钱心一火冒三丈，他心想陈西安又不是不知道自己的身体是个什么状况，还这么胡来，认识这么久，他第一次觉得此人的智商可能高到了二百五。

阿姨不好就换，多大点事情，有什么好遮掩的？

钱心一觉得自己心里像发了个老面馒头似的，撑得他的五脏六腑没一样舒坦，他故意不肯扪心自问，陈西安为什么要瞒他。

怕他担心？怕他麻烦？因为他忙得脚不沾地？可这都是他的事情，关他一个病人毛事。

钱心一是个急脾气，但他工作这么多年，最大的优点就是做事稳，拿不准的图纸他从来不交，所以捕风捉影的事情，他也不会拿到台面上来找人对峙。

不管宋阿姨持什么态度，他现在都要自己确认一遍，钱心一在窗口三前面站了一会儿，觉得自己中午又要提前退工了。

自从陈西安生病以来，钱心一请假的概率直线上升，不过这就是责任的代价，接受对方的友谊和帮助，便也要替对方分忧解难。

"师傅，帮我取下这两个保温盒，"钱心一笑着说。

食堂的洗碗间不让外人出入，钱心一拎着两个一模一样的保温盒去了趟卫生间，他在两个保温盒最上层的不锈钢小碗底下用车钥匙画了几笔，一个一，一个十，指甲盖大小的划痕，不翻过来盯着找，基本是没人会注意的。

接着他冲了遍水，把标记"一"的给窗口还了回去，自己则带着装满白粥和鸡蛋的"十"回了病房。

钱心一打了双份，自己吃一次性纸盒装，保温盒里的给陈西安，两人难得面对面地吃了顿早饭，不动声色是项技术活，钱心一修为不够，便只能勤快地吃饭，免得一抬头就想跟陈西安坦诚相见。

他看了陈西安的牛奶七八次，看在营养佳品的分上终于下手横刀夺爱，端起来一口气灌了，然后表情纠结地将杯底扣在了桌上，说："我下午1点在四合院有会，今天中午过不来了，你乖乖地吃饭睡觉画线稿。"

作为一个半生坚持牛奶腥气重的酸奶狂魔，他这个举动让陈西安惊奇地看了好一会儿。

钱心一被他看得有点心虚，表情不太友善地敲了敲他的不锈钢碗："我脸上是有鸡蛋还是稀饭？"

"都没有，"陈西安笑了起来，"就是感觉你最近……好像偷了我的食谱。"

钱心一嘴里的奶腥味还没散，面露嫌弃道："滚蛋，谁偷你的食谱了？一堆怪味食品。"

陈西安晃了晃空杯子："那你还喝？"

"那有什么办法，"钱心一苦大仇深地说，"我不也得向营养和健康弯腰吗？"

陈西安不知道原因，还夸他弯得好，钱心一有苦难言，只能嘻嘻哈哈地打岔。

赶在宋阿姨过来之前，钱心一离开了医院，他把保温盒"十"洗干净放了陈西安的床头。他前脚一走，后脚宋阿姨就提着早饭出现在了病房。

陈西安刚吃完没多久，并不饿，就让她把饭盒先放了床头柜上，而他自己则举着手机在若有所思。

他最近没事干，论坛里的帖子楼几乎被他爬了个遍，虽然绝大部分帖子都是新入设计岗的应届生的疑惑和求解，但还是有一些行业新动态和冷门而有意思的内容，比如他刚刚发现的被动房。

被动房是一种全新节能的建筑概念，力求用集成性的技术手段达到建筑的超低能耗，因为代价太大，目前还只停留在概念阶段。

被动房的资料很少，陈西安倒不是自不量力地想自己研究出一个被动房，只是这个独特的概念让他猛然意识到了一件事。

他入行这么多年，当助设、当主设经手过的项目没成千也上百了，他为许多素不相识的人规划过居所和公建，却从来没想过，亲手为自己设计一个家。

哪怕它最终仅仅只能作为一套图纸，可他还是能在图框的项目名称上，写上一个属于自己的名字，比如……安心别墅之类的。

然后他又突然想起了一件事，今年自己给锦城翻图的时候，跟钱心一开过一个玩笑，送他一套养老房。

但很可惜，陈西安不是土豪，没法一掷千金。不过别墅送不起，别墅的图他还是可以的，反正眼下他闲着也没事干，不如琢磨琢磨图纸，毕竟有说有练，人才会进步。

于是继鸡窝和重病的双重阴霾之后，陈西安忽然体会到了一种久违的盼头，他跃跃欲试地想绘出一套蓝图，既是遮风避雨的建筑，也可以是一样别出心裁的礼物。

这个想法使得他一整个早上心情都不错，这时的陈西安还没想过以后，只是沉浸在愉悦的轻松里，将安心别墅的选址定在了钱心一的老家，毕竟图是要送给他的。

那是一个生活节奏缓慢、视野开阔并有着大片田野的小镇。

陈西安按照一般农村的宅基定了建筑面积，又上网搜了那个市里如今的建筑风貌，定好建筑类别、抗震等级、粗糙度等一系列参数，全然不管他有没有土地使用权，而建筑成本又在哪里，写写画画就是三张草稿纸，一上午悄然流逝。

到了"回家"做饭的时间，宋阿姨从走道外进来，取走了标记的保温盒，出了病房直奔食堂，浑然没有意识到在背离食堂方向的走道拐角处，有人隔着十来米的距离，默默地跟在她身后。

受了上次 GAD 排版美观加分的刺激，迈尔斯这次亲自操刀，铜版纸的效果图和样板她都找的外包，价钱好商量，力求做到加最多的分。

她扛着两块 A1 的样板进办公室的时候，钱心一正戴着陈西安送的护目镜在高速地翻图，那种一分钟翻两页的速度像玩似的。

一张图纸上少说有上十条信息，要是都有他这种效率，那审图就是世界上最轻松的工作了，迈尔斯难免觉得他在敷衍，她隔着走道喊道："钱，你来我办公室一趟。"

钱心一站起来的时候还抓紧翻了一页，顺手按了 ctrl+s（保存），接着跟了过去。

迈尔斯坐在转椅上，一边示意他坐，一边开了电脑："钱，你这边还剩多少，就等你了，后天我要封标。"

钱心一用中指推了推镜框，满脑子都在打草稿，要怎么告诉迈尔斯，他不仅干不完了，而且中午还要早退。

很快，他言简意赅地直奔了主题："还剩一百三十张图没核。"

迈尔斯的眼睛一下就瞪了起来："怎么还剩这么多？"

"就是这么多，"钱心一破罐子破摔地说，"因为我的同事们都说不了解我的展示区。"

不了解能看，不能看起码能帮他标记哪些地方需要改动，这都可以节约很多时间，可是小蝴蝶的空降和陈西安的晕倒事件让大家对他有了点芥蒂，不愿意对他伸以援手。

所以他一个人要改整套图纸，如果他昨天熬半个通宵，现在数量能砍掉一半，但钱心一没有。

迈尔斯的语气带着责问："要封标了你才告诉我改不完？"

钱心一以前发火的时候架子比她还大，因此并不怕她："时间充裕就改细点，来不及就改糙点，这不是咱们惯常的套路吗。"

迈尔斯脸色一沉："钱心一，你的工作态度呢？"

钱心一笑了笑："抱歉迈尔斯，不过一星期连消化带修改一千多张图纸，这已经是我能做到的极限了。"

迈尔斯自知有点强人所难，所以态度又缓了下来："Sorry，我知道你很辛苦，可咱们都熬到这个地步了，再抓紧赶一赶吧，钱。"

钱心一抬起目光与她对视，语气很稳也很平静，指了指心口说："这次真的不行，迈尔斯，我的这里出了问题，从现在起，我都不敢再熬了。"

迈尔斯脸上出现了一瞬间的呆滞，接着她回过神来，有点无法置信："……怎么会？你才三十出头。"

剩下的一百三十张图纸，被迈尔斯分给了裙房的负责人，他熟悉图纸，她让他改完与展示区相关的页数以后，直接挑出来标记好给钱心一，所有的东西在明天晚上之前，必须整合成套交到她手里。

等图的钱心一就没有坚守在公司的必要了，他10点半就到了医院，本来准备去食堂，后来一想宋阿姨不去食堂他就傻了，便在更靠里的拐角等候椅上坐到了11点。

他跟着她去了食堂，看她排在有着长队的窗口三，接着又混在人群里跟着她回了病房，看她将小碗一层一层地摆在了陈西安的餐桌上。

陈西安还不知道大祸将至，他用筷子沾了一下看起来最清淡的韭菜鸡蛋，然后发现依照他现在的口味依然算咸了，就又把筷子放下了。

宋阿姨就是不能理解，这么好的饭菜，他怎么就是筷子都不愿意动，有钱人就是穷讲究，她心底有些不屑，嘴上却说："又咸了？"

陈西安搁平筷子，过了今天他能下地了，要不要人照顾就无所谓了，他看向她，表情依然是温文带笑："阿姨，这几天麻烦您了，我先谢谢您，不过您这个手一直没轻重，我这身体也着实吃不消。"

"我之前告诉您两次，不是我的嘴挑剔，而是得的病确实得注意，不过您似乎不能理解，对此我也很费解。我其实很有意见，之所以没说，一是怕我的亲友担心，二是总共没剩两天，我辞掉您，再找一个也还要一两天，找到的时候我都能自理了，而找不到的期间只能让心一来替岗，他很忙。"

陈西安心想，有时候他总觉得钱心一像一根绷过了的弦，多加一根头发的重量，都能将他压垮。

钱心一觉得自己成了顺风耳，杂音总是很大的病房门口，他居然听见了陈西安的自白。

"我跟他是同行，我知道这一行忙起来是什么样子，我不是在给您留面子，我是想让他多睡一会儿。"

这种感觉很复杂，又生气又窝心，也不知道是该怪罪还是该感动。

钱心一的心气一松，竟然变成了一股软弱的动容，可他逆反的性子一上来，又觉得某个病号是岂有此理了。

有时为了对方好，可没经验力道把握不好，忘了万事过犹不及，他们其实都犯了同样的错。

亲耳听到他的初衷，钱心一更郁闷，兜兜转转的其实是在向自己开炮，陈西安毫无疑问比工作重要，而事实却是他的工作一如往常，他的搭档却营养不良。

如果陈西安错有一千，那他自己就是一万。

钱心一觉得自己果然是没有过日子的智慧，他不该把责任想得太简单，不该相信钱能替他解决所有，也不该把病号单独放在医院里。

要是有个熟人在这里就好了……这个念头一冒头来，登时压也压不住。

钱心一面无表情地吐了口浊气，觉得他当下的困境简直就像报应一样，他似乎总在顾此失彼。

不过换位思考，他也不该对陈西安有所隐瞒，他们都有错。

钱心一生着闷气，走过去的气势像是要骂人。

陈西安有所察觉似的转过头来，不期然撞上了他的视线，下一瞬就被他不爱搭理地甩开了，陈西安的太阳穴应景地突了两下，有种搬起凳子砸自己脚的错觉。

由于他出现得突然，陈西安惊了一下，一时竟没能意识到他这个反常的出现时间，不过就钱心一那个脸色来猜，应该是听到了什么。

国企的人反应快，不管钱心一为什么而来，伸手不打笑脸人是不变的真理，陈西安弯起眉眼，一派温柔地叫道："心一。"

宋阿姨此刻十分意外，她没料到意见不多的陈西安居然会投诉她，本来无所适从地搓着手，脑筋还在那一长串十分正式的谈话里打结，冷不防又听他叫了声雇主，转头一看，这才终于慌了。

她嘴唇张合几许，才有些结巴地开了腔："钱，钱先生，你来了啊。"

钱心一的臭脸摆明了是赏给陈西安的，对上外人还不至于情绪外露得那么明显，他敛去敌意，剩下些憋不回去的不悦，就勉强地勾了勾唇角，两手抄在口袋里几步靠了过来。

他"嗯"了一声，盯着她说："来了有一会儿了，在走道里坐了坐，然后去了趟食堂，在窗口三转了转，接着去了趟小卖部，才回的这里。"

宋阿姨脸色一变，这是她刚刚去打饭的路线，这个人怎……她脊背里莫名其妙地蹿出了一股寒意，电光火石间反应过来，她的消极怠工被识破了。

心虚和羞愧让她不自然地躲开了钱心一的目光，脸上温度急剧升高的同时，她听见了自己僵硬而尴尬的笑声："来了怎么不进来，走道里怪冷的。"

钱心一绷着张脸看人，一时没接话。

陈西安感觉他像是要发飙了，识相地坐好了，免得弄巧成拙。

钱心一察觉到了他的动作，不过还是没看他，把焦距对回了阿姨身上，钱心一绕过她，把她送完早饭后洗好放在床头的保温盒拧开了，小碗底下刻的是"一"，正是他早上留在食堂那个。

至于他早上拿走的"十"，现在正盛着韭菜鸡蛋，摆在陈西安的桌上，他看见她去了食堂，所以也不用求证了。

因为心里有责怪，钱心一笑起来有些冷，他把碗底扣在餐桌上，又指了指陈西安，看在她年纪大的分上，声音往下压了些："宋阿姨，我的意思你肯定明白了，我不想跟你绕圈子，你别看我给钱给得爽快，就以为我是个好人。我跟他不一样，我脾气不太好，发起火更斤斤计较。所以咱们能好好谈的时候，尽量给对方留点面子，你看行不行？"

他虽然长相不够威严，到底还是当过领导，宋阿姨一个家庭妇女，气势和立场上都差他一大截，被他冷脸一照，才猛然意识到他没有看起来那么好糊弄。

人性里都有恃强凌弱的倾向，修养和克制不够，这种倾向就会水涨船高。

宋阿姨这才开始有点害怕，差评对她影响不小，闹起来肯定是她损失大，而且她本来就站不住理。

不过她的觉悟程度和认知度都不高，她不懂陈西安的病情，又见多了病入膏肓都没钱治病的人群，她知道自己不对，但是比下有余，她并没有很过分。

世道似乎也确实如此，她说"行"的语气，好像还有点不明就里的茫然和委屈。

钱心一的火气一下就上来了，他眉心皱出一道川，对于自己当初选人的眼光深恶痛绝。

"看来您还没明白，那咱们只能挑明了说了。"钱心一坐在床沿上，指了指椅子示意她也坐，眼神逐渐凌厉起来。

"我当时请你来的时候，你给我的承诺是可以做饭送过来，就是第一顿饭那种标准，如果他能吃食堂的盒饭，那我根本不用请护工，找邻床大哥的媳妇顺带捎一份就行了。虽然咱们只是口头约定，但是大家出来做事都得讲规矩，不讲那是无赖，骗人也就头两次。"

"你要是有难处，咱们可以商量，但是你什么都不说，然后亏待我的人，这就是没有职业道德。我母亲也是护工，我知道你们进来工作，都是跟医院拉过关系的，你就没想过我去告你一状，让整个住院部都知道你的护理水平，就算医院还准你在这里工作，可一段时间以内，你还接得到活吗？"

宋阿姨手心的冷汗一下就沁出来了，看向钱心一的眼神也多了哀求，她本来想说我也没法，可到底还是没说出来，只是开始喃喃自语："我、我不能失去这份工作，对……对不起，实在不行，我、我就把钱退给你们吧。"

陈西安知道他不会做这种绝人后路的事，就盯着他的后背继续当安静的美男子。

钱心一转过身端起土豆排骨的小钢碗，脸上有笑，却特别严肃："先别忙，你有什么苦衷我就不问了，我就想知道，你送了几顿食堂的饭，陈西安他都是怎么吃的？"

宋阿姨瞪圆了双眼，支支吾吾了半天，说她不知道。她确实不知道，她往常都是送到了就离开病房，回来收拾的时候，饭菜都倒在了一起，她也没细看。

钱心一端着碗发了会儿呆，剩下两人都不太敢说话，他回过神来将碗放回桌上，抬起手来搓了搓脸，声音从指缝里冒了出来。

"宋阿姨，付过的定金就给你了，是这些天你照顾他的费用。你年纪大了，我也不能把你怎么样，尾款我就扣下了，你有难处，我也有，不然也不会找你。你是长辈，我本来不该说这些，但是作为病人家属，我希望你记住这个白忙活一半时间的教训，钱是糊弄不来的。"

宋阿姨还是怕他坏了她的名声，虽然心疼钱，到底是利索地收拾好东西出去了。

她走之后钱心一还背对着他，陈西安怕他生闷气气出个好歹来，忍不住拍了下他的肩，说："来吧，我做好准备了。"

他说的自然是挨骂的准备，可他没想到钱心一只是拧过身来，对着他非常颓然地叹了口气，然后慢吞吞地说："我不骂你，咱们聊聊，心平气和、坦白从宽那种。"

他主动服软，倒是让陈西安愣了一下，这糖衣炮弹顷刻就迷惑了他的危机意识，叫他忘了世上还有个成语，叫欲抑先扬。

陈西安向来是承认错误的一把好手，考虑到钱心一不喜欢听废话的作风和脾气，决定不为自己找任何一个借口，简单粗暴地直奔主题，他说："对不起，我不该瞒你。"

感性和理性难以共存，越为重视的人，就越容易自我牺牲。

陈西安知道自己不对，在他的比较和取舍中这是最好的解决之道，然而对于钱心一来说，这是一个诛心的善意谎言。

生老病死是世间的大问题，这是他们这些普通又不太普通的年轻人生平第一次遭遇，而且谁也不能保证就是最后一次。经一堑长一智，他们都该学着怎么重视健康。

钱心一放缓了表情，神色就像每次骂完小赵之后给他解释那样耐心，他说："我大概知道是为什么，但你这么搞，不是显得我的工作做得很烂吗？你妈前几天还夸我来着。"

陈西安这也是没办法的办法，但钱心一的谴责源自关心，他也就笑着说："你本来就该夸。我之所以没告诉你，是觉得统共没几天，不够你烦心的，而且确实没什么。"

跟他同处一间病房的人，一样动过手术，一样卧病在床，有的请不起护工，照样独自住院。虽然他不信"同人不同命"这种说法，但是身处其中还是难免会有要知足常乐的感触。

"我这有吃有喝还有人看着，并且托钱所的福，水果牛奶管饱，营养品论斤称，三两天而已，不差那几碗骨头汤。"

道理钱心一不是不懂，就是事情不摊到人头上，人是感受不到当中的情绪的，他就是挺生气的，宋阿姨欺骗了他们。回头等他的情绪过了，钱心一也会认可，这是一件小事的。

正想着这个，又听陈西安说："再说宋阿姨，现在企业三轮面试都不一定招得到合适的人选，咱们临时抱佛脚，本来就该有心理准备。她也不是一开始就这样，中间我说过两次，她也改，现在不评判她。"

"我考虑过跟你商量，又想没几天我就能自理了，再说我妈还来照应了两天，就算了。"

事在他头上，按理来说，陈西安说算了就该算了。可一时半会的，钱心一就是心气难消。

透过他不乐意的眼神，陈西安能很明显地感觉到关心，这让他既愉快又感激，三生有幸，他能遇到这个人，并且得到他的重视。

钱心一是个知恩图报的人，他的情义，也只能用相同的东西来报答。

陈西安是最会服软的，他笑起来做保证状，看着钱心一说：："好了，不要生气了。接下来一星期我就当个安静的病号，一天喝三顿骨头汤，行不行？"

"美不死你！"钱心一怼了一句，心想"上哪去弄骨头汤啊"。

同时他犹豫了两秒，不太干脆地说："陈西安，我，我也跟你说个事。"

刚刚由于忘了形，他的态度好像有点凶残，以至于这会儿交代起来，钱心一油然而生一种心虚。

陈西安毫不知情，"嗯"了一声，摆出一副洗耳恭听的笑脸来。

钱心一看他那个样子，有点说不出口，这会儿忽然有些能理解这人瞒着自己的心情了，他把床单揪出一团包子口似的褶子，放下再揪起来，建设了半分钟，才刨着头发说："我昨天下午去体检了。"

钱心一不仅不重视体检，他还懒得跑医院，去年GAD的年检他都拖到了截止日期，无缘无故地让他开窍，还不如去指望铁树开花。

陈西安的笑意一下就顿住了，感觉下面不是好话。

钱心一被他变脸的速度唬得有点尿，想起医生说他现在不能激动，连忙把两只手摆成了雨刷："不严重不严重。"

陈西安盯着他，见他不像是在蒙人才缓下脸色，突然想起了他昨天"早退"的原因，笑意到底是没了："你昨天下午不是在四合院开会吗？怎么跑去体检了？"

"开完会去的，"钱心一说着大实话还有点忐忑，他掐头去尾地说，"上屋顶吹了会儿风，冷汗出得有点厉害。"

陈西安觉得自己有点心浮气躁，直觉肯定不止有冷汗，他催道："你别吊我了，直接说重点吧，检查出什么来了？"

"不是什么大问题，"钱心一先给他打预防针，"就劳累病，咱们行业的职业病。"

在新闻界的传说中，他们行业的职业病是心肌梗死。

陈西安差点被他这一针打休克："到底是什么？"

钱心一在想怎么清楚明白地解释他这个病："冠状动脉粥样硬化，不是冠心病啊，就是那什么血管上积了一层……"

"一层脂肪，"他灵机一动，打了个浅显易懂的比方，"就跟钢管生锈差不多一个意思吧，受力没问题啊，就是性能差一点。"

陈西安懒得理他，低着头十指如飞地百度了一下这个硬化，看完才明白过来硬化和冠心病的概念，说严重早该有心理准备，说不严重也还能受得住，起码离心脏病还差一脚。

他被气了个七窍生烟，忍不住往钱心一脑子上呼了一巴掌："你还受个屁的力！"

钱心一心有余悸地说："别激动别激动，稳住，我们都会没事的。"

陈西安揉了揉发胀的眼睛，感觉已经被接二连三的倒霉给麻痹了："行吧，我知道了，你让我冷静一下。"

这节骨眼上，钱心一可不敢触他霉头，老老实实地点了头。

陈西安靠在床头上，沉默了足足有两分钟，这才叹了口气，他说："现在你这个情况，我可不敢让你跑来跑去的了。还有，要是你们组里赶起图来，你也得跟迈尔斯说清楚，你不能像以前那么熬夜了……"

他碎叨得像个老妈子，钱心一心里感动，就没打断他。

陈西安说了一通，越说越不放心，因为据钱心一老实交代，他的心脏抽痛不是头一回了，独自在家马虎不得。

他让钱心一去杨新民那边住几天，等他回家了再回去，钱心一觉得他小题大做，但陈西安严肃非常，不得已，钱心一只好使了个缓兵之计，忽悠说他回自己家，叫他妈来玩几天。

提起彭十香，钱心一的心情沉重了一些，他说："你说，要是我去请我妈，她来不来？"

陈西安笑了笑："你可以试试。你跟你妈的关系，厚着脸皮多叨扰叨扰，怎么都会比现在明明都在意，却互不搭理要强。"

不管她来不来，钱心一都觉得自己不是东西，生他养他的人，他也是有事才登三宝殿。不过陈西安非常支持。

钱心一在医院待到 1 点 45，为了赶时间抄了条近道，从后门拐进土楼诊室的长廊，经过输液室门口的时候差点和里头出来的人撞个满怀。

对方一抬头，钱心一直接愣住了，也就一个月左右没见，可陈瑞河却像是老了五六岁。

钱心一带点关切的眼神往他头上瞟了瞟，说："你这个头是什么情况？"

陈瑞河顶着一圈白纱布，无所谓地笑了笑，顺手就掏出了烟盒："被人打了，你在这儿干什么？"

钱心一手都伸出去了，捏到烟头之前又缩了回来："法制社会谁敢打你？跟我一起住的那个住院了。"

陈瑞河笑了笑，没打算回答，只说："哦，祝他早日康复。"

"谢谢，"钱心一开始往外走，"你忙吧，我得走了。"

"钱心一，"陈瑞河忽然叫住了他，"别墅改的美术馆今年 4 月 15 号开馆，你来吧，我给你发了请束。"

钱心一朝他挥了下手，答得十分敷衍："有时间我就去。"

电梯门一开，钱心一还没踏进去，结果王巍先从里面出来了。

"巍哥，"钱心一看了他手提电脑一眼，"出去开会啊。"

王巍把电脑抬了抬，笑他："是啊，去找陈总开会。"

钱心一擦着他的肩进了梯厢，炯炯有神地说："那王总您慢走。"

"好的，钱总再见。"王巍慢悠悠地说着走了。他到病房的时候陈西安正在用手机看建筑网上的期刊，而安心别墅的立面草稿轮廓摊在餐桌上。

"好些没，感觉怎么样？"王巍提着电脑从走道绕到床头坐下了。

陈西安把稿纸叠起来方便他放电脑，笑意里带点无奈："谢谢，好多了，感觉快生锈了。抱歉，拖了大家的后腿。"

"这不能怪你，天灾人祸，没人会愿意，"王巍翻开电脑，"组长派我给你除锈来了。"

K组的标书准备得差不多了，就剩一个汇报文件，如果陈西安没有意见，那么维克就打算封标了。

鸡窝成了备选方案，图片和图纸都在了PPT的后半套，不过效果图和排版都很抢眼，并没有应有的备胎味道。王巍是费了心在替他争取，陈西安心里十分感激，却没有再提，朋友不需要这样客气。

险些就失去的坚持让他对鸡窝有了更深的感情，他看得非常过细，王巍见他一时半会儿也看不完，干脆玩起了手机。

过了四十多分钟，陈西安才回过神来，将页面定在了鸡窝的首张效果图上，那是张让人心驰神往的夜景，陈西安把电脑转向王巍，叫了他一声。

王巍抬眼凑过来，听见陈西安说："巍哥，帮我在这几张总视后面插张对比图吧。"

王巍滑动鼠标往后滚了五页将鸡窝各种角度大视图翻过："可以，你想要什么样的对比图？"

陈西安语不惊人死不休地说："我要阿尔高州的奶粉展馆，和我的展示区做正面对比图。"

王巍呆了一秒，显然是不赞成这种剑走偏锋的举动："这样……不妥吧。"

陈西安倒是很淡然："我明白你的顾虑，不过我觉得不要紧，这毕竟是方案二。"

初次竞标的离奇失利已经在他心里沉淀下来，他已经能带着反思来看待那些夹枪带棒的质疑。

人是行走的思想，他能掌控的东西有限，如今对陈西安来说，也许金融城标书的意义，就是让他学会坚持，就长远考虑，这已经胜过了中标的意义。

如果他的热情不曾冷却，那么他的灵感就不会枯竭，总有一天，能与伯乐不期而遇。

王巍不太忍心劝他，沉默了两秒："说说你的想法吧，我意会意会，尽量替你传达到。"

"谈不上想法，"陈西安觉得自己可能被钱心一传染了，"你就当我是任性了一回，想证明自己理直气壮。还有，奶粉展馆确实占了三个相同元素，但毕竟不是一种概念，越对比差距越明显，或许有意想不到的绿叶效果也说不定。至于汇报的时候该怎么讲，巍哥你主导吧，我就不指手画脚了。"

王巍点了下头："行吧，告诉我你当时的设计灵感是什么？我演讲的时候需要的话会发散一下。"

概念以前碰方案的时候，陈西安在K组的例会上聊过，不过那些都是成型的意图和展示性，并没涉及它的衍生和发展，灵感几乎都由经历而来，描述起来困难，听的人也不一定能懂。

陈西安需要把感觉准确地传达给王巍，慎重地用了好一会儿来整理言辞，半晌他才说："最开始有这个概念，其实是看金融城的用地红线差不多就是这个形状。"

金融城的地块坐标点连在一起，总平图上看起来确实像一个锐角三角形。

这个王巍知道，不过他没想过鸡窝和用地红线还有联系，他脑中灵光一闪，登时惊讶地脱口而出："那锥体三角面中的三个角度，也是根据用地红线来的？"

陈西安："只能说差不多，不过为了消除最小的那个锐角太尖的感觉，我把它放大了9度。"

王巍震惊地心想：难怪所有人看见这个图，都觉得它的角度协调，原来在见它之前，这个轮廓就在红线上见过了。

王巍在各种甲方之间周旋多年，知道业主喜欢什么，他们喜欢创意，哪怕它有时毫无用处。然而这个联系不多花一分一毫，还做到了首尾呼应，可谓是相当有意思。

这么闪耀的亮点，他们竟然无人察觉，而陈西安没提，大概是沉浸到"只可意会不可言传"的思维怪圈里了。

王巍兴致勃勃地坐起来，没想起它能不能中标，只是纯粹地从一个同行的角度，对于作品灵感具现化的过程感兴趣。

陈西安继续说："其实应该算个人偏爱，我是从计算入的行，对于三角形的感情比其他几何图形要重一些，它稳定而简洁，代表性的金字塔还是世界奇迹，相比于越来越异形的双曲，三角形的设计也是我一直想挑战的难题。"

"但这种纯坡面的体型不适合所有实用性的建筑，展示区是最好的选择，小巧自然精致，扣住人与自然的主题，它又有屹立不倒的含义，鸡窝就是这样来的。"

一个计算要对枯燥的三角形产生感情，这并不是一件容易的事，王巍一边消化理解着他的设计，一边觉得保持住这种心态，这个有才又有心的人，必然能走得很远。

相对于王巍该得满分的宽容和理解能力，F组的同事就不那么给力了。

可能也是小蝴蝶的曲面太多，弯弧处的细节难以把控，裙房的负责人改出来的东西有点糙，不少地方钱心一光凭肉眼就能看出来，他直接用短折线拼假弧，效果大体不差，细节却僵硬得厉害。

他还得自己来一遍，不过相对于工作没分配之前，他至少省去了二分之一的审图量，所以争取并不能算毫无成果。

为了不熬夜，钱心一投入了百分之一百二的专注，压力与动力基本成正比，他的工作速度无形中被迫跨过了多年来饱和到停滞的瓶颈，那种行云流水的感觉让他觉得畅快。

但是停下来之后，疲惫的感觉也不能相提并论。钱心一估摸了一下，照这个速度，明天中午迈尔斯就能带着东西去打印室封标，他伸了个懒腰，决定关机去给陈西安送饭。

想起饭他就不可避免地想起他妈，钱心一心里打鼓，终于还是不敢怠慢身体，两眼一抹黑地拨了过去。

这时正是饭点，铃声被接通打断之后，钱心一酝酿好一腔温柔乖巧的语气，一声"妈"还没叫出口，那边先冒出一声软糯的童声："喂，是大哥吗？"

钱心一一口气险些没岔进气管："……是我，怎么是你接的电话？"

刘易阳有自己的儿童手机，跟他大哥"私相授受"都用的那个号，他傻呵呵地笑出一长串："妈妈在厨房，手机放在客厅呢，大哥你要我把电话拿给她吗？"

"先不用，"接电话的是卧底，钱心一就没那么忐忑了，他觉得可以先打探打探敌情，"家里最近怎么样？"

"挺好的呀，"刘易阳开心地说，"要过午啦，吃的东西好多！"

老样子是个好消息，说明彭十香的心情应该正常，钱心一利用完他的小弟弟，紧接着抛弃了，他说："好就行，你帮我把手机拿给妈，我跟她说两句话。"

拖鞋拍地的动静响起来，刘易阳特别听他的话："好咧。"

耳机里有一阵短暂的忙音，很快钱心一听见刘易阳让彭十香接电话，她听见来电人语气不悦地说不接，刘易阳哼哼唧唧地讨好，她倒是没出声答应，不过钱心一隔着信号听见了刘易阳的雀跃声。

母亲冷漠的声音从听筒里传来，还伴着锅铲翻动的细响："干什么？"

钱心一哑然了两秒，放轻音量说："妈，我……我想让你到C市来，帮我照料几天。"

彭十香杀敌一千自伤八百地说："谁是你妈？"

钱心一语气里有点哀求："妈……都一年了，咱别置气了行吗？"

彭十香忽然就暴躁了："一年？我到死都顺不了气！你瞧瞧你上次说的话，戳我的心窝子啊钱心一，我就没你这儿子了。"

她吼完一副挂电话的架势，钱心一内疚得厉害，却不得不飞快地出声阻止："妈你先别挂，我心脏出了点问……"

他还没说完，电话直接断了。

明知道狼心狗肺，钱心一还是有种一盆冷水迎头浇下的感觉。也许他不配对母亲失望，本来就是他先放弃了她，然而狠话再深，也不可能让血缘从此就一刀两断。

然而他是如此，作为母亲更是如此。

手机震动得突然，钱心一还沉浸在透心凉的情绪里，他看了一眼手机屏，惊愕地接了，耳机里的哭声登时让他呆立当场。

一别十三年，钱心一再次听到了这种令人心碎的绝望的哭声，上次他听见他妈哭成这样，还是在他爸的送葬车前。

也许极致的痛苦，偶尔能让人大彻大悟。

开心的时候，哪怕不笑都能知道，钱心一提着晚餐和电脑进病房的时候，陈西安就有这种感觉。

"这么高兴，"他一边自觉地收拾着餐桌，一边戏谑道，"捡钱了？"

距离他挨训已经半个多小时了，这一路的车程里钱心一心绪起伏，临到的时候基本已经沉淀得差不多了。

孤独是年龄的影子，而成长必然伴随着亲情的割离，彭十香这一顿惊慌失措的谩骂，让他恍惚间有种回到童年的错觉。

那时他不会克制，也不会怕不开面子，他仰头看着他的母亲，对她言听计从，她也不会顾忌所谓的成人自尊，关心和愤怒都一目了然。

虽然被骂得狗血淋头，钱心一却并不觉得难堪，反而有种如履薄冰的珍惜感，亲情、爱情和友情三足鼎立，缺斥少两都会遗憾。

钱心一心情确实不错，但不觉得有这么外露，他在门口顿了足，转头去门上的竖条玻璃里求证，然而夜里的反光让镜面一片模糊，他就假装没看见，鄙视陈西安："俗！"

他走过去把电脑靠立在床尾，陈西安接过塑料袋来摆桌，说："那你乐什么？电脑都提来了，你们组的标肯定还没封上。"

钱心一也是服了他："同志，你一个病号，还是先操心你自己吧。"

陈西安气定神闲地说："我这好好的，有什么好操心的？"

"我妈这两天就过来了，"钱心一说，"我怕你到时候你看着我吃香的喝辣的，心里嫉妒，所以友情提示一下你，提前调整好心态。"

这是一件好事，陈西安表示他一点都不嫉妒。

钱心一嘻嘻哈哈地说不信，说完又开始合计他妈来了之后的住处。

他的房子还没装修好，让彭十香住陈西安家呢，那简直更不合适。他思来想去，觉得只能在他自己家附近给他母亲租个酒店，将就几天。

"也只能这样了。"陈西安说。

这样大概还不够，以至于钱心一安静了几秒，突然灵机一动："你说，我妈要是来了，我叫她顺便给你做个病号餐的话，她会不会答应？"

陈西安想起自己上次在B市对彭十香冷眼相对的画面，说："不合适，算了，你别给她添堵了。"

然而钱心一却觉得，他这个主意是越想越靠谱，因为他母亲是专业的护工，而且这样他还可以借陈西安的名义，光明正大地给她塞点钱。

吃完饭之后，钱心一把餐桌卸下来当了电脑桌，占了五分之一的床位开始敲键盘，所谓的"商业机密"全给K组的看了个干净。

陈西安侧卧着凑过来，看他改文档。

钱心一的速度风驰电掣的，看着像在瞎搞，陈西安定睛旁观了一会儿，觉得他的工作效率好像快了不少。他是一个技术，只对平立面和创意感兴趣，不到一刻钟就对文字描述失去了兴趣，把焦距定在了钱心一身上。

一年多的时间，新的公司、新的生活和新的年纪，让这个人看起来和他们刚重逢的时候已经有所不同，钱心一看起来成熟了一些，可在陈西安的眼里，这个人基本没什么变化，他的坚持一如既往，偶尔也能借自己勇气和帮扶。

等钱心一的速度慢下来，已经接近10点了。

陈西安也还没睡，他坐起来，看见室外月光皎洁，忽然就产生了一种自己好像在这里待了很久很久的错觉。

钱心一在屏幕前一通忙活，忙完关上CAD，一抬头就发现陈西安在发呆，神色平静里带点落寞，也不知道是在想什么。

"怎么了？"钱心一合上电脑，小声地问道。

陈西安回过神，笑了下说："没什么，就是……有点想回家了。"

从他病发到现在，时间其实不算太长，但却发生了很多事情，他想回家，钱心一不是不能理解，但明早他还要做检查，现在又已经这么晚了，折腾来去不值当。

可他难得提这么一点要求，回家太麻烦，但换个清净一些的环境还是办得到的，钱心一权衡了一下利弊，最后决定带他去宾馆。

钱心一去借了个轮椅，又跟聂医生打好了招呼，这才推着陈西安回了宾馆。

安静的环境叫人怀念，两人进门之后，陈西安突然说："心一，先别开灯，黑了清净，我清净一会儿，这几天吵死我了。"

钱心一不厚道地笑了起来，腹诽处女座就是这么虐。

他的笑声很闷，在这个没有鼾声、没有喧哗又没开灯的客房里被衬得格外愉快。

屋里的温度有点低，对于病号不太友好，钱心一摸着黑开了空调，藏在排气口后面的室内机开始喷气，风声呼呼地响，暖意开始释放。

然后陈西安开了灯，钱心一看着他清晰起来的面孔，指着床说："来，赶紧享受一下，被你遗忘的大床。"

陈西安扶着轮椅倒在床上，翻过来摊开四肢，舒服地叹了口气，他感叹道："活过来了。"

钱心一看他那个心满意足的样子，自己也挺高兴的，闪进浴室里洗了个澡。

次天不到7点，钱心一就把人送回了病房。

从今天起，陈西安就可以下地行走了，不过因为今天要做全身体检，需要不停地走动和等候，他还是得坐轮椅。

迈尔斯的底线是今天中午之前去封标，钱心一已经跟杨江打好了招呼，8点半不到杨江就来了，两人交了班，他才提着电脑回公司。

大半个上午就在琐碎的信息整合之中度过，快到 1 点才把所有的文件整理好传到打印室，F 组吃了盒饭，主要的经手人又转战到打印室，盯着打印和封装，折腾到晚上 8 点多，才把封条贴上纸箱。

杨江给他打过电话，说陈西安的体检不到下午 2 点就结束了，他还有事就先走了，陈西安已经可以自理了，所以钱心一没那么担心，对他来说唯一的突发事件，就是他妈。

他前天打电话，跟彭十香商量好了，她过了周末再过来，可就是没料到为人母亲的在家坐立难安，说来就来了，打了钱心一一个措手不及。

可当时图纸正待封装，这是 K 组眼下的头等大事，钱心一挪不开身，家里又因为换了锁而她没有新钥匙，只能让她先去陈西安那边稍等一会，反正他完事了本来也要过去的。

彭十香心里不愿意，但又不想给他添麻烦，只得大包小包地出现在了陈西安的病房门口，手里还提着一壶从 B 市的家里带来的鸡汤。

这是给钱心一的，四个小时的车程，让汤只剩了一点余温。

陈西安这边也有点猝不及防，不过他向来出事淡定，见了人连忙从床上起来了，裹上羽绒服过来接她，一边伸手去接她的行李，一边笑着问道："阿姨来了，吃饭了吗？"

彭十香下意识地避了一下，随即僵硬地说："……你是病人，还是回床上躺着吧。"

陈西安见她不是很愿意跟自己交流，也不强迫地讨好她，转身往回走："阿姨来，往这边走。"

彭十香把行李靠墙放了，保温盒放在了床头上，不和他对眼神也不说话，陈西安将手机藏在被子里，不动声色地给钱心一发消息。

——你坚强的后盾来了，速来接驾。

发完他看着钱母的脸，诚恳地笑道："您怎么过来的？这么多东西，不好拿吧？"

彭十香看了他一眼，很快又移开了："坐车来的，还行。"

见她冷淡，陈西安也不热脸贴冷屁股，病床前暮然安静下来。

这使得钱心一来的时候，看见的就是陈西安和自己的妈相顾无言的画面，别的床位都吃得热火朝天，他们跟前也摆了盒饭，却在对着干瞪眼。

彭十香一看见他，眼圈骤然就红了，没等钱心一进来活跃气氛，先下手为强地拉着他出去了。

她在电话里发泄过一次，一见到人却又崩溃了。她护理过几个心脏病人，突发梗死，死于深夜和凌晨的梦里，对于不太识字的她来说，心脏病就是癌症。

死生之前无大事，彭十香当时听了半截话，整个人吓得都慌了神，现在还心有余悸得厉害，什么"钱心一不听话"这种矛盾，一时也忘到了九霄云外。

钱心一贴着走廊的墙壁站稳，手忙脚乱地安慰着在他身上乱捶的亲妈，路过的人看他的眼神里大概写的是不孝子，不过他也承认。

母亲似乎越来越矮了，低他一个头，钱心一投下去的视线落在她眼角的鱼尾纹上，看见泪水被勒成细缕从褶皱里沁出来，那种涕泪横流的姿态让他心肝一颤，才真的意识到她老了。

他内心酸涩地张开胳膊，将她环在了臂膀之间，这真的是他这辈子第一次拥抱他的母亲，以一个成年人的身份。孩子终究会成为父母，而父母变成了老去的孩子。

钱心一反复保证他没事，彭十香忍不住埋怨他们就是家里没女人才会过成这样，钱心一不这么认为，但不敢这时候跟她叫板，只好让无辜的陈西安负了个连带责任。

七八分钟后，等彭十香发泄完回到病房，"陈窦娥"已经削出了一个果盘，正在接电话。

他不知道在哄谁，语气里全是耐心，还是一副长辈的画风，钱心一听了没两句，就知道他电话那头是小叛徒刘易阳。陈西安看他一眼，笑着说了句回来了，接着就把电话递了过来。

钱心一把手机贴到耳边，弟弟招牌式的"哈哈哈"就传了过来。

刘易阳在那边嘎嘣脆地叫了声大哥，小破孩子无忧无虑，钱心一觉得他有点傻，又觉得傻一点也好，听他嘀嘀咕咕地抱怨期末考，接着又"嘤嘤嘤"地说考完要过来玩耍。

钱心一让他好好复习，然后把手机传给了他妈。

彭十香来得匆忙，因为刘易阳期末考要补习，没能带过来，她其实不太放心，但也只能就重避轻，在电话里问东问西，问得钱心一有种她撂了电话就要回家的错觉。

在他们出去说话的时间里，陈西安叫的外卖已经冷透了，钱心一打算重新去买，节省惯了的彭十香不允许，于是他只能提着鸡汤和盒饭去了水房，那里有个公用的微波炉，不论什么时候去都是"使用中"加热状态。

钱心一看了眼排成的长队，阳奉阴违地从另一边的楼梯去了食堂，花了几块钱在小炒窗口热好食物，给陈西安下了碗什么都不要的鸡蛋面，又拿了一份盒饭。

这次回来两人没有干瞪眼了，陈西安在旁观，他妈则在边上雷厉风行地收拾床头柜，堆了满桌的水果和营养品被一扫而空，正好当饭桌。

吃饭的氛围还算和谐，鸡汤有很大两碗，彭十香虽然没有亲自给陈西安盛，但是钱心一趁她去洗筷子，手快地用筷子沾了下味道，发现这滋味淡的和水不相上下，他不爱喝，但陈西安能喝三碗那种。

他拍了下保温盒，对陈西安说："你看我妈，是不是有点偏心了，明知道我是个重口味，居然盐都不放，这不是便宜你吗？服了。"

陈西安笑道："你不觉得你这个醋，吃得很没有道理吗？"

钱心一就笑："不觉得，我就喜欢吃醋。"

他现在挺高兴的，陈西安顺着他说："行，您吃，我没意见。"

钱心一把保温盒放在桌上，扭头看他："喝不喝，给你舀一碗？"

陈西安摇了下头，压低声音说："你妈大老远给你带的，你还是独享吧。"

"这么大一桶，"钱心一说，"我也独享不完啊。"

陈西安一副捧杀的语气："相信自己，你可以的。"

"可以个毛。"钱心一笑完了催他，"别扯淡了，赶紧吃面，一会儿坨了。"

陈西安伸手去端面，这边钱心一无视"群众"的呼声，已经给他舀了碗汤，碗是保温桶里自带的不锈钢碗，只有一个，给陈西安用了，他自己就没了。

他这一切做得自然而顺手，俨然是一个货真价实的好朋友，可惜这个细节落在刚从卫生间里出来的彭十香眼里，就不是那么顺眼了。

她给钱心一带的汤，钱心一转手就盛给了别人，彭十香不知道这是不是男人的通病，对朋友和兄弟比老婆上心多了，说实话，这一幕让她有些心寒。

彭十香突然就茫然了。

她一直希望钱心一能找个媳妇儿，过点和别人一样的舒心日子。眼下钱心一还是个光棍，可他看着过没过得多么凄凉，起码他还会这么笑，嘴角翘起来那么高。父母唯一的心愿就是孩子过得好，他这么高兴，不就够了吗？

就是这个闪念没能持续多久，病房门口突然有人喊了一嗓子，彭十香被喊声拉回现实，又还是觉得结婚好。

她心事重重地走回病床跟前，对上钱心一带笑的目光，暗自叹了口气说："吃饭吧，都凉了。"

钱心一把小马扎挪到床边，让他妈坐椅子，他有意隔开两人，可陈西安还是成了孤家寡人，坐得高吃得少，看着床下的母子在饭碗上互动。

钱心一挑食的毛病已经改掉了许多，他头也不抬地把切碎的洋葱扒进嘴里。彭十香不说惊呆，却是真的惊讶，她看他一点反应也没有地吃了半碗，终于没忍住提了一句："菜里头，有洋葱。"

钱心一把饭咽下去，作为一个从不承认自己挑食的人，他一时没反应过来："是有，怎么……哦洋葱啊，血泪史。"

他不礼貌地用筷子指着陈西安，说："他祸害我，我们换着掌勺，我弄的都是他爱吃的，他弄的全是我不吃的。"

陈西安事不关己地喝了口汤："你少来。"

彭十香连忙把他指着人的筷子掰开，小声地指责："没家教，瞎指什么！"

钱心一于是把筷子摆到盒饭上，想起那段一个桌上四个菜没有一个能下筷的日子，特别不堪回首，他跟彭十香控诉了半天，结果没得到自家人应有的同仇敌忾，反而是他妈古怪地盯着陈西安看了一眼。

陈西安有所察觉似的抬起头，对她笑了笑，后者很快就移开了目光。

吃完饭，钱心一给她解释了家里没法住的事，接着给她订了个酒店。

　　彭十香才知道他在装修房子，说要过去看看，钱心一带着她过去转了一圈。家里装得差不多了，还剩些收尾的工作，装修的气味也还挺大，但因为花了钱，面貌自然一新，光线看着似乎都亮堂了。

　　彭十香挺满意的，就是觉得这么一整，又花了好多钱，他的媳妇本……

　　这个突然降临的字眼让她挺糟心的，不过她没表现出来，钱心一也没发现，只是在回去的路上，他突然听见他妈说："带我去你现在住的地方看看吧。"

　　钱心一愣了一下，那是陈西安的房子，他怎么好做主？但彭十香都克服困难过来帮他了，钱心一也不能没良心。他默默地发微信跟房东请示，陈姓房东大度得很，表示一点都不介意，钱心一这才载着他妈过去。

　　陈西安的房子是新建住宅，装修比他买的那个老小区房看着高档不少，钱心一打开门摁亮大灯，屋里的一切登时映入眼帘。

　　彭十香在玄关口愣了好一会儿，她还是传统的男主外观念，看到这里之前，以为他们一起住的效果就是两个钱心一，加起来只会更加乱糟糟，谁知道陈西安的家比她自己在 B 市的屋子收拾得还干净。

　　以她对钱心一二十多年的了解，钱心一是没这份耐心和本事的。所以说同样都是人，别人家的儿子就不知道是怎么养的，从外形一路优秀到了内在。

　　不过她转念想起陈西安也是个光棍，在她"不结婚，叫别人怎么看你"的观念影响下，顿时又不觉得陈西安和钱心一就是一丘之貉，都不成器，都不听话，让人想起来就头痛。

　　钱心一不知道他妈在比较他和陈西安，进了屋子就开始转悠，先给他妈烧了壶水，欢迎她莅临检察，自己则一头扎进了卫生间，把从宾馆带回来的脏衣服扔进洗衣机，又去卧室刨衣服。

　　后天他就要去 A 市参加二次竞标，根据迈尔斯的口风，这次跟上次不同，将现场出结果，出完就散，绝不黑幕。

　　为了不让彭十香有"为了兄弟忘了娘"的错觉，钱心一当天鞍前马后地陪到了深夜。

他自己那个家，装修工作还没结束，地上铺的、屋里堆的，随处都是纸盒和胶带。钱心一做得到视而不见，他的打算是等全套都装完了，装修师傅一波带走，带不走的他再扫一遍，就完事了。

可彭十香看不过去，说反正闲着没事，能收拾一点是一点，就非要去收拾。她寻来拖把和笤帚，大晚上的满屋子扫荡，钱心一只能跟着打酱油。

他觉得她肯定是在陈西安家里受了刺激，几番感觉她像是要张嘴问话，结果她又什么都没说，埋头扫灰，浪费了他不少心机和眼神。

钱心一是个直肠子，差点就忍不住要问她到底想说什么了，结果陈西安心有灵犀地给他打来电话，瞎扯一通把这茬给扯忘了。

钱心一接通了，听见陈西安在那边问他："到家了吗？"

他左手按着抹布还在茶几上乱抹："到了。"

陈西安听见彭十香在那边问他威猛先生在哪里，他在那边喊橱柜下面，问题是酒店的房间里是没有橱柜的，所以他们只能在家里。可钱心一那个家还在装修，他妈要去油污的洗剂干什么？

"你在干什么呢？"他问钱心一。

钱心一："打扫卫生。"

这要就他一个人，现阶段他会打扫才怪，所以这肯定是彭十香下的任务，陈西安揣着明白装糊涂，揶揄他说："你今天这勤快的是不是有点过分了？"

"去。"钱心一自卖自夸，"什么今天？这就是我本色，勤快人。"

无奈陈西安太无情："差不多就行了，我能不知道你是什么样的人？"

钱心一笑起来，开始甩锅："行吧，跟你说实话，这是我妈的指示，她先去看了你的房，可能是你家太干净，比得我家更乱了，她受不了，抄起笤帚就来了。"

"那也不用急在今天收拾啊，她下午才过来，肯定也累了。"陈西安说。

钱心一耸了下肩，无奈道："我妈，特别倔强一妇女，她要收拾就收拾，这种小事咱顺着她，就完了。"

不然她念叨的时间，肯定比收拾的时间还要长。

"可以，"陈西安笑着说，"现在不挺好的吗？"

没有老死不相往来，甚至还愿意做出一点妥协。

钱心一能感觉到他的诚恳发自内心，这人对谁要求都不高，唯独除了自己，理智的心是一把锋利的刀，会让用它的人手上流血，陈西安就是这种人。

也正是因为这种心路的砥砺，让他身上有种理性的气质光辉，钱心一喜欢安全，所以也很待见他。

钱心一眼里带笑，嘴上却胡说："不好不行呐，倔强的妇女在厨房里刷砂锅，是不是很激动人心？"

"是，"接着陈西安犀利地戳穿了他，"我不记得你家的厨房里有砂锅，我估计你更不记得。"

钱心一笑得东倒西歪："闭嘴！我回来路上买的。"

其实他没买，彭十香也没锅可刷，不过说到这里他倒是想起来，明天该起早去菜市场买一个。

"行，不说，"陈西安言行不一地笑道，"你勤快点，不然你妈跟我待几天，肯定就觉得你懒得没法要了。"

"你个病号能干什么，"钱心一不屑一顾地举例子，"一天削一百个苹果？还是把碗舔得比洗的都干净？"

陈西安受不了他的那些烂比喻："除了吃，我还可以学习，谢谢。"

钱心一想起他是个处女座，登时笑炸了："哈哈哈对了，我昨天就准备问结果忘了，你这几天写写画画的，我瞅一眼你还故意翻个面，小气巴拉的，K组又接了个金融城啊？"

别墅目前还只有一个轮廓，要是不成型就没有说出口的必要，立面就是一眼的效果，看过惊喜就没有了，陈西安不说是也不否认，笑了笑把他给误导了。

钱心一真信了，又有点啧啧称奇，心想：维克看着吊儿郎当的，没想到居然拉得一手好皮条，迈尔斯整天正经八百，却总是落后他一步，也是怪了。

彭十香竖着耳朵在整理鞋柜，听他插科打诨，觉得他真是有点话多。

挂了之后，钱心一把彭十香手里的鞋盒子拿走放回去，拉她去酒店休息。

睡前钱心一定了个闹钟，第二天一大早就起来了，不过他还是没有彭十香早，带孩子的人起得不会太晚。他带她下楼吃了个早饭，又一起去了菜市场买了些适合病号吃的菜。

蒸包子馒头时间都来不及，早餐就摊了蛋饼，钱心一提着饼和菜粥去给陈西安送早饭，他妈则留在家里收拾砂锅和排骨。

去医院的路上，钱心一看见太阳在云层里露了个金边，染出一片绚烂的色彩，昭告今天会是个好天气。

病房里吵，陈西安夜里没睡好，钱心一去的时候他才刚醒来，睡眼惺忪地躺着，被子四个角平平整整，仿佛一夜没翻过身。

他今天就可以下地了。

钱心一放下保温盒，心情挺好地说："我看天儿不错，一会儿温度上来了，我拉你出去遛遛。"

"说人话，"陈西安暂时就没打算起来，"是陪我出去走走。"

钱心一不识好歹地，催他："去刷牙。"

陈西安赖在床上："再躺会儿，一分钟。"

一分钟大概是个量词，过了半刻钟他才起来，脚踏实地地去刷牙，躺久了腿脚虚软，陈西安花了几秒钟来适应。

钱心一无所事事跟进卫生间，靠在门上看他刷完牙剃完胡茬，同时瞥见他领口的皮肤上有个红疙瘩。

他发病之前的那一宿，背上就有很多红疹，钱心一怕重蹈覆辙，问他说："你脖子上是又起疹子了吗？"

"嗯？"陈西安语气纳闷，仰起脖子照了下镜子，才指着自己的脖子说，"你说这个吗？不是疹子，就是个蚊子包。"

钱心一放下心来，生活经验丰富地说："病房里冷气这么强，蚊子还飞得动啊？"

陈西安挤着牙膏，清浅地笑道："怎么飞不动？适者生存，人家好歹也是医院系统里的蚊子。"

钱心一无法反驳，只好跟着笑："这里的条件是差了一点，你再坚持两天，等我投完标回来，就来接你回去。"

陈西安"嗯"了一声，三两下收拾好自己，被钱心一扶出来吃早饭。

如今的条件比他们童年那会要好，养孩子讲究多，因为刘易阳、彭十香的手艺不得不营养起来，加上她当过护工，钱心一交代的事项她上了心，做出来的东西少油少盐。

钱心一淡得受不了，跑到楼下小超市去买了瓶老干妈，结果他盖子都拧开了，陈西安忽然说："49%。"

钱心一大把挖酱的手势一顿，依依不舍地抖掉了筷子上的豆豉，只在饼上抹了点红油。他过完干瘾，一想以后都得远离辛辣，登时有点五雷轰顶，他盯着老干妈喃喃道："我的人生乐趣被扼杀了。"

陶碧华的魅力陈西安不是不懂，他哭笑不得地指了下粥碗，疯狂暗示钱某人："平平淡淡才是真，来，感受一下食物的原汁原味。"

钱心一喝了口粥，登时叹道："唉，我什么滋味都没感受到，这不会是转基因大米吧？"

陈西安抬了抬下巴，笑着示意他："不是，你再感受感受。"

钱心一拒绝感受，用筷子撕了块饼，跑去感受那一点油香和葱花味了。

吃完饭，陈西安给习涓打了半个小时的电话，钱心一也戴着一只耳机，她问谁谁就往话筒上凑，听她在那边问长问短。

习涓问陈西安："宋阿姨来了吗，她早上给你送什么吃啊？"

钱心一愣神的工夫，陈西安已经启奏上了："心一的妈妈来了，我们就让宋阿姨回去了。"

习涓知道钱心一家里的矛盾，惊讶得一直在说"真的吗""那太好了"，钱心一听得十分心虚，心想她要是知道了真相，估计得哭成狗。

习涓还很高兴："小钱你妈在不在？阿姨能不能跟她说两句话。"

钱心一猜她八成是要感谢她，就说："早饭是我带的，她中午才会过来，这样吧阿姨，到你们吃饭的点要是她还在这里，我就给你发消息，然后你给陈西安打电话。"

习涓说："好好好，你妈平时喜欢干什么，我找个共同话题。"

钱心一心想"我妈喜欢带孩子做饭，你喜欢关门造导弹，你们怎么可能有共同话题"，他迟疑了几秒，答题的机会就被陈西安抢走了。

"妈，随便聊什么都行，就是记住一点，别黑我。"

钱心一："……"

"你这个人可真讨厌，"习涓不满地说，"我什么时候黑你了。"

陈海楼在旁边吐槽的声音传过来："你不是黑，你是……网上那个词叫什么来着，那个那个……对，高端黑，你也是，动不动就聊他穿开裆裤的时候干什么。"

"那时候好玩啊，行了行了，中午再说。"习涓口是心非地挂掉电话，其实是因为后来她离开他去了基地，儿子的童年和青春期，对她来说都是一片空白。

钱心一倒是对陈西安的开裆裤很感兴趣，结果电话说断就断了，他兴致勃勃地问陈西安："来来来，习太太是怎么黑你的，我来评评理。"

"拉倒吧，"陈西安根本不相信他，"你也是个高端黑。"

钱心一连忙表忠心："不不不，我是粉，脑残到跟你住一个屋的那种。"

陈西安套了件保暖衣："这话听起来怎么这么别扭。"

钱心一笑着把他裹得严严实实，又是围巾又是帽子，陈西安术后得了畏寒的毛病，以后天凉了就风度不起来了。

两人去了楼下的小花园，蜡梅和迎春都还含苞待放，只有阳光明亮温暖，他们四仰八叉地坐在条石凳上，腿戳出去老长，眯着眼睛晒得昏昏欲睡，这一方天地就成了一个独立的小世界。

没人说话，或许是懒，或许是舍不得打破清净。

吸光吸到汗都捂了出来，钱心一忽然说："要是这次还不中标，你会觉得失望吗？"

"会，"陈西安想了想，说，"但是我的信心还在。"

两人晒到彭十香来电话，才带着满身的暖意回了病房。

钱心一的胳膊肘完全拐到了老陈家，叼着筷子偷偷给习涓报信：习太太，我妈来了。

习涓没有立即回，过了十多分钟直接来了电话。她假模假样地关怀了两句，仗着其他人听不见，在电话里怂恿陈西安赶紧起头，便于她们顺利会师。

陈西安对他这个妈也是没辙，不经意地往彭十香那边一瞥，见她正在教训钱心一，让他吃饭的时候不要玩手机，就一本正经地自言自语起来。

"正在吃……荤素都有……那必须丰富……妈，不是宋阿姨做的，是心一的妈妈，她昨天晚上过来的，我忘了告诉你……"

习涓："……"

钱心一啃着半截玉米，兴致勃勃地看他演戏。

彭十香听到自己被提起，忍不住抬头朝他那里看了一眼，这一看就坏事，陈西安立刻将手机朝她面前送了送，征求道："阿姨，我妈想跟您说两句，您看……"

彭十香这辈子都没接触过科学家，还是个女同志，她不好拒绝又不太情愿，心情复杂的同时还生出了一股紧张，她"喂"了一声，立刻被听筒里热情的女中音给吓了一跳。

习涓的声音和她家楼下卤菜店的老板娘有些像，人也很好说话，这让彭十香莫名其妙地放松了不少，她拙于言语，也很少说话，习涓的感激她不肯接受，她是为了钱心一的身体而来，跟陈西安没有关系。

她说没有就没有吧，习涓不在乎这种细节，只在电话那边东拉西扯，一会儿夸钱心一实在，一会儿又夸刘易阳可爱。父母对于孩子哪怕是嘴里嫌弃，心里到底是骄傲的，彭十香不知不觉就放下了警惕，挂掉电话的时候才发现，这大妹子根本没提过她自己的儿子。

全程旁观的钱心一见他妈越来越放松，感觉再这么来几次，他妈就要被习太太收服成老姐妹淘了。

彭十香吃完饭就要回家，碗瓢还没收拾好，王巍就来了，钱心一正在啃梨，见他不仅提了个果篮，还带了个笔记本，登时就稀奇了："又来找我们陈总开会啊，吃饭没？"

"吃了，我来给陈总做个汇报，"王巍把果篮递给他，因为不认识彭十香，只是微笑着向她问好，"您好。"

钱心一抓紧啃了一口，揪了两张卫生纸去擦餐桌，一边介绍说："巍哥，这是我妈，妈，这是我们同事王巍。"

彭十香打量着王巍，见他一副精英做派，回了句"你好"，又听他们一口一个陈总，登时就信以为真了。

她心里除了惊讶，还有些不是滋味，这陈西安什么都比钱心一强，家里也是地道的书香门第，她儿子一个穷画图的，怎么会跟"陈总"搭上边？

钱心一在察言观色上比较迟钝，陈西安是顾不上，他翻开电脑等着开机。

只有王巍目光如炬，察觉到钱母略微放空的眼神，心里叹了口气，他算半个过来人，如今又是旁观者，看得出她不太待见陈西安，但这是别人家的事，想毕王巍又跟彭十香打了次招呼，指着椅子笑道："阿姨您坐，我找西安看个文件，坐床上方便，很快就走了。"

彭十香好客，对王巍冷淡不起来，她和气地让他们忙，不要管她，然后擦干保温盒外壁的水珠就准备走。

钱心一在她肩头按了一下让她不忙，转头问王巍道："巍哥，你一会儿是回家还是回公司？"

陈西安按着鼠标在餐桌上转了两圈，觉得不稳定，就从床头拿了本书垫在下面，抬头和王巍撞个眼神，问他图在哪儿。

王巍会意，飞快而小声地报了个路径："桌面 /Jan/ 金融城 / 最新。"

陈西安鼠标连点文件夹，王巍则抬眼去看钱心一："回家，怎么？"

钱心一说："捎我一段，方不方便？"

王巍说方便，钱心一又转向他妈："我明天出差了，回去收拾点东西，妈你跟我一起走吧，咱下午再一起过来。"

除了钱心一问她孩子能拴住什么那次以外，彭十香基本没在外人面前驳过他的面子，如今也想多跟他独处，尽管更愿意回酒店，到底还是和王巍客气了几句太麻烦别人之后，迟疑着同意了。

她坐在椅子上闲着难受，就拖过果盘来削水果，剩下三个很快进入了工作状态。

王巍来做汇报模拟，陈西安独占床头，自然就成了"甲方"。钱心一对 K 组的汇报文件两眼放光，在场两个实力派谁也不介意他看，于是他就跑到王巍背后，撑着椅子假装自己是维克。

因为加入了新的展示区，K 组的技术文件和钱心一竞标时看见的已经大相径庭，王巍坐在床沿上，让电脑斜对着自己，"甲方"只能看见一个反光面，这边三个却都看得清楚。

王巍笑着说开始了，便成了一副官方嘴脸，他说："尊敬的甲方和各位评委，我是JMP公司K组的设计师王巍，很荣幸能收到这次竞标的邀请函，今天我仅代表我们团队……"

彭十香没见过这种阵仗，转动的水果刀不由自主就慢了下来，她根本听不懂，只是越看就越觉得陈西安像个很大的领导。

鸡窝成了备选，几乎所有的东西都在后半部分，要是打头阵的新展示区和裙房塔楼的组合不能吸引住甲方的目光，那么它很可能连出现的必要都没有了。

好在王巍把效果图先总后分，在图纸目录之前放了八张总体效果图，方案一、二各占一半，他的表达技巧钱心一是领教过的，而且K组的新展示区也让人眼前一亮。

虽然时间短，但维克不愧是抽象派的建筑师，在他的统筹之下出来的新展区，三维看起来像一个立在花瓣中的钻戒。

它也是涂白的钢结构，折焊出一个直径约有三四层楼高的桁架圆环，环外均匀地布置着钻石状的玻璃盒子，底座是与裙楼呼应的梅花造型，一片异形的花瓣翘起来，使得它看起来有了风吹的味道。

这是个和小蝴蝶以及GAD的水滴一样精致的概念，它无疑是引人注目的，但最好因人而异，谁有钱谁下定论。

钱心一油然生出了一种危机感，觉得维克真是个天才，他心想：GAD和远航呢，是不是也有了新的设计？

这种向上攀比的感觉让他有点热血沸腾，这果然是他想要的平台，大而广博，人才济济，纵使是败，也心服口服。

有戒指压在头上，鸡窝也没有逊色，它风格刚硬、轮廓锋利，在小蝴蝶、水滴这些柔和的展区里可谓是独树一帜，不能放在一起做比较。

钱心一看见阿尔高的奶粉馆还愣了一下，等王巍复制完陈西安的三角形情怀，又觉得有点意思，比起和评委叫板的下场，他对陈西安难得强硬起来的态度更感兴趣，温和的人偶尔露出棱角来，竟然让他觉得有点可爱。

陈西安看着和"可爱"完全搭不上边，他一脸"甲方"地听完，说他没有需要补充的地方，谢谢巍哥。

王巍于是收拾了电脑，带着钱心一和他妈去了停车场。

彭十香在陈西安家里比较局促，坐在沙发上看电视，既不看也不调台。

钱心一翻开拉杆箱，把洗漱用品刮胡刀一股脑儿地塞进去，他蹲在衣柜前拿内裤和袜子，门铃忽然响了。

钱心一站起来，走出卧室发现他妈已经拉开了门，和门槛外面一个男青年对望着。钱心一的目光越过他妈，看见这人扎着个小辫子，脖子上挂了条打结的麻绳，真的麻绳，打扮得十分非主流。

"你……"

"这……"

两人同时张嘴，一个音节相互就反应了过来。

钱心一看着他的低档裤和浑身的金属挂件，有点啧啧称奇，没想到陈西安还认识这么朋克的朋友。

余梁也忍不住有点惊奇，他本来以为陈工的室友是个气质张扬的大美男，没想到竟然是个看起来比他还嫩的邻家小哥。

长得有点小哥，但却跟邻家搭不上边的钱心一撤开门口，一边让他进来一边说："艺术家吧，贵姓？我是钱心一，陈西安不在，有事你先打电话吧。"

余梁知道陈西安的住址，当时锦城美术馆改造的时候是私活，所以合同上留的不是公司地址。

余梁之前给陈西安打电话，被钱心一接过一次，照这么看他们也算是有过交集了。余梁性格外向，喜欢交朋友，当即跟了进去，乐道："陈哥的室友还是个侦探啊。开玩笑开玩笑……打扰了啊，久仰大名，我是余梁，余音绕梁的余梁。"

钱心一也喜欢开玩笑，不过他只跟熟人开，闻言笑了笑，拉开了冰箱门："喝什么？"

其实里面只有酸奶和啤酒，幸好余梁不挑剔，他说随便，钱心一于是给他倒了杯水。

彭十香让出沙发，不想去卧室，默默地去了厨房，钱心一问余梁找陈西安有什么事，他从低档裤侧兜里掏出两张磁卡。

"我这次来有三件事，一是锦城的美术馆改建得差不多，馆长觉得还原度很高，想申报本地的特色建筑，让我来问问陈哥的意见。"

"二呢，是我老师的美术馆4月15号在C市开馆，里面一部分是我的作品，我在这里没什么朋友，不知道陈哥和你能不能去捧个场？"

第一件是好事，主建方说这种话是给他面子，钱心一替他没意见，不过第二件让他万万没想到。

这是两张像公交卡一样的磁卡，钱心一拿过来一看，登时怔了一下。

卡上的纸膜背景，是赫剑云的别……不，美术馆——

钱心一瞬间感觉自己的天灵盖上，写了四个大字：冤家路窄。

他收了邀请卡，答复却还是对付陈瑞河那套："我有时间就去，陈西安你自己联系。"

他这也太不给面子了，余梁这个人比较无聊，作死地对他抖眉毛："那我就跟陈哥联系，就我俩去看了啊？"

钱心一点了下头，心说看就看呗。

余梁又笑道："还有一个事，就是最近有个项目，有关最美乡村改造的设计大赛，之前陈哥说他想攒点资历，让我有项目就叫他，我的话带到了，至于感不感兴趣、参不参加，你让陈哥自己关注一下。"

这是给陈西安带项目来了，钱心一笑着说："行，我回头跟他说，这里我替他先谢谢你。你吃夜宵吗？我请你。"

"不吃不吃，"余梁夸张地说，"我减肥呢，为了抵抗中年油腻，我拼得很，你别害我。"

钱心一看他鬼扯，莫名其妙就想起杨江来，他觉得这两个应该聊得来，都是开心果。

事实证明他的直觉没错，根据"六度分离"理论，这两个微博上的大V早八百年前就被成千上万的粉丝里的某些给连在了一起。

余梁当场给陈西安打了电话,不要脸地友情绑架,陈西安没看见邀请卡,不知道是赫剑云的别墅,钱心一看余梁的反应,感觉那边大概是答应了。

厨房门没关,彭十香听得一清二楚,但她听不懂网络用语,没听懂多少,余梁拉到一张观众票,站起来提了他的低档裤,小辫子在后脑勺扫来扫去地走了。

钱心一把他妈从厨房请出来,接着在屋里打转,收拾得差不多后他合上拉杆箱去开了电脑,自己唱独角戏,把汇报演示了一遍,又大概翻了翻图纸,做到眼熟于心,然后关了电脑去沙发上陪彭十香看《乡村爱情》。

4点多两人一起去买菜,6点不到抵达病房,吃完饭钱心一交代好行程,把母亲送上了出租车,自己则留在了医院,他明天会直接从这里出发,去高铁站跟迈尔斯会和。

住院无事可做,对床的大哥二缺一,邀他们其中一个斗地主,钱心一盛情难却地加入了战局,陈西安裹着空调被在他旁边当狗头军师。

钱心一开始还有点不太积极,结果后来完全入了戏,他这晚手气好得像刚摸过招财猫,拿到的不是顺子就是花,炸弹多到飞起,炸得豪情万丈,虽然没几块钱进账,不过打牌就是图一个气氛。

而他的狗头军师出了大学校门以后就没打过纸牌了,不过他记性好,五十四张纸牌说是不多,但谁出过什么剩下什么,陈西安都记得一清二楚。

好几次钱心一炸弹都揪出来要摔了,他状似哥俩好搭在他后颈上的手一捏,钱心一就知道还有陷阱。

两人狼狈为奸,战势所向披靡,钱心一面前的毛票堆出一个指节高,大哥终于憋屈得受不了,把牌一扔要散伙,钱心一得意不得了,好像他赢的不是一百多,而是一百万。

他发了笔横财,精神焕发地拉着陈西安去食堂消夜,路上的连廊是一道很长的藤萝爬架,深冬里只剩枝丫,抬头星斗漫天,地上人影成双。

钱心一穷嘚瑟地说:“想吃什么别客气,鸡蛋汤、骨汤面,还是香菇菜心小笼包?”

这个大款有点寒酸,陈西安轻笑着道:“那我点食堂现有的里面最贵的吧。”

夜间供应少，钱心一的进账很安全，因此十分财大气粗，他说："随便点！"

陈西安连忙表示跟着钱所有肉吃，一路拌嘴拌到食堂，点了一份瓦罐汤和一份丸子砂锅，有一搭没一搭地对着喝汤。

金融城的投标已经进入了倒计时，他们不可能一点都不在意，只是有了前头的糟心事，两个倒霉的当事人都刻意避过没提起，不过这是他们工作上的大事，不管结局如何，都该给对方一点鼓励。

陈西安是这次竞标里最大的炮灰，钱心一还在思考怎么机智地提起，瓦罐却先发出了清脆的细响，他抬起眼帘，见陈西安捏着白瓷勺子搭在自己的汤碗上，另一只手撑着下巴，对自己笑道："明天就要去开标了，你紧不紧张？"

钱心一心想"我紧张个屁"，嘴上却说："紧张啊，你没看我汤都喝不下去了吗？你呢。"

"我也紧张。"陈西安嘴上这么说，看起来却跟紧张八竿子打不着，甚至还从砂锅里舀了个鹌鹑蛋出来。

钱心一觉得他也不像是十年怕井绳的性格，就一本正经起来，他看着陈西安，说："我是紧张，但我抱着希望，我自己想赢，也希望你能赢。"

至于最后谁能夺标，并不是单一的技术实力能决定的，钱心一自问能做到的最好地步，就是在专业上问心无愧。

陈西安和他对视，钱心一的目光坦荡无畏，连矛盾的希望都倍觉动听。陈西安眼底的笑意灿若繁星，他说："那祝我们都有好运。"

钱心一笑道："中，我还希望这次的甲方阵营里能少来两个王八拳选手，真的惹不起。"

陈西安啼笑皆非："对。"

当晚钱心一住在之前的宾馆房间，睡到次天 4 点 20 被闹钟吵醒，痛苦地走完洗漱程序，推着拉杆箱去了病房。他原本想看看陈西安，结果这位爷穿戴整齐地坐在黑暗里，一副等他好久的样子。

钱心一有点意外和感动，假模假样地埋怨他不好好休息，又心安理得地让人送他上了出租。

凌晨 5 点的城市像个荒城，就是裸奔也没人理会，两人在路边等打到的车，钱心一拍了下陈西安，手在缩回来的途中握成一个拳头，他叮嘱道："跟我妈好好培养感情，我过两天就回来，争取给你带个好消息。"

不远处的车灯光扫了过来，陈西安也伸出手，在他的拳面上碰了一下："行，我等你的好消息，一路平安，早点回来。"

出租车很快停在跟前，钱心一把行李箱扔在后座上，回身钻进了副驾，他对师傅说去高铁站，又摁下车窗把头伸了出来，对陈西安摆手："赶紧回去吧。"

陈西安"嗯"了一声，站着没动，看着车启动到走远，才转身回了医院。

天色徐徐亮起，8 点出头，彭十香突然出现在了病房里，手里提着个保温桶，里头装的是红糖软饼。这个饼皮由于是用开水烫的，凉的热的皮都绵软，并不怕水汽。

陈西安吃了两个，中途听见彭十香接了个电话，讨论的是钱心一和什么宅基地。

事关钱心一，陈西安好奇归好奇，但终归因为是彭十香的家事，而选择了当一个安静的美男子。

所有人都低估了金荣集团内部的暗潮汹涌，金融城的设计图已经不只是集团产业的脸面，而是权力彪炳下的一个砝码。

钱心一这一走就是三天两夜，等回程的时候，陈西安都已经在办出院手续了。

他和迈尔斯在车厢里遇见了维克和王巍，两个组长针锋相对，各自表示出了志在必得的决心，底下却是人心不齐。

钱心一和王巍和谐地凑在一起，热火朝天地聊年假计划。钱心一打算跟陈西安去长知识，到 54 基地过个年，王巍表示正好有个合适的旅行团，他准备带着家人去意大利转转。

剩下两个商务切磋着儿女经，吐着苦水眼角眉梢却都是为人父母的喜悦。

投标时间仍然是截止到下午 5 点，地点就是上次答疑的金荣总部会议室，钱心一扫视一周，发现参标单位比上次少了几家。

赛劲的人不见踪影，上次倒数的几个小设计院也懒得再浪费时间和成本，实力竞标的还是老对手，JMP 两个组、GAD、远航、徐科，以及华东院一分院。

陈毅为似乎很适合 GAD，看着比上次还意气风发，修了个在钱心一看起来像汉奸的发型，用发胶打起来，整个人看着就是两个移动的大字：商务。

钱心一也没想到 GAD 这次跟来树商务标的人是梁琴，她丰腴了一些，短发留长盘在脑后，看着多了几分温婉。

梁琴看见钱心一，激动得险些当场尖叫，陈毅为或许是故意的，根本没有告诉她。梁琴旁若无人地冲过来抱住他，骤然间热泪盈眶。

她当时想得太天真了，原来再好的同事和朋友，一旦离开就很难再见，时间有限，而琐事无穷。

钱心一许久不见梁琴，见了她也是感慨万千，两人出了会议室，就像他注意到梁琴无名指上的戒指一样，梁琴同样也注意到了他手腕上的手绳。

在梁琴的记忆里，钱心一是从来不整这些玩意的，他所有的时间都用在开会和画图上了。这像一个新大陆，梁琴八卦兮兮地看着他说："谁给你买的？这玉看着不错欸，嗯？"

钱心一又不傻，知道她想听的是手绳是哪位佳人送给他的，只是很可惜，这是他给陈西安买平安扣那回，金店赠送的超级幸运豪华礼包。这次投标非比寻常，钱心一为了团结一切可以团结的力量，在陈西安不靠谱的建议下，连迷信都没放过。

梁琴听完简直哭笑不得："陈工也太小气了吧，居然让我的所长戴赠品来投标，真是岂有此理！"

"就是。"钱心一丝毫不愤慨地附和完，又看着她说，"别光说我了，首先恭喜你，其次你这什么情况，怎么成商务了？"

梁琴说她和胖子结婚了，现在怀孕了，设计岗的高强度吃不消，转而开始做商务成本。

钱心一呆滞了好几秒，没想到胖子真的追到了梦寐以求的设计女神。

梁琴有点不好意思，抽了他一下，让他不要这副表情，她以前看不上胖子，整个一所都知道，现在终于明白了，人生里的"得到"和"想要"并不会是一种东西，她也不后悔，胖子对她很好。

她说："钱心一你好歹是当过领导的人，至于这么大惊小怪吗？"

钱心一回过神来，心里确实是高兴的，胖子虽然不太帅，但是人不错，重要的是喜欢她，他说："什么惊讶？我这是惊喜，虽然你结婚没请我，不过红包不少你的，回C市了补给你，双份。"

梁琴还不知道这个"双份"里会有陈西安的赞助，只是表情奇怪地说："不是没请你，是……谁都没请。我奉子成婚的，那会儿还不想嫁胖子哪，就在老家办的喜酒，完了只告诉了高总，讹了他两个红包。"

钱心一："……"这也太虎了。

不过看她现在一口一个亲密的胖子，听起来似乎是日久生了情，两人约好回C市聚餐，然后回了会议室。

华东院和远航还是上次那几张熟面孔，但徐科的出现让所有参标单位心里都响起了警报。

这中部巨头上次走得决绝，如今却泰然地坐在这里，这状况背后的潜台词昭然若揭，徐科的后台在金荣集团的地位举足轻重，强势到他们虽然对甲方摆了脸色，别人还能一笑了之。

评委还是那七个，不过技术负责人换了，变成了一个姓黄的中年人，这人是邓明光的新领导，钱心一见他进进出出地替这人跑腿，而上次那个负责人据这黄总介绍是调了岗。

评委三仍旧坐在顺数第三，钱心一不经意和他碰了视线，还见这人点头对自己微笑，像是记得自己。

黄总气质儒雅，说起话来领导风范十足，5点准时开标，参选单位抽了纸条，徐科领头，GAD紧随其后，K组、华东院、F组按序夹在中间，远航压轴。

徐科上次拂袖而去，图纸信息滴水不漏，这个实力雄厚的设计院卷土重来，还没开标就把气氛绷得如同慢慢拉开的长弓。

徐科跟来的主设看着比钱心一还年轻，然而上去演讲的人不是他，而是他的领导。这人个头中等，略微有些发福，看着普普通通，可一开口就知道是个资深从业者，汇报稳健得厉害。

　　众人见他拿着美工刀，站在他们那一箱比谁都厚的标书前，先是替上次无礼的弃标找了个借口，说是见大家的图纸都太优秀，觉得自惭形秽，然后不管大家信不信，反正自己是信了似的将刀片"咔咔"推出来，手腕一沉划破了封条。

　　标书一正六副，分别派发到黄总和评委手中，在大家翻看的间隙里，徐科的负责人点开PPT，开始了他的汇报。

　　他一个人主讲商务和技术标，光凭这个气势和对图纸的熟悉程度，就在无形中给其他竞标单位施加了一股压力。

　　徐科商务标一个字足以形容，贵。

　　纵观上次十家开标，他们的成本比最高的赛劲还高出了八个多百分点，在成本控制如此严格的当下，保守起见都愿意少赚一点。

　　紧接着开出的技术标证明，徐科的狂妄并不是空穴来风。

　　他们的设计非常大胆，主楼像是三丛高矮不一的烛火，在风中扭曲舞动甚至交缠，那种怪异的视觉效果让人忍不住想去注意它，未来高科技的感觉特别强烈。

　　值得一提的是徐科的展示区也不走寻常路，整个就是塔楼的等比例缩小版。

　　PPT弹出"谢谢"，徐科的负责人在台上鞠了一躬，放下激光笔走下来，他将所有人的表情归于眼底，心里不无得意。

　　现场的表情可以用五颜六色来形容，惊讶、惊艳、危险、嫉妒、不屑一顾，都有。

　　钱心一眯着眼皮，心里一边敬佩徐科设计天马行空的想象力，另一边从施工的角度看，觉得这个楼比较适合出现在迪拜，它太贵了。不过要是金荣的大佬两眼一抹黑，愿意花费巨额来建个超级地标，那就得另当别论了。

　　GAD的图纸基本没动，还是上次那些造型和元素，被徐科强势的开场压得几乎施展不开。

钱心一对此深有体会，这也是GAD还无法跻身名流设计院行列的原因，他们几乎从来不会回过头来，认真审视自己的作品，永远都在赶下一个项目，所以无法进步。

好在陈毅为能言善道，全程侃侃而谈，这时的他虽然被徐科震了一下，但不知道接下来还有好几个重磅，心里还有中标的期望。

直到王巍上台将效果图在幕布上张张铺开，竞标渐渐进入了今晚的第一个小高潮。

这个新来的黄总犀利非常，他似笑非笑地翻着效果图册，头也没抬地扔出了一个问题："JMP是国际性的大公司，实力大家有目共睹，多的我就不说了，这两个方案的主要区别就是这个展示区，说实话它们都很出色，但我有个问题啊。"

王巍镇定如常："您请说。"

黄中："之前虽然不是我经手，但是前期的资料我基本都看过，你们这第二个锥形的方案，在上次投标里说是抄袭，为此还专门进行过一次答疑，看表现应该是本土设计，既然上次那么坚持，这次为什么又排到后面去了呢？"

他话底下的意思所有人都明白：是不是……因为心虚？

钱心一下意识地屏了一两秒的呼吸，全神贯注地盯着台上的王巍。

维克眉峰一跳，对上迈尔斯幸灾乐祸的眼神，无辜地眨了眨眼，一副看热闹不嫌事大的德行。

这是一个难堪的时刻，但也是一个绝无仅有的机会，只要关注还在，就有反败为胜的可能。

只见目光所向之处，王巍镇定地放下了激光笔。

然而在场谁也不知道，他撑在讲台上的掌心里，须臾就沁出了汗水，王巍的心跳剧烈，兴奋和紧张叠加成一股冲动，这一刻，他是孤注一掷的赌徒。

他赌这位黄总的公责心，比上一个要强——

谁都没想到金荣会临时换掉负责人，按上次那位主持的倾向，鸡窝退居第二是他乐见其成的结果，它再度获得关注的唯一机会，就是那张剑走偏锋的对比图。

然而事实是根本没用到对比图，这个半路杀出的黄总三言两语就将鸡窝再度推上了风口浪尖。这人不像是他能敷衍了事的对象，心思电转间王巍就做出了决定，他要实话实说。

"我们上次提出了质疑，态度可能有点强硬，再次向咱们甲方和评委们道个歉，请各位体谅一个设计师和他背后团队的坚持，因为对于我们来说，每一个作品都是自己的孩子。"

王巍朝后退了一步，当场鞠了个躬，他直起腰板接着说："黄总的疑问，其实也是我们团队的矛盾。不想中标的设计院站不到这里来，金融城这样有影响力的项目，我们当然想拿下，不止我们，在场所有的单位都知道这次机会来之不易，试问谁不想做到万无一失？"

"方案二在前期的交集里有些误会，我们虽然肯定这个设计完全出自自己，但是也难免会有 些顾虑，这种忐忑完全出自自身，对此我们的负责人维克决定再设计一个展示区，证明我们有这样的实力。"

PPT 里虽然只有技术图纸的冰山一角，但效果图已经百分之百地展示了展示区的美貌，短短半个月的时间他们就出了这样一个方案，这份实力有目共睹。

"在我看来，方案一和二同样优秀，为了完美避嫌，就该干净利落地刷掉方案二，推出一个全新的设计，那我们最后为什么选择了这样一个不太讨喜的做法呢，"王巍笑了笑，说，"因为我们方案二的设计非常坚持，而我们也都觉得，删掉这样一个用心的设计非常可惜。"

他先下手为强地说："黄总，您介意我直接跳到后半部分吗？"

黄总似乎被他吊起了一点兴趣，靠在椅背上点了点头，他左手一溜的评委席里有好几个脸色都不太好看，但是王巍下的全是软钉子，把错和无理取闹都揽在身上，再把事实摆在眼前。

钱心一撑着下巴等后续，觉得王巍适合去卖安利。

因为陈西安说立意是用地红线，王巍专门在 PPT 里加了张总平图，在转成 PDF 之前，杂乱无章的线条被他灰化，地红线用粗虚线加深，高度近视都看得见它是个三角形。

他等了几秒接着翻了一页，前后呼应的感觉就有了，鸡窝的夜景立在众人眼前，王巍用激光笔在两个锐角上画圈："我们的设计师说方案二的灵感甚至锥形取角，都是根据咱们地块的控制线而来，可以说这个展示区是为金融城量身定做的。"

"在场都是行家，相信都心知肚明，方案二我们改一改，其他的项目上依然能用，但生搬硬套的建筑会失去灵气，这也是我们的设计师宁愿顶住各种压力，也不愿意退出竞标的原因。"

这种隐晦的呼应若非被提及，根本没人会发现，航拍看不见展示区，近看红线又无法尽收眼底，但建筑本来就是千篇一律的集合，任何新意都可能成为亮点。

黄总摸着下巴不知道在想什么，邓明光像个服务员一样提着热水壶进来加茶，绕到钱心一跟前对他挤眉弄眼，一副苦哈哈的样子。

他确实挺苦的，这黄总是今天早上空降的，来路不明得厉害，下头的人比他还茫然，上头的人缄口不言，他摸不清新领导的喜好，夹着尾巴小心到现在。

邓明光倒完一圈很快出去了，除了打过交道的钱心一和梁琴，根本没人注意到他。评委三在纸上记了两笔，说："这设定有点意思，不过上次怎么没提呢？"

王巍不好意思地笑了笑："这是我的失误，我不是锥形展区的原设计，很多深层次的设计元素都没体会到，而那些最原始的灵感，设计师自己能意会，但想不起来要向别人展示。"

评委三"嗯"了一声，表示可以理解，他看向负责人，说："黄总，我个人吧，蛮喜欢这个三棱锥，简洁大方，也有力量，你觉得呢？"

黄总侧着脸同他笑道："不错，这设计也挺有意思的。"

王巍松了口气，说："黄总，要是没有别的问题，那我继续？"

黄总端起茶盏，边喝边点了个头，王巍把 PPT 翻回去，将两个系列的整套方案大致过了一遍，因为刺已经挑过了，这次一帆风顺地讲到了底。

徐科负责人的表情严肃，绷紧的咬肌泄露了他的敌意。

陈毅为揉着太阳穴，一副头疼欲裂的模样。梁琴瞪着两只眼睛，有种意外的惊喜，她刚刚听见台上的男人说，那个像斜草坡的三棱锥的设计师是陈西安。

JMP 对她来说，是个无门可入的公司，陈西安到 GAD 的时候她就有预感他不会久留，他是那种不动声色却学而不止的人，跟他们这种抽一鞭子才肯走一步的上班族不同。

这一刻梁琴清晰地意识到了差距，陈西安在 JMP 已经开始崭露头角，未来他会越走越远，她替他高兴，却已经麻木到嫉妒都不屑一顾，她对行业的期待，刚入行没两年就冷却了。现在她有了孩子，她的重点再度改变，变成了怎么当一个好母亲。

迈尔斯眉头紧皱地瞥了维克一眼，二次竞标的情况比她预料的要复杂得多，徐科的火炬、K 组新出的戒指以及貌似要起死回生的鸡窝，对于小蝴蝶的冲击力都不言而喻，她难免有些按捺不住，早知道自己今天手气这么烂，她就让钱心一去抽签了。

轮到华东院，他们居然也对图纸做了改进，不过他们动的不是展示区，而是作为商业区的裙房，他们将原来单一的裙房顶部，优化为一个像平放的竖琴一样的板块，超长而富于变化的横杆拉出了一种跨江大桥的感觉。

裙房最重要的入口大厅内部他们也下足了功夫，五层挑空，顶部用钢梁交汇织就出多角星的图腾，仰视的感觉恢宏气派。

这才像是他们这种水平的设计院该有的竞争气氛，而陈西安这倒霉的再次错过了，这种经历并不常见，钱心一觉得有点可惜。

迈尔斯神色凝重，拍了拍钱心一的肩膀，却安慰他别紧张，钱心一并不紧张，反而是这种紧绷的压力，激起了他性格里不服输的一面。

他在注目礼中走向了讲台，鞠了一躬作自我介绍，捡起美工刀刺开了标封。

在他发放完标书之前，评委三已经压住图册边角松开了手指，陌生的振翅造型从页面滚动的间隙里半遮半掩地钻入他的眼帘，他双眼一眯，猛然用拇指摁住了页边角。

评委三的时机把握得不太好，看见的是一张裙房的缩影，不过塔楼的阴影投射在它空地的铺面上，原先顶部层层叠叠的棱角不见了，方直的楼身通到顶，看着比之前头重脚轻的感觉要好些。

隔着一张投影图，评委三好奇地将图册盖上，然后揭开了印着 JMP 公司 logo 的封面，他几乎是一眼就看见了组合图里那个拳头大小的展示区。

它张着一对洁白的翅膀，浑然有种起飞前的动感。

在他怔忪的片刻，台上的钱心一打开了他的讲义，整个金融城的缩影就出现在了有两张 A1 图幅那么大的幕布上。

这是一张黄昏交替时刻的效果图，视角在小蝴蝶近处的背后，透过它再穿过裙房，灯光全开的塔楼之后，是布满火烧云的天空。

评委三和维克瞬间就反应过来，之前在投标的时候他们觉得违和的原因了，这才是为那个轻盈的塔楼量身定做的展示区，它们相互辉映，使得二者都被注入了一种难以言喻的灵气。

这是今晚的第三个意外，看远航代表"惊为天人"的表情，应该也是最后一个了。

大家的展示区都各具特色，远航的烛火灵动，GAD 的水滴小巧，K 组的戒指有情调、鸡窝锋芒毕露，而小蝴蝶漂亮得像个工艺品。

维克僭越地替主办方提出了疑问，他的视线在钱心一和迈尔斯之间来回扫视，惊讶地说："这个……也是 F 组的新方案吗？"

迈尔斯觉得胸中的恶气呼之欲出，竭尽挑衅之能地对着他笑了一下。

钱心一打开激光笔："是的。"

从鸡窝那个问题看得出来，这位黄总做过功课，此刻他露出探索的神情，身体往前凑了凑："很抢眼的小玩意儿，风格却完全变了，我想知道这个设计师是怎么想的？"

这个问题仍然是看似不经意，实则有些刁钻，演讲忌讳迟疑和停顿，钱心一并没多少时间来思考，直截了当地承认道："黄总好，我们的两个展示区，并不是出自同一个设计师。"

黄总"哦"了一声，又甩出一个问题："换人了，为什么呢？"

内行的人都明白，面对一个烂尾楼，最难的是改造，最容易的是推了重建，K组就是重建了一个，而F组是换汤没换药，如果这二者都出自同一个设计师，那么他的可塑性就十分可怕了，将一个完全方正的东西，改成了圆润柔美的造型。

这个问题答不妥当，那么设计背后的团队矛盾可能就会成为隐患，钱心一不能瞎编乱造，但他又必须瞒住一些东西，电光火石间他稳住心神，诚恳地说："因为瓶颈。"

"在座的单位都是业内实力派的设计院，作品的侵略感都非常强烈，不知道各位是什么感觉，就我个人而言，看过之后脑子里全是它各个角度的轮廓，而且非常难以摆脱。"

钱心一的表情和眼神都很自然，可能是因为这是借着李工，在说他自己。

"展示区确实是我们的短板，所以上次回标里扣了分，各位都应该知道，我们和维克先生的团队来自同一家公司，对外对内都是竞争互励的关系，所以他们上次展示出来的方案二，对我们的冲击力远比各位要大，原设计暂时没有灵感，所以我们换了人，并且选择重新开始。"

黄总翻着图册上的近景图，笑道："你们换的这个设计，突破得就很不错嘛。"

钱心一道谢的时候有些腼腆，台下的迈尔斯把提起的心放回肚子里，忍不住又叹了口气，这傻子一点都不会推销自己。

他的名字好记，评委三叫着他提了好几个问题，关于小蝴蝶的杆件和曲面玻璃的可实施程度，这种场合其实并不适合谈论技术问题，因为比较占用时间，而且商务人员根本听不懂。

钱心一面上露出迟疑，黄总却兴致勃勃地让他简单说说看，钱心一猜测他应该是搞建设出身的高管，对技术十分痴迷，就像翟岩那种。

他于是尽量简洁地概括了最小的弧度和曲率，又提了一下目前市场上的生产水平，其他人或许不懂，但是施工巨头远航却一清二楚，只要有钱，这个展示区基本能照原图放出实体来，它美得很现实。

因此轮到他们一上讲台，PPT还没开，他就先夸了钱心一的团队，说他们厉害，他们时常唾骂垃圾设计师并不是因为没法偷工减料，实在是有时造型复杂到只有蛮干才能实现。

钱心一不会邀功，迈尔斯起身来寒暄，心里却浮起一种奇怪的感觉，被对手嫉妒是实力的证明，但是被施工队佩服，却是破天荒头一回。

设计和施工之间的关系，中间隔着甲方的利益，通常都不会太和气。

钱心一规矩地坐在旁边，迈尔斯看向他，一瞬间觉得他非常争气。

远航的图纸原封不动，演讲也没什么亮点，不上心到简直猜不透他们大老远跑这一趟是不是因为钱和时间多到烧手。

老规矩当场出商务标，9点左右评委对完计分栏，将加权分递给黄总过目，他看了几眼就让邓明光进来复印了六份，逐个派发了下去。

这次商务标桂冠被K组摘下，因为两个方案他们加了一分，徐科紧紧地咬在后头，然后是并列的F组和华东院，GAD和远航倒数，每档排名都只有一分之差。

黄总站起来宣布大家辛苦了，明天10点继续，公开评技术标。他说要请大家吃饭，不过没人当真，各自回了落脚处。

梁琴约钱心一去撸串，迈尔斯又要表扬他今天表现不错，要带他们两个土包子去吃高级海鲜，钱心一不好推辞，于是跟梁琴说明天再约。

吃完饭回酒店就10点了，商务跟他一间房，钱心一没有立刻回去，在大厅的沙发上逗留，拨通了陈西安的电话。

两人进行完日常问话，陈西安表示他跟彭十香的关系还是热脸贴冷屁股系列，钱心一莫名其妙被戳中了笑点，笑了半天，让他不要气馁再接再厉。

那边陈西安倒是没气馁，他只是稍微犹豫了一下，接着还是决定在投标结束之前，不拿彭十香那个宅基地的电话来打扰钱心一了。

钱心一对此一无所知，兴致勃勃地窝在沙发里跟他分享这次高潮迭起的竞标。

他说徐科来得悄无声息，立面高端大气，王巍机智无比，自己也是大将风范帅到天际，陈西安毫无原则，就在对面附和。

"我说过，懂施工是你独一无二的优势，"陈西安揶揄说，"远航集团以后看见你的项目，估计就要扑过来抱大腿了。"

"别扯淡了，"钱心一根本不飘飘然，"人家集团上百亿的资产，鬼来抱我的大腿。"

陈西安说："那我是鬼。"

"你该吃药了！"钱心一笑着骂他，两条腿叠在一起伸出老长，脚在地上晃来晃去，犹豫了几秒，还是没忍住想跟他保个底，尽管他知道这种问题毫无意义。

他说："你觉得哪家会中标？"

陈西安拒绝回答："不猜，等结果，不过徐科确实挺反常的。"

钱心一秒懂，上次内定的是赛劲，标都没开完徐科就得到了风声，这种让人望尘莫及的消息网，足以说明他们的关系户十分不一般。

至于有没有强硬到能左右这次竞标的结果，在答案揭晓之前，谁也说不准。

次天 10 点，技术标的评比准时开始，黄总一改以往评委翻看图纸提问的评比模式，让众设计院按照昨天抽签的顺序挨个上去讲图纸，时间两个小时。

这个要求是如此蛮不讲理和猝不及防，虽说业主就是爹，但大伙一时都忍不住槽点满满，成百上千张的图纸，两个小时怎么讲？还要讲得清楚明白，否则第一次接触图纸的人跟不上进度。

猛然跳出这么一个环节，游戏的规则霎时颠倒，越靠后反倒越安全，准备的时间相对充足，并且可以不断积累前面的经验。

徐科的负责人不苟言笑，他冷静地向黄总和评委提出了需要准备三十分钟的要求。一时会议室里充满了密集的鼠标点击声，因为标书昨天已经交给了甲方，所有单位都只能依靠电子版。

陈毅为似乎认清了现实，决定破罐子破摔，他看起来很轻松。

王巍淡定如常，他的速记能力很强，连陈西安都不是对手。

华东院务实的作风一览无余，他们的设计在纸上奋笔疾书，看样子是准备带着演讲稿上台。

钱心一大概是所有演讲人里最轻松的一个，他自己就画了两个区，经手的东西又习惯细查一遍，加上组员挤对他，他独自完成了小蝴蝶切入之后百分之八十五的调整，临走前天还过了一遭，对此可算是得心应手。

因此他还有心情化身"钱尔摩斯"，时不时地偷偷观察徐科的负责人。

远航似乎打定主意要当安静的美男子，他们的技术最闲，电脑打开了翻都没翻过。

10 点 40 的时候，徐科上了台，那个主讲人本来就严肃，所以更没本事把图纸讲成段子，过程枯燥全凭创意撑着，前一个小时关注度还比较集中，后来大家听得昏昏欲睡，内容单一是一方面，另一方面是工作党听课，本来就是个笑话。

评委席前半截的回应还比较热烈，提了不少施工难度和成本的问题，后半段疲倦下来，被传染了似的打呵欠。

徐科的优势向来是作图精细，此刻却成了负担，为了在规定的时间内完成，许多页都是直接翻过，给人一种走马观花的感觉。

排在后面的人赶紧改变了策略，摒弃了一张张翻图纸的做法。

午饭是人手一份内容比较丰富的盒饭，坐在原位上吃，吃过了之后休息一小时，下午接着评标。

吃完饭后桌上趴倒一大片，王巍带着笔记本电脑失踪了，迈尔斯和维克分头去找星巴克，梁琴扔掉一次性饭盒回来找人，就发现她的前任所长也不见了。

钱心一以前来金荣开过许多次会，对这栋大厦比较熟悉，知道门厅最靠里的隔墙后面有个规格很高的休息区，沙发都是皮具，就摸到那里去给陈西安打电话，给他科普甲方招标的新招数。

陈西安这个时间接到电话，还以为他已经折返了："回来了？"

"早呢，"钱心一坐在沙发上，苦哈哈地说，"多了个环节，讲整套技术标。"

陈西安投标的次数还不如他多，闻言也觉得有些胡闹："讲技术标？怎么讲？讲多久？"

"用嘴讲，两小时，"钱心一腰疼地歪到靠背上，说，"我还专门看了一下，徐科当时也蒙了。"

那就说明徐科事先并不知道有这么一个环节，不知道也不要紧，问题是这个突加的程序对他们来说最为不利，假设徐科是这次内定好的单位，那么这一堆弯路就绕得太费时费力了。

两人隔着电话，不约而同地细思恐极起来，不是他们也不是徐科，那会是哪家？

GAD？华东院？还是远航？又或者，这回一开场，就是一场公平竞争？

下午的时间只够 GAD 和 K 组解说他们的技术标。

看得出陈毅为对图纸不太熟悉，不过他颜值高，往那一站像个模特，人又能说会道，气氛竟然比上午还轻松。

评委针对性地问了水滴的可实施性和造价，陈毅为大概心算出一个价格，事实是估低了挺多。

远航的负责人抽了抽嘴角，露出一个无法苟同的微笑，不过在场没人注意。

王巍是最紧巴巴的，同样的时间里他要讲两套图，因此一上台就开了个玩笑："各位领导，我觉得我需要四个小时。"

黄总不知道哪来的信心："我相信你。"

但王巍的目的不是讲完，而是讲好，他不愧是整理家务的一把好手，分门别类的技能炉火纯青，按照图纸来讲他铁定超时，所以他单独挑出了展示区，将剩下部分的共同点和区别放在一起。

戒指的难度还不如王巍裙房上那些纵横交错的空中走廊大，因此没有评委质疑它，倒是陈西安那个杂乱无章的鸡窝让人比较头疼。

评委三问出了所有人的疑问："你们要怎么解决锥形展区穿孔板上的图案根本就没有规律的问题，这个放样，是会放死人的。"

其实这些问题都有些吹毛求疵了，投标做的本来就是面子工程，效果无条件优先，其他一切容后再议。不过出资方有任性的权利，作为建筑行业先驱的设计师，按理也该以现实为笔。

职业的惯性使然，王巍看图的时候只会思考陈西安是怎么放出这么复杂而自然的线条，而不会考虑它要怎么开出模具，那是施工的事情，只有在真的无法实现之后才会返提给设计。

陡然被问起，王巍于是有了演讲里的第一次停顿。

台下的人心思各异，有的在等他出丑，有的是确实在思考这个技术难题。

钱心一眼皮一跳，尽管知道不太可能，还是希望陈西安向他提起过。

钱心一第一眼看见鸡窝的时候就说过，"我要是还在做施工，看见你这图得打死你"这句话，陈西安也不是个不讲实际的人，他们在家里花样放线，对线条做过休整，它其实是能实现的，而且模具并不用很复杂，只是做法巧妙一些。

但是王巍细微的表情变化告诉钱心一，他不知道，陈西安没有跟他说。

讲台并不是一个适合思考的位置，而且脑子里思路全无，王巍不自觉地朝钱心一那里看了一眼，然后他看见后者回望着他，一副欲言又止的表情。

能解决，他知道……这个念头从意识里冒出来，王巍的心理压力登时大了起来，图纸是合理的，他却当场被问倒了。

王巍稳住心神，心想：我必须想个办法，让心一接我的话。

为了不让气氛继续冷却，他笑着打起了太极："单看图纸确实很难放样，不过我们的设计师肯定也不是随便旋转和镜像得来的造型，设计需要天马行空的想象力，但也必须脚踏实地嘛。"

"至于这个穿孔板的出材，还是从我们公司的钱工那里得到的思路，我没做过实际案例，一知半解的有误导大家的嫌疑。黄总，你看我能不能找个外援，麻烦钱工帮我说明一下？"

王巍朝他扬手做请，评委三和蔼而期待地问道："小钱啊，你知道？"

这次真的不是他想包庇，钱心一站了起来，说："知道一种。"

黄总忽然凑了过来："来，说说看。"

"以前遇到过规律离散的花纹铝板，"为了避嫌，钱心一隐去了厂家，说，"某铝材厂用了一种比较取巧的办法，模具不动，将基材放在转盘上，三百六十度旋转的时候随机下滚轴，用转速和滚压间隔来控制，这个应该是同样的道理。"

评委三自顾自地琢磨起来，黄总却看向了长桌的尾端："谢总，你是我们这里最专业的，你觉得这法子怎么样？"

钱心一左手边那人登时笑了起来："您老可别这么叫我，也别给我们戴高帽子，我个人呢，没见过这种做法，不过既然有实际案例，那肯定就是能做。"

施工都说行，这问题就不再是问题了，钱心一坐回去，不动声色地瞥了迈尔斯一眼，怕她不高兴，觉得他对"敌人"仁慈。

然而迈尔斯面色如常，甚至还说得上愉快。她并不介意卖K组这个人情，让甲方知道他们的方案可行，但前提是甲方也知道了他们F组的设计不仅能画出好图，而且还懂施工。

王巍开始继续往下讲，他的裙房同样遭遇了疑问，不过自己的东西他答起来容易，讲完鞠躬差不多正好是两小时。

今天的技术标就停在了这里，大家离开会场的时候都有些筋疲力尽。

王巍走在过道里，接过钱心一递来的水喝了一口，笑道："你们一个屋檐下的，就不用我替陈西安道谢了吧。"

"说他干吗，纯粹是咱俩的交情让我帮你说的话！"钱心一互吹一通，去勾他的肩膀，"你们一个组，我也不替他道谢了，不过巍哥你讲得挺好的。"

王巍被他压成了高低肩，开玩笑说："我当时挺怕答不上来，你跟我急眼。"

钱心一哈哈哈地笑道："是的，你逃过了一劫。"

王巍笑了笑没再接话，只是拖着他仍慢悠悠地走，然后被人拦在了水晶门的门口，钱心一看见人才反应过来，他昨天应了梁琴的约，今天要带她去撸串。

梁琴邀请王巍一起，被后者委婉地拒绝了，于是梁琴带着钱心一，钱心一带着钱包，直奔美食地图上的一家烤串铺子。

店里烟熏火燎的，梁琴埋头在菜单上打了一个又一个的钩，扎啤豆浆不要钱地叫。

这场景钱心一觉得熟悉，却又遥远到好像是很久之前的事了，以前他带着一所，每做完一个项目就会去聚餐，离公司不远就有个门面很大的串吧，年轻的小赵和心态很年轻的胖子总能闹到半夜。

那时陈西安还没出现，而钱心一个人住在老房子里。

钱心一记着49%，不过看她高兴，没阻止梁琴的"豪"无人性，两人坐在小板凳上聊生活琐事。

钱心一喝了两小杯啤酒，咽着口水抵制肉串和辣椒面，梁琴催他吃吃吃，他光说好却不怎么行动。

一个人吃总是不香的，梁琴问他："怎么，不好吃啊？你怎么都不动的。"

钱心一没跟她说自己的心脏今年吓了他一跳，现在老老实实的，只说："没，挺好的，我是中午吃多了，现在还不饿，你吃你的，甭管我。"

梁琴拱了下手，说她要恭敬不如从命，可事实上她也没吃多少。人们老说岁月不回头，食欲似乎也是如此。

吃完他们打上出租，先把梁琴送回了酒店，由于住址之间有点距离，梁琴下车之后，出租车拐弯路过闹市区的一个药店，钱心一想起他扩张心血管的药片快没了，就让司机靠路边停了车。

他买完药还没出药店，隔着玻璃门在人群里看见了熟人，严格来说不算熟人，只能说是眼熟的人。

钱心一震惊之下掏出手机，通报起来："陈西安，我刚看见甲方负责人和评委三在一起散步。他们中间还有个人，要是我没看错的话，他应该是下午坐我左手边那个，远航的负责人。"

听筒里一时静寂无声，另一边的陈西安同样惊愕。远航的负责人，为什么会和黄总和评委三在一起？

"远航……不是表现得，比较平庸吗？"陈西安全凭听说，因此迟疑道。

"好像……是……吧。"钱心一边说，一边把经过在脑子里捋了一遍，心理作用下远航的作风登时又有了些多疑的色彩，因为内定，所以任性？

但是剩下五家里任何一家的金融城方案，都比远航要来得高端大气上档次，金荣的甲方到底在作什么幺蛾子，两人合计半天也没弄懂，只能心力交瘁地挂了电话。

这天夜里他们都没睡好，很多时候并不是结果让人无法接受，而是结果之下的不公平，让人无法释怀。

翌日 10 点，由钱心一开场，他的技术要难点昨天就被评委三问得差不多了，因此一鼓作气讲得很顺利。

吃完午饭休息过后，远航的代表上了台。

钱心一心里亮着一盏巨大的八卦之灯，目光在黄总、评委三和台上的男人之间来回打转，然而结果让他有些失望，远航代表的态度还是很敷衍，而他们之间也没有额外或特别的眼神交流。

一切都正常得好像他昨晚在药店里看见的那一幕像是错觉一样。

远航的技术标讲完之后，现场出标的环节就到了，得分早就出来了，不过评委们还在小声地做最后的交流，在座的人都不由自主地紧张起来，空气里飘浮着蠢蠢欲动的期待。

钱心一有些提不起兴致，迈尔斯却不停地用胳膊肘捅他："我有种预感我们会中标！你说我们会吗？"

钱心一因为之前那些幺蛾子，什么都没敢说。

当所有的记分表都汇聚到黄总手中，他站了起来，没有第一时间让邓明光发下来，而是将纸压在了桌上。

"在座的方案都非常优秀，有几个在我们看来都是第一，哪一个成为金融城我们都很乐意，但是很不幸，我们只能选择其中之一。我说句实话，这次的评标对于有些单位确实不太公平，原因不在我们，而在大环境。"

"相信这几天以内，你们就能明白我们今天所做的决定是正确的，在此，我代表集团感谢你们所有人的付出。"

"在这里，我要特别感谢远航集团，他是我们请来陪标的施工难度鉴定顾问。"

远航的负责人起来跟大家打招呼，钱心一直接就蒙了，咂舌道金融城不愧是一出峰回路转的年度大戏。

接着黄总扬起记分表："在我力所能及的范围里，这是我们觉得最合心意和公平的结果，各位都是大公司，赢得起也输得起，希望我们以后能有更长远的合作。小邓，把得分给各单位发下去。"

得分表一共三张，商务标、技术标、加权标总得分。拿到手的瞬间迈尔斯脸色就难看起来，钱心一视线掠过，骤然看见了排在第一的名字，他的心脏应景地蹦了一下。

JMP 公司 K 组——

括号里还有一行打印体的小字：我司倾向于方案二。

那些加分减分的数据都如同潮水般退出了他的视线，钱心一从来没体会过这种感觉，明明嫉妒一个人，却又迫不及待地想要分享他的喜悦。

不过他没有立刻就告诉陈西安，这是 K 组的荣誉，他们会第一时间分享给他，而钱心一自己，有无穷无尽的机会当面向陈西安说出恭喜。

隔着失望的迈尔斯，维克奔放地抱住了也很开心的王巍，徐科的负责人面色不虞地将白纸摔在了桌上，不过没发作，陈毅为哑然失笑，华东院闷闷不乐，黄总亲自走下来，一家一家地握手。

评委三跟在他旁边，经过钱心一身边的时候，忽然拍了拍他的肩膀，说："别难过，你那小翅膀，没中标是好事。加油，好东西，都是越沉淀越有价值的。"

钱心一虽然不知所云，但还是很认真地谢过了这个长辈。

离开总是比到来容易，一刻钟内会议室就散了个干净，来去匆匆。

梁琴难以免俗地有些失望，她在门口等了一会儿没见到钱心一出来，在陈毅为的催促下一跺脚上了出租，没来得及跟她曾经的钱所说一句再见。

钱心一也跟着迈尔斯上了回程的高铁，刚上车那会儿 7 点半，陈西安打来电话，问他什么时候能到，钱心一说他已经在高铁上了。

低落是失败的后遗症，迈尔斯应该是并列第一失望的，而徐科是另一家，实力越强，挫败感就会越强烈。

火车快到 C 市的时候，她忽然侧过脸来，眼里的神色复杂，脸上却带着笑意，轻声问道："钱心一，你后悔吗，昨天下午帮他们解围？"

钱心一确实有点羡慕他们中了标，不过没觉得后悔："谈不上，这本来就是陈西安的解决方案，而我确实也知道。"

迈尔斯也不知道信没信，闭上眼睛开始养神，她笑了笑说："你们见了面不会觉得尴尬吗？或者嫉妒？毕竟是陈西安赢了。"

"不要紧，"钱心一平和地笑道，"我下次也会赢他的。"

迈尔斯眼皮动了动，良久没有动作，好像真的睡着了。

下车前她交代钱心一，回去赶紧把设计稿化整为零，发到建筑论坛上去占据主动权，以免被看过的人剽窃走了概念。

这是大事，钱心一心里有数，点头表示自己记下了。有人来给迈尔斯接站，是个年纪挺大的英国男人，两人一看就不是纯朋友，钱心一拒绝了迈尔斯捎他的提议，自己站在路边打的。

因为不是节假日，路过的出租都不多，钱心一打算用 APP 滴辆车，然而这里的网也稀烂，半天都刷不出车辆信息来，他在路肩冻得恨不得跳脚。

好不容易等来一个电话，他看也没看就接了，听筒那边司机笑了笑，说："帅哥，打车吗？免费接送。"

紧接着滑过来的黑色哈弗就响了一声喇叭，钱心一被吓了一跳，但听出了来电人是陈西安，他的嘴角抿成一条线，很快又翘了起来。

路灯昏黄，小车与他相互迎来，最终停在他面前，车窗滑下来，露出藏在后面的面孔，钱心一勾腰往那儿一趴，说："好消息，给你带回来了，爽不爽？"

陈西安绷着笑，眼神一派温良："怎么说呢，听见好消息肯定是爽的，但在你面前我好像又该收敛一点，所以我有点纠结。"

钱心一"喊"了一声："你可以暗爽。"

陈西安眉眼一弯，但却不是因为暗爽，而是因为钱心一的情绪看起来还行，并不挫败，他说："你先上来，外边儿冷。"

钱心一绕过去，看见裹着大衣在路边等车的人群，心里冷不丁就软了下来，他都是有人免费接送的了，其他也不该奢求太多。

隔天住建部就颁布了新规 38 号条文，此文顷刻就在业界掀起了一阵腥风血雨，其中一条尤其遭受热议：禁止在人流密集的公建位置二层以上使用玻璃材料，使用必须用安全玻璃。

钱心一和陈西安在家里大眼瞪小眼，金融城投标这六家单位的八个方案里，只有鸡窝的外立面没有玻璃材料。

　　上次它被污蔑抄袭，这次却独自踩中狗屎运，也许一切恰如约翰·肖尔斯所说，所有失去的一切，终究会以另一种方式归来。

- 正文完 -

番外　年底

陈西安出院的第一个周末，钱心一的检查也做完了，属于问题不严重但日后必须注意的程度，彭十香心里的石头落地，提出了回家的要求，钱心一没多做挽留，毕竟刘易阳也需要她。

彭十香和陈西安并没有熟悉起来，不过顾忌到 49%，她对钱心一的态度显然温柔了两个档次，没拒绝他要送她的请求。

归途上没有陈西安，彭十香竟然有种如释重负的感觉，她一边觉得荒谬，一边又确实觉得轻松。

陈西安虽然对她和气恭敬，她心里却总有股压力，大概是他表现得太过无懈可击，叫她无刺可挑。她害怕妥协，偏偏又无计可施，她心中有结，也没心思劝诫，只让钱心一好自为之。

这约等于一个天大的退步了，钱心一震惊的目光印在后视镜上，心潮澎湃地应了句"谢谢妈"。

彭十香不需要他的感谢，很快换了个话题，支支吾吾地说："心一啊，我……跟你说个事。"

钱心一："你说。"

"就是，"彭十香顿了几秒后说，"就是你爷爷之前在村里的农场那边是有块宅基的，这事你还记得不？"

钱心一想了想，点了下头："有点印象。"

他爷爷以前是老家农场里的工人，后来农场因为离集市太远，不方便，很多人都落户到别的村去了，不过老头还留在那儿，因为那老屋的坡下头有个水塘，方便他就近养鸭子。

钱心一因为离开老家太多年，彭十香不提，他根本想不起还有这块地，他说："怎么突然提起那块宅基了？"

"村里说，现在的宅基不够分了，让我把它转让给村头老梁家的老二，可老梁家那个小的又不是没有家，他在城里好几套房子呢，还稀罕咱农村那点宅基？我觉得不对劲，就问你大姑父，他说国家要搞乡村振兴，以后咱们村里的地才值钱，不能转让。但村支书又说我占着两个宅基不合适，我就想问问，你的户口能不能转回去？"

C市虽然比不上超一线城市，户口没有那么值钱，但也不是说转就能转的，钱心一说："妈，这事有点突然，你让我想想。"

彭十香说好，两人顺利地抵达了B市。

刘振不喜欢他来，钱心一也不乐意看对方的脸色，把人送到家门口，掉转车头去学校看了下弟弟。

刘易阳接到电话开心到飞起，得意扬扬地跑去找老师请假，两条腿甩着跑出校门，一头撞在了他大哥的大腿上，然后巴结钱心一带他去吃炸鸡翅和薯条。

钱心一自己不喜欢西方快餐，就觉得全世界对这东西都无感，刘易阳那个垂涎三尺的小样子让他觉得没出息，一边又觉得小孩可怜巴拉的，好吃是小孩的天性，等他到了自己这年纪，就是想馋也馋不起来了。

刘易阳纯粹是被管得太死，出于一种羡慕和觊觎的心理，全家桶对他来说就是人间美味，他啃得指甲缝里都是油，嘶气咀嚼喝可乐，时不时还要催大哥也吃，忙得不可开交。

"大哥，我过年去给你拜年好不好？"他转动着眼珠子羞涩地小声道，"不要红包，你来接我好不好？"

他问得突然又含糊，以至于钱心一愣了两秒才反应过来，往年都是他过来，这傻乎乎的小矮子能提出这种要求，大人之间的矛盾应该多少影响到了他。

钱心一有点愧疚，这是个微不足道的小要求，可惜他今年做不到，他摸了摸刘易阳软塌塌的短毛，难得温和："大哥今年要出趟远门，不知道正月初几才回来，不一定能来接你，还是给你发个红包吧。"

刘易阳撇着嘴失望道："那……好吧，你要去哪啊？跟陈叔叔一起吗？是去旅游吗？"

陈西安刚出院，钱心一兵荒马乱的还没缓过劲来，去基地过年的安排也还没提上日程，他也不清楚，于是直接往刘易阳嘴里塞了个翅根："快吃，一会儿你该'放学'了。"

刘易阳心里一急，立刻就吃忘了。

彭十香的离开让陈西安也备感轻松，他不用强打精神做五讲四美好青年，人一走他就进入了冬眠状态。

钱心一回家当晚看见他拥着被子躺在沙发上，电视开着人却睡着了，开门的动静也没能吵醒他。不过钱心一也不想吵醒他，家里的踏实和安全感是哪里都比不了的，这是陈西安的幸福时刻。

钱心一换了拖鞋，轻手轻脚地去了书房，他往椅了上一靠，整个人很快就放空了。他什么也没想，细细的晚风掠进窗口，大概是受了陈西安精神不济的感染，钱心一也有点昏昏欲睡。

两人堂而皇之地睡过了周天，期间钱心一在网上搜转户口的相关信息，被陈西安看见了，陈西安说："你这是在干什么？"

钱心一把老家宅基的事跟他说了。

陈西安一个城里人，对宅基的认识更贫乏，两人对着电脑一通搜，完了钱心一又到处打电话，给他妈、给他姑父，折腾一下午，最后决定先转回去也行，反正他没有娃要上学。

次天，两人早起回公司打卡，春节的倒计时就贴在了机器旁边。

K组拿下金融城的喜讯，公司里并没大肆宣扬，庆祝也仅限于K组内部，这个项目体量大利润也可观，建筑群的难度却不高，对于实力雄厚的JMP，它并不算高精尖工程

陈西安刚出院，玩不动吃不好，去饭局上打了个酱油，溜得比谁都快，

回家发现钱心一哼着歌在煮面，又厚颜无耻地蹭了半碗。

钱心一猜他要去吃香的喝贵的，就只下了自己的分量，谁料这厮在出锅的时候回来了，他把陈西安往门外挤，不过到底是分了这人一小碗，并且还从嘴被里抢走了半个鸡蛋。

38 号文件作为年度重磅，公司专门组织全员开了个大会，要求所有人在今后的设计里都要注意。

钱心一虽然来气，但也不至于狭隘到去抵触它，他的视角有限，明白行业远没有他看到的现状这样平静，无数的事故和隐患被刻意掩盖，国家控制不会是空穴来风。

他把这两页纸打印出来带回家，跟陈西安一个字一个字地研究，一边往脑子里记，一边八卦行情危机。

"你说，玻璃是不是产能过剩了？要么就是钢筋水泥过剩得更厉害，为了促销封杀玻璃，"钱心一趴床边上，手里闲不住地转着铅笔，一脸阴谋论的样子，"要么就是玻璃结构实在研究不出个所以然来，专家组觉得没有成果不开心，干脆申请不用它拉倒。"

"你以为年终大卖场呢，还促销，"陈西安抽掉他手里的笔，催他去洗澡，"你说的原因应该都有，再加上玻璃坠落伤人、光污染严重、动不动就自爆、爆完了还找不到原因，不仅没法预防，纠责的时候责任方都找不到，这么任性的材料，不控制它控制谁！"

钱心一忍不住笑了起来，爬起来往外走，说："贵圈真乱。"

年前四合院开了最后一次会议,关于停工和进度备案,钱心一去了一趟,翟岩不在,听何工说,他带着妻儿老小跟团看那么大的世界去了。

钱心一笑了笑，对于即将到来的探亲年假忽然就有了点期待。

越近年关，公司里人心逐渐浮动起来，年终奖是设计岗望穿秋水的寄托，办公室里整天弥漫着窃窃私语。

钱心一刚来半年，又不喜欢参与八卦，对于新公司的绩效结算一无所知，不过算翻天了也不会有在 GAD 当所长的时候多，他花钱的地方也不多，对此还算淡定。

唯一让他有一点点纠结的就是，陈西安肯定要比他多。这是价值最直观的体现，有心竞争就不可能全不在意。

年会在奖金下来之前，流程简单愉快，概括起来就是吃饭抽奖泡温泉，不过抽奖晚宴的那天下午，有两个多小时的讲话时间。

K组作为开门红的大组，在发言里有一席之地，维克炒冷饭地说完感谢和继续努力的豪言壮语，临下台之前忽然把陈西安揪了上去。这是他们私下合计好的一点微小荣誉，送给这个大病初愈的组员。

短暂的错愕之后，陈西安穿着厚重的羽绒服上了台，他没想到会有这一出，因为怕冷而穿得还很臃肿，不过他笑得很淡定。

"我事先并不知道有这个环节，"陈西安调了调话筒，说，"没做准备比较仓促，要是说得不好，请大家多包涵。"

"首先谢谢我的领导和组员愿意把表现的机会让给我，我来公司的时间不久，但足以发现大家都非常优秀，我心里时常会有一种压力，那就是必须马不停蹄地努力，才能跟得上大部队。"

"其次感谢公司，能为我提供这样宽广的平台，时间关系也不多说，希望自己能与公司共同进步。"

"最后，谢谢那个让我能站在这里的人，"陈西安看着最后一排笑道，"我希望他今天能抽中大奖。"

康纳博士会错了意，还站起来鞠了个躬，在座掌声雷动，钱心一被公然抢走谢意，心里却真的觉得自己今天好像能中奖。

他从前在GAD号称霉神，一连三四年纪念奖都抽不到的那种手气。

到了晚宴中途，他却居然被念到了名字，虽然事与愿违是个不大不小的三等奖，但奖品戳中了他的心意，便也乐了大半个晚上，或许这也是陈西安给的运气。

一回家，钱心一就把滚起来悄无声息的大牌旅行箱往门背面一立，说："我出箱子你出力，完美，去收拾吧。"

陈西安好笑地说："你就是不出箱子，我也不敢让你收拾，丢三落四的。"

被鄙视得来的清闲钱心一依旧喜欢："没带就不用了呗，哪那么多必需品，越收拾越多。"

这注定不是一场带上人、带上钱、说走就走还能很潇洒的旅行，54 基地处在穷乡僻壤，生活用品花样难买，不过陈西安没敢打破他的幻想，他一边说"有道理"，一边心里隐约就高兴起来。

　　天高水阔，许多地方他们都独自去过，却从来没有与另一个人，一起同行过。

番外　登门

钱心一把小蝴蝶单独摘出来，截了些模型和平立面图发到了建筑论坛上，然后它就……沉了。

偌大一个论坛，活跃的用户其实很少，更别说年底大家无心工作学习，没点击量的帖子根本无人问津。钱心一又不会玩花样，帖子老实巴交地叫展示区方案设计，到了正文开头为了方便描述，才简称它为小蝴蝶。

陈西安常年在论坛划水，一看那帖名就知道要沉，不过都随他高兴了。

设计本身就足够亮眼，额外的造势反而会让它带上广告的味道，它只要带着设计师本人淳朴踏实的风格，默默潜伏到被挖掘出来的那刻就好。

陈西安像一个素不相识的坛友一样留下了自己的见解，关于造型、关于模型，优点和缺点都一应俱全，钱心一抓着一把瓜子在他背后边看边嗑，末了攒出一小把瓜子仁，兜在手里递到他嘴边以示感谢。

除他之外，回帖的资深人士就基本没有了，行业的寒冬已经初露端倪，论坛里的新帖基本都是多年设计求职相关，还在职的基本都是设计院的主心骨，日理万机也没时间刷论坛。

倒是有二十多个回帖，一看就是新入行的小年轻，跪拜大神求计算和建模软件闹得不亦乐乎。

钱心一闷头画图七八年，根本不知道网络的厉害，他把帖子往坛里一挂，只当作了个设计证明，见也没什么回复，没一个星期也不太去了。

陈西安倒是收藏了链接，直到放假之前，都会时不时地去看一眼。

小蝴蝶敛尽锋芒地藏在建筑方案的版块里，一段时间之后，却始料未及地在论坛上掀起了一股小狂潮。

放假前天的深夜里，C市落了层稀薄的雪，气温跟着急转而下，降到了多年不遇的谷点。路旁的长青木叶片上都裹满了冰块，风一吹，像挂了一整个城市的风铃，钝钝的碰撞声无所不在。

钱心一有点发愁："你爸妈那疙瘩估计比市里还冷，你受得了吗？"

陈西安现在大概活在零下五度到零下十度的世界里，就是家里开着暖气，他还是穿着棉衣晃来晃去，这是出血热的后遗症之一，医生说恢复至少也需要大半年。

他像个装在套子里的人，里面薄羽绒服，外面套长棉服，闻言十分老神在在："不要紧，我们住在山边上的镇子里，有土炕，你第一次去恐怕还会热得受不了。"

钱心一没感受过炕的威力，撇了撇嘴似乎有些不信，不过见他这么笃定也就懒得操心了。

最后一天上班，就连迈尔斯都打起了酱油，大家看似心不在焉地对着电脑，其实都在偷偷地刷手机。这天下班史无前例地准点，5点10分左右就只剩需要检查水电开关。

两人将要远行，虽然不用备年货，但需要给老一辈挑选礼物，于是一下班就去了商场。钱心一买平安扣都只需要十分钟，加上一个陈西安效率翻倍，去的路上就把礼物定下了。

他们打算给习涓换个玉镯子，给陈海楼配副新眼镜，陈西安是亲儿子，圈口和度数他都知道。

钱心一跟陈西安比细心必输无疑，他也想给他妈买个镯子，可惜自己不知道圈口，问肯定也问不到，索性等价代换地包个红包，也更合彭十香的心意。

至于他师父杨新民，因为高血压的缘故，他去年给他在小区附近的老年俱乐部办了张贼贵的健身卡，被老头三天打鱼两天晒网地浪费完了，今年他仍然准备续上。

陈西安作为徒弟的搭档头回登门，经过慎重的斟酌之后，决定投其所好地选副象棋套装。

商场里人山人海，两人庆幸不用去挤超市，金银玉器区的活动打得抬眼全是广告，钱心一不懂行，到处瞎凑，陈西安感觉自己像是在陪业主看石材。

镯子样式不多，材质上的区别对视觉影响巨大，钱心一虽然不怎么花钱，但真花起钱来比小资还狠，只看好的，他觉得送礼是种诚意，既然选了镯子，品质太次的他不会考虑。

他停在一个小巧的旋转台前不肯走，把陈西安往柜台边上拉，说："这个你妈会不会喜欢？"

台上的镯子冰白透亮，陈西安一看标签有点吓一跳，一时有点感动又有点无可奈何："你别吓到她，我们家讲究礼尚往来，小辈送礼老一辈返一倍。"

钱心一被陈西安他搭着肩膀往下家走，时间倒退十五年他会嫉妒这个双倍的回礼，可惜他成年了，只会更加难办："便宜不行贵也不行，你自己看吧，哪个合适我直接买了。"

陈西安满口答应，挑挑拣拣选了只豆种的翡翠手镯，钱心一惦记那只旋转台上的，开始觉得豆种丑，多看了几眼又还凑合，刷完卡两人又转到眼镜店去配眼镜。

配完眼镜，两人转车去了市里较大的一家文具店，陈西安一眼就看中了一副红木的象棋套装，红木的棋座和棋盘，看着很有档次，却并不是很贵。

他小时候喜欢跟陈海楼下象棋，后来聚少离多，这个习惯就没了，不过他还是喜欢象棋，谋定而后动，他喜欢那种深思熟虑的感觉。

钱心一跟他正好相反，是个直肠子，不喜欢这个到处挖坑的对弈活动，总是输得贼快，因此对象棋没有一点爱。他看着陈西安蹲在地上把棋子摸来摸去，鬼使神差地觉得杨新民梦寐以求的徒弟应该就他这样了。

套装封箱有接近二十公斤，陈西安目前不能干体力活，钱心一独自扛着个大箱子，觉得他要送这么大一个玩意也是造孽。

他希望两人能赶紧愉快地下起来，最好陈西安棋艺比师父好，叫老杨先折服一半，等到以后有万一，下手揍陈西安的时候也会顾念一点友情。

晚上天气预报说，今年可能是近六十年来最冷的冬天，各地即将暴雪纷纷，就连一向温暖的沿海地区都在所难免，各地老年人高血压心脏病并发症发病率提高，吓得钱心一赶紧给杨新民去了个电话。

那边老半天没人接，好不容易通了，一堆熟悉的杂音争前恐后地往耳朵里灌，钱心一瞬间放下心，知道这个老头生龙活虎地在家里折腾年货。他眼里有了点笑意，把手机从耳边移开，点了扩音键。

"老杨，炸什么好东西？是不是我最爱的小黄鱼啊？"

杨新民手忙脚乱，正好一张嘴闲，立刻开启了嘲讽模式："你个兔崽子没大没小！还小黄鱼呢，我炸了你有空吃吗？炸屁！"

上次杨新民喊他来吃饭的时候陈西安在住院，钱心一焦头烂额的，就说在忙，老头骂骂咧咧地挂了，再慰问就有了小情绪，钱心一心里愧疚，凑在话筒边上卖乖："炸吧师父，大半年没吃，可想了。"

陈西安喜欢他这个状态，笑呵呵地拍马屁，看着像是哄人，其实也在撒娇，很有活力的感觉。

钱心一能遇到杨新民，同样也是陈西安的幸运，可以说是这个老人造就了他的搭档，因此才有现在的他，陈西安尊敬素未谋面的杨新民，听得十分认真。

老杨在那边不屑地"哼"了一声，在锅碗碰撞的动静里大发慈悲："那你明天来拿吧，11 点，爱来不来，不来我就送给楼下老蒋！"

钱心一知道他是要炸现成热乎的给自己，心里感动得跟狗一样，忙不迭地答道："我来我来我来，老蒋是你棋场上的敌人，吃了你的小黄鱼还要赢你的棋，不要给他。"

陈西安在旁边笑他花样护食，很轻的一声，却神奇地被噪声里的杨新民听见了，不过他又没太听清，只知道有人笑了一声，感觉离得很近。

杨新民登时像个侦探一样说："心一，你还在外面？你旁边谁啊？"

"在家呢，旁边是陈西安，"钱心一很自然地答道，"你知道的，我那个室友。"

对于此人，杨新民早就如雷贯耳了，之前他每次催钱心一找对象，钱心一就会拉出他的博士同事来转移话题。后来钱心一的膝盖受伤，杨新民还见过陈西安一次，他说："哦是他啊。"

钱心一"嗯"了一声，征求意见地说："明天我带他去串门，欢不欢迎？"

杨新民把他当儿子，难得见有个合得来的朋友，乐道："让他来啊，正好明天卤大菜，吃饭也方便。"

钱心一挂掉电话，转头说："我师父是个火暴脾气，躁起来像拳王阿里，你怕不怕？"

"吃个饭有什么好躁的，"陈西安笑道，"你师父对你真好，我就没有，羡慕你。"

"那当然。"钱心一得意了没两秒，很快又爆发了危机意识，"还羡慕！我的福利马上得被你瓜分一半。"

"没有马上，"陈西安作指天发誓状，"我不吃小黄鱼。"

钱心一挑了下眉，又见他笑起来说："才怪。"

然后他嘴里说着"才怪"，心里又是另一番光景了，他想陈西安宽容又聪明，老杨肯定喜欢他。

次天两人起了个大早，扛上棋盘套装 10 点不到就杀了过去，到时杨新民还在腌鱼，客厅里摊着块大板，上面摆满了昨天做出来的东西，炸丸子就有好几样，拳头大的包子冷透待装，名为"年"的感觉忽然就在这套老房子里蒸腾了起来。

杨新民以前见过陈西安一面，不过因为年纪大了，对他的外形没什么印象了，眼下又暗自满意了一次，看他挺高的个子，很有礼貌和分寸，相处起来招人喜欢。

陈西安挑的象棋套装居功至伟，一露面就俘获了老头的心，杨新民拿着棋子摸来摸去，嘴里念念有词，夸陈西安是个好青年，并且兴奋得迫不及待地要扛下去，先找老蒋秀一把。

钱心一惦记的小黄鱼还在搪瓷盆里,因此不能放他走,杨新民下棋有瘾,老输还不服,非要下。为了防止他一去半天不回,钱心一不假思索就卖掉了陈西安,他说:"陈西安下棋跟老蒋一样厉害,你跟他下。"

　　杨新民立刻转头,看陈西安的目光里充斥着一种类似一较高下的东西。

　　陈西安不认识老蒋,也没跟钱心一下过棋,怕他把牛皮吹大了,连忙谦虚:"杨老,我水平很一般,心一他不懂。"

　　钱心一心里槽点满满,他只是不爱下,不至于连规则和技术都看不出来。

　　杨新民摆了摆手,笑道:"这棋子手感不错,手痒,来陪我下一盘,鱼还得腌一会儿。"

　　闲来无事,陈西安没有理由推辞,对坐着就开始下,老头端着架子,让他红子先下,因为轻敌没出二十分钟就被陈西安将了军,震惊之下发现这小哥有点厉害,集中注意力要再来一次。

　　屋里落子砰砰,杨新民喜欢拿棋子捅底盘,喜欢用车马厮杀,陈西安是稳推慢进,藏一颗暗怀鬼胎的小卒子,不动声色地在敌方的阵营里挪动。

　　钱心一看了一会儿觉得没意思,他师父棋艺很一般,他都看出来陈西安在让了,越发兴致缺缺,在旁边捣乱地提醒:"鱼腌好了。"

　　杨新民正专心运筹帷幄,挥挥手有点不耐烦:"别说话!"

　　陈西安抬眼去看,正好钱心一"啧"了一声,目光忽然从他后背收了回来,脸上带着点惊喜似的说:"哟,下雪了。"

　　陈西安回过头,透过露点斑驳的老窗,看见了屋外雪纷纷。

　　C市上次下这么大雪的时候,他还是一个人。

番外　谈年

　　导弹这种陌生而神秘的领域，原本只会出现在他浏览的新闻里，现在忽然就变得似乎触手可及，钱心一无法克制地有些小期待。

　　陈西安嘴严实得像个蚌壳，问他就笑而不语，吊得钱心一越发来劲，上路的时候兴致勃勃的像是要去探险。

　　陈西安说路不好走，两人就去其糟粕地整理出一个行李箱，外加一个放需要经常拿取物件的旅行包。

　　去路坎坷，他们不会也不能进入基地，最后会住在基地外围山边上一个偏僻小镇的招待所里，和普通的民居别无二致，不过钱心一还不知道。

　　飞机能飞的路程有限，剩下的需要换乘公路交通。第一次换乘的是老式绿皮火车，站台是古老的开敞式，夜深而不改人来人往，许多人大包小包，寒风从两旁空旷的雪地里吹过来，让裸露的皮肤有种被刀割的错觉。

　　钱心一伸出插在兜里的手，不到半分钟就觉得手不是自己的了，这体感也太寒冷了，他连忙让陈西安将厚重的围巾拉起来遮住了脸。陈西安嘴里说不冷，手上却很配合，立刻将自己弄成了一个蒙面人。

　　火车响着汽笛声靠近，两人跟着人流上了车。车厢里冷得和室外差不多，两人睡不着，就坐在过道里混时间。

　　钱心一去了趟接水口，发现那里不仅没水，还被泡面的残渣弄得乱七八糟，便东张西望着空手回来了，他小声道："你以前去看你爸妈，也坐这种火车啊？"

传说中绿皮火车有着旅行的味道，钱心一大概是缺少文艺细胞，兼而写多了设计说明，满脑子都是水密、气密、噪声和通风。

陈西安坐在翻开的过道椅上，声音也很小："嗯，只有绿皮火车，长途客车也有，就是容易被雪和冰冻封在半路上，一般有火车票我就不会选客车，怎么？是冷，还是想喝水？"

钱心一说："都不是，我穿再多都这样，四肢不上热气，我本来想给你打的，不过你想喝也没有了。"

黑夜中他看不清陈西安的脸，但听得出他声音里透着愉悦："谢谢，我不渴。"

钱心一知道他是假客气，有水他肯定喝上了。火车哐当哐当地响，钱心一不知怎么的忽然想起了习洇说他们在陈西安初中的时候就离开了他身边，忍不住就有点好奇："你第一次去看你爸妈是几几年？"

"高一那年暑假，"陈西安想了想，笑道，"那会儿你还在乾高当古惑仔。"

"少给我扣黑锅，"钱心一说着也怀念起来，"那会儿张航天天恨不得用消毒水洗澡用板蓝根泡饭，生怕我带着 SARS 病毒，哪有胆子找我的碴儿，我成绩突飞猛进好吗。"

他到现在还记得，由于人心惶惶，5 月月考他意外地进了全校前三十，班主任一激动，当着全班的面奖了他三大袋板蓝根颗粒，那段日子可以说是他这辈子最受追捧的时候。

陈西安不太关注榜单，但是从杨江的嘴里已经知道了，他应该是那种抽打抽打就能逼成学霸的类型。他看着钱心一，有一瞬间想问问他要是没有辍学，自我感觉现在应该是什么样子，不过很快这个念头就被扼杀了。

钱心一不会回头看，也不会假设人生，他认为他的生活普通，和别人没有区别，陈西安没有必要去叨扰他的平常心，于是笑着附和："是是是。"

钱心一听出他没诚意，接着问自己感兴趣的："你一个人去的？还是有人送？"

"就我自己，"陈西安笑道，"我那会儿大概到了叛逆期，不愿意听家长的话，也不知天高地厚，觉得自己像那么回事，不许亲戚送我。"

钱心一稀奇道："我还以为你直接跨过了中二期呢。"

"没跨过，"陈西安坦白道，"我高中的时候其实不怎么愿意跟人说话，作业有点多，性格也不成熟，朋友只剩杨江这根独苗。"

"有根独苗就不错了，"说起杨江钱心一还有些嫉妒，他也想要这么一个好朋友，"高中的小姑娘就吃高冷那套，工作以后又喜欢暖男，你这属性变得简直讨巧。"

不过刚说完钱心一又醒悟过来，赫斌的事故发生在大学的尾声，在这之前，陈西安的性格应该还带着青年意气的热情和锋芒，没有这么深的沉淀和潜藏。不过有些遗憾，这个为他撑过伞的人，在钱心一的记忆里只剩一个模糊的影子。

陈西安那时也不是高冷，是分身乏术，闻言揶揄道："是吗？你是不是很羡慕？"

钱心一嫌弃地说："羡慕个球，我不喜欢别人注意我。"

陈西安看着他笑道："那我得注意注意你了。"

钱心一不要脸地说："注意也行，拿钱来，一分钟一块。"

陈西安往他手心里放了颗牛轧糖，笑道："一千万，拿去。"

天冷夜长，纵然旷野星空明朗，坐着看一晚上也吃不消。凌晨3点，两人回卧铺躺了两个多小时，迷糊间也不知道睡没睡着，钱心一只知道睁开眼，就看见窗上成片成片的霜花，结出繁复而诡秘的晶状。

再往外，是轨道近处的村庄和枯树，挂满了倒锥状的冰凌，一副冰天雪地的北国景象，因为背景无边无际，绿皮火车在其中穿梭，缓慢得如同老电影里的慢镜头。

钱心一似乎一瞬间触碰到了所谓长途旅行真正的意义，不急不缓地，到陌生的地方去。

陈西安早就惊艳过了，没有任何感悟，只是捂在被子里假寐。

下了火车之后，两人打车到客运站冷飕飕地等大巴，大巴破得一过坑洼玻璃就集体颤抖，跟钱心一回乡下老家的巴士半斤八两。之后他们不得不换上一种带顶棚的三轮摩托，把钱心一冻得像面瘫一样。

他吃过苦，对此见怪不怪，难为小资也能坐得四平八稳。说起来钱心一很欣赏陈西安的这点，他几乎从不会面露嫌弃，他尊重很多的人和事。

或许他普通的名字就因此而来，自西向东，随遇而安。

好不容易从三轮上下来，钱心一脚麻得在地上直蹦跶，踩得地上全是脚印。

陈西安背着包快半步带路，钱心一落半脚拉着箱子跟雪坡地做斗争。翻过一道小山坡，陈西安指着不远处炊烟袅袅的小平房说他们到了，钱心一的第一反应就是"这基地的伪装做得真好"。

这种认知上的错误一直持续到他安顿下来。

镇子被围在山区里，晨间和傍晚都雾气满满，他们在下午2点多抵达，正是一天里阳光最盛的时候，使得这里看起来贫瘠而宁静。习洱提前打过招呼，陈西安也是个熟门熟路的选手，带着钱心一很快就摸到招待所住下了。

挂牌叫招待所，其实也就是三层小民房，钱心一四处看了看，发现这里的建筑风格和他老家差不多，都是双坡屋面的三角顶，只是这里把菜园围在了前门，种满了萝卜大白菜，却非要叫它小花园。

招待所的负责人是个独臂的中年大叔，陈西安叫他康叔，钱心一也跟着叫，他被陈西安误导得够厉害，脑洞里这位大叔是个退役特种兵，拉着箱子还不忘回头冲人比大拇指，发自内心地夸道："这里看着跟真正的乡下简直没两样，真牛。"

康叔茫然地"啊"了一声，他虽是编制内的人，但也没反应过来这大兄弟在说什么。

陈西安笑得像只得逞的狐狸，转过头来跟康叔说了声抱歉，拖着行李箱就跑，万向轮带着一种高频的咕噜声滚走了。

进了房间他笑得嗓音都闷沉下来，说："这里就是真正的乡下，好吗？"

钱心一眯起眼睛问了两句就回过神来，扔掉箱子扑到了床上，旅途劳顿，不是假的。

被褥应该是康叔刚晒过的，呼吸间都是蓬松而久违的香气，钱心一放松下来,疲倦很快袭来。陈西安去楼下跟康叔交代了一声,说他们要补个觉,回来发现钱心一穿着秋衣秋裤,将头倒挂在床边,在研究当地床底下的电暖气片。

见他回来,钱心一举一反三地说:"我以前在 GAD 的时候,有个项目装不起中央空调,就沿着室内踢脚装了一圈的暖气片,用的就是这种钢制的,不过安装水平比这个差远了。"

陈西安啼笑皆非:"你可真是个活到哪学到哪,赶紧睡吧。"

钱心一笑了笑也觉得自己有点职业病晚期,老实地假寐起来,陈西安脱掉毛衣躺到他旁边,心头一片安宁。

因为屁股底下有暖气片在烤,钱心一热得够呛。他醒来的时候日头西斜,外头闹哄哄的,竟然是广播在放戏曲。

钱心一扒了下窗户,很快就看见了挂在电线杆上的播音喇叭,他"嘿"了一声,转头跟陈西安回忆:"我小时候老家房子门口也挂了个这种喇叭,村书记天天用这个给我们念思想汇报,爱国爱党爱人民,简直了,特别红。"

陈西安是省城人,没有这么丰富的童年,但是他来过这里,觉得思想汇报有点弱:"这个也挺简的,一天二遍雷打不动,早上7点,中午12点,下午6点,每遍持续一个小时。"

钱心一听得目瞪口呆,心想:这是要叫人民"寝食难安"哪。

招待所里没其他客人,吃饭就跟康叔家里一起,按人头交伙食费,钱心一不管账也不管这些,他只管吃和玩。

康叔本来要宰头小羊羔来招待他们,钱心一以陈西安大病初愈强行拒绝了,主人于是弄些当地的特色菜,结果钱心一迷上了人家家里的糖蒜和咸菜,在饭桌上讨秘方,要学了回去做给杨新民吃。

吃完饭两人跑到镇里的街上去闲逛,乡下一般都只有早市,过年顶多摆个午市,晚上除了水果摊就只剩超市,他们给康叔家里买了些水果,就沿原路晃了回去。

晚上9点多习涓夫妇来了电话,主要是问钱心一习不习惯,钱心一说一切都好,习涓开心地说他们腊月28下午就到,让陈西安带钱心一到处转转。然而这巴掌大的地方又偏僻,其实没什么可转的。

次天一早钱心一果然被7点的喇叭给唱醒了，大概是乡下的宁静里有种别样安眠的氛围，陈西安拉着他去早市的时候，他还睡眼惺忪的。

早市里热闹出了一种提神醒脑的气场，到处热火朝天，卖早点卖菜卖对联，钱心一跟陈西安坐在逼仄的豆腐脑摊子上吃油条看热闹，心里油然而生一种过年的感觉。

城市里是没有这种景象的，人们守着各自的一亩三分地，几乎整个春节都闭门不出，造访的地方是超市和公园，大半个城市都寂寞。

钱心一忽然有些羡慕这里，他把油条搋进豆浆里，说："以后老了，回乡下整个房子这么住着，也挺好的哈。"

此举正中陈西安下怀，他心里捂着一个雏形初现的别墅，唇边笑意温柔："好。不过说起乡下，你要把户口转回老家那事，你准备什么去办？"

"过完春节，等派出所上班吧。"钱心一说。

习涓和陈海楼腊月28深夜才抵达，明明非常疲倦，却不想放过难得的团聚时间，四个人挤在炕上说话。陈海楼拉着他儿子左看右看，习涓负责跟钱心一讲小话，问他有没有觉得这里鸟不拉屎。

钱心一都是要回乡下养老的人了，说很喜欢这里，习涓喜笑颜开地喊了好几声"老陈"，硬把父子情深的陈海楼给拉出去了。

陈西安有预感他妈一定会折腾出点什么，还跟钱心一打好了预防针，让他要有大将风范，结果第二天鞭炮声响起，先怔怔的人却是他自己。

因为钱心一的关系，习涓拒绝了康叔一起团圆的好意，她跟陈海楼问他借了三楼的厨房，告诫康叔替她保密，一大早就开始偷偷地忙活。

陈西安起来没看见父母，问过康叔被告知去逛早市了，他还以为二老去订餐馆了，便跟钱心一留在招待所帮康叔打扫蜘蛛网。

不知是哪家第一个开始，鞭炮声噼里啪啦的，像一个领航的信号。

钱心一站在条凳上挥鸡毛掸子，转头看见"去早市"的陈海楼抱着一挂鞭炮从楼梯上下来，登时被吓了一跳。

陈海楼和蔼可亲地笑道："去叫西安洗个手，我们要开始谈年了。"

这里的团圆，也叫谈年。

番外　微博

　　这个时代无奇不有，微博是信息的集大成处，杨江浸淫微博数年，算是个处变不惊的资深人士。

　　他以前正火的时候被"人肉"过，后来就不怎么发动态了，而且随着年龄渐长，很多事不只口头难以启齿，就连文字都会觉得无从提起。

　　倾诉和被安慰似乎无法减少问题带来的烦恼，只是徒增热闹，短暂的心理安慰逝去之后，问题还在那里。

　　杨江仿佛一瞬间就理解了陈西安安静地做单身狗的那些年，朴素的生活能免去很多无谓的是非。他开始学着将耗在网上打发寂寞的时间不断压缩，日子好像并没充实太多，唯一的好处大概在于他每天能少为没脑子的人生两次气。网上每天都有各种各样的人，为不同的话题愤愤不平。

　　他上次发动态，还是一个坚持喜欢了他很多年的女粉丝朋友产子，他在录音室折腾半宿，录了首罗大佑的《母亲》送给她。已为人母的支持者发私信给他，比高考作文还长的一段文字，字里行间都是对他歌声和人品的喜欢，结尾用了三百字来反复祝他要获得幸福。

　　杨江觉得自己配不上这种温暖的坚持和祝福，他过得一团糟，连自己都憎恶自己，却总有陌生人说他给予了他们勇气和感动。

　　这是一种奇妙的靠距离和直觉，由网络串联起来的缘分，素未谋面，却比很多身边的朋友都真心和纯净。

往年杨江不至于这么寂寞，可惜这个春节陈西安的家门紧锁，他连个想蹭饭的地方都没有，只能照惯例回家露了个面，接着就逃到了大伯家，焊在沙发上和电视机为伍。

　　杨新民一天嫌他十八遍，嫌完了还是好吃好喝地伺候他。

　　若非是无聊至极，杨江并不会去刷微博，只是他没想到他这一刷，还刷出了点春晚之外的题材。

　　"地主家有余粮"是他关注的一个大 V，标签是"画也卖身也卖"，忘了是哪年哪个粉丝推荐给他的。

　　杨江记得他还在玩微博那会儿，这博主爱刷屏发自拍，又是奇装异服又是扎辫子，要不是他画的东西让杨江觉得有点意思，早八百年让他去黑名单里玩泥巴了。后来这位大触激情刷屏时他正好隐退，这才留到了现在。

　　"余粮"转发了一条建筑素材的微博，内容是：……是……他……吗？认识这位设计师的朋友请务必私信我账号，谢谢！

　　评论区掀起一股猜测热潮，强大的粉丝们脑洞逆天，为此推测出了几百种可能。

　　"余粮"转发的内容是条图文长微博，原博是个眼生的小号，开头就说是无授权搬运，图文之外还有单独截出来的大图。杨江是建筑行内人，一看见那三张挂着的大图，登时就有眼前一亮的感觉。

　　在重力和压力的限制下，建筑的大体原则是轻盈纤细即是美，这三张图里展现的单体建筑将轻巧的概念发挥得淋漓尽致，涂白的钢件拉压成翅膀的形状，透明的玻璃腔蛰伏在地上，给人一种即将挣脱绿化飞升的错觉。

　　杨江作为建筑顾问，对建筑功能的设计一知半解，不知其难所以对外形更加挑剔，这图里的建筑不实用，但是它夺目，是个轻盈而精致的概念。

　　人是视觉动物，而且杨江一直觉得城市楼房太过千篇一律，他喜欢这个异形建筑。他兴致勃勃地点开长微博，看了不到半分钟就蒙了，第一反应就是"同名"！

　　颇长的文字篇幅里，在第四行的位置写着不起眼的几个小字：设计者，钱心一。

　　杨江一目十行地看完了长微博里的项目介绍，然后还是觉得应该是同名。在他的意识里，钱心一不像是有这种温柔漂亮的设计概念的人，而且这么优秀的作品，JMP 应该不会放任它流窜到网上来。

他不假思索就转发并 @ 了陈西安，评论是：这是你室友的图？

陈西安半天没回复，杨江倒是收到了来自"余粮"的一条私信。杨江看完后只有一个感觉，就是这个世界太小，有时全是敌人，有时又好像只剩自己人。

地主家有余粮：我家妹子 @ 小丫嘛小二娘 的男神 @ 江郎才不尽 大大，新年快乐，互关四年不曾叨扰，冒昧登门实属缘分，我想请问您这个"你家的？"艾特人 @ 西边太平，是不是姓……陈？

"小丫嘛小二娘"自称是杨江的头号仰慕者，杨江愕然之余，心里燃起了熊熊的八卦之火，这人知道钱心一和陈西安是朋友！

他去扒了一次"余粮"的美颜照，苦思冥想也没想起自己和陈西安的好友圈有这么一张脸，所以杨江猜他是钱心一的朋友，这样的话就能解释"余粮"为什么不知道陈西安的微博账号，因为他也不认识。

这一瞬间杨江觉得挺神奇的，他跟"余粮"互相关注四年，彼此花样狗不理，谁知道在三次元只隔了一个朋友。

江郎：@ 西边太平 是姓陈，所以?

余粮：哈哈哈所以我要的授权差不多到手了。

江郎：……

余粮：抱歉我忘了自我介绍，我是余梁，跟陈西安合作过的一个甲方。是这样，我打算筹备一个建筑主题的画展，正在努力收集素材和勾搭设计师，非常喜欢转发的这个建筑，想求授权二次创作。

江郎：……甲方爸爸你好，你直接打电话跟西太平求证不就行了。

余粮：过年手机被偷了，联系人全没了，他不上 QQ 和邮箱，找不到人。

江郎：你换号没?

余粮：没换。

江郎：等着，我联系到他之后让他回电话给你，你等一下。

发送完私信杨江就切到了通信录，拨了陈西安的电话，因为信号不好打了三遍才打通，听筒里杂音不断，杨江就开始埋怨："我说你俩浪到哪个山窝窝里去了，网刷不到电话打不通，你在干什么？这么吵。"

"新年好，"陈西安踩着满地的碎砖和水泥走出宅基，看着用泥刀在废墟里挖红砖的钱心一笑道，"我在为……建设社会主义新农村做贡献吧。"

杨江听了动静反应过来，忍不住笑了起来："你俩可真行，上班的时候天天为城市的添砖加瓦做先锋，放个假还升级，跑到乡下盖房子去了。怎样啊，基础建设苦不苦？"

"还好，蛮有意思的。"陈西安的任务本来就轻松，就是站在队伍里帮忙递下砖。

乡下是人情味很重的地方，户主建房子，全村的人都会来帮忙，大家说说笑笑，一栋旧房大半天就拆出来了，这种氛围让他觉得自在。

自建房和他们设计的建筑不一样，不需要报建也没有验收，由当地出师的泥匠规划，他们不懂计算，不知道风压和地震等级，不知道几间房和多少钢筋水泥，靠的都是底层建筑的民间传承，房子同样一住就是一辈子。

城市高层建筑由科学支撑，几乎都大同小异，而民间住宅靠传统延续，跨过地域和文化，住宅就有所不同。就比如这里，动土的日子要请示精通周易的老先生，择好日子放挂鞭炮才能开始。

陈西安自问让他在这里造一栋民居，他设计出的格局不一定有这里的泥瓦匠合理，没有在一个地方居住过，是无法领悟当地建筑在细枝末节处理中的韵味的。

这让陈西安不由得想起了他的别墅，只有图纸上的深化不可避免会埋下一些导致后期居住不便的隐患，他有必要亲自去那里考察和收集资料。

"陈西安给我倒杯水。"钱心一吱喝着小跑过来，他身上有件户主发的罩衣，头上包着一块不知道哪家大姐好心给的毛巾，灰头土脸的。

陈西安回过神，往扣着暖瓶盖的桶装水走去，蹲下来歪头夹住手机，一边用那盖子给他倒了半杯水，一边去问杨江："你在哪儿，打电话干吗？"

"在我大伯家避难。"杨江吐着苦水想起正事来，"有个事，我在微博看见一个转发，是个异形的建筑，模型蛮好看的，名字叫小蝴蝶，设计师叫钱心一。现在请正儿八经地告诉我，这个心一是咱俩那个好朋友吗？"

陈西安有点诧异，没想到小蝴蝶没在本土论坛被杨江看见，却跑到微博上去了。他一边抬起瓶盖跟凑过来的暴君对接上，慢慢地往上抽，一边举着电话好笑道："是的，他在我旁边，你要不直接跟他说吧？"

杨江说好，这边钱心一喝完凉水喘了口气，用下巴点着手机问道："谁啊？"

杨江在线那边震惊，说钱心一的心灵原来这么秀美，他竟然一点都没看出来，真是失敬失敬。陈西安无视他胡说八道，直接把手机贴在了钱心一耳旁，说："杨江。"

钱心一扯掉一只手套，拿过手机笑道："嗨小杨，新年好啊，最近怎么样？又赖我师父家了吧。"

"你脸呢？小杨是你叫的吗？"杨江跷起一条腿，"你跟陈西安跑去潇洒，这些孤独的日夜都是我陪你师父度过的，你得感谢我。"

老人听人说自己坏话的时候听力都是专业八级，杨新民把着小茶壶从阳台上探进头来，捉住门口的一副对联砸他："老子才不孤独，你赶紧滚蛋。"

"不滚！"叠成凡方的春联没飞到沙发就落在了地上，杨新民消失在隔墙后，杨江笑呵呵地颠倒是非："看，你师父在我的陪伴下多有活力。"

杨新民有人陪，钱心一自然也是高兴的，乐着说："有事说事，我在给人帮忙，没事晚上给你回电话。"

"两分钟。"杨江正经起来，跟他说微博上的事。

钱心一听着听着，发现陈西安把耳朵贴了过来，于是开了外放。

杨江："发在建筑论坛上的小蝴蝶是你的设计吧，为什么发论坛上我晚上要知道。有人把你的设计分享到微博上了，我关注的一个大V转发后我看见也转发了，从评论里我俩发现都认识你们，就聊了两句。他说他是个画家，是陈西安的朋友，叫余梁，在筹备建筑画展，看上了你的设计想当素材，问你要授权，你给不给吧？"

钱心一跟陈西安对视一眼，小蝴蝶给余梁拿去当模特倒是没问题，主要是钱心一没弄清要授什么权，便说："知道了，我一会儿给余梁打电话，没事挂了，回头跟你说。"

"行。"杨江应完才想起来，又说，"钱心一你微博账号叫什么？"

钱心一不明所以："一个一，一个的一个，一个的一。"

杨江吐槽了一句"什么鬼名字"，就挂了电话，这边钱心一开始翻余梁的手机号，跟陈西安说："他要对我的微博账号干什么？你累不累？"

"让你感受一下什么叫网友的热情澎湃。"陈西安喝掉他剩下的水，把瓶盖放了回去，"不累，我又没干什么。"

"是吗？"论坛上的热情让钱心一没抱什么希望，他找到余梁的号码拨通，又点了下扩音，接通后余梁因为不知道是谁，语气特别正经地问他是谁，钱心一说："新年好啊画家，我是钱心一。"

余梁有点激动，他是个比较夸张的性格，先把钱心一夸上了天，紧接着小蝴蝶也成了划时代的作品，最后忙不迭地跟钱心一保证，他就素描，不会动它的形状。钱心一和陈西安都觉得没什么，毕竟在无尽的城市建筑里城市无尽的建筑里，并不是每一个都有人想将它纳入画中。

钱心一说"好"，余梁乐了几声，问他几号回来上班，要给他寄合同，没问题签完他一份。钱心一给了日期，余梁挂之前，又要了他的微博账号，弄得他有种自己跟不上潮流的感觉，现在通过一个微博就能签合同了？

正月初九这天，钱心一和陈西安踏上了回程的路，绿皮火车哐当哐当地走到一半，他的移动网终于复活了。

微博客户端上那个挺大的数字提示吓他一跳，钱心一一点开后闪退了好几次，才艰难地刷开了提醒，暴涨的粉丝数量和上千条赞美留言让他有些无所适从。

很多人夸小蝴蝶让人眼前一亮，可更多的却是在刷屏：@西边太平 和 @一个一 可逆不可拆，拆了再建，建筑师就是这么牛。

陈西安也一直在闪退，他的粉丝数比钱心一还暴涨得厉害，原因是他手好看，他的微博里有张照片，是对着设计院的橱窗拍的展示作品，镜面反射里能看见他握着手机的手指。

钱心一凑过去一看，一条一条的"啊这个手好看""原博大师哥实锤""这真的不是手模的手吗？"……

陈西安看着那条"好看哭"，把手张开，摆在钱心一眼前说："好看吗？"

钱心一打了个呵欠，笑道："还行吧，但是我哭不出来的。"

　　他有些困了，数据的增长并没带给他多少感想，他只觉得很多忽然关注他的人，他都不认识。

番外　美术馆

刚从基地回来那几天，钱心一新鲜劲儿还没过，微博刷得挺勤快。

粉丝的增幅慢了下来，但每天都有一些，不过他不像余梁，细小的事都会记录，再来两个表情卖卖萌，评论区里便全是空掉的血槽，看着非常热闹。

钱心一发现发微博是个集分享精神和文字功底于一体的技术活，他把文字编辑来编辑去，都觉得事小不足为道，最后时间浪费了，微博也没发。

等他厌倦了这个"有话说不出来"的游戏，淡定的陈西安已经看完了计划中的四五本书。钱心一觉得自己该向他学习，便捡起陈西安翻过的书，盘腿坐在沙发上扰"民"。

都是好天气的春节假期在收尾的时候忽然来了场春雨，骤雨敲窗，春雷阵阵，整个世界都是砰砰的碎响，钱心一翻着半个指节厚的《现代诗集选》，时不时地制造噪音。

今夜我不关心人类，我只想你。[1]

你是我的半截的诗，不许别人更改一个字。[2]

我和这个世界不熟，这………[3]

1　摘自海子《日记》。
2　摘自海子《半截的诗》。
3　摘自北岛《我和这个世界不熟》。

他小时候肯定没参加过朗诵比赛，低着头，念得一点韵味都没有，有时似乎还嫌诗人够酸，半边眉毛不是飞起来就是挤成倒八字，去参加朗诵比赛大概只能得零分。

陈西安看着沙发那头那个认真的发旋，觉得自己这搭档长相虽然占便宜，然而文艺起来并没有什么气质。

"并非是我冷漠的原因，"陈西安忽然出声，截断了钱心一干巴巴的照本宣科，捉着唇笑着凑到他旁边，吐字又轻又慢，他说，"我依旧有很多的动情，为时间，为白云，为天黑，为你。"

钱心一安静地听完后夸道："背得不错啊，上学的时候没少写少男心事小日记吧？"

"少男日记，"陈西安看着他问道，"我给谁写去？"

钱心一翻了页书："那我怎么知道？那会儿我还不认识你呢。"

陈西安摆出一副久仰大名的样子，温温和和地笑道："我认识你就行了。"

大家好吃好喝地过完春节，回到公司却是一个个元气大伤的模样，这种气氛让人难以静下心来工作，过渡了两三天这才逐渐进入正轨。

期间在彭十香的催促下，钱心一跑了趟人力资源中心，去把户口办了迁出。老家那他不用亲自跑，把材料寄给他大姑父代办了。

时间是最好的冷却剂，而忙碌能让人时常忘记，过去的烦恼沉淀在了时光里，大家陷入了另一种焦虑里，让事不关己的八卦和围观游戏无法继续。

建筑相关行业的萧条在去年冬季就有了信号，开年的空白期更是让公司不得不开始采取措施。高层开始频繁地开会和商讨，内容都是如何降低人力成本，最终的走向必定是缩员减源。

钱心一和陈西安都察觉到了些蛛丝马迹，只是没费心思去纠结，各自扎在工程里。

环球金融城的整体深化进度铺开，陈西安并不太忙碌，但每天都很充实，而一层楼板之下的钱心一，也没有比他悠闲多少。

时来运转，F组打响了新年的第一炮，迈尔斯成功拿下了一个外交公寓的项目，一栋楼，二十七层高，绿建三星不差钱的土豪报备，时间也充足，是个有条件精雕细琢的工程。

迈尔斯不知中了什么邪，截止到去年春节假前她还是独裁制，即使在外出差，也要把控全组，今年却忽然有了放权的意思，她召集组员开了次例会，让大家投票选出一个代理组长来。

钱心一是组里最后进公司的人，论年纪和人气都该是坐着看热闹的，他一本正经地投了老熊一票，结果众望所归的老熊站起来，点了他的名。

老熊是那种万年老好人，该他干的不该他干的他都干，所以人缘很好，不过他年纪大了，而且也知道自己性格太软不会分配工作的毛病，代理组长的职位他担不起。

钱心一在他看来是个有些魄力的年轻人，平时在公司话不多，就算有点自己的主张，办事起码都很漂亮，作为同事，这就够了。

最重要的是同组其他人因为相处太久了，工作习性摸得一清二楚，相互都明了不适合做统筹。而且领导者要是没挑好，反复做无用功的情况就会很普遍，本来这个职业加班的情况就很严重，这种情况关系自身利益，大家不至于意气用事。

和其他组员的反应一样，钱心一直接蒙了，他被看得有些尴尬，一直摆着手说不合适，结果迈尔斯笑了笑，直接通过了这个决定。钱心一没推掉，于是成了赶上架的鸭子。他在GAD当负责人有些年了，分起工来简单明确，沉下脸来杀气四溢，倒也镇得住场面。

这事等不到他下班回家聊起，就以办公室闲言的方式飘到了跃层的陈西安那里，他替钱心一高兴，下班的时候故意揶揄他，说："苟富贵。"

钱心一就接："忘忘忘。"

组里自然也有不太配合的人，不过这很常见，从前胖子也是这样，磨合一段时间就好了，钱心一也没太当回事。

一转眼柳条青葱，到了人间的四月天。赫剑云的美术馆就是在这种适合踏青春游的时候登上了都市报。

钱心一没有看报的习惯，而陈西安是个节能的高科技党，基本都刷手机新闻，不过公司有些男同志的一天是从早报开始的。

关于建筑上报的条目其实不多，对于从业者也算是敏感词，买报的同事看完念叨两句，被其他人听了去，便也凑热闹地看一眼，一来二去办公室里就大范围地议论开了。

报纸从工位之间传过，钱心一匆匆一瞥，就看见了眼熟的建筑轮廓，这才恍然想起这个距离开馆日不到两周的美术馆。

陈瑞河给的观礼卡还在抽屉里，他想了想，没有特别想去的感觉。

没几天余梁又来电请了一次，说画了个小蝴蝶的雏形，放在画展里，想请他去看看，又被他含糊其词地混过去了。

钱心一对画展没兴趣，而陈西安以为他抵触别墅改成的美术馆，要跟他统一战线，结果钱心一忘了一件事，就是他现在是代理组长。

所谓的组长，都有一定的商务公关义务，像美术馆这样一个地产大亨和名流竞相聚集的开业典礼，请帖早就给了 JMP，公关们就没有不去的道理了。

这本来是迈尔斯的公关，可她从钱心一代理开始就开始咳嗽，一个月下来都没见好，整天咳得心神俱疲，整个人憔悴得厉害，所以她来委托钱心一，后者不好拒绝，就只能去了。

4 月 15 日这天，钱、陈两人西装革履地出了门，两人都是轻车熟路。

曾经的别墅变成了宾至美术馆，竣工后拆掉了影响效果的围护钢板，新增的绿化被设计成园林的模样，开挖的人工湖也注满了湖水，春风十里，配上古典大气的楼体，使得美术馆看起来特别高端。

也不用担心会遇见碍眼的人，赫剑云宴请的都是知名的企业家或是干部，原别墅的施工队伍都不在列，钱心一和陈西安刷卡进了大门，远远瞥见了招呼客人的陈瑞河，见他在忙，也没跟他打招呼。

赫剑云当初建别墅，外观选的中式古建，后期内装介入的时候，他又改了主意做西式内装，中西合璧的结果就是，成群衣着光鲜亮丽的人端着高脚杯在雕梁画栋的羊角屋檐下面碰来碰去，比起开馆，更像是个混搭风的派对。

康纳博士也来了，正和一个黄毛的外国老男人抱着行贴面礼，看起来似乎是老友。

这里其实有不少小有名气的画家，不过钱心一只认识一个没什么名气的余梁。小辫子似乎就在蹲他俩，一进来就将两人给逮住了。

"够兄弟！"余梁大步过来，先在陈西安胳膊上捶了一拳，又去捶钱心一，"给面子！"

他今天没有穿吊裆裤，正装加身，看着像个正经人了，钱心一笑了笑："必须的。"

余梁说完就扭头东张西望，似乎在找人，陈西安见状说："你有事就去忙。"

"行，那你们先转转，"余梁不知道这两位是美术馆的原始设计师，还当他俩是给自己面子，跑走的时候很不好意思，"今天开展，屁事多，你们到处转转吧，这楼格局不错。"

余梁说的是客套话，不过两人真就开始围着 L 型的主楼转了一圈。

赫剑云舍得花钱，虽然这房子建得极度不规范，但外立面收拾得确实漂亮，算得上精品项目。要不是中途退场的方式太过惨烈，钱心一此刻的心情应该会是自豪。

内装设计 Arnd 先生虽然事多，不过景观的效果很丰富，除开规范，他在美学上的坚持还是值得人尊敬的。

两人逛到 6 号楼侧门口，不约而同地停了下来，这里是离当初断梁事故现场最近的室外地点，因为开馆仪式还没举行，所以宾客不能进入内馆。钱心一的目光越过坡形的陶瓦屋面，尽管已经时过境迁，想起来的时候却还是感慨万千。

这件事对他来说过去了，对甲方和总包来说也过去了，就是不知道对于受害者来说是不是也能过得去。

陈西安抬起胳膊将他往身边搂了搂，说："别人是管不住的，问心无愧就行了。"

钱心一点了下头，跟他勾肩搭背地说："走了。"

继续逛了没一刻钟，广播忽然响了起来，召集大家去入口正门的广场，声明开馆仪式即将开始。

两人刚回到入口，就见赫剑云忽然出现在了1号楼用作剪彩仪式的入口门厅前，人群里爆起一阵惊讶，有个外国朋友开玩笑说是magic，但是钱心一和陈西安都知道，他只是从西边设计过的景观墙里走出来而已。

主持人做了开场白，就笑着请董事长跟大家说两句，赫剑云接过麦克风，先是感谢大家赏脸，接着又说了自己建美术馆的原因是个人喜欢文化产业，最后请了三位贵宾上台跟他一起剪彩。

掌声结束后，人们就鱼贯而入地进入了馆内，内装富丽奢华，不过钱心一的注意力不在烧钱上面，而在完全陌生的室内格局上。

挑空面积增大了不少，靠里那个仿苹果店的全玻璃楼梯也是原来建筑图里防火隔墙的位置，钱心一糟心地说："赫剑云这么牛，怎么不上天呢，验收的也厉害，这也给过！"

"还有，"他抬手在挑空大堂的几个角部指了指，说，"这，这，这里的楼板，砸的时候你知道吗？"

"业主就是天，"陈西安顺毛道，"后期我在忙小蛮腰，而且高总怕我得罪甲方，让我跟别墅完全脱开了，这块小包在负责。"

"砸就砸了，就是折腾，"钱心一撇撇嘴，"问题还在防火上。"

陈西安边走边说："都投入使用了，只能希望它一直到使用年限都别出问题。"

这点钱心一还是赞同的，火灾的概念多少是惨烈的，幸也不幸他经历过一次，这种恐惧越少人体验越好。

钱心一"嗯"了一声，沿着墙壁根开始溜陈西安，很大一片墙上都是抽象画，跟他体内的艺术细胞不太相容。

陈西安有时会停下来，然后一旁的人就会来搭讪，措辞很有文化，钱心一听两句注意力就飞了，索性丢下他自己到处乱窜。

余梁的展区只有一个短边的墙壁，停驻的人不多也不少，钱心一老远就看见了小蝴蝶的缩影。

它被挂在第二行第二列，A3图幅大小的一张黑色素描，被余梁刻意选了斜向上的视角，远离视角取点外侧的那边翅膀拐着大弯弧高高地飞起，本来元素柔和的建筑，忽然就有了种霸气侧漏的感觉。

钱心一站在后面臭美了一会儿，准备走开的时候，作品近处的一个人忽然转过身来，走了一步才看见他似的，微笑着将目光定在他身上，脸上的表情有些耐人寻味。

钱心一愣了一瞬，接着眉毛就拧了起来。

"又见面了，钱先生，"对面穿着深灰色西装的人赫然是骚扰过刘易阳的毛笔老师王鑫，他朝钱心一勾起左边的嘴角，手一抬反指身后，细声细气地说，"原来你是……建筑设计师，真是令人尊敬的职业。"

他的长相其实挺正派的，就是神色间那种感觉让人怎么也舒服不起来，钱心一不知道他是天生欠揍还是怎么，一张嘴就在挑衅自己，这种禽兽他不介意见一次打一次，但他多少要给陈瑞河一点面子。

于是他沉下脸说："滚。"

王鑫自然没滚，他喜欢挑衅敌视他的人，这让他有种浑身畅快的感觉，他又走近了一些，语气矫揉地说："见面就叫人滚，这种教养可要不得，会带坏乖乖的小朋友的。"

钱心一听得火冒三丈，立刻就把陈瑞河的面子忘了个一干二净，他拳头都捏好了，这种人渣他废话都懒得跟他说，直接先上手揍，谁知冲了一步却撞到了一条胳膊，紧接着后背也环上一只手，扣住了他的肩膀。

"转眼你就不见了，"陈西安的声音响起来，"陈总在找你。"

钱心一耸了耸肩，示意他撒手："他找我干吗？"

"去就知道了。"陈西安跟没看见王鑫似的。

钱心一急火过了，吸了口气转身道："走吧。"

他都放弃不文明的行为了，王鑫却上赶着要挨揍似的跟了上去，钱心一回头正要呵斥，陈西安连忙把他的头扳了回去："不要跟垃圾说话。"

钱心一便又气笑了。

他们离开之后，康纳博士带着他的朋友经过了余梁的展示区，他们在各种建筑的缩影前停住脚步，一一看过后，黄毛指着小蝴蝶说这个建筑在哪里，没见过。康纳博士哈哈大笑，夸他有眼光，接着将小蝴蝶的投标历程告诉了他，黄毛连说了两个 unfortunately。

另一边，钱心一被陈西安带过去，发现陈瑞河正在跟两个企业家模样的人说话。

陈瑞河一看见他，就那两人说："葛总、黄经理，我给二位介绍一下，这位就是美术馆建筑立面的原设计，钱心一，还有这位，陈西安，是原结构设计。心一、西安啊，这是瑞方融创的葛总和项目负责人黄经理。"

双方各自握了手，陈瑞河道明了引见的原因。

GAD 开年在试着建立跟瑞方这边的合作关系，向瑞方提供了过往的一些工程案例图片，这两位正好又收到了美术馆的邀请，对这个项目的效果也比较满意，就跟陈瑞河咨询 GAD 的服务态度，陈瑞河跳过了断梁事故，却提起了钱心一，又说他今天正好在，葛总就想见见他。

翟岩也是瑞方的，钱心一记得他的照顾，对葛总是有问必答，陈瑞河是个老油条，也很注意替陈西安找存在感，几人小聊了几句，接着就被认识的人给叫散了。

叫钱心一和陈西安的是余梁，他是搭着王鑫的肩膀过来的，兴冲冲地朝二人介绍道："陈哥、钱哥，给你们介绍个人，我大哥，王大书法家。"

钱心一眼皮一跳，觉得余梁这年轻人不止缺心眼，眼睛还有点瞎。他不说话，陈西安为了减去解释的麻烦，假装并不认识王鑫，手也不伸，说："你好。"

王鑫应该是要保持自己在小弟面前的孤傲高冷形象，十分世外高人地对两人说："幸会。"

说这话的时候，他心里恶毒地想道：这个美术馆竟然也是钱心一和陈西安设计的，正好上面的人前两天还在邀请他舅舅到 C 市来和当地的监管做技术研讨，会随机抽取公建住宅做消防检查，既然是随机，不如就抽这个美术馆检查好了——

原来，C 市上面的人要"打虎"，而这美术馆的大老板和这"大老虎"渊源颇深。

番外　军火库日记

20××.05.01 周日　晴

余梁大概比我以为的要更有名气些，从美术馆回来之后，偶尔会有陌生的电话打进心一的手机，跟他谈小蝴蝶的合作问题，具体内容我没太听清，不过我看他挺沉得住气的，就按老规矩只当个旁观客。

他有自己的套路，处事的一些方式甚至是我该学习的，但大抵男人都有些爱指点的毛病，或是显摆的虚荣，我也不能免俗，在这方面我一直都比较刻意，不常给他提建议，鉴于他是个直肠子，真有问题，大概一分钟也憋不住。

断断续续，心一前后拒绝了四五个联系人，原因不一而足，不过我支持这份谨慎，好设计难得，碰不到真正想做好它的人，还不如让它只是一张图纸。

我一直很坚信心里的直觉，小蝴蝶会成为一个实体。

别墅我瞒他挺紧的，好在他本身不是个细心的人，我在飘窗的小木桌上琢磨功能和立面，基本不用担心他会过来突袭。然而脱离了实际的建筑基础，我的进度一直不如人意。

20××.05.27 周五 阴

突破口来得如此突然，是我所始料未及的。

起因在于心一的户口迁好了，他亲戚还给他拍了个宅基的视频，他给我看了。

那视频里的房子都成危房了，墙壁上爬得都是苔藓，东边的院墙也倒了一截，但它处在一个小坡上，坡下有一个水塘，拉远了看，还有点山水兼备的意思，让我一下就想到了我要的基础。

这可不就是实打实的乡村吗？至于改造和振兴，不正是我想要做的事吗？

基于这个比较自我的原因，我跟心一提了我的不情之请，问他能不能把他的新宅基，借给我做图纸设计的蓝本。

结果也在我的意料之中，他眼睛都没眨一下就答应了我。

得友如此，夫复何求。

我没有对他说客套话，只在心里做了个决定，如果我侥幸能得奖，那么除了证书之外的所有奖励，都是我俩共有的。

20××.06.17 周五 雨

借助出差之便，这是我长大后第一次到林语镇，这里是心一和杨江的老家，不过我从没来过。

镇子是很典型的中部小镇，一条公路通到底，大部分路的两边都是农田，这时节田里绿油油的一片，种的是什么我也不认识，只是放眼望去，会觉得很舒服。

我这次为放样而来，顺便也得考察一下当地的建筑风格和渊源。

亲眼来看，心一的宅基比照片里还破旧，一不小心就能糊一脸蜘蛛网，但越是这样，它越有改造的空间。我专门带了相机，围着它拍了很多个角度的照片以及录像，这样我能对它熟悉一点。

放完建筑红线之后，我去他原来生活的村里溜达了一圈。村里有一户人家正在建房，灰砖和水泥砌的承重墙，横拉上钢筋混的简支梁，楼板都是一次成型的板材，当地人叫玉石板，是城市里禁用的材料。

老乡都很和气，不仅容忍我这个陌生人随便进入施工现场，还告诉了我很多讯息。

这里的建房还没有节能的概念，门窗材料非断热，玻璃厚度只有三个厚并且单层，内外墙都没有设置保温层，冬冷夏热的情况即使是空调也无法改善。另外，空气湿度大、梅雨多发也是必须注意的地方。

根据老大哥的反馈，夏季雨前室内地面的返潮现象时常严重到瓷砖上铺满了水迹，地毯和木地板都不适合这里，但我还是喜欢木地板，所以按我对精装的要求，大概会要求他们先铺一层网格地板。

这里暴雨频发，内开内倒窗是比较好的选择。还有其他的细节，我准备回去之后再慢慢想。

离开之前，我从镇上的居委会辗转到村委会，在村支书那里留下了联系方式，如果顺利，老林场就是钱心一以后养老的地方了。

20××.07.3 周日 晴

环球金融城中使用的穿孔板的体量不小，金荣于是单独发了个包，在一个投标单位的产品系列里有种不锈钢的遮阳板，可以和内开窗配套使用，室外效果很漂亮，室内形成的光斑有些几何的感觉。

或许可以在书房尝试一下这种遮阳板。

20××.08.11 周四 阴

心一昨天通宵，今天在家休息，11点多来电话，呵欠连天地说有我的快递，他已经拆开看了，说是块奖牌，锦城美术馆颁给GAD的，名义是"最佳配合建筑设计院"。

当时美术馆改扩建设计是以个人的名义，不过公司的抬头写的是GAD，颁给它也没错。

这种私下里企业对企业或个人的颁奖，其实不具备法律和市场效应，说到底是给合作者面子，表明这个人得到了他们高度的认可。

钱心一也清楚，所以他说恭喜我。

20××.08.31 周三 晴

心一就像个盾牌，自从他住进来开始，赫斌就不再入梦了，或许有，但也忘了。

今天临起床的时候却做了个梦，到现在都还耿耿于怀。严格来说也不叫梦，那会儿意识已经半清醒了，知道不久后闹钟就该响了，却不知怎么去年家乐福那场火灾忽然在脑子里燃了起来。

接着就梦魇了一样，一直到心一把我叫醒，我才离开了那场"大火"。

出事的时候心一在地下，所以他理解不了我皮肤上的冷汗，我没说是想起了火灾。

侥幸与悲剧只有一线之隔，如果可以，我希望世界上的房子都是堡垒，别墅远不到防火分区的面积，不过我临时决定做成一级防火。

这等级有些过分了，不过对于我们来说，这既是纪念，也是警示标。

20××.09.17 周六 雨

心一大清早就出去了，什么反应都没有，不过我知道他在装，因为我看见他的日历上画圈写"B"了。

B是生日的缩写，他一年也就在日历上圈四个B，他母亲和弟弟，师父和我，所以我在等他的惊喜。

10 点半他还没回来，我有种吃不上午饭的危机感，正准备去煮，门铃就响了，说是快递。

然后我收到个一米大小的纸箱子，不仅没写寄件人，还是到付，沉甸甸的有十来斤，摇不出声响。倒退十年，我大概会猜他给我寄了台老式彩电。

综合这重量和钱心一的浪漫指数，我决定省掉猜测的趣味程序，直接下手，然后我就看见……

我三十二岁生日这天收到的第一件礼物，是一堆铝板的施工边角料，藏在快递后面的送礼人，除了钱心一不会有别人，一直到他装模作样进来的时候，我整个人还有点蒙。

他有些得意地对我张开手，问我有没有感动成狗，我嘴上说有，心里也是真的如此。

这世上一定有人送更奇怪的礼物，不过不同的人感受不同，废铝对我来说，比蛋糕和红包更让人心动，因为这是鸡窝的边角料。

9 月初的时候金融城的幕墙工程交底，F 组正好不忙，心一不放心，请假跟我一起去了。

外墙已经进了场，穿孔板的中标单位是盛铝，以前似乎跟心一有些工作上的往来，见了他一口一个钱所。

他让人别这么叫，好歹没忘了我，会下一直"威胁"盛铝的负责人，说鸡窝的外装饰板加工不好，要跟人家没完，还原度还不能低于90%。谁都看得出来他色厉内荏，聂经理笑呵呵地打保障，说设备和技工都是一流。

幕墙交底会上展出的穿孔板效果不错，还原度达标，纹路和精细度都让人眼前一亮，较之前些年的工艺水准已经不可同日而语。

钱心一一边给人点赞，一边嘱咐对方大料也不得马虎。

我喜欢这块板材，它基本是我理想中的图案，也会代替小三居成为我全新的参照点，不管是出于警示还是收藏的心思，我都想留下些许样品。

我预想后期施工中一定会有切坏的板材，若是遇见了，便问现场索要两块。

如今不用费心启齿，这些废料从天而降，礼物虽然脱离主流，不过我还是十分惊喜，感谢懂我的搭档，有一天小蝴蝶成为实体，我也给他寄一截现场多余的涂白钢件。

穿孔板的本色在这里，随意裱在相框里也不会难看，不过我的打算，是想做一个鸡窝的微版模型，放在玻璃橱柜里，以后我和他有新的设计，成为实体的时候也做成小模型放在这里，看多年以后，它能不能被装满。

20××年1月27周五雪

除夕。

今年建筑行业举步维艰，放假早。

习太太今年没有指示，我怂恿心一过了初二去旅游泡温泉，目标林语镇。

他有时会看我的图纸，然后提出一些意见，比如我在院子里弄了个露天的茶室，他说我不知民间疾苦，不知道到了夏天，乡下露天的蚊子是能够杀人的。还有灰尘多，大块的玻璃擦洗也是问题，等等。

他不说，这些我确实不知道，我夸他是我的狗头军师，他觉得这地位太低，非要抬高成是我的房东，我的债主。

看着我的图纸，我觉得他说得对，并且无意反驳。

对于出门，反正不用他做计划，他都无所谓，所以初一去B市拜完年之后，当晚他就回来了，后头还跟着条小尾巴。

刘易阳上辈子肯定是个心机男孩，这是钱心一的原话，他满脸不耐烦，小孩却瞎了一样就爱黏他，大概他身上还是有些看不见嗅不到的温柔磁场吧。

小刘兴奋了大半个晚上，激动得脸颊上都是"高原红"，要跟心一一起睡。

他那个不是很乐意，但又没法拒绝的样子挺好笑的。

20××年3月1日周三阴

有了台基面积，平面轮廓基本就定了，横十三进十的开阔空间，小花园或菜园不计入面积，纵高没人约束，不过镇上普遍都是三层楼，比起门厅垂拔，或许掏个通透的天井会更加宜居。

当地的楼层高度有些高，隔一层loft都足够，不过心一喜欢，他平时吃多了就爱往高处站，床上、沙发上，还振振有词地说站得高消化得快，歪理。

如此层高就跟当地持平。

当地的窗墙比值偏低，建筑体型厚重，所以门和窗我都会选择玻璃材质，玻璃脆弱其实是种错觉，配置合理的话强度比水泥砌砖只高不低。

入口门上的雨篷不会取消，除了防护和遮蔽，它的装饰功能也不容小觑。我喜欢落地窗，即使是首层涉及隐私，下面可以磨砂或者贴膜。

其他，待定。

20××年5月18周四晴

谁也没料到建筑行业的回温点，竟然是一场天灾。

L市的地震来得突兀，据报道是当地的第一次，像这种城市，抗震设计的等级都不高。

万幸的是心一出差的城市虽然离它不远，但通信并没受到影响，震后立刻给我回了电话，不幸的是杨江去了L市，如今联系不上。

直播里的坍塌建筑群越来越多，伤亡数量也持续增加，没有消息就是好消息。心一离得近，说要过去找杨江，我不许，轻重疏离往往经不起掂量，不过我并不认为这是没有良心的表现。

新闻里一片兵荒马乱，杨江的父母给我打电话，希望我告诉他们杨江偷偷给我报了平安。然而杨江的电话一直没打通，我也没接到来自当地的座机电话。

钱心一最会阳奉阴违，我想着在家里胡思乱想，还不如过去让他陪我。结果去了才发现他去了 L 市，在那边在当志愿者，我又追过去，看见他在中转区扛方便面和水，见了我没说别担心，只是让我跟他一起去搬食品。

杨江在凌晨来了电话，借的不知道谁的手机，说了一句话就挂了，我松了口气。这天都过完的时候我才浑浑噩噩地想起来，我的所长钱心一，今天就三十二岁了。

20××年7月1日周六晴

公司征集一个临时组去支援灾后重建的建筑设计，我和心一都报了名。

别墅的设计暂时要延后了，不过养老用，也不用急，林语镇也不需要抗震设计，不过我要选最高的级别，在条件允许的范围内，再安全都不叫浪费。

20××年5月7日周一晴

安心别墅的施工图成套了。

很简单的双坡双向住宅楼，最终决定只做到二层，房子太大了空旷，打扫起来也费劲。立面也朴素，一层白涂的外墙上四面掏大门窗洞口，都落地，入口朝南，二层用横向桑拿木装饰立面，窗洞口上藏些灯槽，庭中有个采光井，地面铺种植土，这房子最张扬的地方，大概就是屋脊上包了一层金属线脚。

心一看了还比较满意，他是个简单的人，不会喜欢很复杂的设计。他问我能得几等奖，可这个我怎么知道？

20××年11月8日周四晴

这次来找心一谈小蝴蝶的人是瑞方融创的翟监事，他作为合作公司考察的业主，面对面来跟他谈合作。

他进会议室之前我就有直觉，这次怎么也该来真的了。

接近三年的埋没和蛰伏，有诚意又有实力的地产商姗姗来迟，好消息是融创集团将纵横联合其他几个地产商，在华中斥资打造一个顶级奢侈品荟萃王国，温远国际LG大厦，如果最终建成，它将会取代中东系列，成为世界第一高楼。

在这个未来第一的顶端，投资者异想天开，想要一个开阔的空中花园，翟岩觉得小蝴蝶适合这里。

但坏消息是，八百米的高度目前只是一个概念，实施起来还遥不可及，期间困难重重，很有可能巨资和精力花费之后，他们只能收获一座烂尾楼。

翟岩很诚实，告诉心一要是介入，设计的周期会很长，施工的周期更长，可能横跨五年、十年甚至就是不可能实现。我们谈了谈，心一想接受，我当然也支持。

世界第一高楼上的空中花园，就是设计到五十岁才能实现，那也值得拼搏。

20××年6月21日周五晴

从慕尼黑参加完展会回来以后，我突然收到了乡村振兴项目发来的邮件，结果挺惊喜的，居然是最优奖，奖金十万块。

我之前说了，除了证书，其他的平分，但我一提给他转钱的事，心一就说我埋汰他。

好在没几天，他突然接到他姑父打来的电话，说是村里在搞建设，他新继承的那个危房不行，得翻修一下，那笔奖金正好就派上了用场。

最后心一同意了我的提议，拿这笔奖金去把他的宅基翻修了，若是不够，我俩一起再贴点儿，就照着我的图纸施工，建一套正儿八经的养老房。

近些年来，组团养老的新闻层出不穷，这个产业也在水面下悄然滋长，我们这样也算是顺应大势，提前埋伏了。

杨江知道了这个事后，一开始也要入股，但是后来他突然想起来，自己也是根正苗红的农民子弟兵，就自己去研究宅基地了。

我和心一呢则是满怀期待地琢磨起来，什么时候开始动工。

我俩目前都挺忙的，肯定没时间下乡去监工，而靠谱的施工并不容易找，所以我们需要一个监理，不过镇上应该没有监理这个职业。

20××年5月19日周二晴

4月中旬，温远国际发布消息开始启动，值得庆祝的好消息，我该送他点东西。

我勒令心一请天假，他还十分不乐意。

F组今年流年不利，项目反复的状况挺多，心一忙得够呛，别墅他没余力管，一直都是我在跟进，然后折腾近一整年，别墅的精装验收赶在上周通过了，这事我还没跟他说，打算给他一个惊喜。

这使得一路上我一直在想他的反应，心一在C市虽然也有家，不过意义不一样，因为别墅是我作为建筑师，纯粹为自己和亲友设计的第一个居所，虽然用上大概是很久以后了。

为了减少他观察的时间，我直接把车开到了房子的正门口，心一从车上下来就目不转睛地盯着房子了，我没有透视眼，看不出他的内心所想，就当他是被惊喜或惊艳了吧。

我把设计说明递给他，他满脸茫然地接了，低头开始拆。

钥匙很快就会露出来，我莫名其妙地紧张起来，那心情仿佛是回到了上学那时候，第一次向老师交板绘，忐忑又期待。

心一没料到纸里面有东西，斜竖着拆的，钥匙一下滚了出来，他看都没看清就手忙脚乱地去接，重新站直了发现是把钥匙，登时看了我一眼，摆出了一副业主收房时的样子。

我连忙配合他说，请老板验房。

他憋着笑去看图框，很快就抬起头撞了我一下，眼睛很亮："陈总，这建设单位和工程名不错啊。"

我其实挺开心的，但知道一定不能高兴得太早，就让他接着看，果不其然，他转到正文，越过工程概况看到设计参数的时候，表情就越来越纠结。

他肯定是职业病犯了，我以内行人的身份翻译，他脸上写的应该都是这是哪个傻子设计的！！！

我其实有心理准备，他的反射弧一直都挺"工作"的，这反应挺欠揍，不过我觉得有点逗，便火上浇油地说："我送你一个家吧。"

老林场够偏，他拿着钥匙，安静了几秒，这瞬间我想他应该是被感动迷昏了头，以至于没被"三个一级"弄彡毛。接着他回过神来，在我左肩上捶了一下。

"谢谢，"他明明感动却又嘴硬地说，"不过这好像本来就是我的家。"

我说是："这当然是你的家，我只是一个区区的设计加施工加未来的房客，而已。"

心一笑得不行，说就这还而已啊，地位已经很威胁他了，说完他接着看设计说明，然而视线一直没往下移，盯在设计参数上，一副难以下咽的模样，我心里好笑，等他爆发。

果然，两分钟以后，他忍无可忍地捏着"防雷一级"在我眼前晃道："这里要不要抗震设计我不知道，面积小层间防火用一级也算了，可这是民居啊！不到十米高啊！防雷一级你是怎么做到的！这其实是个军火库吧！"

根据规范，防雷一级确实有点过分——凡制造、使用或贮存炸药、火药、起爆药、人工品等大量爆炸物质的建筑物……

番外　鸳鸯锅

　　受整体行业的影响，办公室最近比较清闲，当然年终也会没有钱。

　　钱心一物质欲望一般，没钱他也不焦虑，当然他也没这个空，正被陈西安逼着去考注建一 [4]。

　　有这么个学霸在旁边抽打，去年钱心一就去考了，但注建一的难度和科目都是公认的高和多，他的材料构造和建筑经济都挂了，今年需要重考这两门，目前正在抱佛脚。

　　JMP 有支持员工提升自我的风气，眼下是空当期，他大白天在单位刷题册，同事看到了也只会夸他有上进心。

　　"哟，准备得怎么样了？"熊工接完咖啡回来，路过他的工位，还探过来瞅了眼他的分析题。

　　钱心一笑了一声，抬起头来往椅背上一靠，转了下脖子说："不怎么样，外面在议论啥？怎么这么吵？"

　　"好像是又出事了，"熊工停下来，靠到他对面的座位上，喝了口美式说，"说是一个设计画图的时候搭错了几根排水的管子，造成了重大工程事故，现在进去了，被判了……"

　　说到这里他伸出右手，比了个三，脸上有点心有余悸的意思。

　　钱心一懂他的未尽之言，继"五方责任制"之后，最近行业又下发了

4　注册建筑师一级。

一个通知：将取消或缩小施工图审查，全面实施设计人员终身责任制。

这个通知未来将在业内掀起多大的浪潮钱心一不知道，他只知道全公司一学习完那个实施意见，立刻就变得人心惶惶起来，仿佛一茬在等人来割的韭菜。

而今这个被判刑的设计师，就好比是收割者的脚步声正在到来的一个迹象。

如果没了施工图审查程序，出的事都扣在设计头上，那么大家对此怨声载道很正常，但钱心一听着总觉得逻辑上说不通，他丢下笔疑惑道："不至于吧？设计画错了，他公司校核的，机构审图的，还有监理都没发现有问题吗？"

还有，什么管子这么厉害，搭错几根就能造成重大事故？一般来说，只有化工类的管道有这个威力，可要真是什么易燃易爆的流体通路，那甲方、施工、监理、验收能一起忽略掉这种重大错误？

钱心一的疑问越冒越多，无奈熊工是个佛系中年，外面没地儿坐，他也不喜欢这种人人自危的氛围，听了一耳朵就进来了。

然而他自己放下了，钱心一却没有，扬着眉头觉得古怪又荒谬，等熊工一走就站了起来，拿着杯子打算去走道游一游，再去楼上蹭一把茶叶。

办公室里没几个人，出门一看全在外面。

JMP 的办公环境不赖，每层有个休息区，摆着绿植和懒人沙发，忙的时候这些地儿没人光顾，今天却坐得沙发腿都看不见了。

钱心一在路过的茶水间倒掉了冷茶，又接了两口热的，提着杯子溜达过去，还没听出是谁正在发言，一眼先看见了陈西安。

这位像是刚从外面开完会回来，手里拎着电脑包，西装革履地站在休息区的外围，侧脸上有点笑意，十足一个高级人。

单位里精英一大堆，正装穿起来各有各的气质，钱心一因为心眼太偏，一直觉得陈西安才是顶级的西装"爸爸"，觉得他脖颈到背的线条很直，看起特别挺拔。

挺拔的"爸爸"确实是出去开会了，两分钟前刚从电梯口过来。

陈西安做了一上午的汇报，口有点渴，听了一分钟左右的闲扯准备回楼上，然而才转了半个身，眼里就多了个人，肩头紧接着也搭了只手。

钱心一借着那只手，挂在他身上，另一只手往上抬着杯子说："出去开会了啊，是春希那个项目吗？"

陈西安比他高一点点，"嗯"了一声，目光一垂，瞥见他杯里还剩一口水，登时笑着截了个和，喝完才开始假大方，拉着空杯子往钱心一嘴上凑，意思是"你可以喝了"。

钱心一却已经喝够了，斜了他一眼，眼底写着"好意思吗"，嘴上却没纠缠，放下杯子准备去听同事聊行业动态。

陈西安润了下嗓子，看见他也不急着走了，撑着他说："茶水间不是在那边吗，你怎么提个杯子跑这儿来了？"

"熊工说外面在聊事故，项目出事设计背锅，"钱心一又要说话又要听，有点听不清，于是拉着他往前走了两步，"我出来看看，顺便打算去你那儿弄点茶叶。"

"早上我去甲方那边，他们也在说这个事，"陈西安随他使唤，亦步亦趋地说，"但是我记得这个管道的案子，我好像几年前就看到过。"

钱心一闻言侧了下头，脸上有点讶异："是吗？"

那大家拿几年前的案子对着刚出的通知聊得这么起劲，是在搞什么？

对面这时发言的人成了同组的李工，钱心一听见他说："这个设计是真倒霉，主动投的案，认罚又认栽，还是得了这么个结果。说白了，这个规定就是将原来审图那边的责任，甩到设计身上来了，以后大家记好，图可以乱画，字不可以乱签，搞不好真要坐牢的。"

"那咱说了也不算啊，"另一个人在哄笑里说，"你不签字，那画图也没你什么事了，敢签字的人才有图画。"

"就是，这群鸟人！天天设计负责设计负责，那倒是把对应的权责给设计啊！咱这行就这样，话语权就二两重，要担的责任顶天大。不干了，辞职卖保险去。"

"嘿！你还想辞职？就你这个不跟着时代走的觉悟，没等辞你先被炒了你信不信？"

"我信我信，早上我还看见个段子呢，挺好笑的，是这样。一个改了八十遍图的设计院拿图去报审批，审批表下来了，就违规项嘛叭叭叭一二三四，完了就是修改建议，然后重点来了啊，建议很少，就一条，建议设计院开除此人。"

话音一落，休息区登时笑开了一片。

钱心一知道这个段子，内容有点不切实际，但设计岗地位憋屈也是事实。

叙述完事故的大致情形，休息区的话题哀怨起来，变成了哀设计之多艰，超级无敌可怜那套。这种话钱心一没少听，觉得没什么意思，被陈西安单手环着背，去楼上瓜分茶叶了。

K组也空了一片，都在楼下八卦，王巍倒是在，不过在打电话，钱心一就没打招呼，直接路过他，坐到了陈西安的位子上，顺道给对方开了电脑。

陈西安放下包，拿起杯子先去接了趟水，折回来的时候看见钱心一已经在自己的键盘上敲了起来。

钱心一在搜那个画错管道的设计师，网页唰地弹开一版，满屏都是标红的关键字，他点开了最上面的一条，一目几行地看了起来。

陈西安回来没椅子坐，就借了下同事的椅子，拉过来半塞进工位里，一坐下去膝盖就抵到了钱心一的腿。

钱心一连忙带着椅子往里面滑了一截，给他让位子，可工位只有那么大，他没让出几平方厘米的地儿来，陈西安示意他别瞎忙了，同时上身凑向他和电脑，看着显示屏说："你看，我没记错吧？这就是几年前的案子。"

钱心一也看到了，而且那个设计给了缓刑，他抿了下右嘴角，右手滚着鼠标滚轮说："那他们说的那些顾虑，就有点没必要了。"

"嗯。"陈西安吭了下声，目光随着页面的滚动而动，很快看见当年的事故中，获刑的人涉及各个单位近二十人，并不像公司里正在议论的，责任都在设计身上。

所以李工说到的那个讲述"设计全工程界最惨"的朋友圈文章，有点趁乱带节奏的嫌疑。

"什么案子？"这时，隔板那边的王巍打完电话，突然插进来说，"你们两个在说什么？"

钱心一看完了新闻，揪起脑袋从隔板顶上看过去，对着王巍的视线跟他大概说了说前因后果。

王巍为了方便和他们聊天，站起来拿屁股靠着桌沿，三人组成嘀咕小组，就着这事议论了一下图审取消的可能后果。

"压缩报审批的工作日，"王巍"啧"了一声，似笑非笑道，"你们说，有没有一点给开发商一路开绿灯，让他们能风驰电掣地搞建设的意思？"

钱心一被他用的那个成语给乐到了，仰着头冲他笑道："大哥你悠着点儿猜啊，想歪了或者是看得太透了都不好，心多冷哪。"

说着他拍了下陈西安："来，万年中立谁也不得罪先生，你来讲，我就喜欢听你讲。"

陈西安每次讲完任何事，钱心一都会有种"这个事关我屁事"的听后感，无形中就少了些烦恼、多了些安稳，他非常享受这种岁月静好的感觉。

然而陈西安却不见得享受，偏头看着钱心一，说："你让我讲我就讲，给演讲费吗？"

"给，"钱心一一副财大气粗的样子，"给你开一张支票，够不够？"

"你开的支票啊，"陈西安被坑出经验了，表情并不稀罕，"又是空头的吧？"

钱心一刚要说扯淡，我是那种人吗，王巍突然做作地清了两下嗓子，刷了一下"本大活人还在这里，请你们两位不要无视"的存在感，钱心一只好打住了，用手肘戳了下陈西安的左边肋排："让你讲是觉得你权威，讲你的。"

陈西安收下了他这个不甚诚恳的马屁，笑了笑，终于发表起了自己的拙见，他说："这个怎么说呢，我觉得立场决定了市场不会有统一的声音，是都好还是都不好。"

"画正确的图纸，本来就是设计的该做的事，画错了，出了问题，责任是你的，这个其实没什么好争的。那么大家都在争什么？争的是图纸这个东西进了市场，很多时候它不归设计说了算，但反过来你设计又真的敢说，这套图你吃透了、看够了、能够倒背如流了，绝对没有一点错误吗？"

"我觉得不可能，是人就会犯错，所以审图其实是分担走了设计的一部分责任，但每次出事呢大家又谁也不想负责，就相互推卸，时间长了权责就匹配不上了。"

"为什么会不匹配？因为甲方太霸道，要求太多，什么都不会，就会省钱？还是设计师跪得太低了，在甲方面前一个屁都不敢放？都是，也都不是。"

绝对没有一个设计师，敢拍着胸脯保证他这辈子，一个好的甲方都没遇到，好的甲方是有的，反过来说，不懂行的设计也有。

设计师之所以没话语权，有一方面就是每次出事，设计都是摘得最干净的，没有责任也就无从谈权利。可这种手腕，说穿了又只是在没有话语权的大背景下的一种自保方式，并不应该一味地苛责。

建筑行业之所以能发展到今天，就是各取所需的同时，大环境都默认一个前提，不在违反强条和刑法的项目上动歪脑筋，偶尔有个别商人过于心黑，那是个例，应该探讨的是人性的极黑极恶，而不是全体开发商爱钱不要命。

市场经济本来就复杂，再把人性添加进去，协作下来的行业，就是如今这种畸形的模式。

"大家都有问题，也不可能改，因为人有很多种，所以换一个新的规定来调整市场，这是迟早的事，它合不合适，现在也猜不到，"陈西安淡定地说，"所以我没觉得取消了这道强审的程序，行业就会垮掉，咱们的地位也不会因为要背更大的责任了，就会变高什么的。"

这意思就是爱咋咋，怎么搞都是日光之下，历史循环。

钱心一暗自批评他是个消极派，然而心里却又是认同的，到了他们这个年纪，已经生不出"改变世界"的意气了，他们能做的，无非就是……

这一瞬间像是心有灵犀，从陈西安的嘴里，钱心一听见了自己内心的想法。

陈西安："所以对我来说，审图是取消还是保留，都是外力。我画我的图，坚持我的底线，如果甲方不允许，我就离开那个项目。如果所有的项目都不允许，我就离开这个行业。"

但求有钱有名，更求无愧于心，这是他，也是他们。

说到这里，陈西安突然若有所感，转头对上了钱心一的视线，沉静的目光里不由多了抹笑意："当然，我相信我不会走到那一步，因为我碰到过很多，好的同行和甲方。"

钱心一虽然不知道自己能不能算"好的同行"，但他不会允许陈西安在自己前面离开设计岗，这个人很有才，也很正直，钱心一期待着他的作品和成绩。

王巍的立场差不多也是这样，三人相互抱了抱小团，开玩笑似的表达了一下对行业前景的乐观，接着这个话题就在王巍远去的背影里结束了，他去上厕所，剩下的两个则在工位上分起了茶叶。

陈西安如果做生意，买家又是钱心一，他估计会能赔得去当裤子。钱心一只要一杯的量，陈西安大方得惊人，自己留了一撮，盒子都要给他拿走。

钱心一不爱喝水，心血管上有点危机，泡点茶叶还能多送两口，陈西安大方他也不客气，将小铝罐往胳膊里一夹，准备脚底抹油。

陈西安低头查着手机上的消息，一边让路一边跟他商量："晚上你想吃什么？"

钱心一想了几秒："大盘鸡，行不行？"

陈西安吃什么都行："行啊。"

钱心一一个只管吃的，要求居然还不少，又补充道："就上回常远带我们去吃的，放很多泡椒的那种。"

常远是签下小蝴蝶的甲方家的工程师，跟钱心一还有一点在火车站帮他看行李的缘分，两人在签合同那天第二回见完，就迅速熟了起来。

钱心一喜欢踏实的施工单位，常远的单位就是这种，他本人是监理出身，算个项目上的技术流，正好也待见钱心一这种不爱改的设计，两人一拍即合，动不动就拉小框聊一大堆。

陈西安对常远的印象很好，这男人远看有点腼腆，性格却意外的大方，有一回钱心一问他造价的问题，常远直接给了一整份特别详细的清单，这东西事关一个公司的项目成本，一般不会随便透露给外人。

不过常远有这个权力，凌云的老板邵博闻把公司一半都给他了，他在凌云有直接做决定的权限。

钱心一本来就有帮这个、那个回答一点小问题的毛病，遇到常远他俩算是双赢，从请教到合作最后到约火锅，来去也没超过一年。

他们俩在这边建立设施一体的友情，那边陈西安和邵博闻也没闲着，换过一次茶饼、一起钓过两次鱼了。

钱心一要的这个大盘鸡，就是上次钓鱼的时候在农庄里吃的，红彤彤的灯笼椒不要钱似的放，灯笼椒用酸汤泡过，本身又不太辣，看着有味儿吃着也下饭，钱心一那顿吃了两碗。

"好，"陈西安是个有求必应党，不过有些事他做不到，便提前打了预防针，他说，"但是菜市场的鸡和泡椒的味道肯定比不上那天的。"

钱心一刚想点头歧视城市里的鸡，一低头先看见了杨江发的朋友圈。

陈西安刚看完群记录，随手点了下朋友圈，打头阵的朋友就是杨江。

杨江这两天跟着公司在外面春游，九张图里全是那种"说走就走"的风景。有小桥流水，有绿树红花，有田野有民宿，还有一只在路上自由奔跑的老母鸡。

这母鸡出现的时机有点不对，钱心一一看见它，登时就想起了大盘鸡，于是往陈西安的手机上伸了只手，先给杨江点个赞，接着评论道：杨江快点，捉住这只鸡，它看起来就很好吃。

跟着单位出游大概有点无聊，杨江秒回道：抓屁，钱狗出来挨打。

钱心一本来准备走了，看见挑衅又回来抬杠：杨贼休得胡言。

陈西安都不用想，就知道杨江肯定会秒回新的垃圾话，于是钱心一刚打完，他就迅速回道：你俩真无聊。

杨江：陈西安精分了！截图存起来。

陈西安这次不想跟他在评论区聊天了，直接点进了他个人的对话框：你是在手机上面旅的游吗？

杨江：放屁，我在古镇。

陈西安：那你怎么这么闲？

杨江：身边莫得你们这种志同道合的朋友咯，你跟钱心一不也很闲吗？他怎么在用你的手机，你们今天放假？

陈西安：没有，他上来拿茶叶，马上就下去了。

杨江：你先让他别下去，钱心一，一起流泪的亲人问你，你的注建复习得怎么样了？

钱心一接过手机，开始打字：不怎么样？亲人你呢？

杨江：亲人不想去考试了，最近不是在查挂证吗？考了也感觉挂不出去了，懒得伤神了，亲人累了，都考了三年了还不给我过，现在靠来靠去也没地方了，搞屁啊。

钱心一：抱头痛哭.jpg

不过玩笑是这么开，他们都是有始有终的成年人，5月11号这天鬼早就爬起来去了考场。

考场离公司很远，又只是一场考试，陈西安没送，钱心一自己打车去的，考完回来觉得经济应该过了，又等了七天补考了构造，这门感觉不太好，他也没过多的纠结，很快放下这事，开始了一个新的项目。

项目的坐标在S市，名字叫南歌小筑，是凌云开发的第一个城郊小别墅群。迈尔斯八面玲珑，知道钱心一跟业主方的常工有点交情，将这个项目完全放权给了他。

4月下旬，钱心一交了资格预审表，考完试招标信息刚好出来，如果这个项目中标了，这就是他和常远的第一次合作，钱心一对此有点期待，接到招标文件就认真地忙开了。

陈西安也想体会一下和凌云合作的感觉，在家里开玩笑，让钱心一带他飞。

钱心一笑死了，说你太重了带不动，陈西安就压在他身上，让他切身感受自己的体重。

比起别的单位，钱心一在南歌项目上最直接的优势就是他可以直接联系到邵博闻，问这年轻有为的老总具体想要一个什么定位和特色，而其他单位顶多只能摸到邵博闻的下属谢承和周绎那里，好声好气地打听，还未必有人搭理。

钱心一并不想占这层关系的便宜，他跟常远认识几年，从没说过类似于"这个你项目你给我做"的话。迈尔斯以前让他过年去套近乎，他从来都不去，反倒是邵博闻喜欢给他和陈西安送东西，山珍特产和水果，不值几个钱，但都很好吃。

常远也知道他的为人，他们能够成为朋友的前提，就是彼此这份本分。

一周之后，建委那边的备案好了，钱心一仿佛回到了陈西安入职之前的GAD，带着三个组员开始做方案，策划、规划、平立面、造价单，紧巴巴地忙了二十天，带着初次成套的标书去了S市。

他一共去了两天，开标一天，晚上来不及回，就在那边歇了一天。晚上常远喊他去家里吃饭，钱心一嘴上说避嫌，心里根本不是那么回事，窝在酒店里跟陈西安掏心窝子。

陈西安笑道："业主喊你去吃饭你也不给面子，你很嚣张啊钱心一。"

"嚣张个屁，"钱心一心说，"他家那个金毛，跳了起来有我高，我不想跟他的狗共处一室。等邵博闻哪天有空，专门给他的狗修个狗别墅了，我再去他们家吃饭。"

陈西安还是挺喜欢狗的，觉得常远的金毛很帅很乖，但钱心一怕大狗，陈西安还记得他在西塘别墅被追得手机都扔掉的画面。

这一晃都好几年了，追人的狗不知道哪儿去了，但钱心一还在他身边。

从S市回来后没两天，钱心一就收到了中标的消息，他不用向任何人发誓，这是他和同事靠认真干活拿到的标书。他开始一轮一轮地深化平立面，动不动就去S市出差汇报。

陈西安手头的项目快要交图了，两人都忙，但不像以前那么拼了，动不动就干到半夜，身体吃不消，也到了学会留点时间给生活的年纪。

如果需要留在公司加班，他们最迟不会待过晚上8点，宁愿第二天早点起来提前上班。

钱心一的房子早透完气了，但因为离公司远，他不回去住，也没打算租给别人，就那么空在了那边，偶尔他妈妈会带他小老弟过去住两天。

他们的假期比在GAD的时候可控多了，但钱心一在旅游上就是个"嘴炮"，杨江和余梁一发旅游照，他就觉得好看，说想去，可陈西安真来问他，他又懒得出门，宁愿在家看农产品系列栏目。

也许别人看他们的生活，真的有点枯燥，但他们自己觉得还好，身体健康，没有什么大烦恼。

赵东文和温晓茹结婚又生了孩子，回回都殷勤地邀请，钱心一也不去，陈西安看得出来，他其实不生赵东文的气了，但也没意愿和曾经的徒弟重修师徒情，世上宽容的人很多，可钱心一并不是其中的一个。

端午过后，南歌项目的施工单位进了场，测设和水电接通之后，甲方组织各方过去开了第一次例会。

钱心一这次往返很顺利，常远作风稳健，各种交底非常仔细，这样开会特别杀时间，但却是真正负责的表现，钱心一专门录了音，回来拿给陈西安听。

他们本来一致觉得，南歌将会是一个做起来很有"爽度"的项目，然而天有不测风云，钱心一第二次过去开会，工地上就出了状况。

7月11号，钱心一应邀过去开会，因为常远的会开得细，一屋子人从下午2点开到6点，会还没完，会议室的门突然开了，凌云驻现场的谢承跑进来，脸色复杂地将常远拉了出去。

钱心一跟出去，一路跟到基坑里，才听见围在这里的人说，坑里好像挖出了东西，一堆灰白色的细腻软泥，下面还有石板。有从文物埋藏区来的工人说，这可能是挖到了文物。

S市并不是历史古城，南歌这块地也不是文物埋藏区，所以施工之前的勘测并没有联动文物部门，现在才挖到东西，说实话对项目非常不利，一个搞不好，这块地三五年都交代在考古上，根本就建不成了。

过去也不是没有项目方，假装什么都没发现，封住消息能埋的埋回去继续建设，不能埋的直接破坏了再接受罚款，因为损毁过的文物考古会快很多，而罚款的额度比起工程的长时间停工堪称不值一提。

但是钱心一敢用自己的名誉打赌，邵博闻一定会上报，他是个目光长远的人，知道什么才是真正的财富。

常远迅速清空了在场的工人和机械，让谢承带队将那块地方拿复合板封了起来，两个小时后，邵博闻和市里相关部门先后来了，两拨人打着灯挖到半夜，清出来一块巨大的石板，不管底下是什么，它的规模都小不了了。

按照规定，在新的勘测结果出来之前，这个项目只能全线停工，钱心一却没急着回C市，等着拿甲方出调整方案，顺便站在朋友的角度上给点意见。

工人们放了假，石板越挖越大，钱心一拿着日新月异的文物红线，在图纸上圈来圈去，一边替朋友着急，一边又对地底下的东西感兴趣。

他一直不回去，陈西安听他说得又离奇，于是等到周末休息，坐上高铁也过来了，来跟着钱所长见识。钱所自问没什么见识可让他长，只能带他去吃香的喝辣的。

S市有家巷子里的串串，切好的牛肉都是两三厘米见方的一坨，久煮也煮不老，吃起来特别爽。

吃完火锅总是一身的味儿，钱心一开常远的车去车站接他，回到酒店让陈西安把衬衫换成了T恤，这样好洗，随便瞎搓两下就行了。

陈西安倒是带了件T恤，跟钱心一身上那件正好是同款，一人胸前半颗红心，换好衣服两人去了串串店。路上钱心一跟他说了些工地上的事。

"以前没遇到过啊，"钱心一开着车说，"这回我才知道，项目上出了文物，考古的经费都是算在甲方的建设经费里的。"

陈西安也不知道，闻言说："是吗？我也不知道，咱们也确实没在历史古城做过项目。那如果是这样的话，甲方能得到什么补偿吗？"

"如果挖出来的东西比较关键，应该会有一笔上报的奖金，其他好像就没了，"钱心一说，"常远心里急得很，所以你来了，我就偷偷带你出去吃饭，都没叫他们。"估计凌云那俩也没心情吃。

陈西安点了下头："没有补偿其实也可以理解，开发商拿地挣钱，遇到文物了就保护它，算是一种该尽的义务。不过常远和邵博闻是当事人，不可能不急的，反正他们那边要是有我帮得上忙的地方，你就叫我。"

钱心一比了个OK，耿直地说："等着帮我改图吧，待会儿多吃一点，啊？"

陈西安就笑，心想改图好说，自然有你还债的地方。

小店挨在一条河边，沿河摆了一溜桌椅，就餐区上空树木繁茂，这时节正开着一种陈西安不认识的花,一眼望去大片的淡粉,悬在热气腾腾的火锅上方,有种雅致的烟火气。

钱心一轻车熟路得领着他往里面走,在一张临河的空桌子上坐下了,一路走一路说:"这个店算账可好玩了,我老家也有这种签子串的叫麻辣烫,就按根算钱,这儿你猜怎么算的?"

既然他让自己猜,那肯定就不是按根了,陈西安瞥了眼邻桌的筒里那些密密麻麻的竹签,感觉老板也数不过来,就说:"按斤吗?"

"差不多吧,"钱心一说,"但这个老板不用称,他就拿手这么抖两下签子,完了就告诉你多少钱,是不是很神?"

陈西安也没见过这么算账的,用目测、靠感觉,听起来老板也是个江湖人,他笑了笑说:"嗯,挺有意思的。"

话音刚落,很神的老板就拿着点餐单过来了,看着他俩笑道:"两位是吧?要微辣还是麻辣?"

钱心一觉得微辣好吃,但吃到后头会很咸,陈西安是饮食一直清淡,于是他说:"鸳鸯锅有吗?我要鸳鸯锅。"

老板很热情:"有,但点的人很少,一般都是微辣的,而且鸳鸯锅中间隔了个道道儿,东西多了就不容易煮开。"

锅底都是一个价,老板不拘小节,提的应该是好建议,然而钱心一点了下头,坚持道:"好,知道了,我们一次少放一点菜,还是来个鸳鸯锅。"

也不知道是后厨没有清汤,还是老板坚信自己的推荐才是最好的选择,还欲再劝,然而就在这时,河边突然来了一阵风,头顶的花开始往下飘,有一朵袅袅地落在了钱心一的额发上。

陈西安一抬眼,发现对面凭空被风吹出来一个"花"美男,他笑了笑,但又没跟钱心一说,只是转头对继续推荐红汤锅的老板说:"我们就要鸳鸯锅,谢谢。"

Chen Xi'an × Qian XinYi